L'héritage des Granger

BRENDA JACKSON

L'héritage des Granger

BestSellers

Collection : BEST-SELLERS

Titre original : A BROTHER'S HONOR

Traduction française de BARBARA VERSINI

HARLEQUIN®
est une marque déposée par le Groupe Harlequin

BEST-SELLERS®
est une marque déposée par Harlequin S.A.

ÉDITIONS HARLEQUIN
83-85, boulevard Vincent Auriol, 75646 PARIS CEDEX 13.
Service Lectrices — Tél. : 01 45 82 47 47

www.harlequin.fr

ISBN 978-2-2803-0902-8 — ISSN 1248-511X

A l'amour de ma vie, mon époux et meilleur ami, Gerald Jackson, Sr.

A tous ceux qui se joindront à moi pour la croisière en Alaska en 2013. Ce roman est pour vous !

A mon merveilleux père, qui m'a transmis le don de l'écriture.

Par amour fraternel, soyez pleins d'affection les uns pour les autres. Par honneur, usez de prévenances réciproques.

Romains 12, 10

Prologue

— Monsieur le président, le jury a-t-il rendu son verdict ?

La voix du juge résonna dans la grande salle d'audience qui s'était figée, silencieuse, immobile, comme suspendue à ses lèvres.

Le procès de l'Etat de Virginie contre Sheppard Granger avait duré cinq semaines. Les huit hommes et quatre femmes du jury venaient de délibérer pendant seize longues heures.

— Oui, Votre Honneur.

— Voulez-vous remettre le verdict à la cour, je vous prie ?

Quelques secondes plus tard, l'huissier présentait le document au juge, lequel en prit connaissance avant de le tendre au greffier.

Sheppard Granger ne manifesta aucune émotion quand le greffier se tourna vers le public pour lire d'une voix forte et claire les quelques lignes qui allaient décider de son destin. Il fut tenté de jeter un coup d'œil par-dessus son épaule, vers ses trois fils — Jace, seize ans, Caden, quatorze, et Dalton, qui fêterait son douzième anniversaire dans quelques jours. Il aurait tant voulu être acquitté, au moins pour eux. Tous les jours il priait pour qu'ils croient en son innocence. Jamais il n'aurait pu tuer leur mère — ne fût-ce que pour eux, parce qu'il les aimait —, il voulait qu'ils le sachent.

Mais il n'eut pas le courage d'affronter leur regard et écouta, la tête bien droite, l'huissier qui poursuivait la lecture du verdict d'un ton solennel.

— A l'accusation de meurtre au premier degré sur la personne de Sylvia Granger, le jury a répondu coupable.

Sheppard sentit ses genoux flageoler, mais il lutta pour ne pas retomber sur sa chaise. Il songea aussitôt à ses fils qu'il ne verrait plus. On allait le déchoir de ses droits paternels et les confier à son père, Richard Granger, qui en deviendrait légalement responsable.

L'huissier avait terminé, le juge prit la parole. Il s'adressait à la cour, mais ce fut tout ce que Sheppard comprit. Le marteau qui cognait dans sa tête l'empêchait de distinguer les mots. Plus rien n'avait d'importance. Une unique pensée tournait à présent en boucle dans son crâne avec une clarté aveuglante : sa vie avait basculé. Irrévocablement. Pour toujours.

PREMIÈRE PARTIE

Nous ne nous souvenons pas des jours ; nous nous souvenons des instants.
(Anonyme)

1

Quinze ans plus tard

Jace Granger but lentement une gorgée de vin et en profita pour jeter un regard discret du côté de la grosse horloge accrochée au mur en face de lui. Elle lui permit de constater qu'il était assis à cette table de restaurant — un restaurant chic de Los Angeles — depuis exactement une heure et douze minutes. Il avait hâte d'en finir et de s'en aller.

Il avait eu tort de se laisser convaincre par Alan d'accepter ce rendez-vous. En tant qu'ami, Alan s'inquiétait de sa solitude et il avait cru bon de lui organiser cette rencontre. Mais rencontrer des inconnues n'avait jamais été le truc de Jace et il avait su dès les premières minutes que la soirée était fichue d'avance. Angela Farlow était sans aucun doute canon — il lui reconnaissait volontiers cela —, mais il passait avec elle un moment pénible. Pour commencer, elle parlait trop. Elle avait beaucoup à dire… Beaucoup trop. Et à propos de rien.

Il porta de nouveau son verre de vin à ses lèvres et écouta, ou plutôt fit semblant d'écouter. Il avait tenté de glisser quelques idées et points de vue personnels, mais elle lui avait coupé la parole sans vergogne, lui montrant ainsi le peu de cas qu'elle faisait de l'opinion des autres.

Il profita d'un blanc dans la conversation pour détacher ses yeux de la pendule et les poser de nouveau sur la jeune femme, dont les lèvres voluptueuses esquissaient une moue.

— Pourquoi ai-je l'impression que je vous ennuie ? demanda-t-elle à voix basse.

Parce que c'est le cas, fut-il tenté de répondre. Mais, comme il était un gentleman, il fit l'effort de se montrer délicat.

— C'est une fausse impression, je ne vous trouve pas du tout ennuyeuse, bien au contraire, assura-t-il en affichant un beau sourire. En vérité, je vous trouve tout simplement exceptionnelle.

Ça, au moins, ça n'était pas un mensonge. Il n'y avait pas beaucoup de femmes comme elle. Du moins, il l'espérait.

— Eh bien, répondit-elle en souriant au compliment, assez parlé de moi ! A présent, c'est à vous de vous dévoiler. Alan m'a dit que vous aviez fait la fac de droit ensemble et que, en tant que procureur général, vous étiez chargé de maintenir notre grand Etat de Californie sur le chemin étroit de la justice.

Elle posa son menton dans ses mains.

— Vous êtes diplômé d'U.C.L.A. et vous en êtes sorti major de votre promotion. Qu'est-ce qui vous a poussé à travailler pour le gouvernement plutôt que pour un cabinet privé ?

La question agaça Jace. Décidément, il préférait encore quand elle parlait d'elle. Elle avait mis le doigt sur son point sensible. Il ne supportait pas qu'on lui fasse remarquer qu'il aurait pu mener une brillante carrière dans un cabinet privé — sous-entendu, pour gagner plus d'argent. Eh bien, non ! il ne cherchait pas à gagner plus d'argent. Il avait été élevé dans l'opulence. On l'avait destiné depuis sa plus tendre enfance à devenir un leader et à mener une vie de millionnaire. Il avait tout fait pour échapper à ce destin et il savait pourquoi.

Il haussa les épaules d'un air indifférent avant de servir à cette mijaurée le laïus qu'il réservait à ceux qui avaient le culot de le questionner sur ses choix professionnels. Avec un zeste d'agacement dans le ton, il lui expliqua qu'il préférait être au service des citoyens plutôt que de cirer les pompes de clients fortunés. Il ne s'attendait pas à ce qu'elle comprenne. Pas plus que les autres. Mais, ça, il s'en fichait.

Posément, il but une nouvelle gorgée de vin, tout en souriant en son for intérieur. Pour la première fois de la soirée, son interlocutrice demeura muette. Bien sûr, elle ne comprenait pas. Elle était persuadée, comme beaucoup de gens, et notamment comme Eve, l'ex-femme de Jace, que plus quelqu'un avait d'argent et plus il était heureux. Une théorie fumeuse, Jace était bien placé pour le savoir.

Il ne fut pas surpris, et encore moins déçu, quand la dame proposa d'en rester là pour la soirée. Justement, ça lui allait très bien. La dernière chose dont il avait envie, c'était de sortir avec une femme qui ne pensait qu'à l'argent, comme son ex.

Une heure plus tard, il rentrait chez lui, enfin, soulagé d'être débarrassé de cette Angela dont il ne croiserait sans doute plus le chemin. Il supposa qu'elle était au téléphone avec Alan en ce moment même, en train de lui dire tout le bien qu'elle pensait de ce rendez-vous avec un homme dénué d'ambition.

Jace ôta sa veste. Il s'apprêtait à la ranger dans sa penderie quand son téléphone portable sonna. Il se demanda si c'était Alan, déjà, qui appelait pour lui faire la leçon. En vérifiant l'identité de l'appelant, il constata que ce n'était pas Alan, mais son grand-père. Il était minuit passé en Virginie. Pourquoi le vieil homme l'appelait-il si tard ?

— Oui, grand-père ?

— Jace ?

Il fronça les sourcils. Ce n'était pas la voix grave et autoritaire de son grand-père, mais une voix de femme — plus précisément celle de la gouvernante.

— Hannah ?

— Oui, c'est moi. Il faut que tu viennes tout de suite, Jace.

Son cœur tressaillit. Il était toujours ému à l'idée de retourner dans la maison de son enfance, cette grande demeure tellement chargée de souvenirs.

— Pourquoi ? Qu'est-ce qui se passe ?

— C'est ton grand-père. Il a eu une crise cardiaque et il ne va pas bien du tout. C'est sérieux, Jace.

Jace prit une profonde inspiration. Une crise cardiaque ? Son grand-père ? Cet homme solide comme un roc ? Mais il connaissait Hannah. Elle était la gouvernante des Granger depuis très longtemps. Elle n'était pas du genre à en rajouter et n'avait aucun goût pour le drame. Si elle disait que c'était sérieux, ça l'était. Il se passa la main sur le visage.

— D'accord, dit-il. Je me mets en route immédiatement.

— Et ton père, Jace ? Tu peux te charger de le prévenir ?

— Oui. J'appelle Smallwood.

— Très bien. J'ai essayé de joindre Caden, mais je n'ai même pas pu lui laisser un message. Sa boîte vocale est saturée. Quant à Dalton, je ne sais pas du tout comment le joindre. Il change de numéro de téléphone aussi souvent que de maîtresse.

Jace ne put s'empêcher de sourire. Hannah n'avait pas changé, elle avait toujours son franc-parler.

— Je m'arrangerai pour le joindre, ne vous en faites pas, Hannah.

Il repoussa dans un coin de son esprit le souvenir de la violente querelle qui l'avait opposé à ses frères, la dernière fois qu'ils s'étaient retrouvés.

— Je suis très inquiète pour ton grand-père, Jace.

Elle n'avait pas besoin de le préciser, il l'avait déjà compris à sa voix. En dépit du ton posé et professionnel, le désarroi d'Hannah était perceptible. Hannah ne se laissait pas facilement démonter. Ce devait être très sérieux, en effet.

— Calmez-vous, lui dit-il. Et reposez-vous à la maison. Nous n'avons pas besoin de vous à l'hôpital. Je suppose qu'on l'a emmené au St Francis Memorial ?

— Oui. Il est hospitalisé dans l'aile Ava Granger.

— D'accord, répondit simplement Jace.

L'aile Ava Granger… Quelle ironie. La partie de l'hôpital financée par son grand-père près de vingt ans plus tôt et qui portait le nom de feu sa grand-mère.

Il n'était alors qu'un enfant, mais il n'avait pas oublié

la cérémonie d'inauguration, avec la famille au grand complet — son grand-père, ses frères, son père et… sa mère.

Mais il ne voulait pas penser à sa mère. Ni à son père. Pas maintenant. Il ne voulait pas penser à la manière dont sa mère était morte. Ni à son père accusé à tort d'être son assassin.

— Jace, ce sera bon de te revoir. Même si j'aurais préféré que ce soit dans d'autres circonstances.

Lui aussi aurait préféré d'autres circonstances.

— Je prendrai le premier avion dans lequel je trouverai de la place, Hannah. Tenez bon jusqu'à mon arrivée.

Il raccrocha et appela Caden, qui comprit aussitôt l'urgence de la situation.

Dalton allait être plus difficile à convaincre.

Il décida de réserver son vol et de faire ses bagages avant d'affronter sa tête de mule de petit frère.

2

— Mesdames et messieurs, applaudissez l'un des plus grands saxophonistes de tous les temps ! J'ai nommé : Caden Granger !

Caden entra en scène et avança sous le feu des projecteurs. Le MGM Grand Garden Arena de Las Vegas faisait salle comble. Passer dans cette salle était une consécration, la réalisation d'un rêve. Il songea avec émotion à son premier concert, alors qu'il venait de terminer ses études, dans une petite boîte d'Austin. Il lui sembla que c'était hier. A cette époque, il jouait dans un groupe, The Depots.

Le groupe s'était dissous quelques années plus tôt, quand la plupart des membres, désormais mariés et pères de famille, avaient décidé de se ranger, de prendre un vrai travail. Seuls Caden et deux autres n'avaient pas renoncé à leur rêve. A présent ils avaient tous les trois « percé », comme on disait, chacun de leur côté. Royce Bilingslea était le batteur d'Unexpected Truth, un groupe de rock dont les deux derniers disques avaient été classés en tête des succès pop. Robert Tyndale, le guitariste, était programmé en première partie de Beyoncé.

Caden salua son public en souriant, puis il porta lentement son saxo à ses lèvres. Il avait choisi un morceau lent et plein d'émotion pour ouvrir le concert. Il enchaînerait ensuite avec une sélection de ses grands succès, ceux que ses fans attendaient, et terminerait avec des morceaux plus récents à leur faire dresser les cheveux sur la tête.

Il adorait la scène, électriser un public, le faire vibrer

avec lui. Il en sortait toujours rempli d'énergie, chargé à bloc. Il recevait et il donnait. Son regard s'attarda sur les femmes du premier rang, celles qui avaient payé le prix fort pour être le plus près possible de lui et qui tentaient d'attirer son attention. Elles arboraient des décolletés plongeants, s'asseyaient jambes écartées et se mordillaient les lèvres en prenant un air gourmand.

Il y avait là de quoi rassurer son ego. Fort heureusement, il n'en avait pas besoin,

Il oublia donc les femmes du premier rang et se concentra sur sa musique, emporté par cette émotion qu'il ne s'autorisait à exprimer qu'avec son saxo.

Le public qui emplissait le MGM Garden Arena n'entendait que des notes, mais lui, Caden, entendait les paroles muettes qui les accompagnaient. Et ces paroles chantaient la souffrance qui était son lot depuis maintenant près de quinze ans.

Il aurait tout donné pour vivre le bonheur qu'il avait connu auparavant, pour redevenir gai et insouciant. Mais c'était impossible. Certaines choses ne se laissaient pas oublier et pesaient sur vous à jamais.

Sa vie avait basculé le jour où sa mère était morte, assassinée. Puis, une nouvelle fois, quand son père avait été emprisonné pour ce crime qu'il n'avait pas commis. Car il était innocent. Sheppard Granger n'avait pas tué sa femme. Caden en était persuadé, mais il ne pouvait pas le prouver.

Ce drame lui avait volé son adolescence.

Il s'était retrouvé, comme ses frères, non seulement sans parents, mais aussi sans amis. Des gens qu'ils connaissaient depuis toujours leur avaient tourné le dos. Les voisins, pour commencer, qui ne voulaient pas que leur progéniture fréquente les enfants d'un assassin.

Et ensuite, beaucoup plus tard, pour Caden, il y avait eu la trahison de Shiloh, qui avait achevé de briser ce qui lui restait de cœur.

Le saxo de Caden chantait son amour perdu, ses amis d'autrefois, le bonheur qui se refusait désormais à lui. Il commençait ses concerts par un morceau triste et nostalgique, tout en retenue, avec une mélodie poignante qui le faisait vibrer au plus profond de lui-même. Puis, peu à peu, la musique prenait le dessus, vivifiait son âme, coulait dans ses veines, le lavait de tout, vidait son esprit d'un trop-plein de pensées douloureuses, lui offrait enfin un semblant de paix qui lui rappelait un peu le bonheur d'autrefois.

Tu l'as délibérément encouragée.

Caden ricana.

— Pardon ?

Le menton haut, le dos raide, Rena Crew le fixait avec les yeux brillants d'une femme ulcérée. Il avait déjà vu ce regard et, franchement, ça commençait à le fatiguer.

Rena était sa guitariste. Il l'avait engagée l'année dernière. C'était une bonne musicienne et il admirait son talent. Mais il avait de plus en plus de mal à supporter sa possessivité.

Ils étaient amants, mais pour lui ça ne signifiait pas grand-chose. Elle le savait, parce qu'il lui avait dit et répété : ils n'étaient pas mariés, pas même engagés dans une relation sérieuse. Elle prétendait qu'elle avait compris, donc, si elle avait compris, à quoi rimait ce cinéma ?

Elle croisa les bras sur son ventre.

— Celle qui était assise au premier rang, dixième fauteuil. Tu sais très bien de qui je parle.

— Oui, je vois. Eh bien ?

— Elle n'avait pas à se déshabiller devant toi. Elle a ouvert son chemisier jusqu'à la taille.

Caden haussa un sourcil.

— C'est à cause d'elle que tu as joué faux ? demanda-t-il en guise de réponse.

Il la vit tressaillir et sut que la remontrance avait porté. Rena était une perfectionniste. Jouer ne fût-ce qu'une fausse note était pour elle inacceptable.

— N'importe qui aurait joué faux dans de telles circonstances, se défendit-elle.

— Je ne suis pas d'accord. Roscoe et Salem ne se sont pas laissé déconcentrer. Toi, oui.

Elle fit la moue.

— Tu comprends que ma position n'est pas la même que la leur, j'en suis certaine.

Non, il ne comprenait pas et il se demandait bien ce qui pouvait l'inciter à croire qu'il comprenait.

— Cette femme n'a rien fait d'inacceptable, Rena, sinon les types de la sécurité seraient intervenus. Moi, ce que je comprends, c'est que tu fais une crise de jalousie. Une crise stupide car le fait que nous ayons été amants ne te donne aucun droit sur moi.

Elle se figea.

— Que nous ayons été ? répéta-t-elle.

— Oui. Au passé.

Voilà, c'était clair. Il lui faisait savoir que leur liaison était officiellement terminée.

— Je t'ai expliqué dès le premier soir ma position : pas d'engagement sérieux ou d'histoire au long cours. Et tu étais d'accord, si je me souviens bien.

Du moins, elle avait prétendu l'être.

Il se passa la main sur le visage. Il n'en revenait pas d'être obligé d'avoir avec elle ce genre de conversation. Il ne se considérait pas comme un dragueur ou un tombeur, et ne prenait aucun plaisir à faire souffrir les femmes. Simplement, il n'avait pas besoin ni envie d'une femme dans sa vie. Pour supporter les longues heures de répétition, les semaines de tournée et les groupies qui lui tournaient autour, il aurait fallu une femme particulière. De plus, il ne ressentait pas le besoin de tout partager avec quelqu'un — sauf pour quelques heures, entre les quatre murs d'une chambre.

Elle se détourna pour refermer l'étui de sa guitare.

— A présent je connais ta position, dit-elle d'un ton sec.

— Tu la connaissais depuis le début, Rena. C'est terminé entre nous. Nous aurons désormais uniquement des rapports professionnels, comme lorsque je t'ai engagée. Le soir, tu dormiras dans ton lit et moi dans le mien.

Il marqua un temps de pause avant d'ajouter :

— Et ce que je fais dans le mien, et avec qui, ne te concernera en rien.

Il vit passer dans ses yeux une lueur de colère, mais elle s'éloigna avec dignité, sans un mot, lui donnant le sentiment de s'être comporté comme un imbécile — sensation qu'il s'empressa de chasser car il n'avait aucune raison de se culpabiliser. Il ne l'avait pas prise en traître, au contraire, elle savait depuis le début.

La porte des loges venait de se refermer derrière elle, un peu plus bruyamment que nécessaire, quand il entendit sonner son portable. Son portable privé, celui qui lui servait à communiquer avec ses proches.

Il le sortit à la hâte de la poche arrière de son pantalon et fronça les sourcils en découvrant que l'appel émanait de Jace. Son frère n'avait pas l'habitude de le déranger à cette heure. Jace savait qu'il valait mieux l'appeler le matin, avant qu'il se rende à son club de sport.

— Jace ? dit-il. Qu'est-ce qui se passe ?

— Je viens de parler à Hannah. C'est grand-père. Il a eu une attaque cardiaque. Il est à l'hôpital dans un état grave.

3

Dalton Granger s'installa dans un fauteuil pour siroter son vin. Il étira ses jambes devant lui et se renversa contre le dossier, tout en admirant Victoria qui se prélassait sur le lit — nue, bien entendu. Lady Victoria Bowman lui tournait le dos et retroussait vers lui son joli petit postérieur, histoire de lui montrer qu'elle attendait qu'il retrouve un second souffle.

A se demander si elle n'avait pas pris une pilule pour stimuler sa libido. Mais enfin, non, pas Victoria. Elle prenait trop soin d'elle et de sa santé pour avaler des produits dangereux.

Dalton ne put s'empêcher de sourire. Il avait vingt-sept ans et Victoria quarante-sept. Si elle croyait l'avoir épuisé, elle se trompait lourdement et il allait le lui prouver. La prochaine fois, ce serait elle qui aurait besoin de souffler.

Il prit une autre gorgée de vin, sans la lâcher du regard. Victoria était une vieille maîtresse, dans tous les sens du terme. Ils se fréquentaient depuis un an et se retrouvaient chaque fois qu'il était de passage à Londres pour affaires. Il ne se lassait pas d'elle. Elle était d'une beauté hors du commun, avec une silhouette qui attirait les regards envieux des hommes comme des femmes — mais pas pour les mêmes raisons.

Il balaya du regard la chambre autour de lui et admira ce qui l'entourait. Il aurait parié que le couvre-lit à lui tout seul avait coûté plusieurs milliers de dollars. Fille d'un riche homme d'affaires, Victoria était habituée au luxe et n'hésitait pas à se l'offrir.

Tout comme lui.

Mais la comparaison entre eux s'arrêtait là. Victoria avait eu une vie paisible et plutôt heureuse, ou du moins sans tragédie. Pas lui. Pas lui et pas sa famille, pour être précis. Mais ils s'en étaient tous bien sortis. Jace était avocat à L.A., Caden vivait de sa passion, la musique — en ce moment même, il était peut-être sur une scène, quelque part sur le territoire des Etats-Unis. Ils s'arrangeaient pour se voir régulièrement, au moins une fois par an. Dalton soupira. La dernière fois, au mois de septembre de l'année précédente, ça ne s'était pas bien passé.

Ils s'étaient retrouvés à Paris, où Caden était programmé avec son groupe. Ils avaient passé de bons moments, puis Jace avait eu la malencontreuse idée de proposer de rendre visite à leur grand-père pour Noël — pour lui faire une surprise et se retrouver chez eux, en famille, avait-il eu le front d'ajouter.

Chez eux ?

Dalton avait failli lui éclater de rire au nez. Il avait quitté Sutton Hills, la propriété familiale des Granger en Virginie, quand il était parti étudier à l'université. Ça faisait un bail, près de neuf ans pour être précis. Depuis, il n'y était retourné que très rarement. Ça n'était pas sa maison. Il s'entendait mal avec son grand-père et il ne voyait pas l'intérêt de faire comme s'il y avait de l'affection entre eux.

En vérité, s'il y avait quelque chose, c'était plutôt de l'animosité.

Dalton en voulait à ce vieux tyran qui l'avait empêché de toucher à l'argent de son fonds en fiducie le jour de ses vingt-cinq ans, en prétendant qu'il était un play-boy et qu'il ne lui faudrait pas plus de un an pour dépenser jusqu'au dernier centime. Si Richard Granger avait espéré mettre son petit-fils à genoux en lui faisant du chantage à l'argent, il s'était trompé. Dalton s'était démené pour en gagner, afin de ne rien avoir à demander au vieux. Sportif accompli, il avait joué dans la ligue nationale de football après l'université. La prime de signature à elle seule lui avait rapporté un joli paquet. Il avait fait ensuite deux saisons accompagnées de contrats publicitaires plutôt lucratifs.

Bon, d'accord, il avait failli donner raison à son grand-père en perdant presque tout dans des investissements douteux et en menant grand train. Mais, au bout du compte, il avait réussi à se refaire et il était devenu milliardaire — rien que ça.

— Tu comptes rester assis là toute la nuit, Dalton ?

Il émit un petit rire et se leva, nu comme l'enfant qui vient de naître, tout comme Victoria.

— Comment ça se fait que tu es si excitée ce soir, Victoria ? demanda-t-il en revenant s'allonger près d'elle.

Au lieu de répondre, elle détourna le regard. Mais il avait eu le temps de voir les larmes qui perlaient à ses yeux.

— Victoria ? demanda-t-il d'une voix douce, en la prenant dans ses bras.

Ils avaient fait un long chemin ensemble. Peut-être même un peu trop long. Ils se connaissaient depuis près de trois ans, depuis que Stuart Hunter, comte de Falmouth, génie de la finance et père de Victoria, s'était entiché de Dalton après l'avoir rencontré à Londres lors d'une réception. Stuart l'avait guidé, formé, conseillé. C'était en partie grâce à lui que Dalton se trouvait aujourd'hui à la tête d'un parc immobilier d'une valeur de vingt millions de dollars, composé de plusieurs immeubles à Paris et de quelques centres commerciaux en Suisse et aux Etats-Unis — alors qu'il était pratiquement sur la paille quand il l'avait rencontré.

Victoria se tourna vers lui. Elle avait encore les yeux pleins de larmes.

— C'est à cause de Derek, murmura-t-elle d'une voix brisée. Père a appris qu'il se remariait.

— Je vois…

Il eut de la peine pour Victoria. Elle avait divorcé cinq ans plus tôt de ce salaud de Derek qui la trompait, mais elle n'avait pas cessé de l'aimer.

— Je lui ai donné douze ans de ma vie, Dalton ! J'étais

heureuse, comblée. Et je croyais que lui l'était aussi. Je me faisais des illusions. Et maintenant, le coup de grâce, c'est qu'il va épouser une gamine qui pourrait être sa fille ! ajouta-t-elle d'un ton hargneux.

Il décida que le moment était mal choisi pour lui faire remarquer qu'elle aussi aurait pu être sa mère. *Sa mère.* Il repoussa les douloureux souvenirs qui l'assaillaient chaque fois qu'il pensait à sa mère et serra un peu plus fort Victoria dans ses bras.

— Oublie-le, Victoria. Il t'a fait beaucoup souffrir. Tu mérites mieux que ça.

Cette phrase, il l'avait prononcée des centaines de fois, mais Victoria refusait d'oublier cet amour qui gouvernait encore son cœur, de toute évidence. Dalton ne pouvait même pas imaginer qu'on puisse aimer ainsi.

— J'ai essayé de l'oublier, Dalton.

— Pas assez, il faut croire, dit-il avec un soupçon d'agacement dans la voix.

Victoria était belle, riche, intelligente, elle avait tout pour elle. Elle aurait dû refaire sa vie depuis longtemps. Il ne supportait pas de la voir malheureuse. Elle n'était pas que sa maîtresse, elle était aussi son amie.

Délicatement, il la fit se retourner sur le dos et se glissa entre ses jambes.

— Je te promets de ne pas me lamenter sur le million de dollars que je viens de perdre, si tu promets de ne plus penser à ton crétin d'ex-mari.

Elle le regarda avec des yeux écarquillés.

— Tu as perdu un million de dollars ? Père le sait ?

— Non. Et je n'ai pas l'intention de le lui dire. Si je les ai perdus, c'est que je les avais. Et puis je n'ai pas envie d'écouter l'un de ses sermons !

— Je vois. N'en dis pas plus.

Il approchait sa bouche de la sienne pour l'embrasser quand son portable sonna. Il l'aurait volontiers ignoré s'il n'avait pas reconnu la sonnerie de Jace. Son frère ne l'appelait jamais à cette heure, et jamais non plus pour discuter. Il y avait sûrement un problème.

Victoria avait dû remarquer l'expression inquiète de son visage, parce qu'elle allongea le bras pour attraper le téléphone, qu'elle lui tendit.

— J'ai l'impression que tu ferais bien de répondre.

Il acquiesça en silence et décrocha, tout en mettant le haut-parleur. Il n'avait pas de secrets pour Victoria.

— Qu'est-ce qui se passe, Jace ?

— C'est grand-père. Il a eu une crise cardiaque et on a besoin de nous à la maison.

Dalton s'écarta de Victoria pour s'adosser aux oreillers.

— On ? Ce serait qui, ce « on » ?

— Ecoute, Dalton, ce n'est pas le moment de plaisanter ! Hannah vient de m'appeler, c'est sérieux.

— Et je devrais m'en émouvoir ? Pour quelle raison ?

Jace demeura muet quelques secondes, puis il lâcha d'un ton furieux :

— Parce qu'il s'agit de ton grand-père !

Dalton aurait voulu ne pas se sentir concerné, mais ce n'était pas le cas. Pourtant, il refusa de céder.

— Ce vieux schnock ne m'a jamais manifesté la moindre affection et ça ne lui fera ni chaud ni froid que je vienne ou pas. Tout le monde sait que tu étais son chouchou, comme Caden était celui de papa. Moi je n'avais que…

Un nœud se forma dans sa gorge.

— Je n'avais que maman, conclut-il d'une voix brisée.

Il eut un sourire triste. Oui, il avait été le préféré de sa mère. Il l'avait toujours su, et ses frères aussi. Sans doute parce qu'il était le plus jeune.

— Tu ne veux pas laisser le passé derrière toi, on dirait, lança Jace d'un ton accusateur. Tu t'accroches à toutes ces vieilles conneries…

Sans doute. Et après ? Ce n'était pas le problème de Jace. Et pour ce qui était de perdre son grand-père… Franchement, ça ne changeait pas grand-chose pour lui. Il avait déjà perdu sa mère, puis son père, quinze ans plus tôt. Il avait pris ses distances avec son grand-père. Il était orphelin et seul au monde depuis bien longtemps.

— Ecoute, Dalton, je n'ai pas le temps de discuter, je suis dans la salle d'embarquement et on nous appelle. Je vais en Virginie. Maintenant. Papa va être prévenu par le directeur de sa prison et j'ai déjà parlé à Caden. Lui et moi, on va se retrouver à l'hôpital, au St Francis Memorial.

— Tiens-moi au courant.

— C'est tout ce que tu as à me dire ? s'emporta Jace.

— Oui. Au revoir, Jace.

Puis il coupa la communication.

Victoria lui prit le téléphone des mains et le reposa doucement sur la table de nuit.

— Tu devrais y aller, Dalton.

Il fronça les sourcils.

— Et pourquoi donc ?

— Parce que c'est ton grand-père.

Il lui avait raconté l'histoire de sa famille, elle savait tout — ou presque. Elle savait entre autres que le vieux grincheux l'avait privé de son argent.

— Et alors ? De toute façon, on ne se voyait plus.

— Puisque tu es persuadé qu'il a eu tort de t'empêcher de toucher à ton argent, vas-y, et montre-lui que tu as réussi. Sans l'argent de ta famille.

Elle marqua un temps de pause, puis reprit d'une voix douce.

— Il ne sait pas, n'est-ce pas ?

Dalton secoua la tête.

— Non.

Personne ne savait. Ses frères eux-mêmes ignoraient à quel point il était riche. Ils voyaient qu'il vivait dans l'opulence, mais ne lui posaient pas de questions. Ils pensaient probablement qu'il jouait les gigolos auprès de vieilles Anglaises fortunées.

— Dans ce cas, c'est le moment de le lui apprendre, avant qu'il ne soit trop tard.

Il secoua la tête.

— Qu'est-ce que ça peut faire, qu'il le sache ou pas ?

— Je pense que c'est important.

Il ravala une riposte qui aurait écorché les délicates oreilles de Victoria.

— Tu te trompes, dit-il simplement.

Il demeura longtemps allongé sans rien dire, en se demandant qui il essayait de tromper. Oui, ça comptait pour lui que son grand-père sache. Et ça le dérangeait que ça compte.

Il avait hâte d'oublier Jace, son grand-père malade, ce coup de fil qui le forçait à prendre une décision. Et pour ça il savait exactement quoi faire. Il se pencha sur Victoria et prit sa bouche.

4

En franchissant le seuil de la chambre d'hôpital, Jace ne jeta qu'un vague regard à l'homme en blouse blanche qui se penchait sur son grand-père. L'espace d'un instant, il eut du mal à croire que la forme allongée dans ce lit était Richard Granger. Il ne voyait là qu'un corps sans vie relié à des machines. Rien ne lui rappelait l'homme fort et robuste qu'il connaissait. Il avait vu Richard récemment, à l'occasion des fêtes de Noël, et il l'avait trouvé en pleine forme.

Il avait tenté de convaincre Caden et Dalton de passer Noël et le nouvel an à Sutton Hills, mais ils avaient refusé. Caden avait une bonne raison : des dates de concerts impossibles à annuler. Mais Dalton avait tout simplement décliné l'offre en répondant quelque chose du genre « Quand il gèlera en enfer ».

— Je suis content que tu aies pu venir, Jace.

Jace détourna les yeux de son grand-père pour regarder ce médecin qui se montrait si familier avec lui. Il ne le reconnut pas, aussi, il chercha son nom sur le badge épinglé sur sa blouse. Sedrick Timmons. En effet, il se souvenait de Sedrick et aussi du fait qu'il avait toujours voulu être médecin. Sedrick avait beaucoup changé. Il ne restait pas grand-chose du grand gaillard dégingandé d'autrefois. Le Sedrick d'aujourd'hui avait de la bedaine et portait des lunettes à bord épais. De plus, il s'était légèrement dégarni au niveau du front.

Les Timmons avaient été les plus proches voisins des Granger. Ils étaient quatre. Les deux parents et deux enfants :

Sedrick et Shiloh. Shiloh avait été l'amie et la compagne de jeu de Caden. Sedrick, celui de Jace.

Puis il y avait eu la mort de Sylvia Granger, leur mère, et le procès de Sheppard Granger, leur père, accusé de meurtre. Après ça, le nom des Granger était devenu imprononçable. Les Timmons avaient interdit à leurs enfants de fréquenter les fils Granger. C'étaient eux qui avaient initié la mise à l'écart dont ils avaient tant souffert. Jace ne l'avait ni oublié ni pardonné.

Sedrick n'était pas directement responsable, mais ils n'étaient plus amis et Jace ne voyait aucune raison d'engager un dialogue amical. Il referma donc la porte de la chambre derrière lui et alla droit au but en posant la seule question qui lui importait, en employant à dessein le vouvoiement.

— Comment est-il, docteur Timmons ?

— Pour le moment, il se repose.

Sedrick lui fit signe de le suivre et ils sortirent tous deux dans le couloir, refermant de nouveau la porte avec soin.

— Maintenant, vous pouvez répondre franchement à ma question, dit Jace, qui avait compris le but de la manœuvre.

Sedrick affichait un air grave et solennel. Ses simagrées agacèrent Jace. Il avait hâte de savoir.

— Ce n'est pas bon, Jace. Mais j'ai préféré ne pas parler dans la chambre parce qu'il est possible que votre grand-père entende, même s'il n'a répondu à aucune stimulation depuis que nous l'avons admis dans le service.

Jace acquiesça.

— Je comprends…

Sedrick se massa la nuque, geste qui trahissait chez lui un intense malaise.

— Il est en très mauvais état, Jace, déclara enfin Sedrick en laissant retomber sa main et en le regardant droit dans les yeux. Les tests montrent que son cœur a été sérieusement endommagé. Je suis étonné qu'il soit toujours là. On dirait qu'il lutte pour survivre, comme s'il avait une dernière chose à faire en ce monde. J'ai pensé que vous réclameriez un deuxième avis, aussi, j'ai déjà appelé à son chevet le

Dr Paul Hammonds, le meilleur cardiologue de St Francis. Il a malheureusement confirmé mon pronostic.

Sedrick marqua un temps de pause et soupira.

— Il n'en a plus pour longtemps. Il faut à tout prix prévenir vos deux frères. Et aussi votre père, dit-il en cherchant son regard, comme s'il pensait que Jace avait des raisons de ne pas prévenir son père.

— C'est fait, j'ai déjà prévenu tout le monde, rétorqua sèchement Jace.

Il n'avait pas l'intention de s'étendre sur le sujet. Sedrick n'avait pas besoin de connaître les détails.

— Je voudrais passer un moment avec mon grand-père, poursuivit-il.

Sedrick fit signe qu'il était d'accord.

— Bien sûr. Et bienvenue parmi nous, Jace. Ça fait longtemps qu'on ne vous a pas vu à Charlottesville.

Jace afficha une expression neutre, mais il fut de nouveau très agacé par cette sollicitude déplacée. Le temps ne passait sûrement pas à la même vitesse pour Sedrick que pour lui. De plus, Sedrick se trompait, ça ne faisait pas si longtemps.

— Pas tant que vous croyez, docteur. Je suis venu pour les vacances de Noël. Je revenais ici au moins deux fois par an voir mon grand-père.

Une lueur d'étonnement passa dans les yeux de Sedrick.

— Désolé. Je n'en ai jamais rien su.

Jace haussa les épaules.

— Je ne vois pas pourquoi vous l'auriez su.

Au lieu de répondre, Sedrick eut lui aussi un haussement d'épaules et sa main revint masser l'arrière de son crâne. Il n'avait rien à dire pour se justifier. Vraiment rien. Adolescent, ils avaient été proches, puis ils avaient coupé les ponts au moment du drame. Sedrick était tout à fait conscient que leur conversation sonnait faux, sauf quand ils parlaient de l'état de santé de Richard Granger.

Jace décida donc de revenir sur ce terrain neutre. Sinon ce pauvre Sedrick allait devenir chauve, à force de se frotter le crâne.

— Vous prévoyez d'autres analyses ? demanda-t-il.

— Non, c'est inutile. Sauf si nous constatons une amélioration sur le plan clinique. Il n'est pas impossible qu'il reprenne conscience, mais ce ne sera pas pour longtemps, et malheureusement cela fera sans doute souffrir un peu plus son cœur.

Jace fronça les sourcils.

— Pourquoi ?

— Parce que, une fois réveillé, il risque de s'agiter.

Une infirmière s'approcha en s'excusant de les interrompre, puis elle informa le Dr Timmons d'une urgence dans une autre chambre.

— Si vous avez d'autres questions, Jace, demandez à quelqu'un de m'appeler, lança Sedrick avant de disparaître avec l'infirmière.

Jace acquiesça et retourna vers la chambre de son grand-père. Il haïssait les hôpitaux. Il les avait toujours haïs et il les haïrait toujours. Il approcha un fauteuil tout près du lit et s'y installa. Il observa un long moment le malade en silence, tout en se remémorant des jours meilleurs. Il s'était toujours senti très proche de son grand-père, contrairement à Caden et à Dalton. Il avait été son préféré, oui, en quelque sorte, mais il était certain que le vieil homme les aimait tous les trois.

Son téléphone émit un signal indiquant qu'il venait de recevoir un texto. Il le tira de la poche arrière de son pantalon. C'était un message de Caden.

> Avion vient d'atterrir. Serai à l'hôpital dans une demi-heure environ.

Jace remit le téléphone dans sa poche avec un soupir de soulagement et s'adossa à son fauteuil. Quand il posa de nouveau les yeux sur le malade, une profonde douleur lui agrippa le ventre. Son grand-père avait toujours été là pour lui et il tenait à rester à son chevet, mais il avait du mal à supporter le spectacle de ce corps immobile dans un lit, relié à des machines dont les bips réguliers emplissaient la chambre et semblaient rythmer la respiration laborieuse du malade.

Richard Granger aurait pu vivre encore quelques années. Il n'avait que soixante-quinze ans. Jace lui avait rendu visite pour son anniversaire, ainsi que Caden. Dalton ne s'était pas manifesté, pas même pour le lui souhaiter de loin, ce qui n'avait surpris personne.

Jace soupira. Il n'avait pas envie de penser en ce moment à l'animosité que Dalton conservait à l'égard de leur grand-père. Il préférait se souvenir des jours où ils étaient heureux, quand leurs parents étaient encore là, quand son père siégeait avec leur grand-père à la tête de Granger Aeronautics — l'entreprise familiale qui valait des milliards et dont ils étaient tous deux si fiers. Son grand-père était resté seul pour la diriger quand Sheppard avait été incarcéré. Ça faisait quinze ans déjà.

En apprenant que son grand-père avait eu une crise cardiaque, Jace avait eu un tel choc qu'il n'avait pas pensé une seconde à Granger Aeronautics. Hannah savait-elle comment prévenir Titus Freeman, le vice-président ? Si elle n'avait pas les coordonnées de Freeman, elle avait au moins celles de Vidal Duncan. Vidal était l'avocat de la société, mais aussi un vieil ami de la famille. Lui, il saurait quoi faire.

Jace remarqua un changement dans la respiration de son grand-père et ses préoccupations au sujet de Granger Aeronautics s'envolèrent aussitôt. Il lui semblait que Richard avait du mal à respirer, tout à coup. Il se leva, la peur au ventre, pour appeler l'infirmière. Ce changement ne signifiait peut-être rien, mais il voulait s'en assurer.

— Grand-père, c'est Jace, je suis là, murmura-t-il d'une voix douce en se penchant sur le lit. Ça va aller, tu verras. Tu as encore beaucoup à faire ici. Tu ne vas pas partir comme ça…

Il prit la main de son grand-père dans la sienne et essaya de ne pas s'appesantir sur le fait qu'elle était molle et sans force.

Le Dr Timmons entra en courant, suivi d'une infirmière, et Jace s'écarta du lit

Il avait hâte que Caden arrive, parce qu'il n'avait pas envie d'affronter ça tout seul.

— Qu'est-ce qui se passe ?

Jace soupira de soulagement en reconnaissant la voix de Caden. Il se tourna vers lui. Le Dr Timmons et l'infirmière levèrent à peine les yeux.

— Jace nous a appelés parce qu'il y avait un changement dans le rythme respiratoire de votre grand-père, aussi, nous vérifions que tout va bien, expliqua Timmons.

— Et alors ? Tout va bien ?

Caden fit quelques pas dans la chambre pour aller poser l'étui de son saxo contre un mur.

— Oui, c'était une fausse alerte, une petite difficulté respiratoire passagère, tout va bien, dit le médecin.

Jace alla à la rencontre de son frère et le serra dans ses bras.

— Je suis content de te voir, Caden.

— Moi aussi, répondit chaleureusement Caden. Moi aussi.

Puis il se tourna vers le Dr Timmons.

— Content de te revoir aussi, Sedrick.

Il traversa la chambre pour aller lui serrer la main.

— Merci, répondit Sedrick en souriant. Je te remercie.

Il jeta un regard en biais du côté de Jace, pour souligner qu'il appréciait l'amabilité de Caden.

— Je suis désolé de ce qui arrive à votre grand-père, ajouta-t-il.

— Oui, c'est terrible, murmura Caden.

Puis il s'adressa à Jace.

— Tu as réussi à joindre Dalton ?

— Oui.

Jace fit mine de s'étirer, un code établi des années plus tôt entre Caden et lui et qui signifiait qu'il ne pouvait pas répondre devant les personnes présentes.

— Il respire de nouveau normalement, annonça Sedrick. Si ça se reproduit, prévenez-nous aussitôt.

Il allait quitter la pièce, avec l'infirmière sur ses talons, quand Caden lança :

— Comment va Shiloh ?

— Elle va bien. Elle est revenue en Virginie. Elle est rentrée il y a six mois, quand mon père est mort, pour aider ma mère.

— Oui, j'ai su pour votre père, dit Caden. Toutes mes condoléances.

— Merci.

Sedrick referma la porte derrière lui et Caden chercha le regard de Jace à travers la chambre.

— Tu as bien accusé le coup, dit Jace.

— De quoi tu parles ?

— Quand tu as su que Shiloh était en Virginie.

Caden haussa les épaules et son visage se durcit.

— Je m'en fiche complètement, qu'elle soit là ou pas.

— Et pourtant tu as demandé de ses nouvelles, ne put s'empêcher de faire remarquer Jace.

— C'était de la pure curiosité, rien d'autre.

Jace décida de ne pas insister.

— Alors, qu'est-ce qui se passe avec Dalton ? demanda soudain Caden. Il vient ou pas ?

Jace s'étira de nouveau, tout en désignant le lit du menton, et se toucha l'oreille.

Caden comprit et acquiesça.

— Très bien.

Il s'avança vers le lit et s'installa dans le fauteuil que Jace avait abandonné quelques minutes plus tôt. Jace prit le temps de le dévisager. Caden était son cadet de deux ans, mais il était plus grand que lui. Il était aussi plus fin, plus délicat, avec un je-ne-sais-quoi de féminin. Il paraissait très las, au bord de l'épuisement, comme quelqu'un qui se surmène et ne prend jamais le temps de souffler. Il menait sans doute une vie de fou, à enchaîner les concerts et les déplacements. Il devait aussi se nourrir n'importe comment et se coucher très tard, ce qui n'arrangeait rien.

Caden allongea le bras pour prendre la main de leur grand-père dans la sienne.

— Si ton but était de nous réunir, tu as gagné, dit-il. Mais je n'aime pas beaucoup te voir dans cet état. Ce serait bien que tu te réveilles, maintenant.

Jace ne put s'empêcher de sourire. Caden avait toujours su prendre leur irascible grand-père sur le ton de l'humour. Jace aurait bien voulu que Dalton essaye d'en faire autant. Mais Dalton avait trop de comptes à régler avec Richard. Et réciproquement.

— Il a les mains froides et molles, murmura Caden.

— Je sais, répondit Jace en jetant un coup d'œil à sa montre. Tu viens d'arriver, mais je te propose quand même de descendre boire un café pendant que grand-père se repose. J'en profiterai pour appeler Hannah et lui dire que nous sommes là.

Caden acquiesça.

— D'accord pour le café mais, pour Hannah, il est tard. Tu ne risques pas de la réveiller ?

Jace eut un petit rire.

— Tu paries combien qu'elle est toujours debout ?

Caden sourit et se leva.

— Inutile de parier. Tu as sans doute raison.

— Bien sûr que j'ai raison, répondit Jace tandis qu'ils se dirigeaient vers la porte.

A 2 heures du matin, la cafétéria de l'hôpital était déserte. Caden s'installa sur une chaise à l'une des tables. Il pensait à Shiloh.

Shiloh était rentrée en Virginie.

— Tu le prends toujours noir, ton café ? demanda Jace.

— Oui, et j'en bois beaucoup. Un peu trop. Mais c'est le seul moyen de tenir le coup.

— Tu veux dire pour ceux qui ne dorment pas la nuit…

Caden n'était pas d'humeur à se lancer dans une grande discussion avec son frère à propos de ses nuits blanches. Il avait parfaitement conscience de tirer sur la corde, mais la vie d'artiste était exigeante. Il fallait tout donner, sinon on n'avait rien. Il avait réussi à être programmé à Las Vegas. Dans quelques semaines, il avait des contrats à New York. New York, c'était important. Il aurait une bonne couverture médiatique, des articles dans les journaux.

Il était récompensé de ses efforts.

Jace l'interrompit dans sa rêverie en arrivant avec les cafés.

— Voilà, dit-il en posant sa tasse devant lui.

Il songea tout à coup que son grand-père ne serait peut-être pas remis de sitôt. Comment faire pour New York ? Il avait déjà signé.

— Merci, répondit-il. Que disent les médecins à propos de grand-père ?

Jace resta silencieux et s'installa lentement sur une chaise. Caden connaissait bien son frère et comprit à son expression qu'il n'avait pas de bonnes nouvelles à lui annoncer. Il avait même « mauvaises nouvelles » inscrit sur le front.

— Rien de bon, murmura Jace. Sedrick est surpris qu'il soit toujours en vie. La crise a endommagé le muscle cardiaque.

Cade s'était préparé à cette réponse, mais cela lui fit tout de même un choc.

— Il nous faut un deuxième avis, dit-il après avoir bu une gorgée de café.

— Nous en avons un, Caden. Et il confirme le premier.

Caden soutint le regard de son frère.

— Qu'est-ce que tu essayes de me dire ?

Jace se frotta le visage d'une main. Puis il lâcha.

— Il va mourir.

Caden ferma les yeux un instant. Quand il les ouvrit de nouveau, il évita le regard de Jace et fixa le tableau abstrait sur le mur, en face de lui. L'idée de perdre son grand-père était pour lui un choc terrible — presque aussi terrible que celui d'avoir perdu son père. La seule différence était que son père n'était pas mort et qu'il pouvait le voir — il s'arrangeait d'ailleurs pour lui rendre visite le plus souvent possible.

Depuis quinze ans. Quinze ans à souffrir de l'absence d'un père emprisonné, c'était long. Vraiment très long…

Il se tourna enfin vers Jace.

— Tu l'as dit à papa ?

Jace soupira.

— Oui. J'ai prévenu le directeur de la prison avant de prendre l'avion et il m'a promis de faire passer le message à papa. Il sait que grand-père a eu une attaque, mais il ne sait rien de la gravité de son état.

Ce qui revenait à dire qu'il fallait lui annoncer la nouvelle. Caden n'avait pas envie de s'en charger et il savait que Jace n'en avait pas plus envie que lui. Jace était l'aîné. Il était très proche de leur père et de leur grand-père. Il but posément une gorgée de café, tout en le dévisageant. Tout ça devait être très dur pour lui. Jace avait toujours été le préféré de Richard, non seulement parce qu'il était l'aîné, mais aussi parce qu'il lui ressemblait, tout simplement. Ils étaient tous les deux inflexibles, fermes, parfois rigides. Mais ils étaient aussi tendres, affectueux, généreux. Il suffisait de bien les connaître et de s'arranger pour solliciter leur bon côté.

— Jace, ça va, toi ? demanda-t-il d'une voix douce.

Jace, qui fixait le fond de sa tasse de café, leva vers lui un regard tourmenté.

— Pas vraiment, avoua-t-il. Tu te souviens, après le procès de papa, comme on a eu l'impression que notre monde s'écroulait ? Après avoir perdu maman, on a dû écouter des tas d'idioties, s'entendre dire que notre père avait tué notre mère. Et en prime on a perdu nos copains et on a découvert que nos voisins étaient de parfaits crétins !

Caden se souvenait très bien. Ces choses-là laissaient des traces. On ne les oubliait pas comme ça.

— Oui, murmura-t-il. Tu parles si je m'en souviens.

— C'était affreux. Terrible.

Jace soupira.

— Heureusement, nous avons eu grand-père. Ça n'a pas dû être de tout repos, pour un homme de soixante ans, d'élever trois adolescents.

Caden approuva. Non, ça n'avait pas dû être de tout repos, en effet.

— Et il l'a fait, tout en dirigeant Granger Aeronautics d'une poigne de fer, renchérit-il. Qui va s'occuper de l'entreprise, à présent ?

Jace haussa les épaules.

— Freeman, je suppose. Puisqu'il est vice-président.

— Freeman est vice-président parce que grand-père n'a pas réussi à te convaincre de quitter L.A. pour occuper le poste. Il aurait voulu que tu travailles à ses côtés, Jace, que tu reprennes le flambeau.

Les yeux bruns de Jace se plissèrent.

— C'est un peu tard pour ça, non, tu ne crois pas ? De plus, si je me souviens bien, il aurait voulu que nous reprenions tous les trois le flambeau. Ne me mets pas tout sur le dos, ce serait sympa de ta part.

— Oui, mais toi, en tant qu'aîné, tu aurais eu droit à la place de président, plus que moi ou que Dalton. C'est évident. Grand-père attendait que tu deviennes le président de Granger Aeronautics, après lui, après papa.

Jace ne répondit pas. Caden ne lui apprenait rien. Dès le lycée, Richard avait obligé ses trois petits-fils à travailler chez Granger durant les mois d'été. Ça l'avait terrassé d'apprendre qu'aucun des trois n'envisageait d'y faire carrière, mais c'était le refus de Jace qui l'avait le plus déçu. Il avait espéré jusqu'au bout que celui-ci changerait d'avis et prendrait la place de son père une fois qu'il aurait terminé sa fac de droit.

Puis il s'était résigné.

— Et tu ne penses pas que c'est aussi ce qu'il attendait de toi ? demanda Jace avec une pointe d'agacement dans la voix.

Caden n'était pas disposé à adoucir la vérité.

— Peut-être. Mais pas autant. Il savait que j'étais trop investi dans ma musique pour endosser le costume d'un homme d'affaires. Je n'aurais pas tenu un an. Je me serais fait virer pour avoir joué du saxo pendant les heures de bureau.

Jace acquiesça en souriant.

— Et Dalton ?

Cette fois, ce fut au tour de Caden de sourire.

— Notre charmant petit frère n'aurait pas pu s'empêcher de draguer ses collaboratrices.

Jace éclata de rire.

— Ça, c'est certain !

Caden songea que c'était bon d'entendre rire son frère. Jace n'était pas heureux. Pas plus que lui. Et Dalton ? Etait-il heureux ?

— Au fait, en parlant de Dalton, reprit Caden, tu ne m'as pas répondu, tout à l'heure. Qu'est-ce qu'il fout ? Il n'a quand même pas refusé de venir ?

Devant le silence de Jace, il comprit.

— Ne me dis pas qu'il a refusé de venir…, soupira-t-il.

— D'accord, je ne te le dis pas.

— Mais pourquoi ? demanda Caden. Tu lui as bien expliqué que c'était sérieux ?

— Oui, je le lui ai expliqué. Mais il prétend que pour grand-père ça ne fait aucune différence qu'il soit là ou pas.

— N'importe quoi !

— Je sais. Mais Dalton a la tête dure. Il est borné. Il n'a jamais pardonné à Richard de l'avoir empêché de toucher à son fonds en fiducie le jour de ses vingt-cinq ans.

Caden fronça les sourcils.

— Grand-père avait une bonne raison de lui barrer l'accès à ce fric, toi et moi, on le sait. Dalton passait son temps à courir les jupons et il avait déjà dilapidé une somme d'argent qui aurait pu le faire vivre jusqu'à la fin de ses jours.

— Oui, mais lui ne voit pas les choses sous cet angle, de toute évidence. Devoir attendre jusqu'à trente ans pour avoir ce que nous deux avons eu à vingt-cinq, visiblement, ça lui fait mal au ventre.

Caden se tut quelques instants puis, après avoir bu une gorgée de café, il déclara :

— Ça ne m'aurait pas dérangé d'attendre, parce que je n'ai pas touché à un seul centime.

Jace secoua la tête.

— Moi non plus.

Ils demeurèrent silencieux, puis Caden reprit de nouveau la parole.

— Qu'est-ce que tu as dit à Hannah, exactement ? demanda-t-il.

Jace avait appelé Hannah quelques minutes plus tôt, avant de descendre à la cafétéria. Elle avait été ravie d'apprendre qu'ils étaient là tous les deux et déçue de l'absence de Dalton.

— Je lui ai répété ce que Sedrick m'a dit, répondit Jace en se levant de sa chaise. Et je crois que ça lui a fichu un coup.

— Ça ne m'étonne pas, murmura Caden.

Tout en se levant lui aussi, il calcula mentalement qu'Hannah était au service des Granger depuis près de cinquante ans. Elle n'était pas une simple gouvernante, ils la considéraient comme un membre de la famille. Leur grand-père s'était beaucoup appuyé sur elle quand il avait dû prendre en charge ses trois petits-fils.

— Qu'est-ce que tu vas faire maintenant ? demanda-t-il à Jace.

Jace lui jeta un regard par-dessus son épaule, tout en continuant à avancer vers l'ascenseur.

— Je suis à l'heure du Pacifique, alors je ne me sens pas du tout fatigué. Je vais rester ici. Comme ça, si grand-père se réveille, il trouvera l'un de nous à son chevet. Tu peux rentrer à la maison et…

— A la maison ?

— A Sutton Hills, précisa Jace. Pour tenir compagnie à Hannah, qui en a bien besoin. Je ne pense pas qu'elle parviendra à dormir ce soir.

— J'aimerais mieux rester à l'hôpital, moi aussi, dit Caden. Comme tu l'as laissé entendre tout à l'heure, je suis un couche-tard.

— Très bien. Comme tu voudras.

Ils avaient rejoint la chambre de leur grand-père et approché leurs fauteuils du lit avec l'intention d'y passer la nuit, quand une infirmière entra. Elle proposa de leur apporter des lits de camp. Après tout, fit-elle remarquer, cette aile de l'hôpital avait été financée avec leur argent et ils méritaient d'être traités en invités de marque.

Elle apporta donc des lits de camp, avec des oreillers et des couvertures.

Ils s'installèrent en silence, pour ne pas troubler le repos de leur grand-père. Ils s'étaient endormis, quand ils furent réveillés par un grincement de porte. Ils crurent d'abord qu'il s'agissait d'une infirmière venant vérifier les signes vitaux de leur grand-père — mais jamais une infirmière n'aurait allumé ce plafonnier aveuglant, au risque de déranger le malade.

— Pourquoi je ne suis pas étonné de vous trouver tous les deux en train de faire les andouilles ?

Jace se redressa d'un bond.

— Dalton ?

— Eh bien, oui, c'est moi. Qu'est-ce qu'il y a ?

— Je croyais que tu ne viendrais pas, dit Jace.

La lumière trop vive lui faisait mal aux yeux, mais il ne s'en plaignit pas. Il était tout à la joie de voir Dalton.

— J'ai changé d'avis, déclara posément celui-ci.

Caden repoussa sa couverture et se redressa lui aussi.

— Tu arrives au bon moment, lança-t-il d'un ton pince-sans-rire. On venait tout juste de s'endormir.

— Oh ! désolé…, ricana Dalton.

Puis son regard se posa sur le lit du vieil homme et l'expression de son visage changea aussitôt. Il parut atterré. Sans doute ne s'était-il pas attendu à ça.

Il laissa échapper un juron en s'adossant au battant de la porte.

5

— A quoi tu t'attendais, au juste, en venant ici ? demanda Jace.

Ils étaient descendus tous les trois à la cafétéria et buvaient un café — le deuxième pour Caden et Jace.

Dalton était encore décomposé et blanc comme un linge. Il haussa les épaules. Jace songea qu'il aurait eu besoin d'un petit remontant, mais on n'en servait pas à l'hôpital.

— J'en sais rien, moi ! En tout cas, pas à ce qu'il soit méconnaissable à ce point-là. Allongé sur le dos, totalement immobile… Je ne me souviens pas de l'avoir déjà vu dans un état pareil. C'était un être hors du commun, fort comme un bœuf, invincible…

Caden leva les yeux au ciel.

— Il a eu une attaque cardiaque, Dalton.

— Oui. La grand-mère de Victoria a eu une attaque cardiaque, elle aussi, mais elle jouait au bridge avec ses copines quelques semaines plus tard.

Il but une gorgée de café, comme si ça pouvait calmer ses nerfs en pelote.

— Il s'agissait sans doute d'une attaque légère, suggéra Jace.

Il resta songeur. Dalton fréquentait donc encore Victoria, cette Anglaise plus âgée que lui avec laquelle il avait une liaison depuis plusieurs années. Il avait eu l'occasion de la rencontrer quand Caden avait joué à Paris. Elle n'était pas mal pour son âge, mais vingt ans de différence… Seigneur… Pour lui, c'était un gouffre.

Il but lui aussi une gorgée de café, tout en songeant que ça ne le regardait pas. Après tout, si elle plaisait à Dalton, il n'avait rien à dire.

— D'après le Dr Timmons, l'attaque de grand-père est très sérieuse, reprit-il. Je t'ai dit au téléphone que c'était grave.

Il porta de nouveau son café à ses lèvres.

— Je ne t'ai cru qu'à moitié, avoua Dalton. J'ai pensé que tu en rajoutais pour me pousser à venir.

— Jamais je n'aurais osé te mentir à propos de la santé de grand-père, protesta Jace. Et, si tu ne m'as cru qu'à moitié, qu'est-ce que tu fais là ?

Dalton demeura silencieux quelques instants.

— J'ai pensé que, le vieux et moi, on avait des trucs à discuter.

— Tu avais l'intention de faire pression sur lui pour qu'il te donne accès à ton argent ? s'enquit Caden en le fusillant du regard.

Dalton ne se laissa pas démonter.

— Même si j'avais eu cette intention, tu n'aurais pas eu ton mot à dire. Mais ce n'est pas ça. Je n'ai pas besoin de cet argent.

Il s'empressa de changer de sujet, avant que l'un d'eux ne lui demande des détails sur ses revenus.

— Tu as eu papa, quand tu as appelé la prison ? demanda-t-il à Jace.

Jace secoua la tête.

— Non. Je n'ai eu que le directeur. Il m'a promis de lui transmettre le message.

Dalton acquiesça d'un air solennel.

— Et papa, comment il va ?

— Tu n'aurais pas à nous poser la question si tu te donnais la peine d'aller voir par toi-même comment il va, répondit Caden, agacé.

— Tais-toi, Caden. C'est à Jace que je m'adressais.

Caden se pencha par-dessus la table. Son visage touchait presque celui de Dalton.

— Mais moi je te parle ! Ça fait combien de temps que tu n'as pas vu papa ? Cinq ans. Tu es un fils indigne.

— Tu parles sans savoir. Tu ne comprends rien. Je ne suis pas comme toi et Jace. Je ne supporte pas de le voir comme ça, enfermé, à travers une vitre, avec cet uniforme bleu. Papa n'est pas un clochard, ni un gangster, ni un dealer. C'était Sheppard Granger, le directeur de l'entreprise Granger, un homme d'affaires respecté, un riche entrepreneur, un citoyen respectueux des lois, qui n'a jamais eu une simple amende pour excès de vitesse.

— Ce n'est donc pas parce que tu crois à la culpabilité de papa que tu refuses d'aller le voir ? demanda posément Jace, tout en fixant Dalton d'un regard intense.

— Mais qu'est-ce que tu racontes ? s'écria Dalton. Tu es fou ? Bien sûr que non, je ne crois pas à sa culpabilité.

Il regarda Jace, puis Caden.

— Comment avez-vous pu penser un truc pareil ?

Jace haussa les épaules.

— Parce que nous avons tous douté. A un moment ou à un autre. Parce que nous l'avons tous entendu se disputer avec maman la veille du jour où l'on a retrouvé son corps.

Il y eut un long silence. Ils pensaient tous les trois à la dernière nuit de leur mère et à la violente dispute qui l'avait opposée à leur père. Ils avaient tout entendu. Mais ils n'avaient jamais parlé de ça aux autorités. Convaincus de l'innocence de leur père, ils l'avaient instinctivement protégé.

Ils s'étaient ensuite confiés à Hannah, qui avait entendu, elle aussi. Elle avait tenu à en parler à leur grand-père. Ils s'étaient concertés, tous les cinq, sur la conduite à tenir, et ils avaient décidé de faire confiance à leur instinct : Sheppard Granger n'avait pas pu faire une chose pareille, même si les apparences étaient contre lui.

— Tu n'as jamais dit pourquoi tu ne rendais plus visite à papa en prison, dit Jace pour briser le silence. Pas à moi en tout cas. Ni à Caden ou à grand-père. Et pas même à papa. Je sais qu'il s'est posé la question, qu'il s'est demandé si tu doutais de son innocence.

— Mais non, ce n'est pas ça, je viens de te le dire. Je savais que…

Dalton ne termina pas sa phrase et baissa le nez sur sa tasse. Mais Caden n'avait pas l'intention de le laisser s'en tirer comme ça.

— Tu savais quoi ?

— Rien, répondit précipitamment Dalton.

Jace ouvrait la bouche pour dire quelque chose quand une infirmière apparut, surgissant de nulle part.

— Il faut que vous veniez, dit-elle. M. Granger a repris conscience et il vous réclame.

Ils se levèrent d'un bond.

— Il est réveillé ? demanda Caden.

— Il parle ? renchérit Jace. Il ne s'agite pas trop ?

— Il réclame qui ? s'enquit Dalton tandis qu'ils s'arrêtaient avec l'infirmière devant l'ascenseur le plus proche.

Elle attendit que la porte de la cabine se referme sur eux pour répondre à leurs questions.

— Oui, il est réveillé et parfaitement conscient, dit-elle à Caden.

Puis elle se tourna vers Jace.

— Il parle, mais nous essayons autant que possible de l'empêcher de s'agiter.

Et, à Dalton, elle déclara simplement :

— Il vous réclame tous les trois, c'est pourquoi le Dr Timmons m'a envoyée vous chercher.

Sedrick attendait dans le couloir près de la porte de la chambre quand les frères Granger arrivèrent à l'étage.

— Il paraît qu'il a repris conscience, dit Jace en se précipitant vers lui.

Sedrick marqua un temps de pause, puis il se décida :

— Je vous ai dit tout à l'heure que j'avais la sensation qu'il s'accrochait à la vie pour une raison précise. Je pense que je ne m'étais pas trompé. C'était vous qu'il attendait. Et il tient à vous parler.

Jace fronça les sourcils.

— Je croyais qu'il fallait lui éviter toute émotion.

Sedrick acquiesça.

— C'est exact. Mais il insiste, il veut vous parler. Si on lui refuse ça, il va s'agiter encore plus.

Son regard se posa sur Dalton, qu'il n'avait pas encore vu ce soir. Il s'avança vers lui et tendit sa main.

— Dalton, tu ne te souviens probablement pas de moi, mais…

— Je sais qui tu es, rétorqua Dalton sans se donner la peine d'accepter sa main. Tu étais un ami de Jace, autrefois.

Le ton sarcastique de Dalton n'échappa à personne, pas plus que son refus de serrer la main de Sedrick, lequel devint rouge d'embarras.

— Oui, quand nous étions adolescents.

Dalton haussa les épaules.

— Mais peu importe. Est-ce qu'on peut le voir, maintenant ? Tu es devant la porte, on ne peut pas entrer.

— Mais certainement, dit Sedrick en s'écartant pour les laisser passer. Je reste dans les parages…

Jace aurait voulu lui répondre, mais Caden poussait déjà la porte de la chambre.

Richard Granger était dévasté par la douleur. Le simple fait de respirer le faisait souffrir. Le médecin avait été direct avec lui. L'opération n'était pas envisageable. En d'autres termes, il lui restait peu de temps pour dire à ses petits-fils ce qu'il avait à leur dire. Chaque seconde comptait. Qu'ils le veuillent ou non, ils avaient maintenant un héritage.

Ils devaient reprendre Granger Aeronautics, qui était en train de couler. Il n'avait confiance qu'en eux. Et en Sheppard, bien sûr.

Sheppard…

Il prit une profonde inspiration, malgré la douleur. Quinze ans déjà que son fils payait pour un crime qu'il n'avait pas commis. Quinze ans qu'il avait le cœur brisé de le savoir en prison. Il avait engagé les meilleurs détectives privés pour apporter la preuve de son innocence, mais apparemment quelqu'un, là, dehors, veillait à ce que Shep reste là où il était. Richard n'oubliait pas que le véritable assassin était en liberté et entendait bien le rester.

Et tout ça à cause de Sylvia, sa femme… Il avait compris dès le premier jour qu'elle n'apporterait que des ennuis, mais Ava avait approuvé le mariage de leur fils, persuadée que Sylvia était la femme idéale pour lui donner les petits-enfants dont elle rêvait. Alors il avait cédé. Et il n'avait eu que des occasions de le regretter.

— Grand-père ?

Richard reconnut la voix de Jace. L'aîné de ses petits-fils. Celui qu'il aurait voulu voir un jour à la tête de l'entreprise familiale, qu'il aurait fait prospérer pour les générations de Granger à venir. Il lutta pour ouvrir les yeux. Ils étaient là. Tous les trois. Quelque part, tout au fond de son cœur, il avait toujours su qu'ils viendraient quand il aurait besoin d'eux. Il se désola que ce soit pour lui dire adieu. Mais il n'avait pas le temps de s'apitoyer sur son sort…

— Jace, Caden, Dalton…

Sa voix lui parut faible et pâteuse.

— Je dois vous dire quelque chose. Je dois…

— Grand-père, n'essaye pas de parler, protesta Jace. Tu dois économiser tes forces pour…

— Non. Ecoute et laisse-moi parler.

Il vit briller une lueur de défi dans les yeux de Jace et prit un ton suppliant.

— S'il te plaît…

Jace soutint son regard l'espace d'une seconde, puis hocha docilement la tête. Jace et Caden s'approchèrent du lit. Dalton demeura un peu en retrait. Ce rebelle cherchait encore à se démarquer de ses frères. Mais, ça, ça devait cesser.

— Dalton ?

Dalton approcha.

— Oui, grand-père ?

Richard s'efforça de ravaler son chagrin et ses regrets.

— Je voulais t'endurcir. Te préparer à affronter la vie. Tu étais le bébé de Sylvia. Elle t'avait trop gâté. Tout te venait trop aisément. Tu commençais à te comporter comme quelqu'un qui considère que tout lui est dû. Mais je n'ai pas cessé de m'intéresser à toi durant toutes ces années.

Dalton parut surpris.

— Oui, dit-il seulement.

— Je me suis arrangé pour avoir de tes nouvelles, poursuivit Richard. Même si tu n'en as rien su. Tu as tracé tout seul ton chemin vers la réussite et je peux te regarder aujourd'hui dans les yeux pour te dire que je suis fier de l'homme que tu es devenu. Sans moi, sans mon aide, sans t'appuyer sur le nom des Granger.

Richard se tut comme une douleur aiguë lui transperçait la poitrine. Il eut le vertige. Les visages de ses petits-fils se mirent à tourner autour de lui.

— Grand-père, ça va ? Caden ! Va chercher le médecin.

— Non, protesta Richard d'une voix ferme. Je tiens à ce que vous écoutiez tous les trois ce que j'ai à dire. Je vais vous parler d'abord de Granger Aeronautics. Je sais que vous avez une vie ailleurs, mais cette entreprise est votre héritage et je veux que vous le réclamiez. Il se trame quelque chose. Je ne sais pas quoi. Promettez-moi que vous ferez tous les trois ce qu'il faut pour sauver notre entreprise. J'ai délégué mes responsabilités aux mauvaises personnes et il faudra vous y mettre à trois pour rétablir les choses.

Il fut interrompu par une quinte de toux. Quand il reprit la parole, ce fut d'une voix si faible que les trois frères durent s'approcher encore pour l'entendre.

— Vous devez me promettre que vous ne laisserez pas tomber notre entreprise. Promettez-le-moi.

— Nous prendrons soin de Granger Aeronautics, grand-père, affirma Jace.

Il jeta un coup d'œil à ses frères et ajouta.

— Tous les trois.

— J'ai besoin que vous promettiez tous les trois, insista Richard. Caden ?

— Je promets de faire tout ce que je pourrai, grand-père.

Richard acquiesça.

— Dalton ?

— Je promets aussi, assura Dalton.

— Merci, murmura Richard. Et maintenant vous devez également me promettre que vous tenterez de faire sortir votre père de prison. De prouver son innocence. Promettez-moi d'essayer.

Ils promirent tous les trois, solennellement.

Un sourire de satisfaction étira les lèvres de Richard. A présent, il pouvait partir.

— Merci, répéta-t-il. Et souvenez-vous de ce que je vous ai appris. Vous devez vous soutenir les uns les autres.

Puis il ferma les yeux. Pour toujours.

6

Sutton Hills

Ce matin-là, Jace sortit à l'aube sous le porche, une tasse de café à la main. Il regarda autour de lui en soupirant. C'était bon de se retrouver à Sutton Hills mais sans son grand-père plus rien ne serait jamais pareil. Ça n'allait pas être facile de s'habituer à son absence. Pourtant, il savait qu'il y parviendrait. Adolescent, il avait dû accepter la perte de ses parents. Son père en prison… Sa mère assassinée… Il avait souffert, mais il avait surmonté son chagrin. La mort de son vieux grand-père était douloureuse, mais dans l'ordre des choses. Il s'y ferait.

Sutton Hills s'étendait sur deux cents acres aux pieds des montagnes Blue Ridge. Situé à trente minutes en voiture de Charlottesville, le domaine était le plus beau de la région. Les levers et les couchers de soleil y étaient spectaculaires, d'une beauté à couper le souffle.

Près de l'entrée principale de Sutton Hills se trouvait le centre équestre, avec les écuries et les chevaux — la fierté et la joie de son père et de son grand-père. Encore aujourd'hui, Sutton Hills était considéré comme une ferme équestre, à cause des magnifiques pur-sang que l'on y élevait.

La superficie se divisait en quatre zones principales. La maison où ses grands-parents avaient vécu, à un kilomètre et demi du centre équestre, entourée d'un terrain de vingt hectares. Le bâtiment ne comportait qu'un étage et était un chef-d'œuvre architectural, adossé au lac Mammoth.

A l'est de cette maison s'en trouvait une autre, qui avait été la résidence de ses parents et où il avait vécu les seize premières années de sa vie. Son grand-père l'avait fermée quand leur père avait été condamné. Après le verdict, ils y étaient entrés une dernière fois pour prendre leurs affaires et les transporter dans la maison principale. Ensuite, plus personne n'y avait mis les pieds.

A l'ouest, il y avait le hangar à bateaux et l'aire de réception où leurs parents organisaient autrefois tant de fêtes. Le regard de Jace s'arrêta sur ce hangar où l'on avait découvert le cadavre de sa mère, vers midi, à la fin du mois d'octobre, quinze ans plus tôt. Tuée par balle. D'après les autorités, les empreintes de son père se trouvaient sur l'arme du crime.

— Hannah fait toujours le meilleur café du monde, dit Dalton en ouvrant la porte pour le rejoindre sous le porche.

Jace se tourna vers lui, reconnaissant de cette interruption qui l'empêchait de s'aventurer plus avant sur le douloureux chemin des souvenirs.

— Tu vois ? Durant toutes ces années où tu refusais de venir, tu t'es bêtement privé du café d'Hannah, répondit-il.

— Et oui…

Dalton demeura silencieux et Jace supposa qu'il pensait au passé, au présent, et aussi à l'avenir. Il se mit lui aussi à réfléchir à l'avenir. Ils n'avaient plus évoqué entre eux les promesses faites à leur grand-père.

Ils n'en avaient pas eu le temps.

Le cœur de Richard Granger s'était arrêté de battre quand il avait refermé les yeux après leur avoir parlé, à l'hôpital. Ils avaient dû accepter que le vieil homme ne fasse plus partie de leur vie. Ça leur avait coûté d'aller à Sutton Hills pour annoncer la nouvelle à Hannah. Et encore plus de l'annoncer à leur père et d'organiser les funérailles sans lui.

Le service funéraire de la veille avait été pour Jace l'occasion de revoir des gens qu'il n'avait pas vus depuis des années. Ils étaient venus nombreux pour présenter leurs derniers respects à un homme que quelques-uns avaient dû craindre, d'autres respecter, et certains, sans doute, envier. Mais ce qu'ils pensaient ou avaient pensé de son grand-père n'avait pas d'importance aux yeux de Jace. Pour lui, Richard Granger avait été un homme admirable, un homme droit et juste. Il avait su inculquer à son fils Sheppard ses valeurs. Les deux hommes se ressemblaient, mais Sheppard avait un côté plus doux, hérité de sa mère.

Une ou deux personnes avaient abordé Jace pour lui demander des nouvelles de son père, mais la plupart s'étaient contentés des condoléances d'usage, en évitant de mentionner l'absent, incarcéré. Le service religieux avait été bref, comme Richard l'aurait souhaité. C'était fini, mais le chagrin de Jace était encore vif, surtout dans cette maison où il avait vécu avec ce grand-père qu'il avait tant aimé.

— Je me demandais où vous étiez passés, lança Caden en les rejoignant sous le porche.

— On pourrait te retourner la question, déclara Dalton d'un ton posé en allant s'asseoir sur une marche. Où étais-tu passé ?

— Je parlais avec mon agent. Je dois me rendre à New York pour une série de concerts dans quelques semaines.

Comme ses frères le regardaient fixement sans dire un mot, il se crut obligé d'ajouter :

— Non, je n'ai pas oublié la promesse que nous avons faite à grand-père. Mais j'ai aussi des engagements, que je suis obligé d'honorer, pour mon public et pour mon groupe. J'ai une vie.

— Tu n'es pas le seul, marmonna Dalton. Je n'arrive pas à croire que nous lui ayons fait cette promesse. Je n'ai pas travaillé depuis des années, moi !

— Je me doute que ça t'inquiète, ricana Caden. Tu vas devoir te lever tous les matins pour aller bosser. C'est autrement plus fatigant que de jouer les gigolos !

Il avait rencontré deux maîtresses de Dalton et les deux auraient eu l'âge d'être leur mère. Après tout, Dalton avait le droit de faire ce qu'il voulait. Il était séduisant, il plaisait aux femmes. Et les femmes lui plaisaient.

— Dis donc, tu n'as pas entendu ce que grand-père a dit avant de mourir ? Qu'il était fier de moi parce que j'étais devenu quelqu'un.

— Il savait visiblement quelque chose que nous ignorons, répliqua Jace, tout en dévisageant Dalton.

Il s'était demandé sur l'instant ce que ce compliment pouvait bien signifier, mais il n'avait pas eu le temps de questionner Dalton à ce sujet.

Dalton les regarda droit dans les yeux avec un petit sourire suffisant.

— Je suis milliardaire, déclara-t-il.

L'air parut vibrer autour de lui. Caden ricana, pensant qu'il s'agissait d'une boutade. Jace, lui, prit la déclaration de Dalton au sérieux, mais il voulait la suite, des détails.

— Et comment as-tu fait pour devenir milliardaire ? demanda-t-il. Est-ce que ta duchesse est morte en te léguant quelques châteaux, deux ou trois pubs et des coffres remplis de bijoux précieux ?

Un sourire diabolique étira les lèvres de Dalton.

— Victoria n'est pas duchesse, mais c'est bien une grande dame, une dame de la noblesse anglaise. De plus, elle n'est pas morte.

Il but une gorgée de café, puis demanda :

— Tu as entendu parler de Stuart Hunter, comte de Falmouth ?

Le nom fit hausser un sourcil à Jace. Il allait répondre, mais Caden le prit de vitesse.

— Jace n'en a peut-être pas entendu parler, mais moi, oui. C'est un investisseur anglais, très connu dans le monde de la finance. Il est richissime et a investi pas mal d'argent dans des productions hollywoodiennes et dans des voyages spatiaux.

Il contempla fixement Dalton.

— Mais pourquoi tu nous parles de lui ?

— Je l'ai rencontré à l'occasion d'un séjour en Angleterre,

à une réception. On s'est bien entendus. Il est devenu mon mentor. Il est aussi le père de Victoria.

Comme Jace et Caden demeuraient muets, il ajouta :

— Conseillé par Stuart, j'ai fait quelques transactions financières qui se sont révélées juteuses. Et au sujet de Victoria, pour mettre les choses au clair, nous sommes surtout amis et nous nous permettons quelques petits plaisirs en prime.

— Mais comment grand-père a-t-il su ? demanda Caden. Pour ta réussite et pour les amies avec lesquelles tu t'autorises des petits plaisirs ? précisa-t-il.

— Pour les amies, je parierais qu'il n'était pas au courant. Pour le reste, je ne sais pas comment il a obtenu ces renseignements. Je suppose qu'il avait ses sources, conclut-il.

Il contempla d'un air rêveur le liquide noir dans sa tasse, comme s'il cherchait à en analyser la composition.

Il se demanda si son grand-père avait engagé quelqu'un pour espionner ses faits et gestes. Peut-être… Même si c'était le cas, il ne lui en voulait pas. Ça prouvait au moins qu'il s'était soucié de lui.

Il leva les yeux vers ses frères.

— Quelle est votre position, par rapport aux promesses faites à grand-père sur son lit de mort ?

Jace haussa les épaules.

— Nous avons promis et nous sommes engagés, maintenant. Nous lui avons donné notre parole, sur son lit de mort, comme tu viens de le souligner.

Dalton but posément une autre gorgée de café.

— Sans doute, mais je ne sais pas comment on dirige une société comme Granger Aeronautics.

Caden leva les yeux au ciel. Il s'était douté que Dalton allait commencer à geindre.

— Tu y as travaillé pendant les vacances d'été, comme Jace et moi. Tu aurais dû te concentrer sur le travail, plus que sur les femmes à gros seins qui passaient dans le couloir.

Dalton sourit.

— O.K. J'admets que je n'étais pas concentré.

— Du moins, pas sur le travail, précisa Jace en enlevant une feuille morte de sa chemise.

Dalton sourit de nouveau et se tourna vers Caden.

— J'ai vu Shiloh, hier, à l'enterrement. Sa tête me disait quelque chose, mais je n'arrivais pas à mettre un nom dessus. Il m'a fallu cinq bonnes minutes pour me souvenir. Putain, elle est pas mal du tout ! Qui aurait pu croire qu'elle deviendrait aussi pulpeuse ?

Caden lui jeta un regard noir.

— Si tu as quelque chose à dire, dis-le.

Dalton pouffa.

— Mais je viens de le dire. Et, vu la tête que tu fais, tu as dû apprécier toi aussi ce que tu as vu. Elle a toujours été ta…

— Ma meilleure amie et rien de plus, coupa Caden. Et ça remonte à des lustres.

— Et elle nous a lâchés, comme les autres, quand le temps s'est gâté, renchérit Dalton avec une voix pleine d'aigreur et de colère. C'était d'ailleurs le cas de la moitié des gens qui étaient présents hier et je me demande bien pourquoi ils sont venus. Quand papa a été incarcéré, ils nous ont évités comme la peste. J'ai été sur le point de répondre à quelques-uns d'aller se faire foutre, je vous jure, quand ils se sont approchés pour présenter leurs condoléances. Quant à ceux qui ont eu le culot de me dire que c'était bon de me revoir… ça m'a mis hors de moi.

Jace ne répondit pas et s'adossa à la rambarde. Il se désintéressa des récriminations de Dalton et concentra son regard sur Caden, qui n'écoutait plus leur frère, lui non plus, et buvait son café à petites gorgées, avec une expression totalement absente. Jace se demanda à quoi il pouvait penser. Est-ce que Dalton avait touché un point sensible en évoquant Shiloh ?

— Joe Crowder doit venir à 11 heures, déclara Dalton.

Joe était l'avocat de la famille. Il allait leur lire le testament de leur grand-père. Vidal Duncan, l'avocat de la société, était censé les retrouver aussitôt après. Titus Freeman, le vice-président de Granger, avait assisté au service funéraire.

S'il se doutait de quelque chose au sujet de la promesse faite à leur grand-père et de leur désir de s'intéresser à la société, il n'en avait rien laissé paraître. Jace, de son côté, n'avait aucune idée de la manière dont il réagirait quand il apprendrait qu'ils avaient l'intention de prendre la tête de l'entreprise.

Dalton se leva pour s'étirer les jambes et, comme attiré par un aimant, son regard se tourna vers la maison où il avait vécu enfant.

— Est-ce que l'un de vous y est déjà entré depuis le jour où nous l'avons quittée ? demanda-t-il.

Jace et Caden suivirent son regard. Ce fut Caden qui répondit le premier.

— Non. Je n'en ai pas eu envie.

— Moi non plus, dit Jace avant de vider sa tasse de café.

Dalton acquiesça et fourra ses mains dans les poches de son jean, tout en continuant à survoler le paysage d'un œil distrait.

— Je demandais ça comme ça, murmura-t-il.

La lecture du testament fut sans surprise. Richard léguait à son fils Sheppard tout ce qu'il possédait. Jace, Caden et Dalton seraient chargés de gérer les biens de leur père et se les partageraient en cas de décès de celui-ci. Jace étant l'aîné, il avait une part plus importante que les deux autres, ce que tout le monde jugea équitable.

Hannah devenait propriétaire du petit pavillon qu'elle habitait, ainsi que de la voiture qu'elle conduisait et d'un cheval pour lequel elle s'était prise d'affection. Elle reçut aussi une coquette somme d'argent qui lui permettait de finir ses jours à l'abri du besoin, si elle décidait de ne plus travailler. Personne ne prononça un seul mot pendant la lecture des dernières volontés de Richard. De temps en temps, Hannah reniflait. Richard s'était également montré généreux pour les organismes auxquels il avait l'habitude de faire des dons, notamment pour l'hôpital dont une aile portait le nom de sa défunte épouse.

Joe venait de partir quand Vidal arriva. Les deux hommes étaient très différents, d'allure et de stature, mais ils étaient tous deux nés pour être avocats. Et ils chantaient tous les deux la même rengaine, se retranchant derrière les dernières volontés de leur client.

— D'après les dispositions prises par votre grand-père, Freeman sera rétrogradé au poste de vice-président à la minute où vous mettrez les pieds dans les bureaux de la compagnie, c'est-à-dire dès demain. Il avait pris la tête de la société depuis l'attaque de votre grand-père. Il devra vous laisser son poste.

Jace sursauta.

— Dès demain ? Mais pourquoi tant de précipitation ?

— Plus vous manifesterez rapidement votre détermination à prendre les choses en main et mieux ça vaudra.

Jace haussa un sourcil.

— L'entreprise ne va pas s'envoler, il me semble.

— Elle ne va pas s'envoler, mais elle a besoin de votre autorité. Granger Aeronautics est dans le rouge depuis plusieurs années.

Jace fronça les sourcils. Son grand-père n'avait jamais mentionné devant lui les difficultés financières de l'entreprise.

— Dans le rouge ? Mais pourquoi ?

— Richard n'a jamais compris pourquoi, répondit Vidal en secouant la tête. Il ne suivait plus les contrats de près comme autrefois et il était tenu à l'écart de pas mal de projets.

— Mais c'est absurde ! intervint Caden. Je n'y connais rien, mais il me semble qu'un homme comme mon grand-père aurait pu identifier le problème et…

— Eh, attendez une minute, coupa Dalton en se penchant par-dessus la table. Vidal, serais-tu en train de nous dire que Granger Aeronautics est sur le point de couler ?

— C'est à peu près ça, oui. Sauf si vous trouvez tous les trois un moyen de redresser la barre.

Caden avait l'air furieux.

— Et comment sommes-nous supposés accomplir cet exploit ?

Le ton était sec, presque agressif, et Jace se sentit solidaire. Ils pensaient probablement tous les trois la même chose, sans s'être concertés. Leur grand-père leur avait fait un cadeau empoisonné. Il leur avait extorqué une promesse impossible à tenir. Il ne s'agissait plus de quelques réajustements, comme ils l'avaient cru, mais de sauver une entreprise en perdition.

— Je propose que nous votions tous les trois pour nous débarrasser de ce fardeau, déclara Dalton. Stuart connaît sûrement des acheteurs potentiels et…

— Non ! protesta Jace.

Il se tourna vers Dalton, furieux, pour poser sur lui un regard glacial.

— Dalton ! On a promis à grand-père, on va tenir parole.

Dalton laissa éclater sa colère.

— Tenir parole ? En empirant les choses ? Nous avons passé deux ou trois étés à travailler dans la société, mais nous sommes totalement incompétents. On ne connaît rien au secteur aéronautique. Que dalle !

Il prit une profonde inspiration et fit un effort visible pour se maîtriser, avant de poursuivre :

— On parle d'une société de près de mille employés, Jace. D'après ce que je crois savoir, Granger Aeronautics est le quatrième employeur de Charlottesville. Rien que par respect pour les gens qui y travaillent, nous ne pouvons pas nous permettre de jouer les apprentis sorciers. Si nous échouons, ils risquent de tout perdre, tu comprends ça ? C'est ce que tu veux ?

Ce n'était pas ce que Jace voulait, mais il n'était pas d'accord pour abandonner aussi facilement, sans même essayer.

— Grand-père t'avait bien cerné, Dalton. Tu as toujours tout eu sur un plateau et tu crois que tout t'est dû. Tu as gagné des sommes colossales, mais même pour ça tu n'as pas eu à travailler dur. Tu as investi et tu t'es contenté d'attendre que ça rapporte. Je crois que le fait de te mettre à la tâche pour de bon te fait peur.

Dalton se leva d'un bond, en renversant sa chaise. Il se pencha vers Jace.

— J'ai appris qu'il vaut mieux travailler intelligemment que durement.

Vidal s'interposa, craignant sans doute qu'ils n'en viennent aux mains. Mais Caden intervint et pressa le bras de Vidal, pour lui signifier de ne pas s'en mêler. Ce n'était peut-être pas plus mal que Jace mette un peu de plomb dans la cervelle de leur petit frère. Il était plus que temps que quelqu'un se décide à le faire. Apparemment, ses milliards lui étaient montés à la tête.

— Pour une fois dans ta vie, pourrais-tu penser un peu aux autres ? demanda Jace.

Il était si furieux qu'il sentait la colère couler dans ses veines.

— Et toi, Jace, à qui penses-tu ? rétorqua Dalton. Pas aux employés de Granger, en tout cas. Peut-être que tu vois enfin un moyen de te débarrasser de ton boulot que tu détestes. Eh bien, c'est parfait ! Démissionne et viens t'installer ici. Mais comment peux-tu espérer sauver une société, quand tu n'as même pas été capable de sauver ton mariage ?

Ça, c'était un coup bas. Caden secoua la tête. Dalton allait trop loin, il ne jouait pas réglo. La sphère privée n'avait rien à voir là-dedans. Il fut tenté de s'en mêler, mais ses frères avaient tous les deux besoin de vider leur sac. Ensuite, lui aussi aurait des choses à dire.

— Je ne vois pas pourquoi tu parles de mon mariage, protesta Jace en s'approchant de Dalton.

— Tu ne vois pas ? Et, au fait, j'en profite pour t'avouer que je n'ai jamais aimé ta femme.

— Elle non plus ne t'aimait pas.

— Bon, je crois que ça suffit comme ça, coupa Caden, se décidant cette fois à intervenir.

Il alla se placer à côté de Jace, face à Dalton.

— Jace a raison, Dalton. Nous avons donné notre parole

tous les trois. D'accord, nous n'étions pas conscients de la difficulté de la tâche qui nous attendait. Mais, puisque grand-père nous croyait capables de régler les problèmes de Granger Aeronautics, j'ai l'intention d'essayer. Tu marches avec nous ou pas ?

Dalton défia ses frères du regard. Il était seul contre eux deux. Ce n'était pas la première fois, et il savait, aussi sûr que le soleil brillait dans le ciel, que ce ne serait pas la dernière. Ce qui ne l'empêchait pas de les aimer plus que tout au monde.

Il avait aimé aussi son grand-père et il était heureux de s'être réconcilié avec lui sur son lit de mort. Mais ce que Jace et Caden s'apprêtaient à faire était complètement fou. Bon sang… Les choses ne se présentaient pas du tout comme prévu. Il avait cru qu'ils mettraient leur nez dans une société qui tournait bien, juste le temps de passer la main. Il avait pensé que Jace resterait, sans doute, mais que lui rentrerait en Angleterre dès que possible, au bout de deux ou trois semaines. Et que Caden le suivrait de près, pour se consacrer à sa musique et à ses concerts. Bien sûr, ils seraient tenus de revenir de temps à autre pour assister aux conseils d'administration ou pour des événements particuliers. Mais jamais dans ses pires cauchemars il n'avait rêvé d'hériter d'une société prête à déposer son bilan. L'idée de séjourner longuement en Virginie, et surtout à Sutton Hills, lui donnait déjà la nausée.

— Alors ? insista Caden, comme il ne répondait pas.

Dalton fronça les sourcils, prêt à leur répondre que, non, il n'était pas partant, du tout, et qu'il entendait reprendre dès ce soir un avion pour Londres. Mais tout au fond de lui il savait qu'il ne pouvait pas faire ça… même s'il le désirait plus que tout. Autrefois, après le procès de leur père, le soir du verdict, ils s'étaient juré de rester toujours solidaires. Aujourd'hui, Jace et Caden avaient besoin de lui.

Il hocha le menton.

— Je suis avec vous.

— Très bien, dit Caden, en retenant un sourire.

La colère de Dalton se ranima aussi vite qu'elle s'était envolée.

— Vidal veut nous voir demain dans les bureaux, mais je ne suis venu qu'avec un seul costume. Je ne veux pas avoir l'air d'un épouvantail, alors vous irez tous les deux, ça suffira amplement.

— Cesse de geindre ! rétorqua Caden. Nous devons être présents tous les trois à cette réunion et montrer que nous sommes unis.

— Sauf qu'il y a un problème, intervint Vidal.

Ils se tournèrent vers lui pour le dévisager. Jace et Dalton avaient oublié qu'il était là.

— Quel genre de problème ? demanda Jace.

— Pendant que vous discutiez des menus désagréments de la situation, j'ai reçu un appel. On dirait que Freeman ne veut pas abandonner son poste et qu'il est en train de rameuter ses troupes.

Caden fronça les sourcils.

— Quelles troupes ?

— Des actionnaires, qu'il pense pouvoir gagner à sa cause, répondit Vidal d'une voix qui dissimulait mal son mécontentement. Il a réclamé pour demain une réunion des actionnaires. Il va leur demander de voter pour le maintenir à la tête de Granger, en faisant valoir le fait que vous trois n'avez aucune expérience en la matière et qu'il est le seul capable de gérer la situation.

— Et il peut faire ça ? Rester à son poste ? demanda Dalton, qui ne savait pas très bien comment tout cela fonctionnait.

Il avait gagné des milliards en investissant dans des sociétés, pas en les dirigeant.

— Oui, il peut, s'il a suffisamment d'actionnaires de son côté. Les actionnaires ne sont pas nombreux, mais leur vote a assez de poids pour vous faire obstacle.

Caden se rembrunit.

— Je ne vois pas comment. Jace a procuration pour les voix de notre père, et nous avons aussi les nôtres.

Vidal desserra sa cravate et Caden eut la sensation que ce qu'il s'apprêtait à leur dire n'allait pas lui plaire.

— Oui, mais l'année dernière Richard a vendu certaines de ses parts parce qu'il avait besoin d'argent pour lutter contre l'OPA hostile d'une autre société. Vous allez vous retrouver face à des actionnaires dont les parts seront peut-être plus importantes que les vôtres.

— Eh bien… L'intrigue s'épaissit, murmura Dalton entre ses dents.

Jace lui jeta un regard mécontent, mais Caden décida que ça ne valait pas la peine d'être relevé.

— Hélas, si Freeman parvient à les convaincre qu'il peut sauver la compagnie, c'est lui qu'ils décideront d'appuyer et c'est pour lui qu'ils voteront, ajouta Vidal.

— Tu les connais, ces actionnaires ? demanda Jace, en se mettant à faire les cent pas.

— Oui, répondit Vidal.

— Il te faudrait combien de temps pour nous procurer leurs noms ? insista Jace en se dirigeant vers la table où ils étaient assis un peu plus tôt.

Caden et Dalton le suivirent.

— Une heure environ.

— Parfait.

Dalton sentit une coulée d'adrénaline se répandre dans ses veines et il eut la surprise de trouver cela plutôt agréable. Il aimait les sensations fortes et, à en juger par la tournure que prenaient les choses, ils allaient être servis. Son grand frère s'apprêtait à engager un bras de fer. Il aimait bien cette étincelle dans les yeux de Jace. Jace était furieux et, quand Jace était furieux, il se mettait à réfléchir. Et un Jace qui se mettait à réfléchir était plus dangereux qu'un politicien surpris en train de retourner sa veste. Il trouverait un moyen de s'en sortir, quoi qu'il en coûte.

Jace les dévisagea.

— Très bien, dit-il. Nous allons avoir notre première réunion de l'exécutif ici même.

Caden acquiesça.

— Quelles sont les règles du jeu ?

— Pour l'amour du ciel, Caden, tu ferais mieux de souffler dans ton saxo, lança Dalton tout en se frottant les mains d'impatience. Même un gigolo comme moi a compris ce que Jace a en tête. Il va appeler les actionnaires, un par un, pour racheter leurs parts.

Il interrogea Jace du regard avec un petit sourire et l'air de trouver que la manœuvre était absolument géniale.

— C'est bien ce que tu comptes faire, non ?

— Pas exactement, répondit Jace en lui rendant son sourire. Je vais appeler les actionnaires, mais ce n'est pas moi qui vais leur racheter leurs parts.

Dalton fronça les sourcils.

— Ah bon ? Mais qui va les racheter, alors ?

— Pour l'amour du ciel, Dalton, même un joueur de saxo comme moi a compris où Jace voulait en venir ! intervint Caden avec un grand sourire.

Devant l'air ahuri de Dalton, il ajouta :

— C'est toi qui vas racheter les parts, monsieur le milliardaire…

Cinq heures plus tard, les trois frères, toujours assis autour de la même table, faisaient le bilan de leurs efforts. Hannah leur avait servi un déjeuner somptueux, dont l'apothéose avait été une tourte aux pêches.

Jace avait réussi à parler directement à leur père, pour le tenir au courant de ce qui se passait. Le coup de fil avait été bref, mais utile. Sheppard Granger avait approuvé leur stratégie.

— Bon, dit Jace en s'adossant à sa chaise. Huit personnes ont accepté, mais nous ne saurons que demain si cela suffira pour tirer les ficelles.

— Il vaudrait mieux, grommela Dalton. Mon compte en banque s'est allégé de quelques millions de dollars.

— Pour l'amour du ciel, cesse de te plaindre ! rétorqua Caden en se penchant sur l'un des noms de la liste.

Samuel Timmons. Le père de Shiloh…

Timmons possédait trente actions de la société. Ou

plutôt, sa veuve les possédait. Jace l'avait appelée, mais la gouvernante leur avait répondu qu'elle n'était pas en ville et qu'elle ne serait de retour que le lendemain en fin de journée.

L'un des actionnaires leur avait avoué que Freeman lui avait téléphoné un peu plus tôt dans la matinée pour s'assurer qu'il assisterait à la réunion du lendemain et qu'il voterait pour lui. La question était de savoir si Freeman avait réussi à joindre Mme Timmons et à lui extorquer un vote par procuration. Caden n'en aurait pas été surpris. Samuel et Sandra Timmons avaient été des amis de ses parents et leur témoignage lors du procès de leur père avait été accablant. Et, une fois le procès terminé, ils avaient interdit à leurs enfants de fréquenter les fils Granger.

— Caden ?

Il leva les yeux vers Jace.

— Oui ?

— Qu'est-ce que tu penses de tout ça ?

Un léger sourire étira les lèvres de Caden.

— Je pense qu'on va se montrer demain à ce conseil d'administration et qu'on va botter quelques derrières.

— Ça me plaît, répondit Jace en souriant lui aussi.

— Je suis désolé de vous faire descendre de votre petit nuage, intervint Dalton. Mais il reste sur cette liste quatre personnes susceptibles de voter pour Freeman et leurs votes pourraient faire pencher la balance en sa faveur.

— Possible, mais il faut avoir la foi, assura Jace. Si nous nous montrons unis, prêts à nous investir et à retrousser nos manches pour redresser la situation, ils se rangeront de notre côté. La plupart de ces actionnaires se sont montrés loyaux envers grand-père et on peut espérer qu'ils voudront nous aider à respecter ses dernières volontés.

— Puis-je faire une suggestion ? demanda Vidal en leur tendant une carte de visite. Elle s'appelle Shana Bradford et elle est consultante en entreprises. Elle n'a que vingt-huit ans, mais elle est devenue une figure locale depuis que sa société s'est installée ici, il y a quelques années.

Jace lut la carte.

Shana Bradford.
Consultante.
Gestion de crise

— Elle est douée ?

— Elle a remis sur pied plusieurs entreprises de la région. Et plutôt rapidement. Elle a fait ses preuves. Vous devriez vous adresser à elle.

Jace interrogea ses frères du regard.

— Qu'est-ce que vous en pensez ?

Caden sourit.

— C'est toi le P.-D.G. A toi de décider.

Dalton haussa ses larges épaules.

— Je propose de l'engager, à condition qu'elle soit jolie.

Jace leva les yeux au ciel et s'adressa à Vidal.

— Si les choses tournent demain en notre faveur, je l'appellerai.

Après des heures à se tourner et se retourner dans son lit, incapable de dormir, Jace se décida à se lever. Il enfila sa robe de chambre et descendit dans la cuisine pour se servir un verre de lait chaud. Sur le seuil, il s'arrêta en découvrant Hannah, assise, les yeux rivés à ses mains croisées sur la table.

Sa première intention fut de remonter dans sa chambre, pour ne pas l'importuner. Puis il se souvint qu'elle avait tant de fois consolé ses chagrins d'enfant…

Aujourd'hui, c'était à lui de l'aider. Hannah était malheureuse. Cela lui ferait du bien de s'épancher.

— Vous n'arrivez pas à dormir, vous non plus ? demanda-t-il en allant s'asseoir face à elle.

Elle s'empressa d'essuyer ses larmes d'un revers de la main et lui sourit.

— Je réfléchissais au dîner de dimanche. C'est si bon de vous avoir de nouveau tous les trois. Je voudrais préparer quelque chose de spécial.

Jace acquiesça. Il n'aurait pas su dire si c'était le cas pour ses frères, mais, lui, il était heureux d'être ici, dans la maison de son enfance. Il ne s'était pas rendu compte à quel point elle lui avait manqué. Il n'avait fait que de brefs séjours ces dernières années, mais aujourd'hui il avait l'impression d'être rentré chez lui.

— N'en faites pas trop, Hannah. Si nous mangeons trop, nous aurons du mal à nous mettre au travail.

Elle pouffa et but une gorgée de son thé.

— Il reste du thé, si tu en veux une tasse, proposa-t-elle.

— Je veux bien, oui, merci, répondit-il en se levant. J'avais l'intention de boire un lait chaud, mais du thé, finalement, c'est mieux.

Tout en versant de l'eau chaude dans sa tasse, il jeta un coup d'œil par-dessus son épaule et constata que Hannah contemplait sa tasse d'un air absent. Elle était au service des Granger depuis de longues années. Ses grands-parents l'avaient engagée comme nounou et gouvernante quelques semaines après la naissance de son père. Vingt-cinq ans plus tard, elle était allée vivre avec Sheppard et sa femme quand il était venu au monde. Puis elle était restée, pour s'occuper de Caden et de Dalton.

Son mari, Raymond, était mort depuis plusieurs années. Elle avait eu un enfant avec lui, une fille, Maretha, qui s'était installée au Texas après avoir fait ses études en Virginie.

Hannah avait toujours fait partie de leur vie. Elle avait été là quand sa grand-mère était morte, elle les avait soutenus au moment de la mort de leur mère et du procès de leur père. Elle était là pour eux aujourd'hui. Mais elle avait son propre chagrin à gérer. Il savait que son grand-père la considérait comme un membre de la famille, pas comme une simple gouvernante.

Et surtout il savait que son grand-père l'avait aimée.

Richard Granger le lui avait avoué lors de sa dernière visite à Sutton Hills. Caden et Dalton ne se doutaient de rien. Ils n'avaient pourtant pas été surpris que Hannah figure sur le testament de leur grand-père. Sans doute avaient-ils la sensation qu'elle méritait largement ce qu'elle avait reçu, pour tout ce qu'elle avait donné sans compter au cours des années.

S'il était certain que son grand-père avait aimé Hannah et qu'elle l'avait aimé en retour, Jace savait aussi que leur liaison avait débuté après son départ de la maison. La solitude les avait rapprochés, sûrement. Et puis, Hannah avait du charme. Il s'était réjoui que son grand-père ait auprès de lui une personne de confiance et une femme qui le rendait heureux.

Il revint s'asseoir à la table.

— Il vous aimait, vous savez, dit-il.

Elle releva la tête d'un mouvement brusque et le fixa. En voyant les larmes qui perlaient de nouveau à ses paupières, il eut mal pour elle.

— Tu étais au courant ? demanda-t-elle d'une voix altérée par l'émotion.

— Oui, il s'était confié à moi et ça m'avait fait plaisir, pour lui et pour vous, assura-t-il en tendant les bras par-dessus la table pour poser ses mains sur les siennes.

Elle avala sa salive.

— Tu crois que Caden et Dalton…

— … savent ? conclut-il à sa place.

Il haussa les épaules et lâcha ses mains.

— Je ne pense pas que grand-père leur en ait parlé, mais ça n'a aucune importance. Grand-père n'était pas un homme facile à aimer. Je suppose qu'il y avait quelque chose de particulier entre vous.

— Oui, c'était le cas, c'est vrai, murmura-t-elle en essuyant ses larmes.

Elle se leva pour aller chercher une serviette en papier et revint s'asseoir.

— Ce que vous faites en ce moment tous les trois, c'est bien, Jace. Votre grand-père tenait beaucoup à Granger Aeronautics. Jamais il ne vous aurait demandé de vous en occuper s'il avait douté de vos capacités. Vous réussirez.

Jace se tut un instant, puis il soupira.

— J'espère que vous avez raison, Hannah. En ce moment,

j'ai l'impression de porter sur mes épaules tout le poids du monde. Je dois rentrer dans le costume de mon grand-père, ça ne va pas être facile. J'ai peur de ne pas être à la hauteur et d'abandonner.

Cette fois, ce fut elle qui allongea le bras pour lui prendre la main.

— Tu n'abandonneras pas. Richard te croyait capable de t'en sortir. Et moi aussi je t'en crois capable.

Il ne put s'empêcher de sourire. Hannah avait toujours su leur redonner confiance.

— Merci, dit-il.

Il but une gorgée de thé.

— Demain est un grand jour, reprit-il. Mais je pense qu'on va gagner.

Elle acquiesça.

— Oui, vous allez gagner. Le sang des Granger coule dans vos veines. Vous verrez.

Il demeura songeur quelques minutes.

— Vous saviez que l'entreprise allait mal ?

Elle secoua la tête.

— Non, je l'ignorais. Richard ne parlait jamais travail avec moi. Ça faisait partie de nos règles. Je tenais à être celle avec qui il pouvait tout oublier. Je voulais qu'il se détende et cesse de s'inquiéter au sujet des Granger. Je tenais à lui offrir des moments simples et sans nuages.

— Vous aussi vous les méritiez, ces moments, répondit Jace avec douceur. Vous les méritiez tous les deux. Je crois au bonheur, moi aussi. Et je crois que nous serons tous heureux, plus tard, quand notre peine se sera estompée.

Elle marqua un temps de pause.

— Tu sais ce qui me rendrait extrêmement heureuse ?

— Non. Quoi ?

— Que tu t'installes un jour ici, à Sutton Hills, avec une femme qui te donnera des enfants. Je voudrais une nouvelle génération de Granger à élever.

Jace ne put s'empêcher de rire.

— Une bataille à la fois, s'il vous plaît, Hannah. Pour l'instant, je vais me marier avec Granger Aeronautics.

Hannah rit, elle aussi.

— Ce n'est pas Granger Aeronautics qui te tiendra chaud la nuit.

Il s'adossa à sa chaise et la dévisagea en souriant. Hannah était têtue. Il pouvait compter sur elle pour remettre le sujet sur le tapis.

7

Brandy Booker, l'hôtesse d'accueil qui surveillait le grand hall d'entrée de Granger Aeronautics, leva la tête vers les trois paires d'yeux bruns qui la dévisageaient. Elle se souvenait d'avoir vu ces trois-là quelques jours plus tôt aux funérailles de Richard Granger. Ils étaient les petits-fils de Granger et, franchement, elle avait été éblouie. Jamais elle n'avait vu trois hommes aussi séduisants. Les rayons de soleil qui filtraient à travers l'immense fenêtre les auréolaient d'une lumière presque surnaturelle qui les rendait encore plus impressionnants.

En plus d'être beaux, ils étaient élégants, ce qui ne gâtait rien. Ils portaient des costumes bien coupés, des chemises blanches, des cravates de soie. Deux d'entre eux affichaient une expression sérieuse, tandis que le troisième la fixait avec un petit sourire aguicheur, auquel elle fut tentée de répondre. Mais elle se retint. Elle savait rester à sa place.

Elle se racla la gorge.

— Oui ? Que puis-je faire pour vous ?

— Nous sommes les héritiers Granger et nous venons pour le conseil d'administration, dit l'un des hommes.

Celui qui venait de parler était Jace Granger, l'aîné des trois frères. Elle le savait parce que c'était lui qui s'était chargé de l'éloge funèbre de son grand-père.

Le bruit courait que Granger avait légué l'entreprise à ses petits-fils et elle avait l'impression que les choses allaient devenir bigrement intéressantes. M. Freeman, le directeur, s'était agité toute la matinée, à courir dans tous les sens, comme un poulet à qui on aurait coupé la tête. Freeman aimait le pouvoir et il allait se battre pour le conserver.

— Oui, monsieur Granger, la réunion ne va pas tarder à commencer, dit-elle.

Elle se demanda s'ils étaient arrivés au dernier moment pour se ménager une arrivée théâtrale. En tout cas, ils produiraient leur petit effet, elle n'en doutait pas.

— Je me ferais un plaisir de vous montrer le chemin, ajouta-t-elle.

Quand les frères Granger entrèrent dans la salle de conférences, toutes les têtes se tournèrent vers eux. Ils repérèrent les sièges libres et allèrent s'y installer. Jace remarqua l'expression désappointée de Freeman et en déduisit que celui-ci avait espéré qu'ils ne se montreraient pas.

Une fois assis, Jace prit le temps de regarder autour de lui. Les actionnaires qu'il avait appelés et dont la présence lui était nécessaire étaient bien là. Il y avait aussi quelques inconnus qui devaient détenir une procuration. Une femme qu'il connaissait bien attira son attention. Shiloh Timmons, venue représenter sa mère.

Il tourna son regard vers Freeman. Sa secrétaire les avait avertis de cette réunion, hier en fin d'après-midi, le plus tard possible — ce qui était sûrement une manœuvre de Freeman. S'ils n'avaient pas été prévenus par Vidal de ce qui se tramait, ils n'auraient pas eu le temps de préparer une parade. Freeman allait être surpris de ne pas avoir la main, comme il le croyait.

A 10 heures précises, Freeman déclara la séance ouverte. Comme il s'agissait d'une assemblée extraordinaire, il fit tout d'abord voter une motion pour que la secrétaire soit dispensée de lire le résumé de la séance précédente, motion qui fut adoptée.

Puis il s'adressa à l'assemblée, en présentant de nouveau ses condoléances à la famille Granger. Ensuite, il exposa le motif de la réunion du jour — avec assez de tact, de l'avis de Jace. Il fit valoir qu'il serait dommageable pour Granger Aeronautics de changer de direction au moment où elle se trouvait en difficulté. Il aurait bien sûr préféré honorer les dernières volontés de Richard, qui souhaitait un Granger à la tête de l'entreprise qu'il avait fondée, mais, en tant que vice-président de Granger Aeronautics depuis deux ans, il était le mieux placé pour gérer la situation. Il proposait donc aux héritiers Granger de travailler sous ses ordres, le temps de se familiariser avec les rouages de l'entreprise. Et ensuite, il s'effacerait volontiers pour leur laisser la place. Il termina son discours en insistant de nouveau sur le fait que le moment n'aurait pas pu être plus mal choisi pour un changement de direction.

Jace balaya du regard les gens rassemblés autour de la table. Tout le monde écoutait avec attention, quelques-uns prenaient des notes, certains avaient même acquiescé. Il se félicita d'avoir eu le réflexe de racheter des parts la veille. Son instinct lui désignait déjà les gens que Freeman avait gagnés à sa cause. Freeman prétendait vouloir garder le contrôle de la société juste pour un temps, mais c'était du baratin. Tout le monde ici le savait.

Quand Freeman eut fini de parler, la secrétaire demanda si quelqu'un avait quelque chose à ajouter avant que l'on ne procède aux votes.

C'était le moment d'intervenir. Jace se leva.

— Cette entreprise a été fondée par mon arrière-grand-père il y a plus de soixante-dix ans. Mon grand-père a ensuite pris la relève, puis ce fut mon père, et ensuite, en raison de l'absence de mon père, de nouveau mon grand-père. Sur son lit de mort, Richard Granger nous a solennellement fait promettre, à mes frères et à moi, de nous occuper en personne de Granger Aeronautics. Vous savez tous à quel point il tenait à cette entreprise et vous vous doutez bien qu'il ne nous l'aurait jamais confiée s'il ne nous avait pas jugés capables de la diriger et de la sortir des difficultés qu'elle rencontre en ce moment. Il avait foi en nous. En ce qui me concerne, soyez assurés que je me sens prêt à prendre la tête de Granger Aeronautics. Je vous demande donc aujourd'hui un vote de confiance…

Freeman réclama un vote à l'appel nominal. A en juger par le sourire qui s'affichait sur son visage, il était sûr de remporter la victoire. Mais son sourire ne tarda pas à disparaître quand il se rendit compte, à mesure que le vote avançait, qu'un certain nombre d'actionnaires avaient vendu leurs parts.

L'appel se fit par ordre alphabétique et Jace ne fut pas étonné que Freeman réponde pour cinq absents dont il avait la procuration. Mais ce fut à son tour de faire grise mine quand il constata que Jace, Caden et Dalton possédaient plus de parts que prévu.

La dernière personne sur la liste était Sandra Timmons, représentée par sa fille Shiloh. Elle possédait suffisamment de parts pour faire pencher la balance. Jace se retint de regarder de son côté.

— Shiloh Timmons, votre mère Sandra Timmons vous a donné procuration. Nous vous écoutons…

Jace retint sa respiration. Il ne la relâcha qu'en entendant Shiloh prononcer à haute et intelligible voix :

— Au nom de Sandra Timmons, détentrice de trente actions, je vote pour les Granger.

— Ta copine nous a sauvé la mise, mon pote ! déclara Dalton après la réunion. J'ai transpiré à grosses gouttes quand son tour est venu, tu peux me croire.

— Ce n'est pas ma « copine », murmura Caden en se tournant pour regarder au-dehors, par la fenêtre de la salle de conférences. Et j'aimerais que tu cesses tes insinuations à ce sujet.

Dalton, qui s'était paresseusement avachi dans l'un des fauteuils de la salle de conférences, haussa ses larges épaules.

— Vous étiez très proches, quand vous étiez adolescents.

Caden se tourna vers lui.

— Oui, et si tu te souviens bien c'était avant…

Il marqua un temps de pause. Il n'avait pas besoin d'entrer dans les détails. Ils avaient tous souffert d'être mis à l'écart.

— Elle n'était qu'une enfant, Caden. Une enfant contrainte de faire ce qu'on lui disait. Comment aurait-elle pu se révolter contre son père ? Ce type était un parfait connard, rappelle-toi.

Caden se rappelait, mais Dalton ne savait pas tout de sa relation avec Shiloh. Jace non plus. Et il n'avait pas l'intention de les mettre au courant.

Jace entra dans la salle de conférences.

— Je viens de parler à Vidal. Il va s'arranger pour faire la transition en douceur. Il a pris les dispositions nécessaires.

— C'est-à-dire ?

Dalton avait investi plusieurs millions de dollars dans l'affaire, aussi entendait-il s'y intéresser de près. Stuart allait avoir une attaque quand il apprendrait ce qu'il avait fait. La règle de base, pour un bon investissement, était d'être certain de ne pas perdre de l'argent, Stuart le lui avait assez répété. Or, là, il n'était sûr de rien. Il avait investi à l'aveuglette.

— Freeman et moi sommes parvenus à un accord, déclara Jace d'un ton détaché.

Dalton ricana.

— Un accord ? Tu parles ! Il ne m'inspire pas du tout confiance.

— Moi non plus, renchérit Caden en s'adossant au mur.

— Bon sang, Jace ! Ce type a voulu nous virer.

— Il pensait que nous n'étions pas prêts à prendre les choses en main, répondit Jace d'un air sombre.

— On ne peut pas le lui reprocher, reconnut Dalton. Mais je n'ai pas aimé la manière dont il s'y est pris. Bon, à présent que c'est parti, est-ce que tu as l'intention d'appeler cette Mlle Bradford ?

Jace sortit de sa poche la carte de visite que lui avait donnée Vidal.

— Je crois que ce serait plus prudent. Vidal m'a fait un état des lieux. Je vous assure que, quand on compare les profits et les pertes, c'est vraiment inquiétant.

Dalton aurait préféré entendre autre chose.

— Mais ça peut se rattraper, ou pas ?

— Tu vas le récupérer, ton investissement, lui assura Jace.

— C'est sûr ? demanda Dalton, qui n'avait pas l'air convaincu. Tu me le promets ?

Jace soutint son regard.

— Tu sais très bien que je ne fais jamais de promesses, Dalton.

La réponse laissa Dalton songeur. Il se souvint du jour où il avait demandé à Jace de lui promettre que leur père n'irait pas en prison. Jace avait refusé. Aujourd'hui, avec le recul, il lui était reconnaissant d'avoir résisté à la tentation de lui donner de faux espoirs pour le consoler.

— Oui, je sais, dit-il enfin. J'avais oublié. D'habitude je ne me lève pas avant midi, alors, tu comprends, mon cerveau ne fonctionne pas très bien le matin.

— Mais le reste fonctionne, en revanche, rétorqua Jace. Quand tu regardais la réceptionniste de l'accueil, je peux t'assurer que tu avais l'œil vif. On aurait dit que tu la passais aux rayons X.

Dalton rit, tout en desserrant sa cravate.

— J'aurais bien voulu ! Elle a l'air très bien roulée. Je la veux comme secrétaire.

— Si on t'attribue une secrétaire, je veillerai à ce que ce ne soit justement pas cette fille, rétorqua Jace en s'asseyant sur le bord de la table. Et, puisqu'on parle d'installation, je vous annonce que nos bureaux seront prêts d'ici à la fin de la journée.

— J'accepte un bureau à condition d'avoir une secrétaire et c'est elle que je veux, Jace, dit Dalton avec un grand sourire. Et pas question que mon bureau soit voisin de celui de Caden, sauf s'il est parfaitement insonorisé. Tu le connais, il va jouer du saxo tout le temps.

Caden aurait dû riposter, mais il demeura silencieux. Il était toujours devant la fenêtre, à regarder au-dehors d'un air absent.

— J'ai l'impression que le vote de Shiloh l'a secoué, murmura Dalton.

— Tu crois ? demanda hypocritement Jace.

Il l'avait remarqué, lui aussi, et il se demandait pourquoi Caden était à ce point bouleversé par une femme avec laquelle il n'avait pas eu de contacts depuis près de quinze ans. Est-ce que Caden leur cachait quelque chose à propos de Shiloh ?

— Tu as quel bureau ? demanda Dalton.

Jace se désintéressa de Caden. Après tout, il n'avait pas à savoir.

— L'ancien bureau de grand-père. Je préfère ne pas toucher à celui de papa. C'est ce que grand-père voulait.

Richard n'avait jamais cessé d'espérer que son fils serait libéré un jour et il avait tenu à garder son bureau intact. Jace songea à l'autre promesse faite à leur grand-père : prouver l'innocence de leur père…

— Je veux aller rendre visite à papa, déclara soudain Dalton.

Jace en resta muet de surprise. C'était pour le moins inattendu. Même Caden avait entendu, du fond de sa rêverie, et s'était détourné de la fenêtre.

— Je propose que nous y allions tous ensemble, dit Caden en revenant vers eux.

Il se laissa tomber dans un fauteuil.

— Bonne idée, approuva Jace. La mort de grand-père a dû l'affecter. Ça lui fera du bien de nous voir et de savoir qu'il peut compter sur nous.

Il jeta un coup d'œil à sa montre.

— Avec tout ce que nous avons à faire, ça risque d'être difficile de lui rendre visite aujourd'hui ou demain. Je vais essayer d'obtenir un rendez-vous avec Shana Bradford le plus tôt possible. D'après Vidal, si quelqu'un peut nous tirer d'affaire, c'est elle.

— Ton café est délicieux, papa, comme toujours.

Shana Bradford sourit à son père, l'homme qu'elle admirait

le plus au monde. Il était veuf depuis longtemps et il avait élevé seul ses deux filles — Jules et Shana. Ça n'avait pas dû être facile pour un homme seul d'élever deux filles, et encore moins pour un policier chargé de faire régner l'ordre dans les rues de Boston. Il avait pris sa retraite quelques années plus tôt et il avait décidé de s'installer à Charlottesville, où il avait rencontré sa femme quand ils étaient étudiants.

Jules avait été la première à le suivre à Charlottesville, où elle avait monté un cabinet de détectives privés. Shana avait pris l'habitude de leur rendre visite et elle avait fini par s'attacher à cette charmante petite ville. Aussi, après sa rupture avec son compagnon, trois ans plus tôt, elle les avait rejoints, en emportant avec elle sa société. Elle ne le regrettait pas. Elle adorait Charlottesville et elle était heureuse de vivre de nouveau près de sa famille. Son emploi du temps était chargé, mais elle trouvait chaque semaine un moment pour rendre visite à son père, juste le temps d'un café, ou bien pour déjeuner ou dîner avec lui.

Elle but une gorgée de café, tout en suivant du regard son père qui se déplaçait dans la cuisine. Il avait l'air absent, un peu perdu, fait tout à fait inhabituel chez lui. Elle devina aussitôt que quelque chose le tracassait.

— Papa, tu as un problème ?

Il fit volte-face et se tourna vers elle avec un sourire hésitant. Puis il déposa en soupirant son torchon sur le plan de travail et vint s'asseoir à la table.

— Non, je n'ai pas de problème. Mais je voudrais te parler.

Elle haussa un sourcil et posa sa tasse. Il commençait à l'inquiéter et elle ne chercha pas à le cacher.

— D'accord. De quoi s'agit-il ?

Il demeura silencieux un instant, puis il la regarda longuement et lui fit son sourire de papa rassurant. Ce qui ne la rassura pas du tout. Que cachaient ces précautions ?

Elle attendit en silence.

Tout à coup, il se décida à lâcher sa bombe.

— Je songe à me remarier, déclara-t-il en la regardant droit dans les yeux.

Elle se félicita d'avoir eu le réflexe de poser sa tasse car, sinon, elle se serait étouffée avec son café.

Se remarier ? Son père ? Elle prit le temps de prendre une profonde inspiration avant de répondre.

— Je ne me doutais pas que tu fréquentais quelqu'un.

Elle se demanda si Jules était au courant et lui avait fait des cachotteries. Non. Impossible. Jules était incapable de garder un secret et elle aurait tout de suite cherché à se renseigner sur la candidate.

— Je ne peux pas dire que je fréquente quelqu'un. Pour l'instant, j'ai juste lié connaissance avec une femme, Mona, que je croise de temps en temps au supermarché.

Il eut un rire gêné.

— Nous parlons légumes, mais nous ne sommes jamais sortis ensemble.

Shana essayait de comprendre.

— Et tu envisages le mariage ?

Les légumes de ce supermarché devaient posséder d'étranges propriétés, car son père, qui était d'ordinaire un homme logique et pragmatique, déraisonnait, c'était évident.

— J'en parle parce que j'y pense. Elle est la première femme à occuper mes pensées depuis la mort de ta mère, ça doit donc signifier quelque chose. Je t'ai raconté que, ta mère et moi, on s'est aimés au premier regard, le jour de la rentrée ?

Oui, il le lui avait déjà raconté, des centaines de fois : ils s'étaient rencontrés le jour de la rentrée, puis ils s'étaient mariés le lendemain de la remise de leurs diplômes, deux ans plus tard.

— Bien, soupira-t-elle en reprenant sa tasse de café dont elle but une gorgée. Dis-moi ce qui te plaît tant chez cette Mona pour que tu envisages de l'épouser.

— Elle est jolie. Elle s'habille bien. Elle sent bon.

Il l'avait suffisamment approchée pour se rendre compte qu'elle sentait bon ?

— Mais que sais-tu d'elle, papa ?

Son père s'adossa à sa chaise avec sur le visage un sourire

nouveau, qu'elle ne lui avait jamais vu. Rien à voir avec les sourires qu'il réservait à sa sœur ou à elle.

— Elle est amicale, agréable à côtoyer, elle semble avoir une personnalité facile, tout ça me plaît. Elle est aussi gentille et généreuse. Tout le monde la connaît, au supermarché. Elle est enseignante.

Shana haussa un sourcil.

— Enseignante ?

— Oui, à l'université de Virginie. Sa spécialité, ce sont les sciences politiques. Je n'avais jamais apprécié de parler de politique… jusqu'à maintenant.

Shana s'adossa elle aussi à sa chaise. Elle avait du mal à imaginer son père se penchant sur des légumes du haut de son mètre quatre-vingt-dix, pour parler politique dans un supermarché. Pas même avec une femme.

Mais il était seul depuis la mort de leur mère et ça devait lui peser, probablement. Oh ! elle se doutait bien qu'il avait eu quelques aventures, de loin en loin — elle n'avait pas oublié les préservatifs que sa sœur et elle avaient découverts un jour dans son tiroir. Mais jamais il n'avait invité l'une de ses conquêtes à la maison pour la présenter à ses filles. Leur mère était morte d'un cancer du pancréas, treize ans plus tôt. Shana avait alors quinze ans et Jules treize. A présent qu'elles étaient adultes et qu'elles avaient leur vie, il paraissait logique qu'il cherche à refaire sa vie avec une femme qui lui plaisait.

Mais tout de même, de là à envisager le mariage…

— Son prénom est Mona, dit-elle. Et son nom de famille ?

Le nom de famille serait utile à Jules pour enquêter sur cette Mona qui faisait des ravages au rayon primeurs des supermarchés. Après tout, il s'agissait de leur père et elles avaient le devoir de le protéger.

— Underwood. Elle s'appelle Mona Underwood.

— Quel âge a-t-elle ?

Il rit.

— Voyons, tu me connais, je ne demande jamais son âge à une femme.

— Sans doute, mais tu as sûrement ta petite idée sur la question.

Il se gratta le front.

— Je me souviens qu'elle a dit qu'elle songeait à prendre sa retraite dans un an ou deux, quand elle aurait cinquante-cinq ans. Elle a donc un peu plus de cinquante ans.

Il avait donc entre dix et douze ans de plus que cette Mona Underwood. Ça pouvait aller. Ça aurait pu être pire.

— Est-elle divorcée, veuve ? Ou bien a-t-elle toujours été célibataire ?

— Divorcée. Ça, je le sais.

Seigneur...

— Et depuis combien de temps ?

— Depuis combien de temps quoi ?

Shana leva les yeux au ciel.

— Depuis combien de temps Mme Underwood est-elle divorcée ?

Son père plissa les yeux.

— Dis donc, comment se fait-il que j'aie l'impression de subir un interrogatoire ?

Elle ne put s'empêcher de sourire.

— Parce que tu es un ex-flic. Déformation professionnelle.

Elle avait encore des questions à poser, mais son téléphone sonna.

— Je dois répondre, papa, dit-elle en sortant son téléphone de son sac.

L'appel venait de son bureau.

— Oui, Joyce ?

— Un client potentiel. Jace Granger, de Granger Aeronautics. Il voudrait te parler et demande si tu pourrais passer à son bureau. A part ça, il a une voix super sensuelle.

Shana sourit.

— Du calme, femme célibataire et mère de trois enfants. Maîtrise tes hormones en folie.

Joyce, sa secrétaire, avait trente-trois ans. Elle avait divorcé l'année précédente. Elle avait depuis peu recommencé à sortir avec des hommes.

Quelques instants plus tard, après un bref échange avec Joyce, Shana raccrocha.

— Je dois y aller, papa, annonça-t-elle en se levant. J'ai un rendez-vous.

— Est-ce que je t'ai dit récemment à quel point j'étais fier de toi ?

Elle était déjà à la porte. Elle lâcha la poignée et se retourna. Le sourire aux lèvres, elle revint vers son père et se pencha sur lui pour déposer un baiser sur sa joue.

— Pas récemment, non. Et ça fait toujours du bien de l'entendre. Tu peux le dire aussi souvent que tu veux.

— Je suis fier aussi de Jules. Mais parfois je me fais du souci pour elle.

Shana acquiesça. Jules avait suivi les traces de son père en s'engageant dans la police pendant deux ans. Comme elle était particulièrement douée pour résoudre des affaires, elle avait réalisé son rêve en ouvrant une agence de détectives. Son travail lui prenait tout son temps. Elle avait vingt-six ans et elle était célibataire. Cette vie lui convenait.

— Jules est capable de se débrouiller. On se débrouille très bien, toutes les deux. Nous sommes les filles de Ben et il nous a appris à nous défendre.

Shana attendit d'être dans sa voiture pour composer le numéro de Jace Granger. En attendant qu'il décroche, elle s'adossa à son fauteuil et songea à la conversation qu'elle venait d'avoir avec son père. Jules menait une enquête à Miami, mais dès son retour il faudrait qu'elles parlent. Ben Bradford envisageait de se remarier ? Elle voulait que son père soit heureux et lui souhaitait de trouver une femme avec qui finir ses jours, mais elle ne voulait pas qu'il s'installe avec la première femme qu'il trouvait intéressante, jolie, et bien habillée.

— Jace Granger.

La voix profonde et masculine la tira de sa rêverie.

— Oui, monsieur Granger. C'est Shana Bradford à

l'appareil. Ma secrétaire m'a transmis votre message. Vous souhaitez prendre rendez-vous avec moi ?

— Oui. Ce serait possible aujourd'hui ?

Elle consulta sa montre. Elle n'aimait pas les rendez-vous de dernière minute, mais l'un de ces clients, William, avait annulé ce matin une réunion et elle était libre cet après-midi.

— Il se trouve que j'ai un créneau, vous avez de la chance. Voulez-vous que je vienne vous retrouver à votre bureau ?

— Non. Pas au bureau. Il est presque l'heure de déjeuner. Pourrions-nous déjeuner ensemble ? Si vous n'avez pas déjà déjeuné de votre côté, bien entendu.

— Non, ça me convient parfaitement. Vous avez un endroit en tête ?

— Que diriez-vous du Vannon ? Vous savez où ça se trouve ? Si mes souvenirs sont bons, la nourriture y est excellente.

— En effet. Ça ne devrait pas me prendre plus de vingt minutes pour me rendre sur place.

— Parfait. J'en ai moi aussi pour vingt minutes environ. J'apprécie beaucoup votre réactivité, mademoiselle Bradford.

— Pas de problème, c'est tout naturel. On se retrouve dans vingt minutes, alors…

Elle referma son téléphone. Il n'était pas rare que des clients préfèrent la rencontrer ailleurs que dans les locaux de leur entreprise. On l'appelait quand il y avait des problèmes. Et, quand il y avait des problèmes, il était préférable que les employés ne sachent pas que la direction en était au point de faire appel à une aide extérieure. Les gens paniquaient facilement parce qu'ils avaient peur de perdre leur travail, et c'était compréhensible. Tout le monde savait que sa spécialité était de redresser des sociétés au bord du gouffre. Sa seule présence pouvait suffire à inquiéter.

Elle se demanda quel était le problème chez Granger Aeronautics. Elle avait entendu parler de la mort du P.-D.G., ce qui pouvait suffire à provoquer des remous dans une entreprise. Les gens avaient tendance à s'effrayer du changement.

Tout en mettant son moteur en route, elle ne put s'empêcher de penser que Joyce avait raison. Ce Jace Granger avait une voix très sensuelle.

Elle appuya sur le bouton de sa console qui commandait la mise en route de Greta, le programme de recherche mis au point par Bruce Townsend, un as de l'informatique qui travaillait pour Jules et elle. Jules se servait de Greta pour ses enquêtes et elle pour son travail. Elle y avait accès dans sa voiture et à son bureau. Il suffisait de poser une question à Greta pour qu'elle vous apporte en quelques minutes une réponse documentée.

— Greta, je voudrais savoir ce que tu as sur Granger Aeronautics.

« Recherche initialisée », répondit aussitôt la machine.

Quand Shana tourna au coin de la rue, Greta lui récitait déjà l'histoire de Granger Aeronautics.

8

Quand Jace arriva au restaurant, Shana Bradford n'était pas encore là. Il l'attendit patiemment, tout en admirant la vue. C'était une belle journée d'été, une légère brise rafraîchissait l'atmosphère et on l'avait installé près d'une grande baie vitrée.

Ses pensées dérivèrent vers le bureau qu'il venait de quitter. Freeman avait accepté sa défaite de bonne grâce et se prétendait ravi de collaborer avec eux. Il n'avait pas le choix, mais sa bonne volonté était tout de même suspecte.

La rumeur concernant la détresse financière de Granger Aeronautics s'était répandue parmi les employés — quelqu'un avait dû vendre la mèche —, et ceux-ci commençaient à s'inquiéter. Certains, parmi les plus anciens, qui travaillaient pour Granger avant même la naissance de Jace, l'avaient arrêté au détour d'un couloir pour solliciter un entretien privé. Ils lui avaient assuré qu'il pouvait compter sur leur loyauté et cela lui avait fait plaisir. L'un d'eux avait même été jusqu'à le mettre en garde contre Freeman.

Mais pour l'instant, il ne s'inquiétait pas vraiment de Freeman. Le plus préoccupant, c'était cette rumeur qui faisait souffler un vent de panique dans les couloirs de l'entreprise. Certains pensaient que Granger Aeronautics pouvait fermer ses portes d'ici à quelques mois, et Jace craignait de perdre des contrats avec le gouvernement fédéral, leur plus gros client, si tout cela venait à s'ébruiter.

Il prit le temps de revoir les rapports d'activité qu'il avait parcourus avant de quitter son bureau et constata qu'ils avaient justement perdu il y a peu des contrats avec le gouvernement, ce qui expliquait sans doute en partie leurs difficultés financières. Durant les semaines à venir, il allait devoir retrousser ses manches et se pencher sur les raisons de ce changement.

Il se massa la nuque, en espérant que Granger Aeronautics n'était pas un trop gros morceau pour lui. Son grand-père ne l'avait pas informé des difficultés de l'entreprise familiale, mais il l'avait tenu au courant du fonctionnement général. Il savait combien il était facile de perdre un client.

Granger Aeronautics était l'un des employeurs les plus importants de Charlottesville depuis des années. Son arrière-grand-père, Sutton Granger, avait été un Tuskegee Airman durant la Seconde Guerre mondiale. A la fin de la guerre, il s'était associé avec un ami mécanicien, Aaron Mann, pour investir tout ce qu'ils possédaient dans *Granger-Mann Aerospace*, à Birmingham, Alabama.

Aaron Mann était mort brutalement dans un accident de bateau et, comme sa famille n'avait pas voulu de ses parts de la société, Sutton les avait rachetées. *Granger-Mann Aerospace* était alors devenue Granger Aeronautics. Un an plus tard, l'entreprise avait déménagé à Charlottesville.

Jace connaissait l'histoire par cœur. Ses frères aussi. Leur grand-père la leur avait serinée pendant toute leur enfance, ainsi que leur père — un peu moins que leur grand-père, sans doute. Richard Granger avait été déçu qu'aucun de ses petits-fils ne manifeste d'intérêt pour cet héritage, mais il s'y était résigné. Sans doute avait-il compris qu'ils cherchent à s'éloigner de Charlottesville. Après la mort de leur mère, la vie n'avait pas été simple pour eux. Etre considérés comme les enfants d'un meurtrier n'était pas facile à gérer.

Avant le procès, Richard avait déjà passé la main à son fils et s'apprêtait à prendre sa retraite. Mais une fois Sheppard en prison il avait dû abandonner ce projet. Il avait travaillé sans relâche pendant les quinze années suivantes pour maintenir l'entreprise à flot — pour ses petits-fils, mais aussi pour son fils, dont il n'avait cessé d'espérer le retour.

Jace, mieux que personne, savait que son grand-père avait toujours pensé que le verdict serait un jour révisé et que leur père sortirait de prison, lavé de tout soupçon. En attendant, Sheppard avait œuvré pour améliorer la condition des prisonniers. Il avait aidé à mettre en place des plans d'aide à la réinsertion : un programme d'amélioration de l'expression orale, des formations assurées par un organisme spécialisé et l'apprentissage du logiciel GED. L'ensemble avait donné de beaux résultats et ses efforts avaient été salués par les médias et même par le gouverneur.

Cinq ans plus tôt, suite à une recommandation du directeur de sa prison, le gouverneur avait approuvé le transfert de Sheppard à Delvers, un établissement pénitentiaire réservé à des détenus coupables d'infractions mineures. Une fois en place, Sheppard avait travaillé avec le directeur en tant qu'administrateur. Là encore, il avait initié plusieurs projets de réinsertion pour empêcher que les petits délinquants ne deviennent de dangereux criminels.

Jace n'en avait pas été surpris. Son père était né pour diriger, pour entreprendre, pour prendre soin des autres. C'était l'une des raisons qui le poussaient à le croire innocent du meurtre de sa mère. Sheppard n'était pas capable d'un crime. Pas même d'un crime passionnel, comme l'avait prétendu l'avocat général.

— Jace Granger ?

Shana Bradford venait d'arriver et il eut la bonne surprise de découvrir qu'il allait déjeuner avec une femme extrêmement séduisante. Il remarqua d'abord ses yeux en amande d'un brun chocolat profond.

— Oui, je suis Jace Granger, dit-il en se levant.

Elle tendit sa main.

— Shana Bradford…

Shana buvait son vin à petites gorgées tout en se remémorant les données récoltées par Greta. L'homme assis en face d'elle avait trente et un ans, il était divorcé et travaillait comme avocat pour le gouvernement à Los Angeles. Il était respecté par ses pairs et considéré comme un travailleur acharné. Pourtant, certains pensaient qu'il n'utilisait pas pleinement ses capacités. De son côté, elle trouvait étrange qu'il n'ait pas touché au fonds en fiducie de un million de dollars que son grand-père avait mis à sa disposition à l'âge de vingt-cinq ans. Il vivait modestement, votait démocrate et donnait tous les ans à des œuvres caritatives.

Elle savait aussi pas mal de choses au sujet de son père, Sheppard Granger, et de ses frères, Caden et Dalton. Greta n'avait pas été avare en informations durant les vingt minutes qu'elle avait mises pour rejoindre Jace Granger au Vannon.

A présent que son cerveau avait récapitulé les renseignements fournis par Greta, elle se concentra sur ce qu'elle découvrait par elle-même. Pour commencer, Jace Granger était un homme très séduisant. On pouvait même aller jusqu'à dire qu'il était sexy, aussi sexy que sa voix. Il avait de très beaux yeux d'un brun clair, une peau hâlée, des cheveux noirs bien coupés, très courts, des lèvres pleines, des dents très blanches, une fossette au menton, la mâchoire carrée, des sourcils arqués et parfaitement dessinés, de longs cils recourbés — de ceux qui émouvaient les femmes. Il avait aussi de grandes mains et de longs doigts fins et déliés de pianiste. Quand il s'était levé, elle n'avait pu s'empêcher d'admirer l'élégance avec laquelle il portait son costume. Il était grand, avec de larges épaules et un sourire chaleureux. Bref, dans l'ensemble, elle le jugea séduisant et bien bâti.

— Vous pensez donc que vous êtes en mesure d'aider Granger Aeronautics ? demanda-t-il en prenant à son tour une gorgée de vin.

Pendant qu'elle l'examinait en détail, il en avait fait de même. Ça ne lui posait pas de problème, elle n'avait rien à cacher et la nature s'était montrée plutôt généreuse avec elle. Elle avait une peau d'un brun miel, des yeux noirs, une masse de beaux cheveux qu'elle aimait porter en gracieuses boucles retombant sur ses épaules. Elle aussi avait des lèvres pleines, et une fossette se creusait sur l'une de ses joues quand elle souriait.

Elle était suffisamment intelligente et intuitive pour sentir qu'elle lui plaisait. Lui aussi lui plaisait. Mais ils faisaient comme si de rien n'était, tous les deux. Il s'agissait d'un rendez-vous professionnel. Pour Granger, l'enjeu était de taille. Quant à elle, elle saurait faire abstraction de cette attirance. Elle n'avait pas l'habitude de mêler plaisir et travail.

Jamais elle ne s'était laissé déborder par ses hormones, pas même avec Jonathan Hickman. Jonathan était sa dernière relation sérieuse et elle remontait à des années. Elle avait cru être amoureuse de lui, mais il lui avait toujours reproché de ne pas se laisser aller, de se comporter comme une sorte de robot sans émotion ni sentiment. Il se trompait. Elle avait des émotions et des sentiments et, s'il en avait eu conscience, il ne l'aurait sans doute pas fait souffrir comme il l'avait fait.

Elle avait un Q.I. supérieur à la moyenne — tout comme sa sœur Jules — et on lui avait souvent dit, notamment ses professeurs d'université, qu'il était même trop élevé pour faire son bonheur. De nature curieuse, elle se battait pour rétablir les choses quand elles ne tournaient pas rond. C'était un peu le drame de sa vie.

— Je *sais* que je peux vous aider, assura-t-elle en reposant son verre. Je me suis déjà familiarisée avec votre entreprise.

Il haussa l'un de ses sourcils arqués.

— Ah oui ?

— Oui.

Il se demandait sans doute quand et comment.

— J'ai dans ma voiture un logiciel de recherche ultra-perfectionné qui m'a donné quelques chiffres pendant que je venais ici.

— Oh ! je vois…

Elle en doutait. Il croyait sans doute qu'elle s'était uniquement renseignée sur Granger Aeronautics. Il se trompait. Elle s'était aussi renseignée sur lui. Elle avait besoin de savoir à qui elle avait affaire.

*
* *

Jace trouvait Shana Bradford très sexy. Son tailleur-jupe marron lui allait à la perfection, même s'il lui donnait une allure un peu stricte, probablement étudiée. Mais il faisait ressortir la couleur de ses yeux et celle de sa peau. Elle avait de plus une paire de jambes superbes et elle portait des collants, ce qui était de plus en plus rare. D'ordinaire, il préférait les jambes nues, même avec des tailleurs. Mais les collants de Shana étaient en train de lui faire revoir sa position. Elle avait choisi une couleur chair, ce qui rendait le collant presque invisible, sauf qu'il était soyeux et légèrement brillant. Et ce reflet moiré sur ces superbes jambes les rendait sensuelles à couper le souffle.

A part ça, elle lui faisait l'effet d'une femme franche et directe. On aurait pu la juger un brin présomptueuse, arrogante, trop sûre d'elle. Mais il ne voyait pas les choses comme ça. Elle croyait en ses capacités, elle se savait compétente et elle n'avait pas peur de le montrer — des traits de caractère qu'il admirait chez une femme. Il avait fait une recherche sur sa société. Elle avait obtenu son M.B.A. à Harvard avec deux ans d'avance sur sa classe d'âge et elle avait été major de sa promotion. Elle avait fondé sa société quelques années plus tôt et avait déjà fait renaître plusieurs entreprises de leurs cendres.

Par ailleurs, Shana Bradford était une femme que l'on remarquait et sur laquelle les hommes devaient se retourner. Ce mélange de sensualité et de professionnalisme le troublait terriblement.

Il prit une grande inspiration.

Ses pensées prenaient un tour dangereux. Il aurait mieux fait de réfléchir à ce qu'elle allait mettre en œuvre pour Granger Aeronautics et, ne voir en elle qu'une personne susceptible de l'aider. Hélas, c'était quasiment impossible car elle était là, face à lui, exquise et tentante — aussi enivrante que le vin qu'il buvait. Pour l'instant, mieux valait céder au besoin de la détailler, comme la femme désirable qu'elle était, il en reviendrait d'autant plus vite à l'essentiel, c'est-à-dire au travail. Il aimait son style, elle sentait bon, le parfum qu'elle avait choisi semblait avoir été créé pour elle. Il aimait aussi sa voix. Elle s'exprimait bien et elle le regardait droit dans les yeux quand elle parlait.

— Avant qu'on ne nous serve, j'aimerais que vous m'expliquiez pourquoi vous voulez m'engager, dit-elle, interrompant le cours de ses pensées.

Il eut un petit sourire.

— Je croyais que vous saviez où en était Granger Aeronautics.

Il eut droit à un petit sourire en retour.

— J'en sais suffisamment pour me faire une idée, mais je voudrais entendre votre version.

— Très bien.

Elle l'écouta avec attention, en s'intéressant au moindre détail. Il s'exprimait lentement et posément, avec aisance, mais elle se demanda si sa confiance n'était pas qu'une apparence. Il lui apprit que c'était l'avocat de Granger Aeronautics qui lui avait conseillé de s'adresser à elle, et que cet avocat était aussi un vieil ami de la famille. Il lui raconta les actions rachetées au dernier moment, juste avant le conseil d'administration qui s'était tenu le matin même. Il enchaîna sur l'accord qu'il avait passé avec Freeman — ils travailleraient tous les deux pour sortir l'entreprise de l'impasse.

— Je crois que vous savez tout, dit-il pour conclure.

Elle sonda son regard quelques secondes, tout en songeant qu'il n'était pas de ces hommes que l'on devine aisément — et encore moins quand l'on était une femme. Puis elle prit une gorgée de vin.

— Monsieur Granger, vous m'avez appelée pour que je remette votre société sur les rails. Cela est dans mes cordes. Mais pour cela vous allez devoir être franc avec moi. Vous devez tout me dire. Or, vous ne m'avez pas tout dit.

Son regard s'assombrit. Cette accusation lui déplaisait, visiblement.

— Et que vous aurais-je caché, mademoiselle Bradford ? demanda-t-il d'un ton sec.

— Pourquoi trois hommes qui ont choisi de mener leur vie en dehors de la société familiale décident tout à coup de s'y consacrer. Votre grand-père vient de mourir et vous êtes ses héritiers, certes, mais vous auriez très bien pu laisser Freeman prendre les choses en main. Il est vice-président de la société, après tout. Vous étiez satisfait de votre poste à Los Angeles, la carrière de votre frère Caden, le musicien, démarre sérieusement, et votre frère Dalton, le plus jeune, est connu dans les milieux de la finance en Europe comme un homme à femmes. Certaines femmes l'ont même surnommé « bouffée d'amour ». Peu de gens le savent, mais il est devenu milliardaire, grâce à de judicieux investissements — et non grâce à l'argent des maîtresses riches et plus âgées qu'il collectionne. Je pose donc ma question : que venez-vous faire ici ?

Jace demeura silencieux quelques instants. Il ne savait pas jusqu'à quel point il pouvait faire confiance à cette femme qui n'était encore qu'une inconnue. Mais, devant son regard qui semblait le mettre au défi de lui dire la vérité, il décida de jouer franc jeu.

— Nous avons fait une promesse à notre grand-père sur son lit de mort. Il nous a demandé de nous occuper de Granger Aeronautics et nous avons l'intention de tenir notre promesse.

La position était honorable et se défendait, mais enfin… Pourquoi leur grand-père leur avait-il demandé une chose pareille ? Pourquoi avait-il exigé qu'ils abandonnent tout ce qu'ils avaient construit pour une société dont ils s'étaient éloignés depuis des années ?

Il dut lire son étonnement dans ses yeux car il éprouva le besoin de se justifier.

— Je ne sais pas pourquoi il a exigé de nous cette promesse, dit-il. Mais, connaissant notre grand-père, il ne s'agissait pas d'un caprice ou d'une manipulation, de cela nous sommes certains. Je crois sincèrement qu'il était persuadé que nous ferions mieux que Freeman. Pourquoi, je l'ignore. De plus, il tenait beaucoup à Granger Aeronautics et jamais il ne nous l'aurait confiée s'il ne nous avait pas jugés capables d'en assumer la charge.

Elle but une gorgée de vin, puis demanda :

— Pendant combien de temps ?

— Je vous demande pardon ?

— Pendant combien de temps en assumerez-vous la charge ? Le temps de redresser ses finances ? J'ai cru comprendre que vous n'aviez pas démissionné de votre poste en Californie. Pour l'instant, vous avez pris un congé longue durée.

Il fronça les sourcils en se demandant d'où elle tenait cette information. Elle n'avait tout de même pas pu dénicher une telle info en vingt minutes. Et pourtant, si, car elle ne bluffait pas, ça se voyait à ses yeux. Elle devait avoir de sacrés contacts.

Il ne pouvait pas répondre à sa question, parce qu'il ne savait pas lui-même combien de temps il resterait ici. Il eut envie de lui dire qu'il serait là, fidèle au poste, tant que ce serait nécessaire, mais il eut le sentiment qu'elle ne se contenterait pas d'une réponse aussi vague.

— Qu'attendez-vous exactement de moi, mademoiselle Bradford ? dit-il enfin.

— Vous devriez plutôt vous demander ce que les employés de Granger Aeronautics attendent de vous, monsieur Granger. Je pense qu'ils souhaitent être dirigés par quelqu'un qui se montrera correct avec eux et ne les abandonnera pas au moment le plus périlleux. Ils ont travaillé dur pour votre grand-père et se sont toujours montrés loyaux et fidèles. Ils attendent de vous que vous vous en souveniez.

Mais elle lui faisait la leçon, ma parole ! De quel droit ? Pour qui se prenait-elle ? Il fut tenté de la remettre à sa place, mais il se retint. Il avait besoin d'elle.

— En ce qui me concerne, je ne les abandonnerai pas, assura-t-il. Pour mes frères, je ne sais pas. Je ne peux pas parler en leur nom.

Le serveur arrivait avec leurs plats. Ils changèrent de conversation.

Au cours du repas, Shana posa à Jace Granger plusieurs questions auxquelles il répondit avec franchise, du moins elle en eut l'impression. Il lui parla même d'une autre promesse faite à leur grand-père, concernant leur père. Il semblait avoir un lourd fardeau à porter, mais il était confiant et plein de bonne volonté.

Lui aussi posa des questions, notamment sur la manière dont elle comptait procéder pour évaluer les difficultés de l'entreprise. Elle lui répondit tout d'abord qu'elle ne savait pas encore si elle accepterait, puis elle lui exposa en détail ses méthodes d'investigation. Elle lui précisa qu'il ne serait pas obligé de tenir compte de tous ses conseils, mais qu'il augmenterait ses chances de réussir en le faisant. Cela, elle pouvait le garantir.

Elle le remercia d'avoir été suffisamment honnête pour avouer qu'il se sentait dans certains domaines aussi à l'aise qu'une poule qui aurait trouvé un couteau. Elle avait tout à fait conscience qu'il n'était pas non plus totalement novice, son grand-père l'ayant tenu au courant des choix décisifs faits par la direction au cours des années. Le fonctionnement quotidien de l'entreprise, au moins, lui était familier.

— Si vous acceptez de travailler pour moi, je pense que ce serait bien que vous vous installiez dans nos locaux, dit-il en repoussant son assiette.

Elle lui jeta un regard surpris.

— Vous n'avez pas peur que vos employés déduisent de ma présence que la situation de l'entreprise est catastrophique ?

Il haussa les épaules.

— Je crois qu'ils le savent déjà. Et j'ai ma petite idée sur la personne qui a répandu la rumeur.

Shana prit le temps de réfléchir.

— Vous pensez probablement à Freeman, mais j'ai eu le temps de découvrir au cours de mes missions qu'il faut se méfier des coupables tout désignés. Vous seriez surpris de ce que je sors parfois des placards. Des gens apparemment dignes de confiance se révèlent bien différents de ce que l'on croyait. Je vous suggère de vous méfier de tout le monde, pas juste de Freeman. Certains pensent peut-être que vous ne savez pas ce que vous faites et vont essayer d'en profiter.

— Merci du conseil, dit-il.

Le serveur vint débarrasser leurs assiettes, puis apporta leurs cafés. Ils reprirent leur conversation là où ils l'avaient laissée. Elle demeura évasive quant à sa décision d'accepter ou non de se charger de Granger Aeronautics. Elle n'avait pas encore tranché à ce sujet. Elle venait juste de terminer une longue mission et avait prévu de prendre un mois de vacances ou d'assister Jules dans l'une de ses enquêtes, juste pour passer du temps avec elle, parce qu'elles étaient très occupées toutes les deux et se voyaient trop peu. Au sein de Granger Aeronautics, elle devrait travailler sans relâche. Y compris durant les week-ends, qu'elle passerait devant son ordinateur. En plus de Joyce, elle avait deux secrétaires, mais elles aussi avaient besoin de souffler un peu et elle n'avait pas l'intention de les priver d'un temps de repos bien mérité, ce qui signifiait qu'elle serait seule à tout assumer.

Et puis il y avait le problème avec son père. Il fallait qu'elle lui consacre un peu plus de temps. Il songeait à se remarier avec une femme rencontrée dans un supermarché, qu'il connaissait à peine. Elle comprenait qu'un homme de son âge ait besoin de la compagnie d'une femme, mais se remarier, c'était une autre histoire. Elle avait hâte d'en discuter avec Jules.

Elle se rendit compte qu'il y avait un blanc dans la conversation et leva les yeux vers Jace. Il la dévisageait avec intensité et elle n'eut pas besoin de lui demander pourquoi. C'était un truc de mec, certes, mais il y allait un peu fort. En tout cas, dommage pour elle et pour lui, l'intérêt qu'il manifestait pour sa personne ne les mènerait nulle part.

Elle but lentement son café, tout en appréciant ce moment de silence qui lui laissait le temps de réfléchir. Et, tout en réfléchissant, elle ne put s'empêcher de s'avouer que cet homme qui la dévorait des yeux ne lui déplaisait pas. Elle appréciait le fait qu'il ait aimé son grand-père au point d'être prêt à se sacrifier pour lui. Ça n'allait pas être facile pour lui de se faire une place chez Granger Aeronautics et, comme elle le lui avait expliqué, il allait être la cible de bien des gens et de bien des critiques. Il ne fallait pas beaucoup de temps pour se rendre compte qu'il possédait des qualités de meneur, ces mêmes qualités qu'il vantait chez son père et son grand-père. Elle ne savait pas trop pourquoi, mais elle avait envie qu'il réussisse. Et, avec elle, ce serait plus facile que sans elle.

— J'ai décidé de m'occuper de votre société, monsieur Granger, déclara-t-elle soudain.

Il soutint son regard.

— J'apprécie beaucoup. Comme vous gardiez le silence, j'ai cru que vous alliez refuser.

Il semblait sincèrement surpris.

— J'ai en effet envisagé de refuser, avoua-t-elle. Parce que vous n'aviez pas été tout à fait transparent avec moi au début. A présent, je connais vos motivations. Et je les respecte. Vous avez fait une promesse et vous entendez la tenir. De plus, je pense que votre poste d'avocat ne vous satisfait pas pleinement. Vous avez besoin de défis, monsieur Granger. Et à présent vous en avez un. Un défi qui vous engage, mais qui engage aussi vos employés, votre père, la mémoire de votre grand-père. Je sais que vous donnerez le meilleur de vous-même. Ça ne sera pas facile d'inverser la tendance pour Granger Aeronautics, mais vous avez l'intention de réussir. Et vous réussirez, parce que vous êtes prêt à mettre en œuvre les changements nécessaires et à faire les sacrifices qui s'imposent. Et, surtout, vous m'avez rassurée sur la solidité de votre engagement.

Elle marqua un temps de pause, puis reprit.

— En ce qui concerne vos frères, en revanche, je ne suis sûre de rien. Je voudrais leur parler rapidement, c'est important car, même si vous êtes un être indépendant, ce sont vos frères, et vous allez avoir besoin de leur soutien indéfectible, surtout au début. Ayant moi-même une sœur cadette, je vous comprends.

Jace avait écouté en silence, tout en buvant son café. Elle avait raison. Il était là pour un moment, mais c'était elle qui venait de lui en faire prendre conscience, parce qu'il l'avait occulté jusqu'à présent. Il ferait tout ce qui était en son pouvoir pour sauver Granger Aeronautics. Il souhaitait que ses frères le soutiennent, mais il ne leur en voudrait pas de se désister. Ils avaient une vie et des intérêts ailleurs. Il ne pouvait pas exiger d'eux qu'ils quittent tout pour Granger Aeronautics. Tout le monde n'était pas capable de diriger une entreprise.

— Vous voulez savoir ce que je pense ? demanda-t-elle.

Quand il leva les yeux vers elle, il sentit quelque chose remuer dans son ventre et s'efforça de chasser cette sensation.

— Oui, dit-il. Je veux le savoir.

— Granger Aeronautics a toujours été votre héritage. Aujourd'hui, vous avez compris que c'était aussi votre destin.

Il ne répondit pas et songea qu'il avait longtemps refusé son héritage en prétendant qu'il n'en voulait pas. Et pourtant il était là, prêt à entrer dans l'arène, sans un regard en arrière.

— Bien, reprit-elle. Maintenant que nous avons réglé les questions essentielles, j'aurais une requête à vous faire, monsieur Granger. Même si je sais que je devrais peut-être m'abstenir.

— Avant d'écouter votre requête, je vais vous demander de m'appeler Jace, et pas M. Granger. Et moi je vous appellerai Shana, si vous le permettez. Puisque nous allons travailler ensemble, ce sera plus simple.

Comme elle acquiesçait, il ajouta :

— Très bien. Quelle est votre requête ?

— Je voudrais que vous demandiez la carte des desserts. J'ai un faible pour le chocolat.

9

— Alors, comment ça s'est passé ?

— De quoi elle a l'air ?

En revenant de son déjeuner avec Shana, Jace ne fut pas surpris de trouver ses frères qui l'attendaient dans son bureau. Tout en enlevant sa veste, il se tourna vers Caden.

— Ça s'est très bien passé et elle accepte de nous aider. Elle va s'installer dans nos locaux, ce sera plus simple pour elle et pour nous.

Puis il répondit à Dalton.

— C'est une très belle femme, avec une personnalité agréable. Mais elle est surtout intelligente et très directe.

Dalton sourit.

— Dis donc, tu n'as que des compliments à la bouche.

— Des compliments qu'elle mérite amplement, crois-moi. Je la crois capable de nous sortir de là.

— Eh bien, je l'espère, parce que l'Europe me manque déjà, rétorqua Dalton avec un grand sourire.

Jace s'assit sur le bord de son bureau et dévisagea en silence son jeune frère.

— Je n'en doute pas, *bouffée d'amour* !

Dalton parut surpris. Puis il sourit de nouveau, sans la moindre gêne.

— Qu'est-ce que tu veux que je te dise ? Je n'y peux rien si je plais aux femmes. Je suppose que ton petit génie avait pris ses renseignements.

Jace sourit.

— En effet.

Caden éclata de rire.

— « Bouffée d'amour », c'est toi ?

Dalton fronça les sourcils.

— Je parie qu'elle n'a pas su te dire où j'étais tatoué.

— Elle ne m'en a pas parlé, mais elle le sait peut-être quand même. A ta place, je ne parierais pas. Elle est vraiment efficace, crois-moi.

— Et je suppose que tu l'as bien reluquée, ricana Dalton.

Le visage de Jace redevint sérieux et il fit le tour de son bureau pour aller s'asseoir dans son fauteuil.

— Elle sera notre employée, Dalton. Ce n'est pas parce qu'elle a une belle paire de jambes que je la considère comme un objet sexuel.

Dalton se frotta le menton et son sourire s'élargit encore.

— Alors, comme ça, elle a en plus une belle paire de jambes ?

Jace ne tomba pas dans le piège et changea de sujet.

— Il s'est passé des choses intéressantes pendant mon absence ?

Caden secoua la tête.

— Non, c'était très calme, même un peu trop. Ils ont tous l'impression qu'on les surveille et ils veulent se montrer exemplaires. Ta petite protégée, elle commence quand ?

— Demain. Il va donc falloir lui préparer un bureau.

— Je serai ravi de me charger de ça et de l'aider à s'installer, proposa aussitôt Dalton.

Jace prit le temps de réfléchir à la proposition. Dalton était un baratineur et Shana Bradford le genre de femme capable de le remettre à sa place. Elle lui aurait probablement donné une bonne leçon. D'un autre côté, il n'avait pas envie qu'elle soit confrontée à ça le premier jour.

— Pas besoin de l'aider, Dalton. Nous lui indiquerons son bureau et elle se débrouillera très bien sans nous, je n'en doute pas.

Il se tut un instant, puis ajouta :

— Je te mets en garde, Dalton. Nous avons besoin de Shana Bradford. Ne te rends pas insupportable, s'il te plaît.

*
* *

— Shana, c'est moi. Tu as fait exploser mon répondeur. Qu'est-ce qui se passe ?

Jules Bradford posa son sac à dos sur le lit de sa chambre d'hôtel. La journée avait été interminable. Elle recherchait un enfant enlevé par son père, lequel avait de surcroît mis en scène sa mort et celle de son fils pour que la mère cesse de les rechercher. Les faits remontaient à deux ans, mais la mère n'y avait jamais cru et elle avait engagé Jules pour retrouver l'enfant. Jules avait une piste qui l'avait conduite au Mexique, dans une petite ville. Elle avait passé la journée à tenter de glaner des informations, mais les gens qu'elle interrogeait se muraient dans un silence obstiné.

— C'est au sujet de papa, déclara Shana d'un ton solennel.

Jules se figea et sa main se crispa sur le téléphone.

— Oui ? Il a un problème ?

— Il envisage de se remarier.

Jules crut qu'elle avait mal entendu et se laissa tomber sur le lit, à côté de son sac à dos.

— Qu'est-ce que tu racontes, Shana ? Papa ne fréquente personne.

— Je sais, répondit Shana.

Elle lui fit un compte rendu détaillé de « l'amourette » de son père.

Jules écouta en silence.

— Bon, dit-elle quand Shana eut terminé. Il traverse une phase critique. C'est sans doute lié à l'âge. Il est veuf depuis trente ans et il n'a jamais eu une vraie liaison depuis. Il a rencontré cette femme deux ou trois fois, il l'a trouvée sexy, sympathique, il s'est emballé. Il se calmera. Il n'y a pas de quoi en faire un drame. Ce n'est qu'une passade.

Shana était installée dans son bureau, où elle faisait depuis plus d'une heure des recherches sur Granger Aeronautics.

Elle leva les yeux au ciel.

— C'est beaucoup plus sérieux que ça, je t'assure. Tu

n'étais pas là quand il parlait de cette Mona. Tu n'as pas vu son regard. C'est plus qu'une passade, Jules.

— Dans ce cas, nous interviendrons. Il faut réfléchir à un plan. On passera à l'action dès mon retour.

— Mais enfin qu'est-ce que tu racontes ? Notre père a l'air heureux pour la première fois depuis longtemps et, toi, tu décides d'emblée qu'il faut intervenir ? Tu trouverais si terrible qu'il soit amoureux de cette femme et qu'il veuille l'épouser ?

— Pour l'amour du ciel, Shana, tu t'entends, là ? Redescends de ton petit nuage. Il connaît à peine cette femme et il parle de l'épouser. Etre attiré sexuellement par une femme ne suffit pas à être heureux avec elle. Je suis persuadée qu'il fait une sorte de crise de la soixantaine.

Quand Jules se montrait butée à ce point, Shana savait qu'il ne servait à rien d'insister. Elle changea donc de sujet en se promettant d'y revenir plus tard.

— Tu as dû avoir une sale journée, lança-t-elle.

Jules se leva et commença à se déshabiller.

— Pourquoi tu dis ça ?

— Comme ça…

Jules sourit. Sa sœur la connaissait bien.

— Je commencerais volontiers par l'un de ceux que j'ai interrogés aujourd'hui. De gros menteurs qui ont prétendu ne pas avoir vu Marco Rodrigo depuis très longtemps. Ce type se cache par ici avec son fils. Je le sens.

— Je suis certaine que tu finiras par les trouver, assura Shana en fermant un document sur l'écran de son ordinateur. Ecoute, je suis en pleine recherche moi aussi et…

— Quoi ? Mais je croyais que tu devais prendre un mois de vacances !

Shana aurait préféré qu'on ne le lui rappelle pas.

— J'en avais l'intention, mais j'ai été appelée au dernier moment par un client qui avait vraiment besoin de mes services.

— Oui, enfin c'est ce qu'ils disent tous, mademoiselle Je

répare-tout. Qu'est-ce que celui-là avait de particulier pour te faire renoncer à un mois de farniente au soleil ?

Les mains de Shana cessèrent de pianoter sur les touches de son clavier.

— Je n'ai jamais dit qu'il avait quelque chose de spécial.

— *Il* ? répéta Jules d'un ton ironique. Je ne parlais pas de l'homme qui t'a engagée, mais du client au sens large, de la société.

Shana fronça les sourcils. Sa sœur avait la manie de bâtir des romans à partir de détails.

— Peu importe, dit-elle sèchement. L'homme qui m'a engagée est le directeur général de l'entreprise, ce qui revient au même. Il s'agit de Jace Granger, de Granger Aeronautics, l'un des héritiers Granger. Je l'ai rencontré aujourd'hui et il m'a demandé de l'aider à redresser les finances de l'entreprise familiale.

— Très bien, donc je repose ma question : qu'a-t-il donc de particulier pour te faire renoncer à un mois de farniente au soleil ?

Shana prit le temps de réfléchir avant de répondre.

— Pas mal de choses, mais ce qui m'a plu, avant tout, c'est son intégrité. Il a repris la société, avec ses frères, pour tenir une promesse faite à son grand-père sur son lit de mort. Et tu sais l'importance que j'accorde à ce genre de choses.

Jules comprit aussitôt à quoi elle faisait référence. Avant de mourir, leur mère leur avait fait promettre d'être de gentilles petites filles et de ne pas causer de souci à leur père quand elle ne serait plus là. Elles avaient tenu parole. Elles avaient obtenu toutes les deux leur diplôme de fin de lycée avec mention, puis leur diplôme d'université en trois ans au lieu de quatre. Ça, c'était pour les études. Pour le reste, elles s'étaient également montrées irréprochables.

— Oui, je sais, soupira Jules. Est-ce qu'il est beau mec ? demanda-t-elle en ramassant ses vêtements épars.

Elle sentait Shana sur la défensive et son sixième sens lui disait qu'il y avait anguille sous roche.

— Oui, il est beau mec. Ça oui. Mais on s'en fiche.

Jules éclata de rire.

— Tu ne me feras pas croire que Jonathan t'a dégoûtée des hommes à ce point-là.

Shana se rembrunit. Elle n'aimait pas parler de Jonathan.

— Il ne m'a dégoûtée de personne, protesta-t-elle.

— Ah bon ? Et comment se fait-il que tu n'aies eu aucune relation sérieuse depuis votre rupture ? Parfois je me demande si tu n'en pinces pas encore pour lui.

— Tu te trompes. J'ai simplement besoin de me concentrer sur mon travail. Je ne ressens pas la nécessité d'avoir un homme dans ma vie, comme certaines femmes. Et tu es mal placée pour me faire la remarque. C'était quand, la dernière fois que tu as eu rendez-vous avec un mec ?

— Le mois dernier, avec James, tu ne t'en souviens pas ?

— Je parle d'un vrai rendez-vous, Jules, ne fais pas l'idiote. James était un mari infidèle que tu as piégé.

Shana adressa un signe de la main à Joyce qui partait. Elle tenait à ce que ses employées rentrent chez elles à des heures décentes.

— Et je l'ai bien piégé, je dois dire, répondit Jules d'un ton triomphant. Je connais trop bien les hommes pour les prendre au sérieux. La plupart de mes enquêtes consistent à confondre des maris infidèles et, que veux-tu, j'en tire les conclusions qui s'imposent.

Elle se dirigea vers la salle de bains, ses vêtements sous le bras.

— Bon, je vais prendre une douche, déclara-t-elle. Je ne rentrerai pas en Virginie avant deux bonnes semaines. En attendant, garde l'œil sur papa et sur Mme Fruits et Légumes !

La montre de Jace marquait déjà 21 heures. Il repoussa le dossier qu'il était en train de consulter et s'étira. Les bureaux étaient fermés depuis plusieurs heures mais il était toujours là, à essayer d'absorber le plus d'informations possible. Ça lui rappelait le temps où il bûchait tard le soir pour ses examens de droit.

Caden et Dalton avaient délaissé depuis longtemps leurs bureaux respectifs, au bout du couloir. Ils passaient la soirée au bar-rôtisserie du coin de la rue. Ils l'avaient invité à se joindre à eux, mais il avait refusé. Shana lui réclamait un dossier pour le lendemain et il voulait l'étudier à fond avant de le lui confier.

Il balaya du regard le bureau qu'avait occupé son grand-père avant lui. Il n'avait pas touché à la décoration, même s'il n'aimait pas beaucoup les rideaux verts et la moquette assortie. Il sourit. Le vert avait toujours été la couleur préférée de son grand-père.

Ils avaient prévu de rendre visite à leur père la semaine prochaine, avant le départ de Caden qui devait s'absenter deux longues semaines pour honorer des dates de concert qu'il ne pouvait annuler. Heureusement, Dalton serait là. Jace lui était reconnaissant de ne pas avoir cherché un prétexte pour s'envoler pour Londres. Il se demandait tout de même si la réceptionniste du rez-de-chaussée n'y était pas pour quelque chose.

Il se penchait sur son bureau pour étudier le dernier document de son dossier quand son téléphone sonna. Le numéro qui s'affichait sur l'écran lui était inconnu, il décrocha.

— Allô ?

— Tu aurais pu m'appeler pour me prévenir que ton grand-père était décédé.

Jace prit une longue inspiration. C'était son ex-femme. Eve.

— Et pourquoi aurais-je pris la peine de te prévenir ? On ne peut pas dire que nous soyons proches, tous les deux. Si tu appelles pour savoir s'il t'avait mentionnée dans son testament, la réponse est non.

— Tu es méchant, Jace.

— Ce n'est pas nouveau. Je crois me souvenir que tu m'as traité de salaud le jour où je t'ai présenté les papiers du divorce.

Elle fit mine de ne pas avoir entendu.

— Il paraît que tu as pris la tête de Granger Aeronautics. Je suis contente. C'est ce que je t'ai toujours souhaité.

— C'est pour toi que tu le souhaitais, Eve. Sois franche. Tu n'étais pas satisfaite de mon salaire d'avocat et tu pensais que j'aurais pu gagner des millions en travaillant avec mon grand-père. C'était juste une question d'argent, pour toi. Rien d'autre.

Il se laissa retomber dans son fauteuil et ajouta :

— Et tu étais furieuse que je refuse de toucher à l'argent de mon fonds en fiducie, dont tu aurais bien voulu profiter.

Il ne put s'empêcher de sourire. Elle avait cru pouvoir lui soutirer au moment du divorce une partie de cet argent mais, grâce aux dispositions prises par son grand-père, elle n'avait pas eu un centime. Raison pour laquelle elle avait détesté « le vieux », comme elle l'appelait.

— Tu en es encore à essayer de me faire passer pour une femme vénale, Jace ? Quand nous nous sommes mariés, j'avais autant d'argent que toi.

— Tu fais bien d'employer le verbe avoir au passé. Quand nous avons divorcé, tu avais dépensé jusqu'au dernier centime de ton argent personnel et tu aurais voulu en faire autant avec le mien.

— J'aime les belles choses.

— Tu aimes les choses chères, corrigea-t-il. Et tu as décidé que ce n'était pas la peine de travailler pour te les offrir.

— J'étais l'épouse d'un Granger. Il n'y avait aucune raison pour que je travaille. S'il n'y avait pas eu cet avortement, nous serions toujours ensemble. Je n'étais pas prête à faire un bébé, Jace. C'est incroyable que tu ne puisses pas comprendre ça. J'étais encore…

— Tu pensais trop à t'amuser pour te poser et avoir un enfant, je sais, coupa-t-il. Et c'était une raison pour avorter sans me le dire ? cria-t-il brusquement, laissant exploser sa colère.

Chaque fois qu'il pensait à cet épisode de leur vie, il avait le cœur broyé. Elle s'était débarrassée de son enfant, sans même lui en parler. Il l'avait découvert par hasard, en rentrant plus tôt que prévu d'un voyage d'affaires.

— Eve, mettons fin à cette conversation avant qu'elle ne dégénère. Et fais-moi le plaisir d'effacer mon numéro !

Elle raccrocha. Ce n'était pas la première fois qu'elle lui raccrochait au nez, mais avec un peu de chance, si elle faisait ce qu'il venait de lui demander, ce serait la dernière.

Il étudiait un rapport quand son téléphone portable sonna de nouveau. Il crut que c'était encore Eve, mais le nom Bradford s'affichait à l'écran.

— Oui, Shana ?

Shana prit une profonde inspiration. Cet homme-là avait décidément une voix beaucoup trop sensuelle. Surtout quand il prononçait son nom.

— Je me doutais que vous seriez encore au travail, dit-elle. On vous a servi au dessert une part de gâteau plus grosse que la mienne et le chocolat donne de l'énergie.

Un rire profond et masculin, aussi troublant que la voix, résonna dans le téléphone.

— Vous l'avez remarqué ?

— Oui.

Elle sourit. Il avait littéralement englouti sa part de gâteau. Il aimait lui aussi le chocolat et il était gourmand.

— Je ne vais pas vous déranger longtemps, promit-elle. Je voulais savoir si je dois apporter mon ordinateur ou si vous pouvez m'en fournir un.

Jace haussa un sourcil.

— Certains de vos clients vous demandent de venir avec votre ordinateur ?

— Oui, et je n'en fais pas une affaire. J'ai juste besoin d'être prévenue.

Jace s'adossa à son fauteuil. Il se sentait soudain calme et détendu, deux sensations très agréables après son bref mais pénible échange avec Eve.

— J'ai supervisé votre installation. Votre bureau est équipé d'un ordinateur.

Il avait pris les choses en main et demandé qu'on l'installe dans le bureau situé entre le sien et celui qui avait appartenu à son père, une pièce qui avait servi de lieu de réunion à son père et à son grand-père quand ils travaillaient ensemble à Granger. Il possédait une porte de communication directe et il était assez spacieux pour le temps que Shana aurait à y passer. De plus, la vue sur les montagnes Blue Ridge y était superbe.

La section entretien avait enlevé la grande table de conférence pour la remplacer par un bureau, quelques armoires à dossiers, une bibliothèque et des meubles d'appoint. L'ex-secrétaire de Richard, qui était maintenant la sienne, s'était chargée d'apporter les fournitures, dont un ordinateur. La réceptionniste du rez-de-chaussée l'avait aidée, ce qui avait probablement fait la joie de Dalton.

— J'apprécie beaucoup le geste, dit-elle. Je serai là demain matin très tôt, vers 8 heures.

— Très bien. Vous aurez aussi une place réservée dans le parking des cadres.

— Eh bien… Je suis gâtée.

Elle avait une voix très douce, il l'avait déjà remarqué au restaurant.

— Vous n'êtes pas difficile à satisfaire, dit-il en riant. Je pense que vous serez ravie d'apprendre qu'il est d'usage ici de laisser tomber le costume le vendredi. Tout le monde arrive en jean. Les employés adorent ça.

— Vous voyez, je ne suis pas la seule à me satisfaire de peu.

Il soupira… Apparemment, elle n'était pas comme Eve, impossible à contenter.

— J'ai oublié de vous préciser quelque chose, Jace.

— Oui. Quoi ?

— Je travaille avec un ingénieur en informatique et je préférerais utiliser un autre réseau que le vôtre pour internet. Aussi, si ça ne vous dérange pas, j'aimerais qu'il vienne demain pour configurer mon ordinateur. Il s'agit d'une mesure de sécurité importante, qui me permet de mettre mon travail à l'abri des curieux.

— Très bien. Ça ne me pose pas de problème. J'en avertirai mes informaticiens.

— Non. Je préfère que personne d'autre que vous et moi ne le sache. Bruce va maquiller la chose pour que j'aie l'air d'utiliser le serveur de votre entreprise, mais ça ne sera pas le cas.

— Oh ! je vois.

— Très bien. Alors à demain, Jace.

— Dormez bien.

— Ne vous en faites pas pour ça.

Jace raccrocha. Il l'avait entendue ravaler un ou deux bâillements au cours de leur conversation et il se demanda si elle aussi était toujours à son bureau. Tout en se penchant de nouveau sur son rapport, il ne put s'empêcher de sourire d'aise à l'idée de la revoir le lendemain.

Quelques heures plus tard, Shana enfilait sa veste. Elle avait tout préparé pour sa première journée à Granger Aeronautics, elle pouvait rentrer chez elle. Le dossier était passionnant. L'entreprise avait perdu la première place dans le domaine de la construction aéronautique et aérospatiale. Pourquoi ? Ce qu'elle avait lu à ce sujet était destiné au public et elle avait hâte de chercher par elle-même. Les clients actuels. Les anciens clients. Les modèles commercialisés. La politique de marketing. Les méthodes de conception des produits. Le rendement des salariés…

Elle avait l'intention de découvrir quelle était la part de chacun de ces éléments contribuant au succès ou à la débâcle d'une société dans les difficultés de Granger Aeronautics. Elle apprécia au passage le fait que Jace Granger soit resté travailler à son bureau ce soir. Cela témoignait de son sérieux et de sa motivation.

Elle se tourna en entendant frapper à sa porte.

— Entre.

Elle savait déjà qu'il s'agissait de Kent, elle avait reconnu sa façon de toquer.

Kent, qui travaillait pour elle en tant que médiateur, entra dans son fauteuil roulant. Vétéran de la guerre en

Irak, il avait eu les deux jambes paralysées par des éclats métalliques provenant de l'explosion d'un missile. Il était à présent rivé à un fauteuil, mais ça n'avait pas entamé son énergie. Elle admirait sa combativité, sa détermination. Il avait su accepter son handicap et s'en servait comme d'un nouveau tremplin, plutôt que de le considérer comme une condamnation. Kent était un élément clé de leur équipe. Il travaillait dur, parfois trop, et il arrivait souvent à Shana de comploter avec sa femme, Marsha, pour l'obliger à mettre la pédale douce.

— Je me doutais que tu serais là, dit-il.

Il lui jeta un regard amusé et ses yeux bleus brillèrent de malice.

Elle tenta de prendre un air mécontent.

— J'avais du travail, je dois traiter demain un nouveau dossier. Mais, toi, qu'est-ce que tu fais là ? Je t'ai donné un mois de vacances, comme à Todd. Tu le mérites.

Il rit doucement, tout en écartant de ses yeux une mèche de cheveux blonds.

— Tu as un nouveau client. Donc, nous avons tous un nouveau client. Nous formons une équipe, Shana. Et puis je me suis dit que ça te serait utile si je te préparais un petit topo sur les dirigeants de Granger Aeronautics. J'ai tout chargé sur Greta, tu pourras écouter ça dans ta voiture en rentrant. J'ai fait aussi une copie sur un disque dur que tu pourras télécharger.

Elle acquiesça. Elle pouvait compter sur ses collaborateurs, tous autonomes et efficaces. Elle savait pourquoi elle les payait bien.

— Tu as trouvé des choses intéressantes ? demanda-t-elle.

— Je te laisse juger par toi-même.

Elle haussa un sourcil. Cette réponse signifiait qu'il y avait des choses intéressantes.

— Très bien, dit-elle.

Une demi-heure plus tard, après avoir écouté avec attention le rapport de Kent sur les quatre hommes qui dirigeaient Granger Aeronautics — Titus Freeman, Cal Arrington,

Shelton Fields et John Fulmer —, elle était parvenue à la même conclusion que Kent. Oui, c'était très intéressant. Déjà, des questions prenaient forme dans son esprit. Elle avait hâte de creuser le sujet pour leur trouver des réponses.

10

Le lendemain, à 7 heures 30, Jace découvrit en passant devant le bureau attribué à Shana qu'elle était déjà à son poste, plongée dans l'étude d'un épais dossier. Elle était tellement absorbée qu'elle ne le vit pas arriver. Il la trouva délicieuse. Elle portait une paire de lunettes sur le bout du son nez, mais ça n'enlevait rien à son charme, au contraire.

Il s'arrêta sur le seuil pour l'observer et il admira une fois de plus la couleur caramel de sa peau, ses lèvres charnues luisantes de gloss, les mèches rebelles d'un noir d'ébène qui s'échappaient de sa coiffure. Elle n'avait toujours pas remarqué sa présence et lisait, avec une moue dubitative. Franchement, oui, elle était très appétissante — au moins autant que les petits pains chauds qu'il avait dans son sac.

Il jugea tout de même correct de signaler sa présence.

— Bonjour.

Elle leva les yeux de son bureau et lui sourit.

— Bonjour, Jace.

— Nous avions dit 8 heures mais, je ne sais pas pourquoi, j'étais certain que vous viendriez plus tôt.

Il entra dans la pièce et posa son sac de petits pains sur le bureau.

— J'aurais voulu que vous les trouviez en arrivant, mais c'est raté. Ils sont tout frais, chauds et ils viennent de chez Jennie.

Le sourire de Shana s'élargit.

— Des petits pains de chez Jennie ? Ce sont les meilleurs ! Merci beaucoup.

Il avait demandé qu'on lui installe une machine à café et, apparemment, elle s'était déjà préparé une tasse.

— J'espère que ce bureau vous convient, dit-il.

— Il est parfait, répondit-elle en regardant autour d'elle. Presque trop. J'ai dû me faire violence pour me mettre au travail et ne pas me planter devant la fenêtre.

Toujours souriante, elle se leva en poussant un soupir de satisfaction.

— La vue est réellement magnifique, il est difficile d'y résister.

— C'est aussi mon avis, fit-il la dévorant du regard.

Comme la veille, elle portait un tailleur classique, plutôt strict, bleu marine. Mais elle restait sensuelle et il n'eut aucun mal à l'imaginer avec un petit haut, dos nu de préférence et décolleté, et un short en coton qui dévoilerait ses superbes jambes. Il avait cette image à l'esprit depuis le repas au restaurant et il n'arrivait pas à s'en défaire.

— A quelle heure est la réunion de ce matin ? demanda-t-elle.

Elle avait réclamé une réunion avec l'équipe de direction et les différents chefs de service — elle préférait, avait-elle dit, les informer elle-même de l'objet de sa présence, plutôt que de les laisser spéculer sur la question. C'était une bonne idée. Il avait accepté.

— Vers 10 heures. Ma secrétaire a envoyé hier un message aux personnes concernées.

— Elle a l'air d'une gentille femme.

— Qui donc ?

— Votre secrétaire. Melissa Swanson.

— Oui. Elle est charmante et efficace. C'est mon grand-père qui l'a embauchée pour remplacer son ancienne secrétaire qui partait à la retraite. Mais ça fait longtemps qu'elle travaille chez Granger. Elle occupait auparavant un poste d'employée dans l'un des services du premier étage.

Il balaya du regard les papiers épars sur son bureau.

— Et, en parlant d'efficacité, je vois que vous êtes déjà au travail.

— J'espère être en mesure de vous présenter un état des

lieux dans une semaine. Ce ne sera qu'une ébauche, mais il permettra de prendre des mesures d'urgence pour remettre cette entreprise sur les rails.

Elle marqua un temps de pause, puis ajouta :

— Mais je dois d'abord vous entretenir de quelque chose d'important.

Elle se leva et se dirigea d'un pas décidé vers la porte.

Il vit à son expression que l'affaire était sérieuse. Mais ça ne l'empêcha pas de remarquer au passage son parfum qui flottait dans l'air, ni d'apprécier sa démarche légèrement chaloupée — bon sang, ce subtil balancement de ses hanches... Il prit une profonde inspiration. Il ne se souvenait pas d'avoir autant apprécié une paire de jambes.

Après avoir fermé la porte, elle pivota sur ses talons et revint vers lui, tout en ôtant ses lunettes. Il eut le temps de constater que ses yeux étaient encore plus lumineux que la veille. L'attirance qu'il avait ressentie au restaurant revenait, avec davantage de force encore.

— Je crois qu'il faut que nous discutions sérieusement, Jace, dit-elle en s'arrêtant devant lui.

Il haussa un sourcil étonné.

— A quel sujet ?

— Votre libido et mes hormones.

Devant son regard ahuri, elle secoua la tête.

— Ne soyez pas choqué que j'aborde le sujet de manière directe, Jace. Ce n'est pas dans mes habitudes, sachez-le, mais il semblerait que les deux, votre libido et mes hormones, se manifestent un peu trop et surtout de manière totalement déplacée dans ce bureau. Aussi, il est nécessaire de mettre les choses au point : j'ai pour principe de ne jamais m'investir dans une relation personnelle avec un client.

En effet, elle n'aurait pas pu se montrer plus directe. Il ne chercha pas à nier et ne trouva rien à répondre. Il était surpris qu'elle soit consciente de l'attirance qui existait entre eux et qu'elle s'en inquiète au point de lui signifier sans détour que ça ne les mènerait nulle part.

— Ai-je été suffisamment claire, Jace ? demanda-t-elle avec une expression sérieuse, presque grave.

Il hocha la tête.

— Très claire. Je promets de contenir ma libido.

Shana poussa un soupir de soulagement. Il avait promis, mais serait-il capable de tenir sa promesse ? Elle se jura de résister quoi qu'il arrive. Mais ça n'allait pas être facile tant il était séduisant et portait bien ses costumes sobres et coupés à la perfection. Il émanait de lui une énergie masculine qui aurait fait fantasmer n'importe quelle femme normalement constituée.

En l'apercevant sur le seuil de sa porte, adossé au chambranle, elle avait été frappée par sa grande silhouette si bien proportionnée. Quand il était entré, elle n'avait pas pu s'empêcher d'admirer son torse musclé, ses larges épaules, la manière dont il se mouvait, avec grâce, élégance, et une sorte d'aisance qui incarnait l'autorité.

Elle avait aussitôt compris qu'ils allaient au-devant de gros problèmes et qu'il fallait mettre les choses au point. Elle ne regrettait pas de lui avoir rappelé qu'elle était momentanément son employée. A présent qu'elle avait exprimé ses inquiétudes, ils allaient gérer la situation au mieux, d'une manière satisfaisante pour tous les deux. Sans faux-semblants.

— La question est réglée, dit-elle en retournant s'asseoir derrière son bureau. Passons maintenant aux choses sérieuses. Avant de rencontrer votre équipe, je souhaiterais avoir avec vous une brève réunion de trente minutes. Il serait bien que je vous fasse part des sujets que je vais aborder tout à l'heure.

— Excellente idée. Laissez-moi le temps de m'installer et de prendre connaissance de mon ordre du jour.

Il consulta sa montre.

— Disons, dans une demi-heure ?

— Ce serait parfait. J'aimerais aussi rencontrer vos frères, bien entendu.

— Je peux vous arranger ça. En attendant, je vous laisse à vos dossiers.

Il se détourna pour quitter la pièce et elle le suivit des yeux, rêveuse, tandis qu'il sortait sans se retourner.

Jace se tenait devant la fenêtre de son bureau. Il réfléchissait. Il avait promis à Shana de garder ses distances, malheureusement, ça ne suffirait pas à étouffer l'attirance qu'il ressentait pour elle. Cette mise au point qu'elle avait crue nécessaire était quand même un bon début. Elle avait raison. Ils n'avaient pas le temps de flirter et de se disperser.

L'Interphone de son bureau grésilla et il alla répondre.

— Oui, Melissa ?

— Vos frères sont là, monsieur.

— Faites-les entrer, je vous prie.

Ce matin, avant de partir, il leur avait demandé d'être là à 8 heures. Il était presque 9 heures et ils arrivaient à peine. Caden n'était pas habitué aux horaires de bureau. Quant à Dalton, il n'était pas habitué à avoir des horaires.

La porte s'ouvrit. Caden entra en souriant. Derrière lui, Dalton faisait la tête.

— Comment ça va ? demanda prudemment Jace.

— Très bien.

— Plutôt mal.

Ils avaient répondu en même temps. Jace alla s'asseoir dans son fauteuil, tandis qu'ils choisissaient chacun un coin de la pièce : Caden se plaça devant la fenêtre pour admirer la vue tandis que Dalton se laissait tomber sur le premier siège qu'il rencontra. Jace soupira. Dalton était de mauvaise humeur, mieux valait ne pas insister. Il s'adressa donc à Caden, qui paraissait mieux disposé.

— Où en es-tu, de tes affaires ? demanda-t-il.

Le sourire de Caden s'élargit.

— J'ai reçu un coup de fil de mon agent. Cameron va utiliser des morceaux de mon dernier album pour la musique d'un film qu'il est en train de tourner.

Jace lui sourit.

— C'est une formidable nouvelle ! Félicitations.

Il avait vu James Cameron et Caden échanger quelques mots à l'enterrement. Cameron était un vieil ami de leur grand-père qui avait contribué au financement de l'un de ses films.

Jace se tourna vers Dalton, qui faisait encore plus grise mine qu'en arrivant.

— Qu'est-ce qui t'arrive ?

— Rien du tout.

Jace quêta une réponse du côté de Caden, lequel se contenta de hausser les épaules avec un regard signifiant qu'il n'en savait rien et qu'il s'en fichait. Il décida de suivre son exemple. Dalton finirait par leur parler, il suffisait d'attendre.

— Je suis content que vous ayez réussi à venir tôt, dit-il. J'ai une importante réunion dans dix minutes et je voudrais que vous y assistiez. Shana souhaite rencontrer l'équipe de direction et les chefs de service.

Dalton haussa un sourcil.

— Shana ?

— Oui, Shana Bradford, de la société Bradford, spécialiste en gestion de crises.

Dalton leva les yeux au ciel.

— Je sais qui elle est, Jace. J'ignorais que vous en étiez à vous appeler par vos prénoms.

Jace s'adossa à son fauteuil, tout en dévisageant son frère.

— Elle va collaborer avec nous pendant un mois ou deux. Tu penses qu'on aurait dû continuer à se donner du « Madame » et du « Monsieur » ?

— Non, ce n'est pas ça, non.

L'expression dédaigneuse de Dalton était prodigieusement agaçante, mais Jace décida de ne pas laisser l'humeur de son frère déteindre sur lui. Il s'apprêtait à faire le compte rendu de sa réunion de la veille avec Freeman quand son Interphone grésilla de nouveau.

— Oui, Melissa ?

— Mlle Bradford est là.

Jace se leva.

— Faites-la entrer.

Dalton se leva également, tout en marmonnant.

— J'ai hâte de rencontrer cette femme de caractère.

Jace eut juste le temps de lui lancer un regard d'avertissement avant que la porte ne s'ouvre. Ensuite, il n'eut plus d'yeux que pour Shana. Il entendit tout de même Dalton s'exclamer, comme à travers un brouillard :

— Quelle agréable surprise !

Un frisson nerveux courut le long de la colonne de Shana et elle s'efforça de le réprimer. C'était déjà compliqué d'affronter un homme incroyablement séduisant, mais voilà qu'elle en avait maintenant deux de plus devant les yeux. La ressemblance entre les trois frères était frappante, du moins physiquement. Pour la personnalité, elle savait déjà qu'ils avaient peu de points communs.

Elle identifia aussitôt Caden, le musicien, celui qui était debout devant la fenêtre. Il avait un côté doux et féminin. Il la jaugeait, mais sans agressivité.

Dalton, le play-boy, la dévisageait avec un regard coquin et un sourire enjôleur qui en disaient long. Il était très élégant et on voyait qu'il prenait grand soin de sa personne. Il la détaillait sans vergogne, de haut en bas, en inclinant la tête de côté d'un air gourmand. Elle comprit qu'il avait décidé de tenter sa chance avec elle.

— Je regrette de ne pas avoir fait votre connaissance avant Jace, dit-il.

Elle lui sourit.

— Je ne vois pas ce que ça aurait changé. Je suis là pour raisons professionnelles, pas pour me distraire. Je vous demande d'avoir la bonté de ne pas l'oublier.

Jace retint un sourire. Elle avait bien fait de remettre Dalton à sa place, mais il connaissait son petit frère, il n'allait pas s'arrêter là. Dalton était persuadé que toutes les femmes devaient lui tomber dans les bras — comme s'il possédait à cet égard une sorte de droit de naissance.

Dalton prit la chose très posément. Un léger sourire

étira ses lèvres. Il n'était même pas vexé, juste encore plus intéressé. De plus, il n'était pas idiot. Jace avait beau jouer les indifférents, il sentait entre Shana et lui une formidable tension sexuelle. Et cela l'amusait de constater qu'ils cherchaient tous les deux à la nier. Il ne put s'empêcher de rire intérieurement, tout en songeant que c'était leur problème, mais que ça ne l'empêcherait pas de les secouer un peu. Coincé dans cette ville pour un temps indéterminé, il n'avait rien de mieux à faire.

— Vous êtes sûre que c'est bien ce que vous désirez ? demanda-t-il en faisant un pas vers Shana.

Elle avança elle aussi, en le regardant droit dans les yeux.

— Tout à fait sûre.

Le sourire de Dalton s'élargit. Elle était aussi coriace que sexy, Jace allait avoir du fil à retordre, il ne restait plus qu'à espérer qu'il serait à la hauteur. Il recula.

— Dans ce cas, j'abandonne, dit-il.

— Vous n'avez pas le choix.

Il renversa la tête en arrière et éclata de rire. C'était si bon de rire un peu. Il s'était levé ce matin en en voulant à la terre entière, parce qu'il aurait préféré être n'importe où plutôt qu'à Sutton Hills. Shana était son rayon de soleil de la journée.

Vidal arriva et Jace le présenta à Shana, laquelle le remercia d'avoir suggéré de faire appel à elle.

— C'est tout naturel, répondit Vidal. Je joue de temps en temps au golf avec Jerome Haler et il ne cesse de chanter vos louanges. Il dit que vous avez accompli un miracle en sortant sa société de l'ornière.

— Merci, répondit Shana en souriant.

— Maintenant que les présentations sont faites, nous pouvons commencer, déclara Jace. Shana souhaite nous soumettre les questions qu'elle va aborder avec le personnel de direction.

A sa grande surprise, Caden et Dalton prirent un air intéressé. Le visage de Caden était sérieux et concentré, mais Dalton arborait un drôle de petit sourire, comme si quelque chose l'amusait. Shana s'installa dans un fauteuil et passa en revue les points qu'elle souhaitait aborder au cours de la réunion à venir.

— Tous ces hommes touchent un bon salaire et je veux m'assurer qu'ils font correctement leur travail, expliqua-t-elle en guise de conclusion.

— Je comprends très bien et je pense qu'ils comprendront aussi, répondit Jace.

Il consulta sa montre et se leva, puis alla chercher sa veste tout en rajustant sa cravate.

— Je crois qu'il est l'heure…

Shana le regarda enfiler sa veste en faisant rouler ses larges épaules. Elle avait une drôle de sensation dans le ventre et son cœur cognait furieusement dans sa poitrine. Elle en fut mortifiée. Et mécontente de constater qu'elle était incapable de mettre en pratique ce qu'elle avait prêché avec tant d'assurance deux heures plus tôt.

Elle prit une profonde inspiration et tenta de se calmer. D'accord, elle s'était laissé surprendre cette fois, et elle avait laissé tomber ses défenses. Mais ça ne se reproduirait pas. Elle retrouva un peu d'assurance à cette idée. Puis elle croisa le regard de Dalton Granger. Il souriait d'un air goguenard. Qu'est-ce qui pouvait bien l'amuser à ce point ? Elle eut la désagréable sensation d'avoir été percée à jour.

Elle se détourna de Dalton et surprit cette fois le regard de Jace.

— Vous êtes prête ? demanda-t-il.

— Oui, je suis prête, répondit-elle d'une voix qui lui parut légèrement altérée.

Elle espéra qu'elle était la seule à l'avoir remarqué.

— Je vous laisse, dit Vidal.

En passant devant Jace, il s'arrêta.

— Je vous avais dit qu'elle était douée, murmura-t-il.

Puis il quitta la pièce, le sourire aux lèvres.

Jace montra le chemin à Shana. Dalton et Caden leur emboîtèrent le pas.

11

Quand ils arrivèrent dans la salle de réunion, tout le monde les attendait. Certains visages affichaient la curiosité, d'autres l'inquiétude. Jace avait rencontré la veille tous les participants et chacun avait eu un mot gentil à propos de son grand-père.

Il balaya l'assemblée du regard et alla s'installer en bout de table. Il avait demandé à sa secrétaire de réserver un siège à sa droite pour Shana et deux autres à sa gauche pour ses deux frères. C'était la première fois qu'il siégeait en tant que P.-D.G. et il savait que ses employés se demandaient ce qui allait se passer. La machine à rumeurs fonctionnait à plein régime ces derniers jours et l'annonce de cette réunion avait sans doute créé des remous supplémentaires. A Shana de calmer le jeu, à présent.

— Bonjour, dit-il d'un ton solennel. Sachez d'abord que j'apprécie votre présence. Je sais que vous avez dû bousculer vos emplois du temps pour cette réunion, mais je n'ai malheureusement pas pu la différer car nous devions à tout prix aborder d'urgence des sujets importants.

Il marqua un temps de pause.

— Pour dire les choses un peu brutalement, Granger Aeronautics a perdu plusieurs gros contrats au cours des douze derniers mois. Je voudrais découvrir pourquoi, afin d'être en mesure de retrouver notre position de leader sur le marché des produits et services de l'aéronautique et de l'aérospatiale. Dans le but d'établir un diagnostic sûr et rapide, j'ai engagé une consultante, Shana Bradford, spécialisée en gestion de crise, qui travaillera avec nous au cours des prochaines semaines. Sa société, qui porte son nom, a déjà une réputation bien établie, je pense que vous la connaissez tous…

Une main se leva et Jace reconnut la longue silhouette et la tête chauve de Cal Arrington, troisième vice-président, en charge de la section produits et conception depuis près de quinze ans.

— Oui, Cal ?

— Jace, croyez-vous vraiment qu'il soit nécessaire d'en arriver là ? Il faut réfléchir à de nouvelles stratégies pour commercialiser nos produits, c'est un fait, mais nos clients actuels nous sont fidèles. Je ne pense pas que votre grand-père aurait approuvé une telle démarche.

Il vit plusieurs hommes hocher la tête en signe d'approbation. Mais il n'en fut pas surpris. Il s'était douté qu'il allait devoir convaincre.

— Je pense au contraire que cette démarche est absolument nécessaire et que mon grand-père l'aurait approuvée. Je peux même vous dire qu'il l'avait envisagée avant de mourir.

Il n'en avait encore parlé à personne, mais il s'était souvenu la veille d'un code qui ouvrait un dossier secret sur l'ordinateur de son grand-père — code que Richard lui avait confié et qui était facile à retenir puisqu'il s'agissait du prénom de Jace épelé à l'envers et de la date de naissance de Sheppard. Ce dossier contenait les réflexions et les idées que Richard avait notées en vrac, à mesure qu'elles lui venaient à l'esprit. En les lisant, Jace avait découvert que Richard avait envisagé de faire appel à la société de Shana : il soupçonnait un employé de Granger Aeronautics d'avoir vendu des secrets industriels à un concurrent.

Il jeta un coup d'œil du côté de Freeman, qui avait pris un air pincé. Sans doute était-il furieux de ne pas avoir été consulté concernant l'embauche de Shana.

— Je laisse maintenant la parole à Mlle Bradford, qui va vous demander des informations concernant vos services respectifs. Elle est installée dans le bureau voisin du mien et j'espère que sa présence montrera à tous que je suis disposé à prendre les mesures qui s'imposent pour que Granger Aeronautics retrouve sa position de leader dans l'industrie aérospatiale.

Il prit le temps d'observer les gens assis autour de la table. Certains, comme Cal, n'étaient pas encore convaincus et l'affichaient clairement sur leur visage. D'autres hochaient la tête en souriant.

Shana se leva.

— Bonjour à tous…

Jace s'adossa à son fauteuil. Il était certain que Shana saurait gagner des personnes supplémentaires à leur cause. Il avait confiance en elle.

Elle commença par se présenter, puis répondit ensuite aux questions qu'on lui posait sur ses méthodes de travail, avec aisance et fermeté. Quand on tentait de la contrer, elle demeurait sur ses positions, en exposant avec clarté ses arguments. Jace jubila intérieurement. Ceux qui en doutaient encore avaient dû comprendre qu'elle n'était pas manipulable.

Son admiration pour elle augmenta d'un cran.

Il croisa le regard de Dalton, qui l'observait, encore avec ce petit sourire en coin. Mais qu'est-ce qui l'amusait donc tant ?

Vingt minutes plus tard, la réunion prit fin et les membres du personnel de direction quittèrent la salle en échangeant à voix basse leurs impressions.

Shana se tourna vers Jace.

— Je n'ai pas convaincu tout le monde, mais ça ne me surprend pas, dit-elle.

— Je n'en suis pas surpris non plus. Et j'ai confiance. Les plus récalcitrants finiront par apprécier votre présence quand ils verront que l'entreprise va de l'avant.

Caden tapota le dos de Jace.

— Grand-père et papa auraient été fiers de toi s'ils t'avaient vu tenir tête à la vieille garde aujourd'hui. Tu as l'étoffe d'un chef, ça ne fait aucun doute. Je parie que Cal est inquiet parce qu'il n'a pas pondu un seul projet novateur depuis des années.

Jace haussa un sourcil.

— Et comment sais-tu qu'il n'a pas pondu de projet novateur ?

Caden ricana.

— Tu n'es pas le seul à passer ton temps à étudier des dossiers. Je me suis dépensé. Je voulais en faire le plus possible avant mon départ, la semaine prochaine.

Caden devait s'absenter pour honorer deux concerts à New York qu'il ne pouvait pas annuler.

Jace interrogea du regard Dalton, qui n'avait pas bougé de son siège et ne disait pas un mot.

— Qu'est-ce que tu penses de cette réunion, Dalton ?

Dalton demeura silencieux un instant, puis il se leva.

— Caden a raison. Tu es l'homme de la situation. Tu vas botter le cul à tous ces vieux croûtons, les obliger à se bouger ou à prendre la porte. Freeman est furieux, même s'il fait de son mieux pour le cacher. Quand tu as présenté Shana, j'ai entendu grincer ses dents. Il ne veut pas d'elle ici. Je crois qu'il la perçoit comme une menace. Et je suis d'accord avec Caden quand il dit que papa et grand-père auraient été fiers de la manière dont tu as mené cette réunion.

— Merci.

Dalton tourna son attention vers Shana.

— Certains vous considèrent comme un danger potentiel, dit-il en souriant. Et je serais curieux de savoir pourquoi. Je comprends qu'il y ait de la résistance au changement, mais je pense que la réticence à votre égard cache autre chose.

Jace haussa un sourcil. Il ne s'était pas attendu à ce commentaire.

— C'est-à-dire ?

Dalton haussa les épaules, puis sourit de nouveau.

— Je ne sais pas, mais je suis certain que Mlle Bradford s'emploiera à le découvrir. N'est-ce pas, mademoiselle ?

Elle soutint son regard.

— Oui, je le découvrirai, certainement.

Il ne fallut pas longtemps pour que le bruit se répande au sein de Granger Aeronautics : la société Bradford, spécialisée en gestion de crise, allait prendre les choses en main et remettre l'entreprise à flot. Jace avait encouragé les chefs des différents services à parler à leur équipe pour étouffer dans l'œuf les fausses rumeurs. Freeman l'avait alpagué à la fin de la réunion pour lui assurer que ce n'était pas lui, mais un actionnaire inquiet, qui avait réclamé la tenue d'un conseil d'administration. Il savait que c'était un mensonge, mais il avait fait semblant de le croire. La seule chose qui comptait pour lui, c'était de permettre à Granger de reprendre sa place de leader dans la filière aéronautique et, depuis que Shana était là, il ne craignait plus de ne pas être à la hauteur.

Durant la semaine suivante, Jace remarqua une amélioration du moral des employés. On lui souriait quand on le croisait dans le couloir. Il fut chaleureusement accueilli quand il visita les différents services. Comme il fallait s'y attendre, Freeman, furieux de se trouver relégué au second plan, avait présenté sa démission. Jace en avait été soulagé. Il n'avait pas confiance en lui, mieux valait qu'il parte.

Jace travaillait tard tous les soirs et Shana aussi. Quand il quittait son bureau, il savait qu'elle était encore là, à éplucher les dossiers, dans le bureau voisin. Il prit l'habitude de passer sa tête à la porte pour lui dire bonsoir. Elle était parfois tellement absorbée par son travail qu'elle lui répondait d'un vague signe de la main, sans même lever la tête.

C'était la fin d'une longue journée de travail. Dalton entra dans le bureau de Jace et se laissa tomber dans le fauteuil placé en face de son bureau.

— Il faut que nous parlions, Jace.

Jace repoussa le rapport qu'il étudiait et lui accorda toute son attention.

— Je t'écoute. Qu'est-ce qui se passe ?

— Je ne supporte plus de vivre à Sutton Hills. Je vais chercher un appartement en ville.

Jace hocha la tête en silence, d'un air songeur.

— Pour être honnête, tu as tenu plus longtemps que je ne pensais, dit-il tristement.

Dalton chercha son regard et poussa un gros soupir.

— J'avais peur que tu le prennes mal. Que tu interprètes ça comme un refus de tenir ma promesse.

— Pas du tout, lui assura Jace. Je vois au contraire que tu t'investis. Tu as déjà fait beaucoup. C'est grâce à toi que nous avons pu racheter des actions, ce qui nous a placés en position de force. Papa a trouvé que c'était une excellente manœuvre, quand je lui en ai parlé au téléphone.

Ils se préparaient à rendre visite à leur père. Jace avait hâte de le voir et il savait que Caden partageait son impatience. Mais pour Dalton il s'inquiétait. Cela faisait cinq ans que Dalton n'avait pas vu Sheppard. Les retrouvailles allaient être bouleversantes.

— Je suis content qu'il ait approuvé, déclara Dalton.

Ils demeurèrent silencieux quelques instants, puis Jace reprit la parole.

— Perdre maman a été très dur pour nous trois, Dalton, mais je sais que tu as souffert plus que Caden et moi. Vous étiez très proches, tous les deux. Je me suis fait beaucoup de souci pour toi. Surtout quand j'ai constaté que tu évitais papa. J'ai cru que tu croyais à toutes les saloperies que racontaient les médias.

Leur grand-père leur avait évité le sordide du procès en leur interdisant d'y assister. Ils ne s'étaient montrés que le jour du verdict, parce qu'ils avaient cru que leur père serait libéré.

Dalton baissa la tête et s'absorba quelques minutes dans la contemplation du sol, avant de lever de nouveau les yeux vers lui.

— J'avais mes raisons, Jace.

— As-tu déjà douté de l'innocence de papa ?

Le visage de Dalton se figea, puis il planta son regard dans celui de Jace.

— Je mentirais si je te disais qu'il ne m'a jamais traversé l'esprit qu'il était coupable. Comme tu l'as fait remarquer, j'étais très proche de maman.

Il soupira.

— Ça peut arriver à n'importe qui de perdre les pédales, mais papa n'aurait jamais fait de mal à maman, rien que pour nous. J'en suis persuadé.

Jace aussi en était persuadé, même si au début, comme Dalton, il avait douté, à cause de la violente dispute qui avait opposé ses parents, la veille de la mort de leur mère.

— Tu sais où tu vas t'installer ? demanda-t-il.

Dalton secoua la tête.

— Non, je vais engager un agent immobilier. Je pense qu'un studio dans une résidence sécurisée me conviendrait tout à fait. Je vais d'abord le louer. Et ensuite, si je m'y plais, je pourrai éventuellement l'acheter.

Jace comprit le message. Si Dalton envisageait d'acheter, cela signifiait qu'il comptait s'installer en ville, et non rentrer en Angleterre à la première occasion.

— Ça me paraît une bonne idée, dit-il.

Dalton se leva.

— A part ça, juste pour info, ta Shana Bradford me plaît.

Jace haussa un sourcil.

— *Ma* Shana Bradford ?

— Oui, elle m'impressionne beaucoup depuis la réunion de la semaine dernière. Elle est très intelligente et j'ai beaucoup apprécié la manière dont elle a tenu tête à Arrington et à Fields. Ils dépassaient les bornes avec leurs questions, mais elle ne s'est pas laissé démonter.

Jace sourit.

— Ça ne m'a pas étonné. J'étais certain qu'elle serait de taille. Il fallait à tout prix éviter qu'un vent de panique souffle sur l'entreprise. J'ai remarqué que les employés paraissaient déjà plus détendus et je suppose que c'est grâce à son intervention.

Dalton consulta sa montre.

— J'ai rendez-vous en bas avec Caden. On va au McQueen's, le bar-rôtisserie au bout de la rue. Tu veux te joindre à nous ?

Jace secoua la tête.

— Merci de la proposition, mais non. Je dois terminer la lecture de ces documents. Il y a tant de choses à savoir…

Il inclina la tête de côté et prit un air ironique.

— Au fait, et toi, où en es-tu de ta lecture ?

Il avait transmis à Dalton et à Caden une copie du rapport qu'il étudiait en ce moment et il aurait parié qu'ils n'en avaient pas lu la première ligne.

Un léger sourire apparut sur les lèvres de Dalton.

— Disons que c'est en cours. Et puis, c'est toi le grand chef. Caden et moi, on n'a pas besoin de savoir quoi que ce soit. On est là pour te soutenir, en somme.

— Ce n'est pas comme ça que je vois les choses, protesta Jace avec calme. Votre position est aussi importante que la mienne.

— Si tu le dis, je veux bien te croire…, répondit Dalton d'un ton détaché.

Il se leva.

— Bon, j'y vais. On se retrouve tout à l'heure à la maison.

Jace quitta son fauteuil. Il en avait pour une partie de la soirée à étudier les documents concernant les contrats avec le gouvernement qui leur avaient échappé au profit de leur principal concurrent, Barnes Aerospace. Etait-ce pour cela que leur grand-père soupçonnait un employé d'avoir vendu des secrets industriels ? Jace n'en avait pas parlé à Shana pour ne pas influencer ses recherches. Il attendait de voir si ses conclusions confirmaient les doutes de son grand-père.

Il se leva et s'étira en essayant d'ignorer son estomac qui gargouillait. Il n'avait rien mangé depuis le déjeuner, lequel avait été plutôt frugal. Il avait faim.

Il n'avait pas le temps de dîner, mais il décida de s'autoriser au moins un paquet de chips qu'il suffisait d'aller chercher dans un distributeur, au bout du couloir. Il sortait de son bureau, quand il se heurta à un corps féminin.

— Oups…

Il rattrapa de justesse Shana, qu'il avait bousculée. Elle leva les yeux vers lui. Ils s'étaient à peine croisés aujourd'hui, ce matin, dans l'ascenseur.

— Merci, Jace. Désolée, je marchais sans regarder devant moi. J'avais un petit creux et je suis allée me chercher quelque chose au distributeur. Je n'aurais pas dû sauter le déjeuner.

— Non, vous n'auriez pas dû, répondit-il en essayant de ne pas remarquer que son maquillage était toujours impeccable, malgré l'heure avancée.

Ce qui le troublait plus que tout, c'étaient ses lèvres pleines et sensuelles. Elle avait enlevé sa veste de tailleur et son chemisier, tendu sur des seins ronds et fermes, était aussi impeccable que son maquillage.

— Je n'ai pas sauté le déjeuner, mais j'ai moi aussi un petit creux et je me rendais justement au distributeur, dit-il.

Shana remarqua qu'il s'était débarrassé de sa veste et de sa cravate, et que les deux premiers boutons de sa chemise étaient ouverts, révélant une fine toison. Elle remarqua aussi son eau de toilette, dont la fragrance fortement boisée, très masculine, l'avait frappée dès le premier jour.

— Vous ne devriez pas travailler aussi tard, fit-il remarquer.

Elle supposa qu'il cherchait à engager la conversation, puisqu'elle ne faisait aucun effort dans ce sens.

— Vous travaillez trop, insista-t-il.

Elle balaya la remarque d'un geste de la main.

— Je vais tenir le coup, je vous assure. Et je préfère travailler ici plutôt que de transporter des dossiers chez moi.

Il contempla fixement sa main et rit.

— Qu'est-ce qui vous fait rire ? demanda-t-elle.

— Ça, répondit-il en effleurant le sachet qu'elle avait pris au distributeur. Il vous faut toutes ces barres chocolatées pour tenir le coup ?

— Je vous rappelle que je n'ai pas mangé à midi et que j'ai un faible pour le chocolat, répondit-elle d'un air mutin.

— Vous auriez pu vous faire monter un déjeuner, répliqua-t-il.

— Je n'avais pas envie de perdre du temps à commander. De plus, je ne suis pas à plaindre. Mon père a appelé tout à l'heure pour me dire qu'il avait fait cuire toute une marmite de spaghettis et qu'il passerait en déposer chez moi. Il a les clés de mon appartement, je les trouverai en rentrant.

— Vous semblez très proche de votre père.

Elle lui avait parlé d'une sœur, mais pas de son père, ni de sa mère.

— Oui, nous sommes très proches.

Elle songea qu'il était temps de regagner son bureau et recula d'un pas.

— Je dois me remettre au travail, je vous dis à plus tard.

— Attendez une seconde…

Il tendit le bras et ôta de ses cheveux une peluche prisonnière d'une mèche.

— Merci, fit-elle.

— Je vous en prie.

Elle tenta de détourner ses yeux des siens, mais il la fixait avec tant d'intensité qu'elle fut comme hypnotisée, contrainte de lui rendre son regard. Et là, elle sentit de nouveau le doux et chaud tourbillon qui se nichait au creux de son ventre chaque fois qu'elle s'approchait un peu trop de Jace Granger.

L'air autour d'eux sembla soudain vibrer et elle ne put lutter contre le frisson qui la saisissait tout entière. Puis, ce fut une bouffée de désir au creux des reins, comme si la faim qui lui tenaillait l'estomac s'était déplacée. Elle en resta profondément troublée. Elle ne se souvenait pas d'avoir désiré un homme à ce point.

Jace fit un pas en avant, et au lieu de reculer elle resta là, à guetter dans ses yeux la lueur fiévreuse qui s'allumait.

Et quand le regard de Jace glissa de ses yeux à sa bouche, quand il inclina sa tête vers elle, elle sentit ses lèvres attirées comme par un aimant vers les siennes. Sa bouche était proche, elle en avait presque le goût et…

Le bruit d'une de ses barres chocolatées heurtant le sol la ramena à la réalité. Elle s'écarta.

— Je dois me remettre au travail, bredouilla-t-elle en se baissant pour ramasser la friandise salvatrice.

Il recula. Lui aussi paraissait atterré à l'idée de ce qui avait failli se produire. Là, en plein milieu du couloir…

— Oui, et moi je dois grignoter quelque chose si je ne veux pas tomber d'inanition, déclara-t-il d'une voix bourrue.

Elle s'était déjà éloignée de quelques pas quand il la héla.

— Shana ?

Elle s'arrêta et se retourna lentement.

— Oui ?

— Je fais de mon mieux, vous savez.

Il n'eut pas besoin de préciser de quoi il parlait.

Elle acquiesça.

— Moi aussi, répondit-elle. Mais je crois que ça ne suffit pas. Nous allons devoir redoubler d'efforts.

Puis elle ouvrit la porte de son bureau et s'engouffra à l'intérieur.

— Tu vas tomber, oui ? grommela Jace en donnant un coup de poing dans le distributeur.

Le paquet de chips coincé dans le distributeur n'était pourtant pas responsable de son humeur. Il s'en voulait terriblement d'avoir été sur le point d'embrasser Shana. Il s'en était fallu de peu. Il s'était laissé emporter par l'attrait de ces lèvres sensuelles qui semblaient l'appeler. Il avait failli détruire les efforts de deux semaines et il n'avait aucune excuse. A son âge, il aurait dû être capable de se contrôler.

— Saloperie… Tu vas tomber, oui ?

Il cogna de nouveau la machine, avec une rage démesurée.

— Qu'est-ce qui t'arrive ?

Il fit volte-face et se trouva nez à nez avec Caden.

— Qu'est-ce que tu fais là ? répliqua-t-il d'un ton peu amène. Je croyais que tu dînais dehors avec Dalton.

— Nous avons mangé, répondit posément Caden.

Il s'avança, sortit de la monnaie de sa poche et l'introduisit dans la machine. Il sélectionna un paquet de chips. Les deux paquets tombèrent en même temps.

— Tu vois, ça marche mieux et plus vite comme ça qu'en donnant des coups de poing.

— Si tu le dis, grommela Jace en ouvrant rageusement son paquet. Alors, comme ça, tu as mangé dehors avec Dalton et tu es revenu ? Pourquoi ?

Caden garda un paquet de chips pour lui et ils firent demi-tour dans le couloir, tout en piochant et en mâchonnant. Jace le suivit dans son bureau.

— Dalton a lié connaissance avec une superbe nana, qui a des jambes à tomber par terre. Je n'avais pas envie de rester pour tenir la chandelle.

— Je vois ce que tu veux dire, répondit Jace en se laissant tomber dans un fauteuil.

Caden alla s'asseoir, lui aussi, puis il le dévisagea.

— Je sais que Dalton t'a parlé de son projet de s'installer en ville. Je suis content que tu l'aies bien pris.

— Je ne vois pas pourquoi je l'aurais mal pris. Je comprends très bien ce qu'il ressent. Comme j'ai compris à quel point tu as souffert de perdre Shiloh.

Caden ne répondit pas. Pourquoi Jace lui parlait-il de Shiloh ? Il s'empressa de changer de sujet.

— Tu seras ravi d'apprendre que j'ai terminé de lire ce truc, dit-il en montrant le tas de papiers sur son bureau. C'est un dossier passionnant quand on se donne la peine d'y regarder de près. Papa et grand-père supervisaient tout. Je me demande comment ils faisaient.

Jace haussa les épaules.

— Ce n'est pas si terrible que ça.

Caden ne put s'empêcher de rire.

— C'est facile de dire ça quand on a Granger Aeronautics dans le sang, comme toi. J'ai vu avec quelle aisance tu as mené les réunions avec ces arrogants crétins de la direction qui pensent que tu manques d'expérience et te croient incapable d'assumer le poste de P.-D.G. Tu leur prouves tous les jours qu'ils se trompent. Tu es un chef né. Ce rôle te va comme un gant.

Jace apprécia le compliment.

— Et toi tu es loin d'être incompétent, Caden. Tu as un diplôme de commerce, il me semble.

Caden ouvrit des yeux ronds. Ça l'amusait toujours qu'on lui rappelle qu'il était sorti diplômé d'une école de commerce.

— Je ne m'intéresse qu'à la musique. Si j'ai obtenu ce diplôme, c'est uniquement parce que grand-père m'a menacé de me renier si je n'allais pas jusqu'au bout de ce cursus.

Jace hocha la tête. Dalton aussi avait décroché un diplôme de commerce, mais personne n'avait jamais pensé qu'il en ferait quoi que ce soit, parce que tout le monde connaissait sa position à ce sujet. Dalton avait toujours voulu jouer au football et impressionner les femmes. A présent, il ne jouait plus au foot, mais il sponsorisait des équipes. Il était riche. Il avait aussi son fonds en fiducie. Il considérait sans doute que c'était plus que suffisant pour vivre à l'abri du besoin pour le restant de ses jours.

— D'après toi, combien de temps Dalton pourra-t-il résister à l'attrait de l'Europe ? demanda Jace.

Il était curieux de connaître l'avis de Caden sur la question.

— Franchement, je n'en sais rien. Ça fait déjà deux semaines qu'il est là, il continue à geindre de temps en temps. Il dit qu'il a des choses à faire, des endroits à visiter, des femmes à…

— Ça va, ça va, j'ai compris, coupa Jace, qui n'avait pas envie d'entendre la suite.

— Bon, tu as compris, dit Caden. Je le sors, je l'emmène manger, je lui paye à boire et je m'arrange pour lui rendre la vie suffisamment agréable, histoire de le retenir le plus longtemps possible. Ça te décharge au moins de ça. Tu en as assez avec Granger Aeronautics… et avec Mlle Bradford.

Caden eut envie de rire en voyant son frère froncer les sourcils.

— Allez, Jace. On est supposés ne pas avoir remarqué que tu en pinces pour elle ?

— Je n'en pince pas pour elle.

— Comme tu voudras.

Jace décida de passer à autre chose. Il était difficile de mentir à Caden.

— Il est temps que je me remette au travail, si je veux rentrer à la maison avant 22 heures, soupira-t-il.

— Pour moi aussi, il est temps de rentrer, renchérit Caden en se levant. Je venais de terminer la lecture de ce passionnant rapport quand je t'ai entendu décharger ta frustration sur ce pauvre distributeur.

— Tu te fais des idées.

Caden ne put s'empêcher de rire de nouveau, tandis qu'ils quittaient ensemble son bureau.

— Tu crois ? Mais je te mets tout de même en garde : tu ne devrais pas ignorer cette frustration. Si elle te monte à la tête, ça risque de faire très mal…

12

— Bloquez la porte, s'il vous plaît ! cria Shana tout en se précipitant vers l'ascenseur qui se refermait.

Elle s'engouffra *in extremis* dans la cabine, tête baissée.

— Merci, soupira-t-elle.

— De rien, répondit une voix d'homme.

Elle se figea et leva lentement les yeux. C'était bien lui. Toujours beau et élégant à couper le souffle.

— Bonjour, Jace, murmura-t-elle.

— Bonjour, Shana. Vous semblez impatiente de vous mettre au travail, ce matin.

— Oui, en effet.

Elle était surtout impatiente d'être en week-end, même si elle n'avait rien prévu — à part accompagner son père au supermarché, pour voir la mystérieuse Mona et faire ensuite un compte rendu détaillé à Jules. C'était une idée de cette dernière, bien entendu, et elle n'était pas certaine d'y adhérer sans réserve. De plus, elle n'avait qu'une envie : rester chez elle, se détendre, paresser, se reposer. La semaine avait été longue et il restait encore toute une journée. Elle avait les nerfs en pelote. Pas tellement à cause du travail, ça, elle avait l'habitude. Le responsable, c'était plutôt M. le président-directeur général de Granger Aeronautics, l'homme qui l'obsédait au point de l'empêcher de se concentrer, au point que ça en devenait inquiétant.

— Vous êtes prête pour le week-end ? demanda-t-il.

Elle crut l'entendre remuer derrière elle, mais s'empêcha de se retourner.

— Oui, et vous ?

Est-ce qu'il avait encore bougé ? Elle fut tentée de regarder par-dessus son épaule pour vérifier.

— Oui, j'avoue que j'ai hâte que cette journée finisse.

Elle l'imaginait aisément. Un homme comme lui devait collectionner les rendez-vous. Il n'était revenu ici que depuis un mois, mais ça ne voulait rien dire. Les hommes étaient plutôt rapides et il était divorcé. Il n'avait aucune raison de se priver de sortir avec des femmes.

— Vous avez de grands projets ? ne put-elle s'empêcher de demander.

Elle tenta de se convaincre que c'était uniquement pour meubler la conversation, et pas parce qu'elle s'inquiétait de savoir comment il occupait son temps libre.

— Oui. Mes frères et moi nous allons rendre visite à notre père.

— Oh !

Elle ne s'était pas attendue à cette réponse et, pour une raison inexplicable, quelque chose enfla en elle.

— C'est bien, dit-elle en lui jetant un regard ému.

Et pour la deuxième fois elle se figea. Jace n'était plus adossé à la paroi de l'ascenseur, mais se tenait tout près d'elle. Trop près. Et elle était soudain terriblement consciente de la force de sa présence — de ses larges épaules sous sa veste, des muscles saillants de son torse. Il lui aurait suffi de se laisser aller en arrière, à peine, pour se presser contre lui, comme elle l'avait fait tant de fois en pensée.

Elle parvint à étouffer le gémissement qui montait de sa gorge et se retourna pour faire face au danger. Comme la veille, Jace la fixait avec une étrange intensité. Elle fut aussitôt en feu. Furieuse contre elle-même autant que contre lui, elle décida de passer à l'attaque.

— Pourquoi vous tenez-vous si près de moi ?

Il esquiva la question.

— Vous êtes belle. Vous êtes toujours très belle. Même avec vos tailleurs trop stricts, vos collants et vos petites chaussures. Vous avez beau vous habiller d'une manière très classique, vous restez terriblement sensuelle.

Elle crispa ses mains sur son sac pour les empêcher de trembler. Elle aurait voulu rester indifférente à ce compliment, ainsi qu'à la rudesse si masculine qui émanait de cet homme en costume.

La porte de l'ascenseur s'ouvrit avec un bruissement et il tendit le bras pour appuyer sur le bouton qui la refermait, puis sur celui qui le bloquait à l'étage.

— Mais… qu'est-ce que vous faites ? protesta-t-elle, furieuse.

Il fit un pas vers elle.

— Melissa a pris sa journée et mes frères ne seront pas là avant midi, ce qui signifie que nous sommes seuls à l'étage. Et, pour répondre à votre question, je fais ce que j'aurais dû faire hier, quand l'occasion s'est présentée…

Elle comprit très bien de quoi il parlait, d'autant qu'il l'avait prise par la taille. Elle aurait pu se défaire de son étreinte, mais elle n'en fit rien. Elle n'était pourtant pas du tout à son aise. Mais elle était curieuse. Curieuse de savoir pourquoi elle ne cessait de penser à lui, de jour comme de nuit. Curieuse de savoir pourquoi son odeur la troublait au point que l'air s'était mis à vibrer dans cette petite cabine d'ascenseur.

Curieuse de savoir pourquoi elle restait là, à espérer qu'il se penche vers elle, au lieu de lui demander de reculer.

Jace guettait la réaction de Shana sur son visage. Elle paraissait troublée, mais il n'aurait pas su dire ce qu'elle avait en tête. Quant à elle, si elle avait pu voir les images qui lui traversaient l'esprit, elle n'aurait pas apprécié.

— Avez-vous une bonne raison d'agir comme vous le faites ? demanda-t-elle, visiblement excédée.

Oh ! oui, il avait une très bonne raison.

— Je crois que nous savons tous les deux que ma libido et vos hormones ont tendance à s'affoler quand nous sommes en présence l'un de l'autre, dit-il avec calme. Nous nous étions mis d'accord pour ne pas en tenir compte. Ça aurait pu fonctionner, mais quand je vous vois je me sens emporté malgré moi. Je crois que de votre côté c'est la même chose. Je me trompe ?

Il ne se trompait pas et il plaidait sa cause avec brio.

— Et après ? dit-elle.

Il lui répondit par un sourire qui affola son pouls.

— Apparemment, nous avons toutes les peines du monde à résister à cette attirance réciproque, en dépit de nos efforts pour l'ignorer. Vous me suivez ?

Elle le suivait tout à fait, hélas.

— Allez droit au but, Jace. J'ai du travail.

Lui aussi il avait du travail, mais il était hypnotisé par cette bouche.

— Droit au but ? Je vous veux.

Elle lui lança un regard noir et il s'empressa d'ajouter :

— J'ai compris qu'il ne pouvait pas être question d'une liaison entre nous, aussi, je ne me fais pas d'illusions. Pourtant, j'ai très envie d'une chose, une chose qui me ferait du bien et qui me permettrait de prendre de la distance. Je vous assure. J'ai besoin de ça. Et quand ce sera fait ça ira beaucoup mieux.

Elle soupira, tout en se demandant s'il était vraiment sérieux.

— Quand ce sera fait, ça ira mieux ? demanda-t-elle.

— Oui.

Et comme s'il avait lu dans ses pensées il sourit.

— Pour vous aussi, ça ira mieux.

Puis il se pencha et posa sa bouche sur la sienne.

Ce fut comme si la foudre avait frappé la cage d'ascenseur. Shana ferma les yeux, avec la conscience aiguë qu'elle se souviendrait du moindre mouvement de cette langue qui s'enroulait avec tant d'ardeur autour de la sienne. Elle se laissa aller contre Jace, prise jusqu'au tréfonds d'elle-même par un désir sauvage et primitif. Elle avait l'impression d'être en feu.

Lui aussi s'embrasait, à en juger par l'empressement avec lequel il continuait à dévorer sa bouche. Ses mains avaient quitté sa taille pour empoigner ses fesses. Puis, soudain, il se mit à lui picorer les lèvres, avec une passion si agressive qu'elle s'entendit gémir, tandis que ses mains se mettaient d'elles-mêmes à explorer son torse. Elle était emportée par un courant de volupté qui lui faisait perdre le sens commun, un courant si intense qu'elle en avait le vertige.

De légers picotements grimpaient et descendaient le long de sa colonne vertébrale et elle se pressa un peu plus contre lui, instinctivement, tandis qu'ils continuaient à s'embrasser comme s'ils ne devaient jamais s'arrêter.

Elle sentait tout contre elle les muscles épais et durs de ses cuisses et la force qu'ils dégageaient la faisait trembler de désir. Des courants chauds se répandaient dans ses veines. La folie qu'elle avait tenté de contenir était en train de prendre le dessus. Ce baiser la comblait au-delà de toutes ses attentes et son corps y réagissait comme s'il se libérait d'une frustration accumulée depuis des années. Puis elle se souvint que, oui, cela faisait plusieurs années qu'elle n'avait pas eu envie d'un homme et qu'en cet instant même son ventre n'était plus qu'une boule de désir. Elle sentit ses pieds reculer, puis son dos pressé contre la paroi de la cabine.

Soudain, une sonnerie retentit. Jace écarta sa bouche de la sienne et elle se laissa aller contre lui. Elle sentait son souffle tiède dans son cou. Elle fut tentée de lui proposer d'aller finir dans un bureau ce qu'ils avaient commencé, mais elle s'en empêcha. Il lui restait tout de même encore un peu de dignité.

— Venez, sortons d'ici avant qu'un technicien ne débarque, murmura-t-il d'une voix rauque.

Elle entendit la porte de l'ascenseur s'ouvrir et leva les yeux vers lui en soupirant. Son regard brillait d'un feu intense et elle imagina aisément ce qu'il lisait dans le sien. Elle se dégagea de son étreinte.

— Il est temps de se mettre au travail, dit-elle en s'éloignant dans le couloir.

Elle avait hâte de fuir cette folie des sens qui avait pris le pouvoir sur son corps et sur son esprit. Hâte de fuir Jace.

Mais elle aurait dû se douter qu'il n'aurait pas la bonté de lui faciliter la tâche. Quand il l'appela, elle s'arrêta et se tourna vers lui.

— Oui ?

— Dois-je m'excuser ?

Elle aurait voulu lui répondre que oui, qu'il lui devait des excuses, mais ça n'aurait pas été honnête. Parce qu'elle avait apprécié ce baiser autant que lui. Peut-être même l'avait-elle attendu plus que lui.

— Non, murmura-t-elle avec un soupir, mais ça ne signifie pas que nous ayons bien fait, Jace. Le moment est très mal choisi. Vous m'avez engagée, je travaille pour vous, je vous ai expliqué mon point de vue à ce sujet.

— Mais vous aviez pourtant envie de ce baiser.

Il voulait qu'elle le lui dise. Qu'elle avoue.

— Oui, j'en avais très envie, mais je tiens aussi à la paix de mon esprit. J'espère qu'à présent que vous avez eu ce que vous vouliez vous allez prendre vos distances, comme promis. En tout cas, je peux vous assurer que ça ne se reproduira plus.

Puis elle se détourna et regagna son bureau sans même un regard en arrière.

— Jace, je songe à organiser une fête nudiste, lança Dalton en adressant un clin d'œil à Caden. Tu penses que c'est une bonne idée ?

— Oui, oui, fais comme tu veux, c'est une très bonne idée, répondit Jace d'un ton vague.

Comme Caden et Dalton éclataient de rire, il se rembrunit.

— Qu'est-ce qu'il y a de si drôle ?

— Toi, répondit Caden entre deux hoquets. Je ne sais pas où tu as la tête aujourd'hui, mais tu n'écoutes pas un mot de ce que nous disons. Dalton vient de te demander si ce serait une bonne idée d'organiser une fête nudiste, et tu lui as répondu que oui…

Jace fronça les sourcils en dévisageant ses frères. Ils se moquaient de lui parce qu'il était distrait. Il tenta de se rattraper.

— J'avais l'esprit ailleurs, avoua-t-il.

— Ça, on s'en était doutés, répliqua Dalton avec un grand sourire. Et peut-on savoir où ?

— Comme ça, « où » ? De quoi tu parles ?

— De ton esprit, voyons ! J'espère que tu n'es pas obsédé par l'entreprise Granger au point de ne pas être capable de te concentrer sur autre chose. Si c'est le cas, Caden et moi, on va t'emmener de force chez McQueen's pour te faire boire quelques bières. Ça te fera du bien.

Jace se redressa sur son siège.

— Tu as raison, ça me fera du bien.

Le téléphone de Dalton fit entendre la sonnerie annonçant un texto. Il sortit l'appareil de sa poche de poitrine et lut le message en souriant.

— Désolé, je ne pourrais pas traîner avec vous après les heures de boulot, annonça-t-il. J'ai un rendez-vous galant.

Il se leva.

— Je rentrerai probablement tard à la maison, ajouta-t-il. Ou plutôt je ne rentrerai pas. Ne m'attendez pas.

— Tu n'as pas oublié qu'on allait voir papa demain, n'est-ce pas ? demanda Caden à Dalton, qui filait déjà vers la porte.

— Oui, ne t'en fais pas, je n'ai pas oublié, répondit Dalton avant de disparaître.

Le silence s'installa dans la pièce. Jace était de nouveau perdu dans sa rêverie. Caden commença à s'en inquiéter sérieusement.

— Tu es sûr que tu vas bien ?

Jace battit des paupières, comme s'il reprenait soudain conscience de la présence de son frère.

— Oui, je vais très bien, pourquoi ?

— Je ne sais pas, je me demandais.

Comme Jace ne répondait pas, Caden se sentit autorisé à insister.

— Tu travailles trop, tu manges n'importe comment. Hannah se fait du souci pour toi. Dalton et moi, on est obligés de l'écouter se lamenter à ton sujet chaque fois que tu n'es pas là, c'est-à-dire la plupart du temps. Elle voudrait que tu remettes Granger Aeronautics sur les rails, mais pas au détriment de ta santé, quand même. Elle dit que tu vas te tuer à la tâche si tu continues comme ça. Hier, Dalton a dû prendre ta défense.

Jace s'adossa à son fauteuil et noua ses mains derrière sa nuque.

— Il a pris ma défense ?

Caden ne put retenir un petit sourire en coin.

— Oui. Il lui a expliqué qu'il y avait là-dessous une histoire de femme et que, si tu restais si longtemps au bureau, c'était dans l'espoir de la séduire.

La mâchoire de Jace se crispa.

— Il a dit ça ?

— Oui. Il en a même dit un peu plus, mais je ne voudrais pas t'ennuyer avec les détails.

— Je m'en passe volontiers, en effet. Merci de cette attention délicate.

Jace ferma les yeux. Il refusait d'admettre que Dalton n'était pas très loin de la vérité. Bien sûr, il avait de nombreux dossiers à étudier, mais il aurait très bien pu emporter du travail le soir à Sutton Hills. S'il restait à Granger Aeronautics, c'était parce qu'il aimait penser que Shana était là, tout près de lui, dans le bureau voisin.

— Jace ?

Il ouvrit les yeux et regarda Caden.

— Oui ?

— Ça fait deux fois que je te pose la même question, mais apparemment tu as l'esprit occupé.

— C'était quoi, ta question ? demanda Jace, la bouche pincée.

— Je te demandais si tu étais d'accord pour dîner avec

moi chez McQueen's. Et pour boire quelques bières. Leurs frites sont délicieuses.

Caden sourit.

— Et, au cas où Dalton aurait vu juste, je te suggérais d'inviter Mlle Bradford à se joindre à nous.

Jace plissa les yeux.

— Tu cherches à faire de l'humour ?

Caden s'efforça de ne pas lui rire au nez.

— Pas du tout. J'apprécierais beaucoup sa compagnie. Invite-la. Au pire, elle te répondra non. Qu'est-ce que tu risques ?

Elle allait répondre non, Jace en était persuadé. Alors pourquoi était-il sur le point de frapper à la porte de son bureau ?

Il rassembla son courage et tenta de se raisonner. Après tout, ils étaient célibataires tous les deux. Il pouvait bien l'inviter à prendre un verre le vendredi soir après le boulot.

Tu parles un peu vite, mon pote... Elle a peut-être un rendez-vous ce soir, tu n'en sais rien. Elle est canon, cette fille. Et puis elle a une bouche...

Il se frotta le visage. Bon sang, il n'arrivait pas à oublier le baiser qu'ils avaient échangé dans l'ascenseur. Rien que d'y penser, il sentait son sexe durcir. Quand leurs lèvres s'étaient rencontrées, il avait reçu comme une décharge électrique. Ensuite il avait goûté à la douceur de sa bouche et ça l'avait rendu fou.

Mais, elle, qu'avait-elle ressenti ?

Elle n'avait pas eu l'air offusquée, ni mécontente, juste résignée. Sans doute avait-elle compris avant lui qu'un simple baiser ne résoudrait rien. Si c'était le cas, elle ne s'était pas trompée. A présent qu'il avait eu un avant-goût de ce qu'elle était capable de donner, il pensait davantage encore à elle — impossible de se concentrer sur quoi que ce soit.

Il était désespéré. La situation était désespérée.

Désespéré pour désespéré, il pouvait aussi bien frapper

à cette porte. Assez joué les gamins. Il ne s'agissait que de l'inviter à prendre un verre avec Caden et lui.

— Entrez…

Il prit une profonde inspiration et ouvrit la porte. Comme à l'accoutumée, il la trouva plongée dans l'étude d'un épais dossier, avec des papiers étalés partout sur son bureau, une paire de lunettes perchées sur le bout de son nez. Il sentit son parfum au premier pas qu'il fit dans la pièce — un parfum aussi affriolant que ses lèvres pulpeuses.

Elle leva vers lui un regard inquiet.

— Oui ?

— Caden et moi, nous allons chez McQueen's. Il paraît que la nourriture y est excellente et la bière encore meilleure. C'est une bonne manière de donner le coup d'envoi au week-end. Voudriez-vous vous joindre à nous ?

Bon sang… Il était lui-même surpris d'en avoir dit autant.

Elle se redressa, bien droite dans son fauteuil. C'était la première fois qu'elle le revoyait depuis ce matin, depuis qu'ils s'étaient embrassés. Elle était sortie le moins possible de son bureau et, quand elle n'avait pas eu le choix, elle avait prié pour que leurs chemins ne se croisent pas. Par chance, ç'avait été le cas.

Mais de quoi avait-elle peur, après tout ?

Elle n'était pas une poule mouillée.

L'attirance qu'elle ressentait pour Jace lui posait un problème mais, ce problème, elle s'employait à le surmonter, non ? Son attitude lui rappelait un épisode de son enfance, quand elle devait passer pour se rendre à l'école devant une maison avec un chien qui aboyait furieusement. L'animal se trouvait derrière une clôture, mais craignant qu'il ne la franchisse pour l'attaquer — mésaventure qui était arrivée à un garçon de sa classe, avec un autre chien — elle avait décidé de faire un détour pour ne pas passer devant lui… jusqu'à que ce son père s'en rende compte.

Il lui avait expliqué qu'il fallait affronter ses peurs, pas les fuir, et qu'elle devait montrer à l'animal qu'elle ne le craignait pas. Le lendemain, elle était passée de nouveau devant la maison — en tremblant. Le chien avait aboyé, aussi furieusement que de coutume, en se jetant contre la barrière, comme s'il voulait sauter par-dessus. Mais il n'avait pas sauté. Au retour et le lendemain, elle était de nouveau passée devant lui, la peur au ventre, mais avec la certitude qu'elle contrôlait la situation. Elle avait fini par cesser d'avoir peur, et le chien, à la longue, la sentant sûre d'elle, n'avait plus aboyé.

L'histoire présentait quelques analogies avec la situation qu'elle vivait en ce moment avec Jace. Il lui restait encore au moins trois ou quatre semaines à passer chez Granger Aeronautics et elle ne pouvait pas passer son temps à éviter l'homme qui l'employait — juste parce qu'elle avait peur de ce qu'il déclenchait en elle. Ils allaient devoir se rencontrer souvent, passer de longs moments ensemble à analyser des problèmes. Elle ne pouvait pas le laisser devenir le « vilain chien du jardin » de son enfance. Il l'avait embrassée… D'accord. Mais ce n'était après tout qu'un baiser. Motivé par la curiosité. Par le désir.

Par ailleurs, l'idée de se détendre un peu, en bonne compagnie, ne lui déplaisait pas. Cela faisait longtemps qu'elle n'était pas sortie avec un homme, pas même pour boire un verre. Elle avait bien rencontré Charles Kincaid, un médecin qui l'appelait régulièrement pour l'inviter, mais elle trouvait toujours un prétexte pour refuser. Il allait sans doute se manifester demain, comme tous les samedis. Elle se promit de lui dire oui, pour une fois.

— Shana ?

Elle soutint le regard de Jace.

— Oui, Jace. Je veux bien. C'est très gentil à vous de me le proposer. Je serai ravie de dîner avec Caden et vous.

13

Le rire joyeux de Shana ne cessait de résonner dans le restaurant et Jace prit soudain conscience que c'était la première fois qu'il l'entendait rire aux éclats. Caden la déridait avec ses plaisanteries. Ils avaient l'air de bien s'entendre.

Il s'était attendu à ce que Shana refuse son invitation et il avait été surpris qu'elle accepte, tout de suite, sans hésiter, ou si peu. Elle ne regrettait sûrement pas, parce qu'elle s'amusait beaucoup. Ce soir, Caden était très en forme et riait beaucoup. Cette soirée avec Shana lui faisait du bien, à lui aussi. Caden était trop souvent morose. Jace avait la sensation qu'il portait en lui un chagrin secret et la vague intuition que ce chagrin avait un rapport avec Shiloh Timmons. Il ne savait pas exactement quel rôle celle-ci jouait dans la vie de son frère, mais elle y était impliquée, il l'aurait parié. Caden se consolait avec son saxo, il n'avait que ça. Il allait bientôt s'absenter pour donner ses concerts à New York. Cela lui ferait du bien

Mais il reviendrait, Jace n'en doutait pas, et à son retour il mettrait des bouchées doubles pour honorer la promesse faite à leur grand-père.

Jace avait confiance en Caden.

Si Dalton avait dû partir, en revanche, il se serait inquiété. Car Dalton aurait trouvé une excuse pour rester en Europe et se serait arrangé pour tenir sa promesse de loin. En apparaissant sous la forme d'un hologramme, s'il l'avait fallu. Jace ne put s'empêcher de rire. Il voyait bien Dalton en hologramme, l'air solennel, bien habillé.

— Pourquoi tu ris, Jace ? Dis-le-nous, qu'on puisse rire avec toi.

Jace leva les yeux vers Caden, puis son regard glissa jusqu'à Shana. Avant de quitter le bureau, elle avait attaché ses cheveux avec l'un de ces clips à la mode — une coiffure qui mettait en valeur les traits de son visage et ses beaux yeux. Ce soir, elle était plus belle que jamais.

— Je ne préfère pas, s'entendit-il répondre. Et de toute façon ce n'était rien de très intéressant ni de très important.

Caden hocha la tête.

— Si tu le dis.

Il reporta son attention sur Shana.

— Quels sont vos projets pour ce week-end ? demanda-t-il. Je parie que vous avez au moins un rendez-vous galant.

Shana aurait préféré que Caden n'attire pas l'attention sur elle, et surtout pas avec ce genre de questions. A présent, Jace la regardait d'un drôle d'air, négligemment adossé à son fauteuil, en sirotant sa bière.

— En effet, j'ai un rendez-vous, déclara-t-elle. Un rendez-vous que je considère comme important.

Ce petit mensonge ne portait pas à conséquence. Car quand Charles Kincaid appellerait — et il ne manquerait pas d'appeler — ce ne serait plus un mensonge. A ceci près que cet homme ne comptait pas pour elle mais, ça, c'était un détail.

— Quand on est sur un nouveau dossier, les premières semaines sont les plus difficiles et les plus intenses, poursuivit-elle, pour changer de conversation. C'est ce qui m'arrive avec Granger en ce moment. J'ai dû lire des centaines de documents pour me familiariser avec les éléments du dossier.

— Et vous avez l'impression de commencer à le posséder, ce dossier ? demanda Jace.

La question avait quelque chose de vaguement agressif, mais il ne l'avait pas fait exprès. Il ne doutait pas des compétences de Shana, il cherchait juste à se concentrer sur autre chose que sur le rendez-vous qu'elle avait ce week-end.

Voyait-elle quelqu'un ? Etait-elle engagée dans une relation sérieuse ? Elle ne portait pas de bague de fiançailles, il l'avait remarqué.

Il serra les dents. Qu'est-ce que ça pouvait bien lui faire qu'elle ait un rendez-vous ? Ce qu'elle faisait de son temps libre ne le concernait en rien. De plus, peu importait qu'elle passe son week-end avec un homme ou pas, la puissante attirance qu'ils ressentaient l'un pour l'autre — celle qu'il avait cru éliminer avec un simple baiser — était toujours présente. Très présente, même. Et réciproque…

— J'ai bien avancé, assura-t-elle sans se démonter. Je devrais pouvoir vous remettre mes premières conclusions dès la semaine prochaine.

— Vous pensez que Granger va rapidement remonter la pente ? demanda Caden.

— Oui, c'est possible. A condition d'effectuer les changements qui s'imposent.

Jace remarqua qu'elle souriait quand elle s'adressait à Caden, mais pas quand elle s'adressait à lui. Justement, elle se tournait vers lui et son sourire s'effaça aussitôt, comme pour lui confirmer qu'il ne se trompait pas. Il aurait bien voulu se convaincre qu'il se faisait des idées, mais hélas elle venait de lui démontrer le contraire.

— Je ne vois pas pourquoi nous nous y refuserions, répondit Caden. Nous sommes très désireux d'avancer et nous suivrons vos conseils. N'est-ce pas, Jace ?

Comme Jace ne répondait pas, Caden se tourna vers lui et répéta sa question.

— N'est-ce pas, Jace ?

Le regard de Jace passa de Shana à Caden.

— Oui, sur le principe. Mais je ne peux pas promettre tant que je ne sais pas de quoi il s'agit.

Ses yeux se posèrent de nouveau sur Shana, juste à temps pour la voir tressaillir. Puis elle se reprit.

— Je ne vous demande pas d'obéir aveuglément à la moindre de mes propositions, Jace. Mais j'espère que vous garderez un esprit assez ouvert pour comprendre que ce que je vous demanderai sera destiné à assurer à long terme la réussite de votre entreprise. Je ne me contenterai pas de vous proposer une solution provisoire. Je cherche une solution pour régler les problèmes en profondeur.

— Je comprends, dit-il.

— Vous en êtes sûr ?

— Oui.

Ils se défièrent du regard.

Puis Jace ajouta :

— Vous êtes prête à vous battre pour qu'on reconnaisse vos compétences.

— Je n'ai pas besoin qu'on reconnaisse mes compétences, répondit-elle sèchement. Mes résultats parlent d'eux-mêmes.

Il eut un petit sourire en coin.

— En effet, concéda-t-il.

Il y eut un temps de silence. Caden avait l'étrange impression que Shana et Jace ne parlaient plus de Granger Aeronautics, mais d'autre chose. Il était évident que ces deux-là avaient oublié qu'il était installé à leur table et, s'ils continuaient comme ça, l'un des deux allait finir par lâcher quelque chose qu'il n'était pas autorisé à entendre.

Il était temps de les ramener à la réalité. Il se racla la gorge.

Comme ils se tournaient vers lui, il leur sourit.

— J'ai repéré que le dessert du jour était un gâteau au citron avec de la glace. Les parts sont énormes. Est-ce que quelqu'un voudrait en partager une avec moi ?

Shana entra dans son appartement et désactiva l'alarme. Puis elle posa sa mallette sur la première table qu'elle rencontra. Pourquoi la remarque de Jace l'avait-elle rendue furieuse à ce point ? Elle ne s'attendait pas à ce que les directeurs suivent à la lettre ses recommandations, mais elle aurait voulu que lui manifeste un peu plus d'ouverture d'esprit. Et aussi de confiance.

Et qui a dit qu'il n'en manifesterait pas ? rétorqua une petite voix intérieure. *Pourquoi en fais-tu une affaire personnelle ?* Elle en faisait une affaire personnelle ? Peut-être. Et, quand il avait parlé de sa compétence, elle avait parfaitement compris à quoi il faisait allusion. Caden avait essayé de détendre l'atmosphère en leur proposant de partager un gâteau au citron et ils avaient mangé leur dessert comme si de rien n'était, comme si tout allait bien, comme si tout était clair entre eux. Mais il n'y avait pas rien, tout n'allait pas bien, rien n'était clair entre eux. Rien du tout. Depuis ce fichu baiser…

Elle ressentait le besoin de se rafraîchir avant de prendre sa douche et d'aller au lit, aussi se dirigea-t-elle vers les portes-fenêtres donnant sur sa terrasse. Elle adorait cet appartement. Il lui avait plu tout de suite. La terrasse couverte d'un écran moustiquaire — qui donnait sur les montagnes et un grand lac artificiel — y était pour beaucoup.

La résidence était habitée par de jeunes couples et par des célibataires. Quelques-uns avaient des enfants, et la plupart possédaient des animaux de compagnie. Ses deux plus proches voisines étaient Gloria, une hôtesse de l'air, qu'elle considérait comme une amie, et Lonnie, une vétérinaire. Elle s'était également liée avec un couple, Connie et Bill, qui vivait en face, de l'autre côté de la rue, et allait avoir son premier bébé dans cinq mois. Les autres voisins gardaient leurs distances et elle ne connaissait même pas leurs noms, mais elle les saluait quand elle les croisait — et réciproquement.

Elle habitait à une dizaine de minutes en voiture de chez son père, tout comme Jules. Ils avaient toujours été très proches, tous les trois, et voici que leur père parlait de se remarier ! Quelle drôle d'idée… Il n'était pourtant pas seul. Elle savait mieux que personne qu'il méritait d'être heureux, bien entendu, mais elle trouvait sa démarche étrange et elle s'inquiétait. Jules aussi s'inquiétait. Sans doute étaient-elles devenues possessives envers leur père.

La nuit descendait peu à peu sur la rue, mais la lune et les lumières des pontons de bois éclairaient les bateaux. De nombreux couples d'amoureux passaient leur soirée sur le lac au clair de lune. D'après leur père, qui venait y pêcher quand il s'ennuyait, ce lac regorgeait de poissons. Shana aimait bien qu'il vienne pêcher devant chez elle, car il faisait ensuite frire ses poissons et préparait des beignets pour les accompagner. Personne ne faisait frire le poisson aussi bien que leur père. Quant à ses beignets de maïs, ils étaient succulents.

Elle entra dans la maison avec l'intention de se doucher, puis d'aller au lit. Elle se dirigeait vers sa chambre quand son téléphone portable sonna. Elle se précipita pour le sortir de son sac, en espérant que ce serait Charles. Mais ce n'était pas Charles, seulement Jules. Elle prit l'appel, en soupirant.

— Que veux-tu ? demanda-t-elle d'une voix un peu trop sèche.

Sa sœur marqua une pause.

— Tu as l'air de très mauvaise humeur, ce soir, indiqua posément Jules.

Shana tapota le sol de son pied.

— En effet, je suis de mauvaise humeur. J'espérais que c'était Charles.

— Charles Kincaid ?

— Oui.

Elle entendit Jules ricaner.

— Pourquoi lui ? Je t'ai dit que tu pouvais trouver beaucoup mieux.

Oui, elle pouvait, mais vu les circonstances elle n'allait pas faire la difficile…

— J'espérais que ce serait Charles, parce qu'il a sans doute des défauts, mais au moins il est drôle, et j'ai grand besoin de me distraire ce week-end.

— Tu as eu une dure semaine ?

— Plutôt, oui. C'était ma troisième semaine chez Granger Aeronautics.

— C'est vrai ! Et comment va le très séduisant président-directeur général ?

Un pli se forma entre les sourcils de Shana.

— Qui a dit qu'il était séduisant ?

— Mais… c'est toi. Tu as dit qu'il avait de l'allure, et

j'en ai conclu, connaissant tes critères, qu'il avait un beau visage et un corps fin et musclé. Je me trompe ?

Jules n'était pas détective privé pour rien.

— Non, tu ne te trompes pas, admit-elle.

— Tu ne m'as pas dit s'il était marié ou pas.

— Il est divorcé.

— Des enfants ?

— Non. Du moins, il n'en a jamais parlé.

— Bien. Ça a l'air d'être un type bien.

Shana préféra ne pas épiloguer sur la question, car une réponse aurait entraîné d'autres déductions et d'autres questions. Et Jules aurait fini par tout lui faire avouer, sans même qu'elle s'en rende compte.

— Maintenant que j'ai répondu à ton interrogatoire, tu vas devoir répondre au mien, dit-elle. Tu en es où de ton affaire ? De nouvelles pistes ?

— Oui, depuis ce matin. J'ai eu un contact qui m'a donné l'adresse de Rodrigo. Il s'était tout simplement installé chez un cousin éloigné, dans le sous-sol de sa maison.

— Tu as pu le coincer ?

— Oui, répondit Jules d'un ton triomphant. Je l'ai coincé et j'ai aussi récupéré le petit Marco. Quand j'ai dit à ce pauvre gamin que c'était sa mère qui m'envoyait, il m'a demandé si elle était là et s'il la verrait bientôt.

— Elle est prévenue ?

— Oui, tu penses bien. Je l'ai appelée tout de suite. Elle n'arrivait pas à s'arrêter de pleurer.

On avait annoncé à cette femme la mort de son enfant, prétendument carbonisé dans un accident de voiture, et elle découvrait qu'il était vivant et séquestré par son père ! Il y avait de quoi être secouée, en effet. Le plus triste de l'affaire, c'était que les autorités avaient clos le dossier, persuadées que le père et le fils étaient bien morts dans un accident. Heureusement que Carla Rodrigo n'y avait pas cru. Heureusement qu'elle avait décidé d'engager Jules pour rechercher son enfant. Heureusement que Jules avait accepté — guidée par cet instinct qui ne la trompait jamais.

— Félicitations, Jules ! Tu as un encore résolu une énigme. Ton bilan est exemplaire.

— Toi aussi, tu as un sacré bilan, avec toutes ces sociétés que tu sauves du désastre ! Je pense que papa est fier de ses deux filles.

Shana sourit.

— J'en suis sûre, moi aussi.

— Et, en parlant de papa, est-ce que tu serais prête à aller faire les courses avec lui demain ? demanda Jules.

— Oui. Mais toi, tu rentres quand ?

— Pas avant deux ou trois semaines. Mme Rodrigo est en route pour le Mexique, mais il va y avoir pas mal de paperasses à régler. Nous sommes à l'étranger, donc il faut faire appel au département d'Etat et au FBI. Il s'agit d'un enlèvement d'enfant.

— Entendu. A bientôt, alors. Prends soin de toi.

— Ne t'en fais pas pour ça.

Après avoir raccroché et rangé son téléphone dans son sac, Shana essaya de ne pas penser à Jace Granger et à la scène du baiser dans l'ascenseur. Elle avait plutôt intérêt à se concentrer sur Mona Underwood, la femme qui avait séduit son père. Elle devait tâter le terrain avant le retour de Jules car celle-ci, quand il s'agissait de leur père, avait tendance à dépasser les bornes.

Tout en reprenant le chemin de sa chambre, Shana se mit à réfléchir à ce qu'elle ferait avec Charles ce week-end. Ma foi, elle pouvait proposer un dîner et une séance de cinéma — tout en lui rappelant qu'il avait intérêt à surveiller ses mains baladeuses. Charles était un impatient. Il avait cru pouvoir l'allonger dans son lit après le premier rendez-vous et elle avait eu toutes les peines du monde à lui faire entendre qu'il n'en était pas question. Ensuite, elle n'avait pas voulu le revoir. Mais il insistait. Il n'aimait pas qu'on se refuse à lui, apparemment.

Mais elle devait reconnaître qu'à part cette manie de vouloir coucher tout de suite il était très sympathique. Il avait de surcroît une conversation intéressante et agréable, dont elle entendait profiter, car elle avait grand besoin de s'aérer, de s'amuser.

Et surtout de chasser Jace Granger de son esprit.

14

— Bonjour, tout le monde !

Dalton entra dans la salle à manger, le sourire aux lèvres. Au passage, il prit Hannah dans ses bras et lui donna un baiser sonore sur la joue, qui la fit rougir et pouffer. Hannah ne riait pas souvent depuis la mort de leur père, et c'était bon de la voir manifester de la joie.

— Va t'asseoir, Dalton, sinon je vais chercher mon balai, protesta-t-elle. J'ai préparé vos biscuits préférés.

— Merci beaucoup, Hannah, répondit Dalton.

Toujours souriant, il se frotta les mains et se dirigea vers le buffet.

— Je vous apprécie à votre juste valeur, vous savez, ajouta-t-il.

— Je croyais que tu ne devais pas rentrer cette nuit, lança Jace quand Dalton eut terminé de remplir son assiette et vint s'asseoir à table près d'eux.

Les lèvres de Dalton s'élargirent en un sourire béat.

— Je ne suis pas rentré cette nuit. Je suis arrivé une heure avant que vous ne vous leviez, tous les deux. J'ai voulu vous réveiller, mais Hannah m'en a empêché. Elle a plaidé votre cause : il paraît que vous avez besoin de sommeil.

Il se pencha par-dessus la table et murmura, de façon à ne pas être entendu par Hannah qui faisait à présent la poussière dans la pièce voisine :

— Je me suis retenu de lui expliquer que vous ne manquiez de sommeil ni l'un ni l'autre. C'est moi qui ai fait travailler mes muscles toute la nuit, pendant que dormiez en chien de fusil, en rêvant que vous faisiez travailler vos muscles.

Jace but une gorgée de café et ne répondit pas. Que Dalton profite de son heure de gloire ne le dérangeait pas, mais Caden ne l'entendait pas de cette oreille.

— Encore en train de frimer, à ce que je vois ! Un jour, tu tomberas sur une fille comme toi et tu lui mangeras dans la main.

Dalton, un morceau de bacon entre les dents, posa sa main sur son cœur, comme si le commentaire de Caden le peinait. Jace ne put s'empêcher de sourire. C'était comme ça depuis toujours. Il était le matérialiste, Caden l'idéaliste, et Dalton le play-boy qui couchait plus qu'eux deux réunis — du moins le prétendait-il.

Autrefois, quand ils vivaient avec leur grand-père, celui-ci lisait en silence la rubrique économique du journal au petit déjeuner, tandis que Dalton racontait à voix basse ses prouesses sexuelles à ses deux frères qui buvaient ses paroles. Jace s'était toujours demandé si le vieil homme était vraiment absorbé dans la lecture de son journal ou s'il écoutait comme eux les récits croustillants de Dalton.

Il consulta sa montre.

— Dépêche-toi de manger. On part dans une heure.

Il se sentait aussi fébrile qu'un gamin qui va rencontrer le Père Noël. Il rendait visite à son père environ trois fois par an, un peu moins souvent que Caden. Dalton, lui, n'avait pas vu Sheppard depuis cinq ans, depuis son transfert à la prison de Delvers.

Et cela faisait dix ans qu'ils ne lui avaient pas rendu visite ensemble.

— Papa nous attend, il est prévenu ? demanda Dalton tout en buvant son café.

— Oui et il a vraiment hâte de nous voir, tu sais. De *te* voir, surtout.

Dalton demeura silencieux, puis finit par lâcher :

— Moi aussi, j'ai hâte de le voir.

Le petit déjeuner terminé, Jace monta dans sa chambre

pour prendre des dossiers qu'il tenait à montrer à son père. Il se demanda si celui-ci était au courant des difficultés de l'entreprise Granger et, si oui, jusqu'à quel point. Il le saurait bientôt.

En accrochant son téléphone portable à sa ceinture, il songea à Shana qui avait rendez-vous avec un homme. Cet homme était-il son amant ? Depuis combien de temps le fréquentait-elle ? Tout cela ne le regardait pas et il n'aurait pas dû s'en inquiéter. Il n'y avait rien d'autre entre eux qu'une attirance physique et ils n'étaient pas allés plus loin qu'un baiser.

Peut-être. Mais pas n'importe quel baiser.

Un baiser qu'il n'était pas près d'oublier.

Chaque fois qu'il se passait la langue sur les lèvres, il avait l'impression de sentir le goût des lèvres de Shana. Il avait cru que l'embrasser l'aiderait à prendre ses distances, mais c'était tout le contraire. Il la désirait plus que jamais et ça l'agaçait prodigieusement. Après son divorce, il avait éprouvé une incroyable sensation de liberté, comme si on l'avait débarrassé d'un joug, et il s'était juré de plus jamais se laisser enchaîner par une femme, de garder la tête froide la prochaine fois — amoureux ou pas. Mais, avec Shana Bradford, impossible de garder la tête froide. Elle le rendait fou, avec ses petits tailleurs stricts qui ne parvenaient pas à étouffer sa sensualité…

— Entrez ! lança-t-il comme on frappait à la porte de sa chambre.

Caden entra, suivi de Dalton.

— Tu es prêt ? demanda Caden. On peut y aller ?

Jace acquiesça.

— Oui, on peut y aller, murmura-t-il d'une voix émue. Allons voir notre père.

Sheppard s'arrêta près de la fenêtre et jeta un coup d'œil au-dehors. Delvers était une prison très supportable et, en tant que « détenu de confiance », il bénéficiait d'un régime de faveur. Mais, alors que la plupart des détenus purgeaient des peines n'excédant pas cinq ans, il lui en restait encore quinze. Il en avait déjà fait la moitié.

C'était dur d'être privé de liberté quand on était innocent. Dur de penser que le vrai coupable était dehors, quelque part, libre comme l'air. Son père lui avait demandé plus d'une fois s'il savait qui avait pu tuer Sylvia, mais il n'en avait pas la moindre idée.

Tout ce qu'il savait, c'était qu'elle l'avait trompé. C'était elle qui avait eu un amant, et non lui une maîtresse, comme l'avait prétendu l'avocat de la partie civile. L'amant en question n'avait pas assisté au procès et n'y avait pas été cité. Personne n'était au courant. Peu importait, car l'amant de Sylvia ne pouvait pas être le coupable. Au moment de sa mort, il était à l'étranger avec sa femme, en voyage. Il n'avait donc même pas mentionné cet homme avec son avocat. Il avait préféré ne pas évoquer l'infidélité de Sylvia, pour ménager ses enfants.

— Shep, je voulais te dire au revoir avant de partir.

Shep se retourna vers Matthew Fontane, un jeune détenu qui sortait le jour même. Matthew avait plongé pour un vol de voiture et il était arrivé plein de rage et de haine, persuadé d'avoir été injustement condamné. Certes, il avait tenté de voler une voiture en faisant descendre le conducteur arrêté à un feu rouge, mais, quand celui-ci avait fait une crise cardiaque, il était resté près de lui pour lui donner les premiers secours. Ce beau geste lui avait valu une sentence plus légère que celle de ses camarades, mais il aurait voulu un acquittement.

Le directeur avait placé Matthew dans la même section que Sheppard. Au début, leurs relations avaient été conflictuelles, car Matthew était une tête brûlée. Mais Sheppard avait réussi à l'amadouer. Matthew avait eu une enfance perturbée et il avait quitté l'école à seize ans, mais il était intelligent. Soutenu par Sheppard, il avait profité de ses cinq ans de prison pour passer son certificat d'équivalence d'études secondaires. A présent, il ne lui manquait plus que quelques matières pour obtenir une licence en criminologie. Il venait d'être admis à l'université de Hampton et entendait bien terminer son cursus.

— Tu vas me manquer, Matthew Fontane, lui dit-il.

Il était fier de Matthew. Un peu comme un père serait fier de son fils.

— Tu vas t'en sortir, je n'en doute pas, reprit-il. Ça sera difficile au début. C'est toujours difficile de s'adapter à l'extérieur, quand on a passé du temps en prison. Mais tu as compris la leçon : le crime ne paie pas.

Matthew Fontane acquiesça, mais il avait l'air sombre.

— Ça me fait mal de penser que tu es coincé ici pour un crime que tu n'as pas commis, dit-il. C'est injuste. J'ai du mal à l'accepter.

— Ne t'en fais pas pour moi. Je tiens le coup.

— Je sais que tu tiens le coup. Mais il te reste encore quinze ans à tirer. Je crois que si je devais passer un jour de plus ici je…

— Tu trouverais la force, coupa Sheppard. Au début, je me demandais comment j'allais faire pour supporter, pour laisser mes trois fils derrière moi. Et puis, tu vois, je suis toujours là.

— Mais ce n'est pas normal. L'assassin est libre, et toi tu es derrière les barreaux. Il faudrait…

— Je me suis résigné à purger ma peine jusqu'au bout, coupa Sheppard d'un ton morne.

— Même si tu n'es pas coupable ? Tes fils pourraient peut-être…

— Non, coupa de nouveau Sheppard. Mes fils ont leur vie, je ne veux pas être un poids pour eux.

Il ne précisa pas qu'il se demandait dans quoi Sylvia avait bien pu tremper pour qu'on décide de l'assassiner et qu'il ne voulait surtout pas que ses fils se mettent en danger en cherchant des réponses. Moins ils en savaient et mieux c'était. Il songeait avant tout à les protéger. Il était prêt à faire trente ans de prison pour eux.

— C'est bien toi, ça ! s'exclama Fontane. Toujours prêt à faire passer les autres avant toi. J'aimerais tant te remercier…

Le visage de Shep se fendit d'un large sourire.

— Tu peux. En devenant quelqu'un. Et ensuite, dès que tu pourras, aide à ton tour un gamin rebelle qui a besoin d'être guidé. Donne-lui ce que j'espère t'avoir donné : le sens des responsabilités et de l'honneur, un but dans la vie, l'amour-propre. La certitude que tu vaux mieux que ce que t'offrent les voyous des rues.

Fontane acquiesça.

— Oui, murmura-t-il.

Vingt minutes plus tard, depuis la fenêtre de la bibliothèque de la prison, Shep le regardait quitter Delvers en homme libre. Une voiture, celle du pasteur Thomas, l'attendait. Thomas aiderait Fontane à se réadapter à la société et veillerait à ce qu'il choisisse bien ses fréquentations et à ce qu'il termine son diplôme. Il avait promis de suivre Fontane pas à pas et Sheppard savait qu'il tiendrait parole. Thomas avait été lui-même condamné pour viol autrefois, puis relâché après six ans d'incarcération, grâce à son avocat qui s'était battu pour obtenir un nouveau procès à l'issue duquel il avait été innocenté — des analyses ADN avaient prouvé qu'il n'était pas le violeur et que le coupable était déjà en prison pour d'autres viols.

Thomas et Shep s'étaient rencontrés en prison. C'était grâce à Thomas que Shep n'était pas devenu fou la première année. Thomas lui avait appris que, quand la vie vous donnait des citrons amers, il fallait en faire de la limonade. Etre en prison ne faisait pas de vous un coupable et celui qui se savait innocent n'avait pas à rougir. Shep n'avait pas été surpris que son ami devienne pasteur une fois sa peine purgée. Il possédait un don pour élever les âmes et serait extrêmement bénéfique à Matthew Fontane.

Tandis que la voiture de Thomas s'éloignait, Shep vit un véhicule se garer sur le parking et sentit une bouffée de fierté l'envahir. Il sut, sans le moindre doute, avant de les avoir vus, aussi sûr qu'il s'appelait Sheppard Maceo Granger, que ses trois fils venaient d'arriver.

Shep serrait ses trois fils dans ses bras et il n'arrivait plus à les lâcher. C'était bon de les revoir, de les envelopper de son amour, de sentir la force du leur. Ils comptaient plus que tout pour lui. Il pensait à eux en s'éveillant chaque matin et priait pour eux chaque soir avant de s'endormir. Il supportait d'être privé de liberté. Il n'aurait pas pu supporter d'être privé de ses fils.

Il recula d'un pas et les dévisagea, débordant d'amour et d'émotion. Ils étaient devenus des hommes dont il pouvait être fier. Son père avait fait du beau travail. Il se rendait compte que ça n'avait pas dû être facile pour lui tous les jours. Richard Granger était de la vieille école et croyait en l'autorité. Il était bien placé pour le savoir car il en avait souffert. Mais, quand il s'était retrouvé derrière les barreaux, il avait comparé son enfance à celle des autres détenus et il avait pris conscience de tout ce que son père avait fait pour lui. Ses fils, Dalton surtout, avaient eu des conflits avec leur grand-père, mais un jour ils comprendraient eux aussi qu'ils avaient eu de la chance.

Il recula d'un pas pour les admirer.

Ils étaient beaux, grands, bien bâtis. Ils avaient tous les trois l'attitude fière et arrogante des hommes de la famille, avec ce menton volontaire et marqué d'une fossette — la marque des Granger, comme disait sa mère.

— Je suis si heureux de te voir, Dalton.

— Moi aussi, papa, répondit Dalton d'une voix brisée par l'émotion. J'aurais voulu venir plus tôt, mais je n'ai pas pu. Il y avait…

— Chut, coupa Sheppard d'une voix douce en le prenant par l'épaule. Je comprends. J'ai toujours compris, Dalton. Tu n'as pas besoin de te justifier. Viens t'asseoir.

Le directeur de la prison lui avait donné l'autorisation de recevoir ses fils dans une section fermée du jardin. Les contacts physiques restaient néanmoins interdits, mais Shep était certain que le gardien, Ambrose, détournerait les yeux chaque fois qu'il le fallait.

— Cette prison n'est pas trop mal, déclara Dalton en regardant autour de lui. Mieux que l'autre, en tout cas.

Shep était de son avis.

— Je suis reconnaissant au gouverneur de m'avoir transféré ici, dit-il. Il a pensé que j'y serais utile et je crois que c'est le cas, ajouta-t-il en songeant à Fontane.

— Ils te font confiance, en tout cas, intervint Jace. Le gardien n'est pas envahissant.

Shep suivit son regard.

— Ambrose est quelqu'un de bien. Il a des fils, lui aussi. Trois fils.

Les trois fils d'Ambrose avaient l'âge des siens quand il avait été envoyé en prison. Mais il préférait ne pas trop y penser et s'abstint de le préciser.

— Tiens, papa, dit Caden. Je t'ai apporté ça. J'ai pensé que ça t'intéresserait de les regarder.

Il tendit à son père une liasse de photos prises lors du repas servi après l'enterrement de leur grand-père. Shep tendit la main. Il avait le cœur serré : son père était mort et il n'avait même pas pu assister à ses funérailles pour lui rendre un dernier hommage.

Il passa lentement les photos en revue.

— C'est bien la petite Shiloh, là ? demanda-t-il soudain en haussant un sourcil.

Le visage de Caden se crispa.

— Oui, c'est elle. J'essayais de photographier Cameron et Shiloh est passée devant moi à ce moment-là.

Dalton se pencha sur la photo en ricanant.

— Oui, c'est ça, tu l'as photographiée par inadvertance. Mais c'est tout de même bizarre, parce qu'on dirait que l'objectif est centré sur elle.

— Tu te trompes ! protesta Caden en lui jetant un regard courroucé.

Il tendit la main pour prendre la photo.

— D'ailleurs, je devrais la jeter.

— La jeter ? Mais pourquoi ? s'étonna Shep. C'est très gentil de sa part d'être venue à cet enterrement. Surtout quand on connaît la position de ses parents après le procès.

— Oui, c'est très gentil, grommela Caden tandis qu'un muscle de sa mâchoire tressaillait.

Shep ne fit pas d'autre commentaire et jeta un regard intrigué du côté de Jace, qui se contenta d'esquisser un haussement d'épaules.

— Elle est devenue une très belle femme, en tout cas, vous ne trouvez pas ? demanda-t-il pour tâter le terrain.

— Je n'ai pas d'avis sur la question, rétorqua sèchement Caden en reprenant les clichés pour les ranger dans leur enveloppe. Ces exemplaires sont pour toi, tu auras tout le temps de les regarder plus tard. Je crois que Jace voudrait te parler de Granger Aeronautics.

— Très bien, dit Shep en reportant son attention sur Jace. Je t'écoute…

Jace passa les vingt minutes qui suivirent à mettre son père au courant de tout, sans rien lui dissimuler, pas même le conseil d'administration convoqué d'urgence par Freeman après la lecture du testament de leur grand-père.

Shep sourit.

— C'était une manœuvre très fine de racheter des parts et je suis heureux que tu aies eu les moyens d'avancer cet argent à tes frères, Dalton.

Dalton, que la conversation avait paru jusque-là ennuyer, s'anima tout à coup.

— Avancer ? dit-il en haussant un sourcil. Parce que tu penses que je vais récupérer ma mise ?

Shep ne put s'empêcher de rire.

— Mais oui, bien sûr que tu vas la récupérer ! Plus tard. Quand l'entreprise sera remise à flot. Tu ne t'attendais tout de même pas à rentrer tout de suite dans tes fonds ?

— Non, en effet, répondit Dalton en souriant. Mais ce n'est pas la peine de me féliciter. Jace et Caden ont fait pression sur moi en me menaçant. Je n'ai pas eu le choix.

Jace leva les yeux au ciel.

— Il est richissime, il pouvait se permettre de nous filer quelques millions.

— Oui, répondit Shep. Je sais que tu as très bien réussi, Dalton, ce qui en a surpris plus d'un. Je suis très fier de toi. J'ai toujours pensé que tu trouverais ta voie quand tu te serais un peu assagi. Papa s'est beaucoup tracassé à ton sujet à une époque, mais pas moi.

Il rit, de nouveau.

— J'ai toujours su que tu avais sur les épaules une tête bien faite, qui fonctionnerait très bien dès que tu aurais compris qu'il fallait la sortir de temps en temps de dessous les jupes des femmes.

Caden éclata de rire.

— Désolé de te décevoir, papa, mais il n'a pas encore trouvé la sortie, je t'assure.

Dalton lui jeta un regard furieux.

— Espèce de…

Puis il se souvint que son père était là et se tut.

Shep ne put s'empêcher de sourire. C'était bon de voir que ses trois fils s'entendaient bien. Ils se chamaillaient de temps en temps, mais ils étaient solidaires.

— Qu'est-ce que tu sais de Cal Arrington, papa ? demanda Jace.

— Pas grand-chose. Il a été engagé après mon départ, en même temps que Freeman. Papa les admirait et ils ont vite grimpé dans l'entreprise. Je sais que Vidal lui avait conseillé la prudence avec eux mais, lui, il avait son opinion et il n'a pas voulu en démordre. Si tu me demandes si tu peux te fier à Arrington, la réponse est « non ». En ce moment, les seules personnes en qui tu puisses avoir confiance, ce sont tes frères.

Il demeura songeur quelques instants, puis ajouta :

— Parle-moi un peu de la société à laquelle tu as fait appel pour réinventer Granger.

Dalton ricana.

— Elle est dirigée par Shana Bradford, l'idole de Jace.

Elle est intelligente, percutante, et elle a une magnifique paire de jambes.

Shep eut un sourire indulgent.

— Bien entendu, tu n'as pas manqué de remarquer ses jambes.

— Bien entendu.

Shep secoua la tête. Son cadet aimait la vie, et en particulier les belles femmes.

— Parle-moi un peu d'elle, Jace, dit-il. Dalton me vante son physique, mais ce n'est pas ce qui m'intéresse. Vous pensez vous en sortir, avec son aide ?

Jace interrogea ses frères du regard, puis il se tourna vers son père.

— Je pense que oui, dit-il.

15

Ben Bradford descendait l'escalier quatre à quatre en sifflotant *Sweet Georgia Brown*. En arrivant au rez-de-chaussée, il se figea.

— Shana ? Je ne m'attendais pas à te voir aujourd'hui.

Shana posa sur son père un regard appuyé. Il s'était fait couper les cheveux et portait une chemise neuve, à carreaux, qu'elle ne lui avait jamais vue. Il avait mis un jean, ce qui était une première, car il préférait les pantalons souples.

— J'ai voulu te faire la surprise, dit-elle. Quand je suis arrivée, j'ai entendu couler la douche et ensuite j'ai entendu siffler. J'ai cru que tu avais hébergé des Harlem Globetrotters.

Il ne put s'empêcher de pouffer.

— Je suis de bonne humeur, voilà tout.

Non, ce n'était pas tout. Son père était quelqu'un de facile à vivre, plutôt calme, parfois drôle. Mais elle ne se souvenait pas de l'avoir entendu siffler ainsi.

— J'espère que tu n'es pas venue pour le déjeuner, parce que je n'ai rien préparé. Le samedi, c'est le jour où je vais faire mes courses au supermarché. J'allais justement partir.

— Non, je n'avais pas l'intention de déjeuner avec toi. J'avais au contraire l'intention de t'accompagner au supermarché. J'ai quelques courses à faire et je me suis dit que ce serait plus sympa de les faire avec toi.

— Oh…

Elle crut déceler une pointe de contrariété dans sa voix, mais elle fit mine de ne rien avoir remarqué et tira sa liste de son sac.

— Je ne te retarderai pas, je n'ai pas besoin de grand-chose, ajouta-t-elle. J'ai sauté le déjeuner plusieurs fois cette semaine. Je vais acheter de quoi me préparer des sandwichs pour les jours où j'ai vraiment trop de travail.

— Bonne idée.

— Il me semble, oui.

Son père la dévisagea quelques secondes, puis il s'adossa à la rambarde de l'escalier.

— Très bien. Dis-moi maintenant ce que tu mijotes, Shana Nicole Bradford.

Elle prit un air innocent.

— Qu'est-ce qui te fait croire que je mijote quelque chose ? protesta-t-elle.

— Nous sommes samedi. Le samedi, tu ne sors pas de ton lit avant 2 heures de l'après-midi et tu n'entres jamais dans un supermarché. Je crois que ton réfrigérateur deviendrait fou si tu décidais brusquement de l'utiliser pour ce à quoi il est destiné. De plus, tu sais que je prends ma voiturette de golf électrique pour aller faire les courses et tu as juré de ne jamais monter dans cet engin.

Elle dut admettre qu'il avait raison sur toute la ligne, en particulier à propos de la voiturette. Ben habitait une très belle résidence fréquentée par des saisonniers, conçue comme une véritable petite ville. Les maisons y étaient rassemblées autour d'un centre où l'on trouvait un hôpital, plusieurs supermarchés, un cinéma, des galeries marchandes, une multitude de restaurants. Les habitants s'étaient mis d'accord pour limiter les émissions de gaz d'échappement et chacun d'eux possédait une voiturette de golf dont il se servait pour se déplacer dans l'enceinte de la résidence, notamment pour les courses. Shana détestait ces engins.

Elle eut un sourire gêné.

— Et si je te répondais que je suis prête à faire une exception aujourd'hui ?

— Oui, j'ai compris. Et je me demande pourquoi.

Elle aurait pu lui répondre qu'elle se sentait seule et qu'elle était prête à tout pour avoir de la compagnie, que le type qui l'appelait tous les week-ends pour lui proposer un rendez-vous ne s'était toujours pas manifesté, qu'elle n'avait pas le moral parce qu'elle avait mal dormi cette nuit — à cause d'un baiser échangé la veille.

Mais il ne l'aurait pas crue.

— Avant que tu ne t'enfonces un peu plus, je me permets de te rappeler que, Jules et toi, vous ne savez pas mentir. Ou du moins que je renifle vos mensonges à des kilomètres.

Non, il n'avait pas besoin de le lui rappeler mais, puisqu'il l'avait fait, elle décida de jouer franc jeu.

— Je veux faire la connaissance de Mona, dit-elle.

Il haussa un sourcil.

— Tu veux faire sa connaissance, ou tu veux voir de quoi elle a l'air pour faire ensuite un rapport complet à Jules ?

Elle ne put s'empêcher de sourire. *Piégée.*

— J'ai l'impression que tu connais bien tes filles.

Il secoua la tête.

— Oui, je crois que oui.

Il s'écarta de la rambarde.

— Entendu, viens avec moi. Mais je ne veux pas t'entendre te plaindre de ma conduite.

Tout en traînant dans une allée du supermarché, Shana songeait que le trajet n'avait pas été si terrible que ça. Ils avaient roulé lentement jusqu'à un petit magasin entouré d'une pizzeria, d'un salon de coiffure, d'une épicerie et d'une boutique de téléphonie. Elle aimait bien l'ambiance du quartier, en particulier les maisons victoriennes alignées le long des rues pavées, qui lui rappelaient la série *La Famille des collines*. Elle n'aurait pas été surprise de se trouver nez à nez avec Corabeth. Quand ils étaient arrivés, son père avait fait le tour des rayons et il avait eu l'air déçu de ne pas trouver Mona. Elle avait cru comprendre qu'ils s'étaient donné rendez-vous, mais elle n'avait pas osé poser la question.

Pour qu'il n'ait pas l'impression d'être suivi à la trace, elle avait décidé de le laisser seul un moment, le temps d'acheter ce dont elle avait besoin — ou prétendument besoin. Car, si elle n'avait pas l'intention de se priver de déjeuner la semaine prochaine, elle n'envisageait pas pour autant d'emporter des sandwichs. Elle prévoyait plutôt d'accepter la proposition de la secrétaire de Jace, qui allait lui faire monter ses repas.

Elle se dirigea vers le rayon des surgelés et jeta un coup d'œil du côté de l'allée où elle avait vu son père pour la dernière fois. Tiens… A qui souriait-il comme ça ? En suivant son regard, elle aperçut une femme qui s'avançait vers lui.

Elle avait environ la cinquantaine et mesurait un peu moins d'un mètre soixante. Comme lui, elle portait un jean et des baskets. Son chemisier, rentré dans la ceinture de son jean, laissait voir une taille fine par-dessus des hanches voluptueuses.

Elle avait un joli visage. Une peau chocolat, des yeux sombres, des lèvres brillantes et pulpeuses, un nez retroussé. Elle avait les cheveux courts, avec quelques boucles qui retombaient autour de son visage. Elle était charmante.

Shana observa à distance le couple qui était maintenant face à face, juste devant l'étalage des légumes. Puis, soudain, son cœur fit un bond.

Elle venait de remarquer quelque chose qui lui avait échappé jusque-là.

Mona était aveugle.

— Votre fille est là ? demanda Mona. Je serais ravie de la rencontrer.

— Elle aussi brûle d'impatience de vous connaître, répondit Ben.

Chaque fois qu'il rencontrait Mona, il était saisi par sa beauté, sa grâce naturelle, son charme, la force qui émanait d'elle. Et tout cela était plus évident encore quand elle souriait, avec ses longs cils qui effleuraient ses pommettes hautes. Elle lui avait dit que ses grands-parents étaient originaires de la Jamaïque. On aurait pu le deviner à la couleur de sa peau, à ses lèvres pleines qui s'ouvraient sur des dents blanches et sans défaut, à son joli petit nez. Quand il la regardait, il regrettait de ne pas savoir peindre. Il aurait voulu capturer sa beauté sur une toile.

Il chercha Shana du regard et la repéra près des surgelés, qui les observait.

— Shana, appela-t-il. Viens. Je voudrais te présenter quelqu'un.

Shana avança lentement. Elle était émue. Elle se sentait gênée.

— Papa…, murmura-t-elle en arrivant près d'eux.

Ben lui sourit.

— Shana, je te présente Mona Underwood. Mona, voici ma fille Shana.

Mona se tourna vers Shana et lui prit la main.

— Shana, votre père m'a beaucoup parlé de vous et de votre sœur. J'avais hâte de vous rencontrer.

— Merci. J'ai moi aussi beaucoup entendu parler de vous.

Mais mon père avait omis de me préciser que vous étiez aveugle.

— J'ai invité Mona à venir manger une pizza avec nous, mais elle ne peut pas. Pas aujourd'hui.

Mona se détourna de Shana et sourit à Ben.

— J'ai demandé à mon chauffeur de venir me rechercher dans une heure, mais je serais partante pour une autre fois, assura-t-elle.

Shana vit son père rougir de plaisir.

— Nous avons donc un rendez-vous, dit-il.

Mona ne put s'empêcher de pouffer et Shana trouva son rire charmant. Aussi charmant qu'elle.

— Oui, Ben, vous pouvez considérer cela comme une promesse. Nous en parlerons la prochaine fois que vous m'appellerez.

Ainsi, ils avaient échangé leurs numéros de téléphone et ils s'appelaient ?

— Bien sûr, répondit Ben. Vous voulez que je vous aide à choisir vos fruits et vos légumes ?

Shana comprit qu'il s'agissait de leur petit rituel et préféra s'éclipser pour les laisser seuls.

— Je vais aller voir ce qu'ils vendent au comptoir boucherie-charcuterie, papa.

Puis elle s'adressa à Mona.

— Mona, ce fut un plaisir de faire votre connaissance. J'espère que nous nous reverrons bientôt.

— Tu la reverras bientôt, assura Ben.

Shana n'en doutait pas.

Shana attendit qu'ils soient rentrés et, tout en aidant son père à ranger les courses, elle se décida à aborder le sujet qui la préoccupait.

— Pourquoi ne pas m'avoir dit que Mona était aveugle ? demanda-t-elle.

Ben haussa les épaules, tout en continuant à vider les sacs.

— Parce que ce n'était pas important pour moi. Elle est très indépendante, alors j'y pense à peine. D'ailleurs, elle n'est pas totalement aveugle, même si elle est considérée comme telle.

Shana s'adossa au comptoir de la cuisine.

— C'est-à-dire ?

— Elle distingue des contours et des ombres.

Shana acquiesça.

— Tu sais ce qui lui est arrivé ?

— Oui. Elle a eu un accident, il y a cinq ans. Elle quittait l'université quand sa voiture a été percutée par un étudiant qui rentrait d'une soirée arrosée. Il a grillé un feu rouge et l'a heurtée de côté. C'est sa ceinture de sécurité qui lui a sauvé la vie. L'étudiant n'a pas eu la même chance qu'elle. Il n'avait pas attaché sa ceinture, il est passé par le pare-brise et il est mort.

— Mon Dieu, quelle horreur ! murmura Shana en secouant la tête.

Elle n'en revenait pas que des gens soient assez stupides pour conduire en ayant trop bu.

— Son mari n'avait pas envie de finir ses jours avec une femme dépendante, alors il l'a quittée pour épouser sa secrétaire, un an plus tard. Il entretenait déjà une liaison avec elle depuis un certain temps.

Il se tut un instant, puis reprit.

— Heureusement pour Mona, ce n'est pas le nerf optique qui a été endommagé, mais des nerfs périphériques. Elle pourra peut-être voir de nouveau. D'après les médecins, elle doit garder espoir. En fait, elle a cinquante pour cent de chances de recouvrer la vue. Et cinquante pour cent de risques de devenir définitivement aveugle.

Shana soupira. Cette femme affrontait une rude épreuve. En entendant son histoire, elle prit conscience que ses problèmes à elle n'étaient que des broutilles.

— Elle a l'air gentille, dit-elle.

— Elle *est* gentille, corrigea Ben. Elle me rappelle ta mère.

Shana haussa un sourcil.

— Vraiment ?

— C'est une battante, comme elle. Je me souviens du jour où les médecins ont annoncé à ta mère qu'elle avait un cancer. Elle n'a pas baissé les bras, bien au contraire. Elle se levait tous les matins en s'efforçant d'adopter une attitude positive, même si ça lui coûtait. Sa force m'a aidé à tenir. J'imagine ce que Mona a dû ressentir quand son mari l'a quittée au moment où elle avait le plus besoin de lui. Mais elle ne s'est pas laissé abattre. Elle s'est adaptée. Elle a fait ce qu'il fallait pour aller de l'avant. Elle enseigne toujours à l'université et elle s'est organisée pour vivre seule.

— Elle n'a pas d'enfants ?

— Non. Son mari n'en voulait pas. Du moins, c'était ce qu'il prétendait, parce qu'il en a eu deux avec sa nouvelle femme. Ça aussi, ça a été un coup dur pour Mona.

Shana inclina la tête de côté et dévisagea son père.

— On dirait que tu en sais long sur elle, fit-elle remarquer. Je croyais que vous n'aviez échangé que quelques mots au-dessus des courges, des tomates et des courgettes.

Ben renversa la tête en arrière et éclata de rire.

— On peut avoir de longues conversations au-dessus des légumes, qu'est-ce que tu crois ? Mais à présent que j'ai réussi à lui arracher un rendez-vous je vais en savoir encore plus.

Il paraissait fébrile, impatient.

— C'est ce que tu veux ? Mieux la connaître ?

Il eut un sourire radieux qui illumina toute la cuisine.

— Oui, j'ai envie d'apprendre à mieux la connaître. J'en ai vraiment envie.

Deux heures plus tard, quand elle rentra chez elle, Shana ne fut pas surprise de recevoir un coup de fil de Jules à l'instant même où elle franchissait le seuil de sa porte. Il lui fallut près de vingt minutes pour tout lui raconter par le menu. Ça aurait pris moins de temps si Jules ne l'avait pas interrompue à tout bout de champ avec ses questions.

— Tu sais tout, Jules, maintenant, conclut-elle. Cette femme plaît à papa. Il dit qu'elle lui rappelle maman.

Jules demeura silencieuse quelques secondes.

— Mais elle n'est pas maman, dit-elle enfin.

Shana leva les yeux au ciel. Ce que sa sœur pouvait être butée !

— Je t'en prie, Jules, n'exagère pas. Papa a le droit de choisir une compagne, tout de même. J'espère que tu n'as pas l'intention de lui compliquer la vie. Je crois que nous pouvons tomber toutes les deux d'accord sur le fait qu'il est temps pour lui d'être heureux. Il aimait maman, nous le savons. Je ne connais pas beaucoup d'hommes qui auraient fait pour leur femme ce qu'il a fait pour elle.

— Oui, c'est sûr qu'il n'était pas comme le père de ton beau gosse, qui a buté sa femme.

— Ce n'est pas *mon* beau gosse. Et comment es-tu au courant de ça ?

— Ne me dis pas que tu l'ignorais ?

— Non, je ne l'ignorais pas, avoua Shana.

— Eh bien, je me suis renseignée, comme toi. Je n'arrivais pas à dormir hier soir et j'ai décidé de me distraire avec

Greta. Je ne me souvenais plus du nom de famille de Mona, alors je l'ai interrogée sur le type pour qui tu en pinces. Il t'a déjà dit s'il pensait son père coupable ou innocent ?

— Non. Mais il doit le croire innocent parce qu'il lui rend visite en prison, et ses frères aussi. Ils y allaient tous ensemble ce week-end, justement.

— C'est pour ça que tu avais décidé d'accepter de sortir avec ce bon vieux Charles. Il te servait de dérivatif ?

— Non. Pas du tout.

— Si tu le dis. Tu le vois ce soir ?

— Non. Il ne m'a pas appelée.

— Qu'est-ce que tu racontes ? Il serait devenu intelligent et aurait cessé de te courir après ?

— On dirait, oui. C'est bien dommage, parce que j'avais besoin de me changer les idées.

— Qu'est-ce que tu fais ce soir ?

— J'ai pensé appeler Gloria pour lui proposer d'aller au cinéma. Mais il faut d'abord que je vérifie si elle est rentrée. Elle était à l'étranger.

— Tu pourrais aussi appeler Charles et lui demander pourquoi il ne t'a pas sollicitée ce week-end. Ou alors, puisque tu disais il n'y a pas si longtemps que tu n'avais pas besoin d'un homme dans ta vie, tu pourrais sortir seule, comme je le fais parfois.

— Je pourrais faire ça, répondit posément Shana.

Ce n'était pas très délicat de la part de Jules de lui rappeler qu'elle avait dit n'avoir pas besoin d'un homme, mais elle ne se sentait pas d'humeur combative et préféra ne pas relever.

— Sois prudente, si tu sors seule. Bon, je dois te laisser, j'ai des coups de fil à passer.

— Attends ! Tu rentres quand ?

— Je ne sais pas encore. Probablement pas avant deux bonnes semaines. A plus tard…

Shana raccrocha. Elle aurait dû s'habituer aux fréquentes absences de sa sœur, mais elle n'y parvenait pas. Jules n'était pas seulement sa sœur, elle était aussi sa meilleure amie.

Elle se dirigea vers sa chambre en éternuant, pour la

troisième fois de la journée. De plus, sa gorge la picotait. Elle espéra qu'elle n'allait pas tomber malade. Il fallait stopper ça avant que ça ne dégénère. Elle se promit d'appeler son médecin le lendemain pour lui réclamer des antibiotiques. Elle devait être en état d'aller travailler.

Après vérification, il s'avéra que le vol de Gloria, qui revenait de Chine, avait été retardé. Shana se résigna donc à passer la soirée seule. Elle fit sa gymnastique quotidienne puis elle attrapa le dernier roman de J. D. Robb, qu'elle était en train de lire.

En se glissant entre ses draps avec son livre, elle ne put s'empêcher de songer à Jace. Elle avait eu avec ses parents l'exemple d'un couple uni et heureux, mais elle-même n'avait connu jusque-là que des relations compliquées et décevantes. Avec Jonathan, surtout, qui s'était bien moqué d'elle. Elle l'avait aimé, croyant avoir trouvé en lui l'homme de sa vie. Puis elle avait découvert qu'il ne l'avait approchée que pour se procurer des renseignements sur l'un de ses clients. Depuis, elle n'avait jamais baissé sa garde.

Elle avait fait des rencontres, bien sûr, mais en posant chaque fois des conditions et des limites. Elle ne supportait pas de se sentir contrainte, ni bousculée. Elle n'aimait pas qu'un homme se montre impatient d'occuper son lit. Charles avait commis cette erreur et c'est pourquoi elle l'avait tenu à distance. Il avait montré une certaine constance, certes, mais elle ne représentait pour lui qu'une conquête de plus à son tableau de chasse. Parfois, il lui semblait qu'elle réfléchissait trop. Pourquoi ne pas se jeter à l'eau et coucher avec lui, puisqu'il ne lui déplaisait pas et qu'elle n'avait pas envie de s'investir vraiment dans une relation ? Mais elle en revenait toujours à la même conclusion : il s'était montré trop pressant et elle ne supportait pas qu'on la presse.

Jace se montrait pressant aussi, à sa manière, et il ne lui cachait pas qu'il la désirait. Mais avec lui elle ne se sentait pas harcelée.

Pourquoi lui plaisait-il autant ? Et pourquoi ne cessait-elle de penser à lui ? Pourquoi gardait-elle encore dans sa bouche le goût de leur baiser ? Pourquoi avait-elle si souvent à l'esprit, comme en ce moment, la vision de leurs deux corps enlacés sous ses draps ?

Elle soupira d'exaspération. Elle n'allait tout de même pas passer la soirée à penser à Jace !

Elle se pelotonna dans son lit et reprit son livre là où elle l'avait laissé. Il était temps qu'elle oublie Jace. Il ne lui restait plus qu'à se passionner pour la vie amoureuse des personnages de son roman.

DEUXIÈME PARTIE

« On peut donner sans aimer, mais on ne peut aimer sans donner. »

(Anonyme)

16

Jace fit pivoter son fauteuil vers la porte qui communiquait avec le bureau occupé par Shana. Il aurait donné n'importe quoi pour voir ce qui se passait de l'autre côté de ce battant. Que faisait-elle en ce moment ? Il supposa qu'elle travaillait — comme il aurait dû le faire lui-même, mais il n'arrivait pas à se concentrer. Mlle Shana Bradford occupait toutes ses pensées.

On était vendredi, le dernier jour d'une autre longue semaine de travail au cours de laquelle il ne l'avait vue que trois fois. Leurs rencontres se faisaient de plus en plus rares et il en avait conclu qu'elle l'évitait à cause du baiser « volé » dans l'ascenseur. Il attrapa un élastique — ça devenait un tic nerveux — et se mit à l'étirer dans toutes les directions, tout en se repassant la scène du baiser pour la centième fois. Cette femme avait les lèvres les plus douces du monde et leur goût éclipsait celui du plus succulent des fruits. Il avait pensé à elle tout le week-end dernier, même durant la visite en prison. Elle lui apparaissait la nuit dans des rêves de plus en plus débridés, indécents, sauvages. Pourquoi éveillait-elle en lui des désirs aussi violents, totalement impossibles à étouffer ?

Avec un long soupir, il posa l'élastique, puis se remit à lire les notes prises au cours de la rencontre avec leur père. Avec ses frères, il avait passé six longues heures avec lui et avait eu le temps de lui exposer en détail les problèmes de Granger Aeronautics. Il lui avait demandé conseil. En affaires, Sheppard avait l'esprit aiguisé. De plus, il connaissait par cœur les rouages de l'entreprise. Bien sûr, la technologie avait évolué en quinze ans, mais Sheppard s'était tenu au courant, en empruntant des livres à la bibliothèque de la prison, ou en se renseignant sur internet. Il avait aussi pris des cours de remise à niveau chaque fois qu'il en avait eu l'occasion.

Jace leva le nez en entendant frapper à sa porte.

— Entrez…

Il sentit sa gorge se serrer en voyant entrer Shana. Elle portait un tailleur, comme d'habitude. Celui d'aujourd'hui était bleu turquoise et, bien entendu, il lui allait à merveille.

— Bonjour, Shana.

— Je ne voulais pas vous déranger, mais je viens d'achever mon rapport préliminaire et je me demandais si vous seriez disponible pour en prendre connaissance.

Il détacha ses yeux de Shana pour consulter son planning de la journée.

— C'est possible pour moi aujourd'hui, après 14 heures, quand vous voulez.

— Je préférerais vous voir après 18 heures, quand tout le monde sera parti. Avec vos frères.

Il remarqua qu'elle excluait les membres de l'équipe de direction.

— Caden a pris aujourd'hui l'avion pour New York. Il avait des dates de concert qu'il n'a pas pu annuler. Mais Dalton devrait être disponible.

— Parfait.

— Quand Melissa reviendra de sa pause déjeuner, je lui demanderai de le joindre pour vérifier que…

— Je préférerais que tout ça reste entre nous. Que cette réunion ne soit mentionnée devant personne.

Il haussa un sourcil, mais ne posa pas de question.

— Entendu. Disons un peu après 18 heures, dans ce cas. Tout le monde sera parti, surtout un vendredi.

— C'est très bien, dit-elle.

Puis elle sortit sans ajouter un mot.

Il se demanda ce qu'il pouvait bien y avoir de si terrible dans son rapport pour qu'elle s'entoure de tant de précautions.

*
* *

Shana alla s'asseoir derrière son bureau. Son cœur battait violemment dans sa poitrine. En face d'elle, Jace et Dalton lisaient les documents qu'elle venait de leur remettre. Une fois qu'ils se seraient forgé une opinion, ils pourraient discuter des moyens à mettre en œuvre.

Elle ne fut pas étonnée que Jace termine avant Dalton. En tant qu'avocat, il était habitué au jargon juridique. Il leva les yeux des papiers qu'il tenait à la main et son regard se posa sur elle avec insistance, ce qui eut pour effet de déclencher un afflux d'hormones dans ses veines.

Elle baissa les yeux vers les documents posés sur son bureau et poussa un soupir discret, en feignant de les parcourir de nouveau. Elle n'avait pas besoin de ça. Et surtout pas maintenant. Ils avaient beaucoup de travail, la lecture et l'analyse du rapport n'étaient que le début d'un long processus. Mais Jace, qui envahissait tout et prenait toute la place dans le bureau, ne lui facilitait pas les choses. Elle était consciente de l'avoir là, devant elle. La présence de son frère aurait dû atténuer le phénomène, mais malheureusement ça n'était pas le cas.

— Vous pensez qu'il y a un traître dans l'entreprise ?

Elle leva les yeux vers Dalton. A en juger par sa réaction, on aurait pu croire qu'il était plus révolté que Jace par ce qu'il venait de lire. Mais elle ne fut pas dupe. Si Jace ne réagissait pas, c'était parce qu'il avait des doutes depuis longtemps. Pour lui, ça n'était pas une découverte.

— Apparemment, c'est ce qu'elle pense, oui, déclara Jace d'un ton calme et posé, sans la moindre trace d'émotion.

Dalton le dévisagea d'un air incrédule. Puis soudain il comprit et en tira la conclusion qui s'imposait. La même que Shana.

— Jace ? Tu savais !

— Je n'en étais pas certain, répondit Jace doucement, tout en laissant son regard passer de Shana à Dalton. J'en avais tout de même l'intuition.

— Et tu ne nous as rien dit ! s'exclama Dalton d'un ton offusqué.

— Je n'ai rien dit parce qu'il ne s'agissait que d'une intuition. J'attendais le rapport de Shana.

— Et depuis quand avez-vous cette intuition ? demanda Shana.

Jace se tourna vers elle.

— J'ai ouvert sur l'ordinateur de mon grand-père un dossier sécurisé dont il m'avait confié le code d'accès voilà déjà plusieurs années. Dans ce dossier, il notait tout ce qui lui passait par la tête à propos de son entreprise. L'un de ses ajouts les plus récents, à peine quelques semaines avant sa mort, mentionne qu'il soupçonnait quelqu'un de divulguer des secrets industriels à nos concurrents.

Il marqua un temps de pause, puis ajouta :

— Aussi, quand j'ai appris que nous avions perdu de gros contrats au profit d'un de nos principaux concurrents, je me suis dit que la piste de la trahison méritait d'être explorée.

Shana acquiesça.

— Je suis tout à fait d'accord avec vous. Ces contrats perdus, c'est le drapeau rouge qui a attiré mon attention et qui m'a poussée à creuser la question. Toute mon équipe est dessus. Je pense que nous devrions prévenir le FBI.

— Le FBI ? demanda Dalton d'un ton surpris. Pourquoi mêler le FBI à ça ?

Shana lui jeta un regard un brin condescendant.

— Eh bien, parce que le vol de secrets de fabrication est un délit fédéral. Pendant plusieurs années, Granger Aeronautics a été le premier constructeur de moteurs et de pièces d'avion, mais il est maintenant devancé par un concurrent qui n'a que quelques années d'existence. Si ce concurrent a pris l'avantage parce qu'on lui a vendu ne serait-ce que des informations commerciales, il s'agit d'un délit.

Dalton se pencha en avant.

— Vous avez une idée sur l'identité du ou des coupables ? demanda-t-il d'une voix pleine de colère contenue.

— Non, mais nous allons chercher, et nous trouverons, répondit Shana.

Dalton se tut.

— Il faudra des preuves, dit-il enfin.

— Nous les trouverons aussi. Mon équipe est coriace et ne lâchera pas le morceau tant qu'elle n'aura pas trouvé. Le FBI, une fois qu'il sera sur l'affaire, fera aussi une enquête poussée, vous pouvez en être certain. Il est même possible qu'ils envisagent une opération d'infiltration. Je connais l'agent qui s'occupe de l'espionnage industriel, Marcel Eaton. Il travaillait autrefois à Boston, avec mon père, à l'époque où ils étaient encore tous les deux officiers de police, et…

— Votre père était dans la police ? coupa Jace, surpris.

C'était une découverte. Une découverte qui lui rappelait combien il en savait peu sur la vie privée de Shana.

— Oui. Il a pris sa retraite après vingt ans de bons et loyaux services et il est venu s'installer ici il y a quelques années. Marcel est quelqu'un de très efficace et il me tiendra informée pas à pas des progrès de l'enquête, parce que nous nous connaissons depuis longtemps.

— Entendu, soupira Jace. Je comprends maintenant pourquoi mon grand-père tenait tant à ce que nous prenions les choses en main. Il se méfiait de tout le monde à Granger Aeronautics. Il a pensé que personne mieux que nous ne défendrait ses intérêts.

— Jusqu'au retour de papa, corrigea Dalton.

Shana haussa un sourcil.

— Le retour de votre père ?

— Oui, répondit Jace en détournant les yeux. Notre grand-père était persuadé que l'assassin de notre mère serait un jour démasqué et que notre père serait libéré. Il en était tellement persuadé qu'il n'a jamais touché à son bureau, comme s'il devait revenir d'un jour à l'autre.

— Il n'y a pas touché pendant quinze ans ? demanda Shana, qui n'en croyait pas ses oreilles.

Jace acquiesça.

— Il ne pensait pas que le calvaire de papa durerait aussi

longtemps. A l'époque, après le procès, il avait engagé un détective privé. Le meilleur.

— Et que s'est-il passé ? demanda Shana.

— Tout ce que je sais, c'est que ce détective est mort dans un accident de voiture. Il s'était mis à boire et il conduisait en état d'ivresse. D'après grand-père, il était sur le point de découvrir quelque chose d'énorme... Du moins, c'était ce qu'il prétendait. Mais son dossier concernant l'enquête sur l'assassin de notre mère n'a pas été retrouvé dans ses affaires.

Shana demeura silencieuse quelques instants.

— J'ai fait dans mon rapport quelques propositions, dit-elle enfin. Je pense que vous les avez lues. J'attends vos commentaires.

Jace les avait lues, en effet, et elles impliquaient d'importantes réductions de personnel.

— Ces gens ont besoin de leur salaire, Shana, soupira-t-il. On ne peut pas les licencier comme ça.

— Je le sais bien, Jace, mais aucune entreprise ne peut se permettre de payer des employés qui ne font pas correctement leur travail. Comme vous l'avez sans doute remarqué, certains services n'atteignent pas leurs quotas mensuels. Votre grand-père en avait conscience, c'est pourquoi il a refusé leur augmentation annuelle à un certain nombre de directeurs, l'année dernière.

Jace l'avait en effet remarqué.

— Je vais les convoquer pour les rappeler à l'ordre et leur donner six mois pour remettre leur service sur les rails, faute de quoi je prendrai les mesures qui s'imposent.

— Certains d'entre eux travaillent chez nous depuis des années, Jace, lui rappela Dalton. Ils se croient intouchables, ajouta-t-il, songeant à Cal Arrington.

— Ils peuvent croire ce qu'ils veulent, je les tiendrai pour responsables des résultats de leur service. Mais pour l'instant concentrons-nous sur l'urgence : il faut découvrir qui est le traître chez Granger Aeronautics.

*
* *

Shana se renversa contre le dossier de son fauteuil en se massant doucement la nuque pour détendre ses muscles endoloris. Elle poussa un profond soupir. Avant de licencier, Jace voulait d'abord tirer la sonnette d'alarme. Il tenait à ménager ses employés. Elle approuvait sa démarche.

Elle lui avait conseillé de se concentrer sur trois services en sureffectifs. Pour retrouver sa place sur le marché de l'aéronautique, Granger devait envisager une restructuration en profondeur. Depuis cinq ans, l'entreprise n'avait pas décroché un contrat important et s'était contentée des miettes laissées par ses concurrents. Cinq ans, c'était beaucoup.

On frappa à sa porte.

— Entrez.

Jace apparut sur le seuil.

— Vous êtes toujours là ?

Shana se leva en essayant de faire abstraction de cette étrange sensation au creux de son ventre, mais son cœur s'était mis à pulser dans sa poitrine.

— Vous aussi, murmura-t-elle.

— Oui, répondit-il en avançant au milieu de la pièce. Je devais rejoindre Dalton au McQueen's, qui est devenu son bar préféré, mais une femme l'a appelé et il m'a abandonné pour la rejoindre.

Shana ne put s'empêcher de sourire.

— Je comprends pourquoi il souhaite emménager seul en ville, dit-elle.

Le commentaire fit rire Jace.

— Ce n'est pas l'unique raison, expliqua-t-il. Il ne se sent pas bien à Sutton Hills. C'est depuis la mort de notre mère, je crois. Il était très proche d'elle.

— Vous habitez toujours dans la maison où vous viviez avec vos parents ?

— Non. Après le procès, nous avons déménagé dans celle de grand-père. Celle de nos parents se trouve aussi sur la propriété de Sutton Hills, mais à l'écart. On peut voir son toit depuis la cuisine de grand-père.

Il parlait de ses parents sans la moindre gêne, remarqua-t-elle. Son père était pourtant accusé du meurtre de sa mère.

— Comment ça s'est passé le week-end dernier, la rencontre avec votre père ?

Elle s'émerveilla devant le sourire qui étirait ses lèvres. Ses lèvres qui embrassaient si bien… Avec tant de passion…

— Très bien. Papa tient le coup. C'est méritoire, parce qu'il purge depuis quinze ans une peine pour un crime qu'il n'a pas commis.

Elle fut tentée de lui demander comment il pouvait être aussi sûr de l'innocence de son père, un homme que tout semblait accuser. D'après ce qu'elle avait lu, on avait trouvé les empreintes de Sheppard sur l'arme du crime, un revolver lui appartenant.

— Ça a dû être une dure épreuve pour vos frères et vous, murmura-t-elle. Vous n'étiez que des adolescents.

— Ça a été une dure épreuve. Pour ça et pour des tas d'autres raisons. Le plus pénible a été d'accepter que nos amis nous mettent à l'écart. Nous étions les fils de l'assassin. Je dois avouer que ça a été terrible.

Il changea brusquement de sujet de conversation, comme si celui-ci était trop douloureux.

— Je voudrais m'entretenir avec vous de quelque chose que j'ai remarqué dans votre rapport. Il s'agit de l'une de vos recommandations.

— Très bien, dit-elle, soudain très attentive.

Elle aurait bien voulu rester indifférente à son charme. Si seulement il n'avait pas eu cette irrésistible fossette au menton !

— A propos de rénover la technologie industrielle.

Elle s'adossa à son fauteuil.

— Oui J'ai noté que cela fait des années que Granger n'a pas sorti un nouveau modèle d'avion.

— Le dernier était un petit bijou, mais c'était plusieurs années avant que papa n'aille en prison, reconnut-il en s'installant dans le fauteuil, en face de son bureau. L'année dernière, grand-père a mentionné un projet de recherche pour un nouveau modèle équipé d'une pompe hydraulique supersonique. Il avait envie d'avancer, mais le département de la Défense n'a pas approuvé le projet. Il y avait apparemment des défauts de conception. Chez nous, c'est Norm Elison qui était chargé de coordonner le projet et je lui ai demandé un rapport détaillé. Je veux savoir pourquoi celui-ci est resté dans les tiroirs.

Shana demeura silencieuse quelques secondes. Elison était diplômé de l'Institut de technologie du Massachusetts. Son nom figurait également dans la liste de Kent, parmi les personnes auxquelles il fallait s'intéresser.

— Tenez, lisez ça, suggéra-t-elle en sortant un rapport de ses tiroirs. J'ai une longueur d'avance sur vous. Je ne comprends pas pourquoi Granger Aeronautics, qui a été longtemps à la pointe des innovations technologiques, n'a rien sorti de nouveau ces dernières années.

Le silence s'installa dans la pièce, tandis que Jace feuilletait le document contenant des pages et des pages de données. Elle ne put s'empêcher de le dévisager. Ou plutôt de l'étudier. Il avait des pommettes parfaites… Sa mâchoire volontaire en disait long sur son caractère… Son…

Elle prit soudain conscience qu'il était incorrect de le regarder avec tant d'insistance et s'obligea à baisser le nez sur la liasse de papiers étalée sur son bureau.

Quand il était entré, elle l'avait senti troublé et elle avait été gagnée par son trouble, malgré elle.

Tout à l'heure, pendant la réunion, elle avait eu envie de lui, et surtout envie de céder à cette envie. Mais à présent ils étaient seuls…

Il était temps qu'elle se réfugie chez elle. Le week-end allait lui faire du bien. Le week-end dernier, elle s'était occupé l'esprit en s'intéressant à la mystérieuse femme qui avait su gagner le cœur de son père. Cette fois, elle avait prévu d'aller au cinéma et au restaurant avec Gloria. Elle laisserait son père tranquille. A soixante-deux ans, il se comportait comme un adolescent qui aurait séduit la fille la plus jolie et la plus convoitée du lycée, mais elle s'y était résignée. Elle n'y pouvait rien.

— Intéressant, fit la voix de Jace.

Elle leva les yeux pour le regarder. Il la fixait, toujours avec cette dérangeante intensité.

— C'est aussi ce que j'ai pensé. Je ne voulais pas en parler tant que je n'avais pas creusé la question, mais puisque vous abordez le sujet des technologies industrielles je vous livre les informations que j'ai engrangées, même si elles sont incomplètes. Il semblerait qu'Arrington ait donné à Elison l'ordre d'abandonner le projet mentionné par votre grand-père.

— Vous êtes efficace, on ne peut rien vous cacher.

— Merci. Mais il reste des points obscurs. Par exemple, qui a donné à Arrington l'autorisation de stopper le projet ?

— Vous le découvrirez, je n'en doute pas, dit-il d'une voix douce.

— Je vous remercie de votre confiance.

Elle consulta sa montre et repoussa son fauteuil.

— Il est temps pour moi de partir. Je me suis juré de quitter ce bureau à 20 heures au plus tard.

Elle traversa la pièce pour aller chercher sa veste suspendue au portemanteau.

Il se leva également et elle fut une fois de plus frappée par la prestance de son corps long et mince.

— Je constate que vous ne sautez plus le déjeuner et je vous en félicite.

— Melissa a accepté de me faire monter quelque chose tous les jours.

Il sourit.

— Dans ce cas, je suis très reconnaissant à Melissa.

Elle revint vers son bureau pour prendre son sac à main en s'efforçant de ne pas le regarder. Il était si grand, si beau, planté là, les jambes écartées, les mains dans les poches. Une véritable torture.

— Vous aussi, vous partez ? demanda-t-elle.

Elle espéra que non. Elle ne voulait surtout pas se retrouver enfermée avec lui dans une cabine d'ascenseur. Elle savait où ça les menait.

— Non, j'en ai encore pour une heure ou deux, répondit-il. Je dois boucler un certain nombre de choses. Vous avez des projets pour ce week-end ?

Elle songea à Charles. Avec le recul, elle ne regrettait pas de ne pas être sortie avec lui le week-end précédent. Il n'aurait pas été correct de se servir de lui pour oublier le séducteur qui se tenait en ce moment devant elle.

— Pas de projets pour l'instant, répondit-elle. Je prévois un long week-end calme et reposant.

Elle avait en effet l'intention de se détendre et de terminer le roman qu'elle était en train de lire.

— Et vous ? se risqua-t-elle à demander.

Il sortit ses mains de ses poches, dans un geste fluide et élégant. Avec lui, tout devenait élégant.

— Je vais trier les affaires de mon grand-père. J'ai l'intention d'en donner la plus grande partie à Goodwill.

Elle acquiesça en silence, tout en songeant qu'il s'agissait là d'une tâche pénible. Il parlait souvent de son grand-père et il était facile de deviner qu'il avait été très attaché à lui.

— Est-ce que Dalton vous aidera ?

— Non. Je pense que c'est au-dessus de ses forces, répondit-il, une expression dubitative sur le visage. Il avait des relations houleuses avec lui, mais je crois qu'ils cachaient bien leurs sentiments, tous les deux.

Elle inclina la tête de côté. Elle aussi dissimulait ses sentiments. Pas avec les gens de sa famille, mais avec les hommes qu'elle fréquentait. Elle restait sur la défensive depuis qu'elle avait été échaudée avec Jonathan.

— Shana ?

Elle s'efforça de revenir au présent.

— Oui ?

— Il vous faut encore combien de temps pour terminer l'étude du dossier Granger ?

Elle prit le temps de réfléchir. Pourquoi lui posait-il cette question ?

— Pourquoi cette question ? demanda-t-elle.

— J'ai besoin de le savoir, tout simplement.

Elle jugea la réponse insuffisante. Avait-il une idée derrière la tête ? Prévoyait-il de tenter un rapprochement avec elle une fois qu'elle ne serait plus son employée ? Si c'était le cas, il se faisait des illusions. Elle n'avait jamais couché avec l'un de ses clients, pour parler crûment, ni pendant ni après une mission. Un client restait un client et elle conservait avec lui des relations professionnelles. Elle n'allait pas changer de politique avec Jace.

Elle reposa son sac sur son bureau.

— Je crois qu'une nouvelle mise au point s'impose, Jace. Ce baiser n'était qu'un baiser. Pas le prélude à une relation. N'attendez rien de moi. Je suis choquée que vous espériez encore, après tout ce que je vous ai dit.

— Juste un baiser ? répéta-t-il.

— Oui. Juste un baiser. Et il vaudrait mieux l'oublier. J'ai déjà embrassé beaucoup d'hommes. Et vous aussi, de votre côté, vous avez dû embrasser d'autres femmes.

Il fit un pas vers elle.

— Vous pouvez me regarder dans les yeux et me dire que vous n'avez rien ressenti de particulier ?

Une bouffée d'angoisse la submergea. Mais où voulait-il en venir ? S'il voulait entendre qu'elle n'avait rien ressenti de particulier… Eh bien, elle le lui dirait. Haut et fort. Même si c'était un mensonge. Elle posa ses mains sur ses hanches.

— Je vous regarde droit dans les yeux, Jace, proféra-t-elle avec lenteur. Et je vous dis que je n'ai rien ressenti de particulier quand vous m'avez embrassée. Est-ce clair ?

C'était clair, mais il n'avait pas l'air de la croire.

Et sa réponse le confirma.

— Vous n'avez rien ressenti de particulier ? Je trouve cela fort regrettable. Et je parie que je peux vous faire changer d'avis…

Puis, deux bras puissants la saisirent.

17

Jace avait déjà convoité des femmes, mais jamais il ne s'était senti emporté par un désir qui le dominait totalement, au point de lui faire perdre le contrôle. Il avait envie de Shana, et elle de lui. Elle prétendait le contraire, mais il allait lui prouver qu'elle se trompait.

Il avança sa bouche vers la sienne.

Il la sentit résister, puis céder.

Et quand elle céda…

Son sang se mit à bouillir dans ses veines, le désir enfla dans ses entrailles. Il se pressa contre elle, sans cesser de l'embrasser, comme s'il était un mourant et elle son unique chance de survie. Toutes les terminaisons nerveuses de son corps étaient sous tension. Il était pris d'une passion si violente, assailli par tant d'émotions, qu'il se mit à trembler. Elle s'abandonnait totalement à lui et ça le rendait fou.

De son côté, Shana sentait que la situation lui échappait. Sa volonté était balayée par un besoin sauvage et impérieux qui portait son désir à des sommets vertigineux. Jace fouillait sa bouche avec une langue exigeante qui abolissait toutes ses réticences et la forçait à admettre que la raison pesait bien peu devant cette passion venue du plus profond d'elle-même. Elle était traversée de sensations inouïes, sa gorge émettait de drôles de sons qu'elle n'essayait même pas de retenir.

Jamais elle n'aurait cru qu'un homme serait capable de l'embraser à ce point…

Le souffle court, éperdue de désir, elle s'écarta de lui et plongea son regard dans le sien.

— Prends-moi maintenant, murmura-t-elle d'une voix rauque. Tout de suite !

Et, pour montrer qu'elle ne plaisantait pas, elle se jeta sur lui et lui arracha sa veste, puis sa chemise, en tirant sur les boutons, parce qu'elle n'avait pas la patience de les défaire.

Jace resta un instant saisi devant cette attaque brutale, mais il revint très vite à la réalité et entreprit lui aussi de la déshabiller. D'abord la veste, puis la jupe, le chemisier, le soutien-gorge. Il faillit déchirer sa culotte et ses collants, qu'il enleva d'un seul geste. Puis il s'écarta d'elle pour se débarrasser de ses chaussures, de son pantalon, et de son slip.

A présent, ils étaient nus.

Il la prit par les hanches, la souleva pour la déposer sur le bureau, lui écarta les jambes — sans se préoccuper des papiers et dossiers qui s'éparpillaient au sol —, et la pénétra en gémissant : le plaisir était insoutenable.

Quand Jace commença à aller et venir en elle, Shana poussa un cri de surprise. Ses coups de boutoir étaient si puissants, si virils... Il l'emplissait totalement, il la possédait comme personne ne l'avait jamais fait avant lui. Il l'entraînait de plus en plus loin, dans un abîme de plaisir et de désir.

— Jace !

Un frisson la saisit et elle vit des étoiles, des couleurs, des lumières aveuglantes. Il entra encore en elle deux ou trois fois, et elle sentit le moment précis où il libéra sa semence, tandis que les derniers spasmes du plaisir contractaient le cœur de sa féminité.

Puis ils se figèrent tous deux.

Elle resta allongée sur son bureau. Il était toujours en elle, le visage enfoui entre ses seins.

Il leur fallut quelques minutes pour prendre la mesure de ce qui venait de se passer entre eux. Ils n'arrivaient pas à bouger.

Puis il se retira lentement, à regret, laissant en elle une empreinte brûlante. Elle fit l'effort de se ressaisir. C'était fini.

— Nous n'avons pas utilisé de préservatif, murmura-t-il d'une voix atterrée.

— Je prends la pilule, fit-elle précipitamment. Et je n'ai pas de maladies.

— Moi non plus.

Puis il fit un pas en arrière et l'aida à se redresser, tandis qu'elle ramassait ses vêtements pour se rhabiller.

— Je ne regrette rien, car j'en avais vraiment envie, dit-elle en enfilant sa jupe sans même prendre la peine de remettre sa culotte. Ce qui me désole, en revanche, c'est que nous venons de compromettre notre relation professionnelle.

— Pas du tout.

— Oui, crois-moi, elle est compromise. Je n'accepterai de continuer à travailler pour toi que si tu me promets que nous ne recommencerons pas.

Il était lui aussi en train de se rhabiller et fit la grimace en constatant qu'il manquait plusieurs boutons à sa chemise.

— Je ne peux pas te promettre une chose pareille, Shana.

Occupée à boutonner son chemisier, elle suspendit son geste.

— Et pourquoi ça ?

— Parce que je n'ai aucune intention de me priver de toi.

Il se tourna vers elle, la chemise entrouverte, et elle ne put s'empêcher d'admirer une fois de plus son torse musclé. Le style débraillé le rendait plus attirant encore.

— J'ai d'abord essayé de nier que je te désirais. Ensuite j'ai tenté de lutter contre mon désir. Et tu vois ce que ça a donné. Je t'ai prise comme un sauvage sur ce bureau, ajouta-t-il d'une voix furieuse, comme s'il s'en voulait. Sans songer à nous protéger. Sans même fermer la porte à clé.

Elle avala sa salive.

— Dans ce cas, ce serait mieux que je parte et que tu trouves une autre société pour…

— Non, ce ne serait pas mieux. Je crois qu'il serait temps que nous nous comportions en adultes. Il faut assumer ce qui nous arrive.

Elle releva le menton.

— Assumer ?

— Oui, assumer.

— Et comment, s'il te plaît ?

Il se passa la main sur le visage. Comment, il n'en avait pas la moindre idée. Tout ce qu'il savait, c'était qu'il la désirait de nouveau et qu'il n'aurait pas dit non si elle lui avait proposé de la suivre chez elle. A présent qu'il l'avait caressée, goûtée, possédée, il n'avait plus qu'une envie : recommencer. Il n'était pas une bête de sexe, mais un petit week-end au lit ne lui aurait pas déplu.

Il n'osa tout de même pas le lui proposer.

— Nous avons tout le week-end pour y réfléchir, dit-il en se penchant pour ramasser sa veste.

— Pas besoin de réfléchir. Je vais résilier le contrat que j'ai signé avec Granger Aeronautics.

Il posa sa veste sur ses épaules.

— Tu ne peux pas faire ça, protesta-t-il en essayant de contenir la colère qui montait en lui.

— Et pourquoi ?

— Parce que j'ai trop besoin de toi.

Elle prit le temps d'inspirer profondément. Elle aurait pu contrer n'importe quel autre argument, mais là elle ne trouva rien à dire — d'autant moins qu'il avait pris un ton suppliant, d'une sincérité à lui briser le cœur. En effet, il avait besoin d'elle, ou plutôt de ses compétences. Elle était convaincue que quelqu'un cherchait à détruire Granger Aeronautics, mais elle ne savait pas qui ni pourquoi. Ils avaient de toute évidence affaire à un malin qui savait couvrir ses traces et prenait son temps.

Elle roula en boule ses collants filés et les fourra dans son sac. Heureusement, à cette heure, il n'y avait plus personne pour la voir partir jambes nues.

— C'est d'accord, je vais y réfléchir ce week-end. Je te ferai savoir lundi ce que j'ai décidé.

Elle enfila sa veste sans un mot et quitta le bureau.

Des heures plus tard, Jace venait de sortir de la douche et se tenait près de la fenêtre de sa chambre, une serviette autour de la taille. D'humeur sombre, il contemplait le lac. Le souvenir de ce qui s'était passé dans le bureau de Shana le bouleversait.

Il luttait contre la tentation de l'appeler. Pas pour s'excuser du désir qu'elle lui inspirait, non, certainement pas, car il ne regrettait rien, mais pour la sauvagerie avec laquelle il s'était jeté sur elle. Mais, après tout, sans doute cela devait-il se passer comme ça entre eux, ils n'y pouvaient rien ni l'un ni l'autre. Pas de délicatesse. Juste de la passion, du désir. La fièvre, l'élan de deux êtres qui ont atteint les limites de leur résistance.

Ces quatre semaines de frustration sexuelle, l'attirance qu'ils avaient tenté de refouler et d'ignorer, la puissante alchimie qui se manifestait quand ils se trouvaient en présence l'un de l'autre les avaient conduits inéluctablement à l'explosion d'aujourd'hui.

La volonté avait ses limites, ils avaient pu le constater ce soir. On ne mettait pas le désir en cage.

Ils n'avaient rien pu faire contre le feu de la passion.

Il soupira, puis but quelques gorgées de la bière qu'il tenait à la main. Contrairement à ce que pensait Shana, ils ne pouvaient plus revenir en arrière. Ils avaient déjà tenté de nier l'évidence et la situation leur avait échappé. Il comprenait qu'elle préfère ne pas avoir de relations personnelles avec ses clients, mais cette fois, pour une fois, elle allait devoir modifier les règles du jeu. Ils avaient déjà franchi le point de non-retour, il ne leur restait plus qu'à l'assumer. Ils en étaient capables. Il leur fallait simplement réfléchir à la manière de gérer leur relation dans l'enceinte de Granger.

Il n'envisageait pas une seconde de se passer d'elle.

Faire l'amour avec elle avait réveillé ses instincts de mâle en sommeil depuis son divorce. Après Eve, il avait eu des aventures, bien sûr, mais aucune femme ne lui avait inspiré ce désir sauvage et incontrôlable qui prenait le pas sur tout le reste.

Il n'avait plus qu'une chose en tête : posséder de nouveau

le corps si doux et si chaud de Shana, l'explorer encore et encore.

Il lui avait laissé un temps de réflexion pour décider de leur destin, mais à présent il craignait qu'elle ne prenne la mauvaise décision. Qu'elle ne décide de le repousser.

Il se dirigea vers la salle de bains. Il ne pouvait pas attendre lundi. Il devait absolument parler à Shana.

En entrant sur la scène de l'auditorium de l'université Columbia, Caden eut la certitude que Shiloh était là, quelque part dans le public. Il faillit en trébucher — de surprise, de colère, d'angoisse.

Pourquoi avait-elle éprouvé le besoin de le suivre jusqu'ici ? Si elle avait eu quelque chose à lui dire, elle aurait pu le faire en Virginie, où ils s'étaient croisés. Et, d'ailleurs, qu'aurait-elle pu avoir à lui dire ?

Mais ce n'était pas le moment de se torturer à propos de Shiloh et, tout en se concentrant pour faire le vide dans son esprit, il alla se placer au centre du plateau, sous les applaudissements du public.

Il porta lentement le saxo à ses lèvres. Le silence se fit.

Il ferma les yeux.

Les notes se mirent à couler hors de lui.

Elles résonnaient en lui, lui apportant cette paix dont il avait tant besoin. Une fois de plus, il s'émerveilla du pouvoir de son instrument : il l'emportait dans une sphère où plus rien ne l'atteignait, où il oubliait l'agitation, la colère. Où il n'était plus que musique.

Il se laissa donc porter et joua, tout en essayant de temps à autre de repérer Shiloh. Au moment d'entamer le dernier morceau, enfin, il la vit — par une sorte de miracle, son visage se détacha de cette foule de plusieurs milliers de personnes. Leurs regards se croisèrent.

Tout en continuant à jouer, il se demanda si elle se manifesterait après le concert. Si elle l'attendrait devant sa loge.

Si elle chercherait un moyen d'assister à la réception privée donnée en l'honneur des artistes.

Mais quand il la chercha du regard, après avoir salué une dernière fois avant de quitter la scène, il constata que son siège était vide.

Elle était partie.

18

123 North Pinewood Drive.

C'était bien là. Mona habitait au bout d'une allée pavée. Sa maison était en stuc, de plain-pied, avec un patio et une terrasse. Il y avait des zinnias aux fenêtres. Les parterres de soucis étaient en fleurs, la pelouse était impeccable, verte et grasse, et descendait légèrement vers un petit bassin.

La résidence était habitée par des universitaires, d'après ce qu'avait dit Mona. Ben trouvait que c'était une drôle d'idée de vouloir ses collègues pour voisins et d'avoir à les saluer le week-end quand on sortait dans son jardin. Jamais il n'aurait pu le supporter.

Autrefois, quand il était encore en activité, à Boston, il s'efforçait d'oublier le boulot en rentrant chez lui pour se consacrer à ses filles. Il avait fait tout ce qu'il pouvait pour elles et il ne le regrettait pas. Il était fier de ce qu'il avait accompli, fier d'elles. Elles avaient fait de belles études, elles travaillaient dur, elles étaient des femmes indépendantes et équilibrées. Elles n'étaient pas encore prêtes à se caser et à lui donner les petits-enfants qu'il avait hâte de gâter, mais elles rencontreraient un jour des types sérieux avec qui elles fonderaient une famille, il n'en doutait pas.

Il existait sûrement quelque part des hommes forts et indépendants qui cherchaient des filles comme elles.

Il arrêta sa voiture dans l'allée circulaire, devant la maison de Mona. En jetant un coup d'œil autour de lui, il aperçut au loin la rotonde de l'université et poussa un soupir de nostalgie en songeant aux années qu'il y avait passées.

C'était là qu'il était jadis tombé follement amoureux de Sharon Sweet, celle qui allait devenir la femme de sa vie et lui donner deux enfants.

Il y avait aussi joué au foot et pratiqué l'équitation, avec l'espoir de devenir un jour professionnel, mais une blessure au genou avait mis fin à son rêve.

Et maintenant il était là, plus de quarante ans plus tard. De nouveau amoureux. Car il était en train de tomber amoureux de Mona, inutile de se voiler la face. Il l'avait su dès le premier jour. Comme pour Sharon.

Il ne lui restait plus qu'à convaincre Mona que leur avenir était ensemble.

Ça n'allait pas être facile. Elle craignait de s'engager, d'être un fardeau. Elle avait beaucoup souffert quand son mari l'avait quittée, et maintenant elle se protégeait. Il allait devoir lui prouver qu'il l'aimait et qu'elle ne lui inspirait pas de la pitié, mais de l'admiration.

D'un pas résolu, il avança vers la porte d'entrée, le cœur battant.

Depuis un moment, Gloria McCabe observait Shana qui l'avait invitée à boire un verre de vin chez elle. Elles avaient vu un bon film et elles passaient une excellente soirée, mais Shana n'avait pas l'air dans son assiette.

Shana était son amie, aussi décida-t-elle de se montrer directe.

— Tu n'es pas vraiment là, Shana, dit-elle soudain. Je te parle d'un couple que j'ai surpris dans les toilettes de l'avion, mais tu n'as aucune réaction. J'ai l'impression que tu as le moral à zéro.

Shana leva les yeux vers Gloria et rencontra son regard inquisiteur.

Elle avait préféré ne pas commenter le comportement de ce couple emporté par le désir au point de s'enfermer dans les toilettes d'un avion, parce qu'elle s'était trouvée elle-même dans une situation analogue très récemment. Elle se demanda ce que Gloria dirait si elle lui avouait qu'elle avait fait l'amour sur un bureau et qu'elle avait adoré ça.

— Shana ?

Shana soupira.

— Désolée. C'est vrai que je ne suis pas très bavarde, ce soir.

Gloria éclata de rire en repoussant en arrière la masse de ses cheveux blonds.

— Qu'est-ce qui t'arrive ? Tu as été silencieuse toute la soirée. Qu'est-ce que ça cache ?

Shana détourna le regard et se plongea dans la contemplation de son verre de vin. Gloria et elle étaient très proches. Elles avaient été amies avant d'être voisines. Elles s'étaient rencontrées à l'époque où Shana faisait tous les mois l'aller-retour Boston-Charlottesville pour rendre visite à son père et à sa sœur. L'équipage de Gloria travaillant sur ce vol, elles se voyaient régulièrement et avaient fini par sympathiser.

C'était Gloria qui lui avait fait remarquer qu'elle économiserait de l'argent en s'installant en Virginie. Moins de un an plus tard, Shana avait suivi son conseil. Gloria lui avait alors parlé de la maisonnette à vendre près de la sienne. Depuis, leur amitié n'avait cessé de grandir. Shana savait que Gloria avait été mariée à un homme qui la maltraitait et qu'à présent elle avait une liaison avec un pilote — une liaison secrète, car leur compagnie interdisait les relations amoureuses entre employés.

Elle jeta un regard en biais du côté de Gloria et sourit.

— Je vais bien. J'ai juste besoin de réfléchir à un problème important et ça m'aiderait si je pouvais te poser quelques questions.

Gloria haussa un sourcil.

— Des questions à propos de quoi ?

— De toi et d'Eric.

Gloria s'adossa à son fauteuil.

— De moi et d'Eric ? Qu'est-ce que tu voudrais savoir ?

Shana prit une gorgée de vin.

— Qu'est-ce qui t'a décidée à désobéir au règlement et à

devenir sa maîtresse en sachant que tu risquais ton emploi si ça venait à se savoir ?

Gloria se tut un moment, puis elle se jeta à l'eau.

— Je crois que je n'ai pas pu résister, tout simplement. Ça a commencé par une attirance physique. On était divorcés tous les deux et on avait besoin de s'éclater, tout en gardant notre indépendance. Ensuite on a découvert que notre entente allait bien au-delà du sexe. Ça dure depuis deux ans maintenant et on est toujours aussi bien ensemble. Y compris au lit.

Shana sourit. Elle avait vu plusieurs fois Eric entrer et sortir de chez Gloria. Ils paraissaient bien s'entendre, en effet.

— Ça ne vous gêne pas d'être obligés de vous cacher ?

Le sourire disparut du visage de Gloria.

— Parfois, ça nous pèse. Mais je me console en me disant que je ne suis pas si mal lotie que ça. Toutes les femmes n'ont pas dans leur vie un homme qui les désire autant qu'elles le désirent, un homme qui comprend qu'elles ont besoin de respirer de temps en temps, qu'elles ne veulent pas être envahies mais ont besoin d'amour et de tendresse.

Shana prit une gorgée de vin.

— Tu parles en effet comme une femme amoureuse.

Gloria haussa les épaules.

— Je préfère penser que je suis une femme qui sait ce qu'elle veut et qui a suffisamment d'audace pour le réclamer.

Elle marqua un temps de pause.

— Tu as une raison particulière de t'intéresser ce soir à ma liaison sulfureuse avec Eric ?

Shana sourit. Le subtil haussement de sourcil de Gloria signifiait qu'elle exigeait une réponse.

— Si je te disais que je me suis trouvée récemment dans la même position que toi ?

— Tu as une liaison ? demanda Gloria tout en se penchant en avant avec un air de conspiratrice.

— Non. Mais je me suis laissée aller avec un client. Et je n'aurais pas dû. Tu sais comment je fonctionne.

Gloria sourit.

— Tu veux dire que tu as couché avec lui ?
— C'est plus compliqué que ça, mais sur le fond… oui.
— Ça alors ! s'exclama Gloria en s'adossant de nouveau à son fauteuil. Toi qui es tellement à cheval sur les principes !
— C'est vrai, soupira Shana. J'ai du mal à comprendre ce qui m'arrive. Il faut dire que l'homme en question est irrésistible. J'ai été attirée par lui dès la première rencontre. J'ai essayé de résister, mais je n'ai pas pu. Comme toi avec Eric.
Gloria fronça les sourcils.
— C'est très bien. Où est le problème ? Pourquoi mettre des obstacles partout ? Tu es une adulte et tu as le droit de faire ce que bon te semble, non ? Comme c'est toi qui as édicté la règle « pas avec les clients », il te suffit de la changer. Ça n'a rien à voir avec Eric et moi. Je te rappelle que, nous, nous n'avons pas le choix.
Shana se mordilla la lèvre.
— Je peux changer les règles du jeu, bien sûr, mais c'est dangereux. Si ça se gâte entre nous, ça peut devenir vraiment problématique.
— Qui a dit ça ? Tu ne vas pas travailler avec lui toute ta vie. Ta mission dans son entreprise va durer combien de temps ?
Shana haussa les épaules.
— Je n'en sais rien. Encore un mois environ, je suppose.
Gloria se donna une claque sur la cuisse.
— Dans ce cas, tu fonces ! Votre liaison s'arrêtera en même temps que ta mission, sauf si tu t'attaches à lui. Mais songe aux bons moments que tu passeras avec lui. Tu n'as aucune raison de te refuser ce plaisir.
Shana sourit.
— Oui, nous passons de bons moments, je t'assure, et je ne regrette pas ce que nous avons fait. Mais je lui ai dit que ça ne se reproduirait pas. Je lui ai demandé de me promettre de garder ses distances.
— Et il a promis ?
Shana secoua la tête.
— Il a dit que c'était au-dessus de ses forces.

Gloria sourit.

— Un bon point pour lui. On ne peut pas toujours tout contrôler, Shana. Et l'attirance sexuelle fait partie des choses que l'on ne peut pas contrôler.

Shana se leva et se mit à faire les cent pas.

— Mais tu ne comprends pas ! Je ne peux pas continuer comme ça. Aussi, je lui ai dit que je mettrais fin à mon contrat avec lui s'il refusait de promettre.

— Tu es allée jusque-là ?

Shana soupira.

— Je n'avais pas le choix.

— Mais si, tu avais le choix. Si tu veux vraiment ce type, Shana, tu as le choix.

Shana secoua la tête.

— Mais c'est ça, justement. Je ne sais pas ce que je veux. Hier, je le voulais, mais aujourd'hui je me dis que je me suis laissé déborder par mes hormones et que ça va se tasser.

— Et si c'est autre chose ? Plus que ça ?

Shana s'arrêta de marcher.

— Ce n'est rien de plus. J'ai retenu la leçon avec Jonathan. J'ai un peu confondu le désir et l'amour…

— Oui, mais tous les hommes ne sont pas pareils. Je l'ai découvert avec Eric, et toi tu le découvriras peut-être avec celui-là.

Shana revint vers son fauteuil et s'y laissa tomber.

— Je dois me décider d'ici à lundi.

Gloria acquiesça.

— Bonne chance. Je peux te donner un conseil ?

— Oui.

— Je te connais. Tu aimes avoir le contrôle sur ta vie. Mais de temps en temps c'est bon de lâcher prise, d'oublier les règles et les normes.

Shana poussa de nouveau un long soupir.

— Il y aura un prix à payer.

Un sourire étira les lèvres de Gloria.

— Peut-être. Et peut-être pas. Mais tu es la seule à pouvoir dire si ça vaut le coup.

*
* *

Le cœur de Mona battait la chamade chaque fois qu'elle se tournait du côté du fauteuil occupé par Ben. Elle ne le voyait pas — du moins pas distinctement —, mais elle sentait fortement sa présence et l'émotion qui émanait de lui.

Il était arrivé juste quelques secondes après que sa montre parlante lui eut récité l'heure. En s'aidant de ce qu'elle surnommait sa « baguette magique », elle était allée lentement jusqu'à la porte. Après avoir vérifié que c'était bien lui, elle avait ouvert, avec un peu d'appréhension. Cela faisait si longtemps qu'un homme n'était pas entré chez elle !

— Vous avez apprécié cette soirée, Mona ?

Elle lui sourit.

— Oui, merci beaucoup. Je pensais que votre fille se joindrait à nous.

Il rit.

— Je l'avais invitée, mais elle avait d'autres projets. Elle va regretter d'avoir manqué ça.

En vérité, il n'avait pas invité Shana. Pas pour sa première soirée avec Mona, tout de même. Quand elle lui avait ouvert la porte, tout à l'heure, il avait été ébloui. Elle portait une belle robe d'été fleurie, avec des sandales assorties.

Il s'était demandé comment elle s'y prenait pour choisir ses vêtements, sans oser lui poser la question. Mais il l'avait complimentée de telle manière qu'elle avait compris et avait expliqué, sans la moindre gêne, que des élèves de son université avaient conçu pour elle une canne qu'elle appelait sa « baguette magique » — équipée d'une carte mémoire contenant la description de sa garde-robe. Des étiquettes spéciales placées au dos des vêtements lui facilitaient la tâche pour les mettre à l'endroit. Cette canne exceptionnelle détectait aussi les obstacles sur son chemin. Il avait été fasciné par tout ce qu'elle racontait.

— J'ai passé une très bonne soirée, dit-elle d'une voix douce. Ça faisait longtemps que je n'étais pas sortie.

— Vous voulez dire avec un homme ?

— Oui.

Il but une gorgée de son thé et la regarda boire une gorgée du sien. Elle lui avait demandé en arrivant de lui indiquer l'emplacement de ce qui se trouvait sur la table, ce qui lui permettait de se servir seule.

— Quand êtes-vous allée pour la dernière fois à la plage ? demanda-t-il.

— A la plage ? répéta-t-elle en riant. Seigneur… Ça doit faire des années.

— Vous accepteriez que je vous y emmène le week-end prochain ?

A sa mine, il comprit que cette proposition la déstabilisait.

— Vous voulez que je vienne à la plage avec vous ? murmura-t-elle.

— Oui. Je veux marcher près de vous pieds nus dans le sable. Je veux sentir les vagues lécher nos orteils et écouter le ressac de l'océan. Avec vous.

Elle sourit. La proposition la tentait, mais elle restait hésitante.

— Je ne sais pas, Ben. Je ne voudrais pas être un fardeau.

— Vous ne serez pas un fardeau, protesta-t-il. Au cas où vous ne l'auriez pas remarqué, j'apprécie beaucoup votre compagnie.

Elle demeura silencieuse quelques instants, visiblement émue.

— C'est ce que vous pensez maintenant, mais à la longue…

— Ça ne changera pas, assura-t-il.

Il se racla la gorge.

— Néanmoins, si vous…

Elle leva la tête.

— Oui ?

— Si vous n'en avez pas envie… Ne vous sentez pas obligée d'accepter.

Un sourire lumineux éclaira le visage de Mona et elle inclina la tête.

— Croyez-moi, ce n'est pas le cas du tout.

— Parfait. Dans ce cas, c'est décidé : nous irons à la plage le week-end prochain.

Elle baissa la tête, puis la releva.

— Merci. Je vous en suis très reconnaissante.

— Non, dit-il en allongeant le bras pour lui prendre la main. C'est moi qui vous remercie.

On était dimanche après-midi et Shana n'avait toujours pas pris sa décision. Elle en était exactement au même point que vendredi soir.

Elle avait eu Jules au téléphone, avec qui elle avait bavardé longuement, mais elle n'avait pas mentionné Jace — elle n'avait pas eu envie de subir les questions de sa sœur, ni de s'exposer à ses terribles capacités de déduction. Elles avaient donc surtout parlé de Mona et de leur père — et de leur sortie de la veille, au sujet de laquelle Jules l'avait harcelée de questions. Jules s'était offusquée de ce qu'elle n'ait pas encore appelé pour avoir un compte rendu détaillé de la soirée, alors qu'il était midi passé. Elle avait raccroché en pestant.

Shana n'était pas indifférente aux aventures amoureuses de leur père, mais elle avait d'autres choses en tête. De plus, il lui avait clairement fait savoir qu'il ne voulait pas que ses filles se mêlent de sa vie sentimentale. Il avait raison. Il allait sans doute le dire à Jules. Elle avait besoin qu'on la remette à sa place.

Shana s'étira et se leva de table. Elle venait tout juste de prendre son petit déjeuner. Gloria était partie très tard, hier soir. Après son départ, elle avait dormi comme un bébé, en rêvant de Jace, bien entendu. Des frissons la parcoururent quand elle songea à la manière dont il l'avait allongée sur le bureau, jambes écartées, avant de la pénétrer. Elle aurait préféré penser un peu moins souvent au plaisir qu'elle en avait retiré, mais elle ne pouvait pas s'en empêcher.

Elle se mordit la lèvre. Si elle décidait de rompre son contrat avec Granger Aeronautics, elle devrait au moins, par correction, trouver une société de gestion de crise à recommander à Jace. Mais elle n'avait pas envie de passer la main. Granger était un puzzle passionnant. Maintenant qu'elle en avait réuni les pièces, elle aurait aimé aller jusqu'au bout. Pourquoi fallait-il que Jace lui complique la vie à ce point ?

Elle soupira et passa dans le salon, où elle attrapa la télécommande. Elle s'apprêtait à s'affaler sur le canapé, devant la télé, quand on sonna à sa porte. Persuadée qu'il s'agissait de Gloria, elle alla aussitôt ouvrir. Elle s'arrêta net en distinguant la silhouette à travers les carreaux de sa porte d'entrée.

Ce n'était pas Gloria.

C'était Jace Granger.

Mais que venait-il faire ici ? Elle ne se souvenait pas de lui avoir communiqué son adresse personnelle. Elle serra les dents et ouvrit. Dans la vive lumière de cet après-midi ensoleillé, il avait l'air encore plus sexy. C'était terrible.

— Jace, qu'est-ce que tu fais là ?

Il fourra ses mains dans ses poches.

— Je voudrais te parler. Je te demande juste de m'accorder quelques minutes.

Elle faillit répondre que non, qu'elle n'avait pas quelques minutes à lui accorder, puis elle se ravisa. Après tout, ce n'était peut-être pas plus mal qu'ils règlent leurs comptes tout de suite. Loin de Granger et du bureau. Il était urgent d'assainir la situation, une bonne fois pour toutes.

— Très bien, dit-elle. Entre.

Elle recula pour le laisser passer.

19

Elle le reçut dans un salon tout en imprimés de couleurs vives qui auraient paru criardes chez n'importe qui d'autre, mais qui, chez elle, étaient du meilleur effet. La pièce, spacieuse, était habitée par un charmant désordre qui vous mettait à l'aise. Il remarqua un grand tapis disposé devant la cheminée et imagina aussitôt tout ce que l'on pouvait y faire d'agréable.

Le canapé, grand et confortable, invitait à s'asseoir. Il faisait face à un grand écran de télévision. Jace se serait bien vu en train de suivre le Super Bowl, bien calé au milieu des coussins, une bière à la main.

Son regard s'attarda sur la photographie accrochée à l'un des murs. On y voyait Shana, en compagnie d'une autre femme et d'un vieil homme. Il devina aussitôt qu'il s'agissait d'une photo de famille, avec son père et sa sœur. Ils se ressemblaient beaucoup.

Il se tourna vers Shana. Elle boudait. Il décida de faire comme s'il ne l'avait pas remarqué.

— J'aime beaucoup ton appartement, Shana.

— Merci, dit-elle en s'installant sur le canapé. Mais ta présence me met mal à l'aise. Je n'invite jamais un client chez moi.

— Tu peux avoir la conscience tranquille, car tu ne m'as pas invité.

Elle ne l'avait pas invité et elle ne lui proposa pas de s'asseoir. Aussi, il resta debout.

Elle leva les yeux vers lui.

— En effet, répliqua-t-elle d'un ton sec. Pour commencer, peux-tu me dire comment tu as eu mon adresse ?

Elle n'était pas très accueillante, mais il ne s'en formalisa pas. Ce qu'elle pouvait être belle, avec ce petit short en coton qui soulignait les courbes de ses hanches et ce haut moulant tendu sur ses seins fermes ! Et le fait de la voir en tenue légère raviva l'image gravée dans son esprit de son corps nu sur le bureau… Offerte, les pupilles dilatées, les joues écarlates, les lèvres humides, dégageant une odeur de femelle propre à mettre un homme à genoux.

Il fut aussitôt assailli par un violent désir.

Elle détourna le regard. Elle avait senti, sans doute, l'alchimie sexuelle qui faisait vibrer l'air autour d'eux.

— Ecoute, Jace, reprit-elle en se levant. Peu importe comment tu t'es procuré mon adresse, je pense qu'il serait préférable que tu t'en ailles.

Il prit une profonde inspiration et fit un pas en avant. Il partirait, puisqu'elle le demandait, mais pas sans avoir exposé son point de vue.

— Je suis venu pour te parler et j'irai jusqu'au bout, protesta-t-il. C'est toi qui ne te conduis pas en professionnelle en remettant en question l'engagement que tu as pris vis-à-vis de Granger.

— Tandis que, toi, tu restes on ne peut plus neutre et professionnel !

Il jura entre ses dents et prit le temps d'encaisser le coup.

— Le jour où nous avons déjeuné au Vannon, tu as accepté de travailler pour moi. J'ai eu ce jour-là l'impression que tu comprenais ma démarche et mes attentes. A présent que tu connais le dossier Granger, tu as mis en lumière des éléments qui méritent d'être étudiés car ils posent un certain nombre de questions qui ne font que confirmer mes doutes. Ce n'est pas le moment de me laisser tomber sous prétexte que nous sommes attirés l'un par l'autre.

— Tu ne sais rien de ma vie, dit-elle. J'ai peut-être déjà quelqu'un.

Il tressaillit.

— C'est le cas ?

Elle aurait pu aisément lui mentir, pour l'éloigner d'elle, mais elle opta pour une réponse évasive.

— D'après toi ?

Il la couva d'un regard brûlant.

— Je ne pense pas, non. Jamais tu n'aurais fait l'amour avec moi, si tu avais quelqu'un. Tu es une personne intègre.

— Je n'ai personne, en effet. Depuis un moment déjà.

Elle marqua un temps de pause.

— Qu'est-ce que tu proposes, pour nous deux ? demanda-t-elle enfin. De faire comme si de rien n'était ? Nous avons essayé et ça n'a pas marché, Jace.

Elle poussa un soupir de frustration.

— Nous avons fait l'amour au bureau... Tu te rends compte ?

Cette déclaration déclencha dans l'esprit de Jace une avalanche d'images pornographiques.

— Puis-je te demander quelque chose ?

— Quoi ?

Shana faisait des efforts surhumains pour ne pas perdre patience. Après tout, elle n'avait aucune raison d'en vouloir à Jace. Elle était autant que lui responsable de ce qui s'était passé vendredi. Il ne l'avait obligée à rien.

— Si nous nous étions rencontrés dans d'autres circonstances, tu aurais résisté de la même manière ?

Elle prit le temps de peser sa réponse.

— Non, murmura-t-elle enfin.

— Dans ce cas, je ne comprends vraiment pas ta position, soupira-t-il.

Le visage de Shana se ferma.

— Je t'ai pourtant déjà expliqué que tu étais mon client et que mon code de déontologie ne...

— Je connais ton code de déontologie, coupa-t-il. Mais tu devrais faire preuve d'un peu de souplesse et reconsidérer les choses. Tu pourrais faire une exception.

— Et pourquoi ferais-je ça ?

— Parce que je te veux. Et parce que tu me veux. J'ai envie de voir où ça nous mène.

Elle secoua la tête. Il disait ça comme si c'était une évidence et que la question était réglée. Elle aurait pu lui répondre qu'elle n'avait pas envie de savoir où ça les mènerait, mais elle opta pour une autre tactique.

— Jace, nous avions envie l'un de l'autre. Je te désirais, tu me désirais… Nous avons fait l'amour.

— C'est exact. Mais, si tu pensais vraiment que ça suffisait, nous ne serions pas en train d'avoir cette discussion. Nous savons tous les deux que nous ne sommes pas rassasiés. Moi, en tout cas, je te désire plus que jamais.

Il la désirait plus que jamais ? Elle dut s'avouer qu'elle aussi le désirait. Mais qu'est-ce qu'il avait donc de si spécial, ce Jace Granger, pour la mettre dans un tel état ? Et pourquoi pensait-elle tout le temps à faire l'amour avec lui ? C'était trop. Trop fort. Trop déstabilisant. Jonathan lui avait plu au premier regard, comme Jace, mais la comparaison s'arrêtait là. Il avait fallu des mois pour qu'elle le laisse approcher, alors qu'elle s'était jetée au cou de Jace au bout de quelques semaines.

Elle se renversa contre le dossier du canapé, avec la sensation de se trouver dos à un mur.

— Tu aurais pu régler le problème en promettant…

— Je t'ai dit que je ne pouvais pas, coupa-t-il. Je n'allais pas te faire une promesse que je savais ne pas pouvoir tenir.

Elle soutint son regard un instant, puis demanda :

— Ce serait si dur que ça, Jace ?

— C'est tout simplement impossible, Shana.

Le silence s'installa entre eux un long moment. Ce fut elle qui se décida à le rompre.

— Dans ce cas, je repose ma question : puisque tu ne veux pas que je laisse tomber Granger Aeronautics, qu'est-ce que tu proposes ? Je suppose que, si tu es venu jusqu'ici, c'est que tu avais une idée à me soumettre.

Il fut soulagé qu'elle cesse de le repousser aveuglément et manifeste l'intention d'engager un dialogue raisonnable.

— Tu n'apprécieras peut-être pas ma proposition, Shana. Je crois pourtant qu'elle pourrait fonctionner.

— Je t'écoute.

— Je propose que nous sortions ensemble.

Eh bien, franchement, ce n'était pas très original. Il n'avait pas beaucoup d'imagination.

— Tu es devenu fou ?

Il haussa ses larges épaules.

— Je ne vois pas d'autre option.

— La réponse est non, dit-elle d'un ton ferme. Ma position professionnelle chez Granger s'en trouverait affectée et je n'aurais plus la même efficacité, surtout si tes employés l'apprenaient. J'entends déjà les gens murmurer dans notre dos. Aux yeux des autres, nous devons nous en tenir à des relations professionnelles.

— Je suis d'accord, et c'est pourquoi je souhaite garder le secret sur notre liaison. Personne ne doit savoir. Il n'y a d'ailleurs aucune raison d'en parler. Ce que nous faisons en dehors des heures de bureau ne regarde que nous. Quand nous serons dans les locaux de Granger Aeronautics, nous nous concentrerons sur le travail. Mais ensuite nous serons libres.

Elle leva vers lui un regard surpris.

— Tu voudrais t'engager dans une liaison secrète ?

— Ce n'est pas ce que je veux. C'est toi qui ne me laisses pas le choix. Si tu préfères, on peut dire que nous n'avons pas le choix.

En effet, ils n'avaient pas le choix. Pour le secret. Pour la liaison, c'était différent, mais il en parlait comme s'il était sûr qu'elle en avait envie, elle aussi. Il la connaissait à peine, mais elle ne pouvait rien lui cacher.

Elle se leva et se mit à arpenter la pièce, tout en réfléchissant. Cela ne lui ressemblait pas de se lancer dans une relation secrète avec un homme. Vraiment pas. Mais elle avait déjà franchi d'autres barrières avec Jace et elle ne le regrettait pas. Pas le moins du monde.

Elle s'arrêta de marcher et se tourna vers Jace, qui l'observait en silence.

— Ce n'est pas ma faute si tu es si belle, Shana, murmura-t-il.

Elle ne se sentait pas d'humeur à apprécier les compliments, mais elle en eut tout de même le souffle coupé.

— Il ne s'agit pas que de toi et moi, Jace. Il y a aussi Granger Aeronautics. Si nous avons des conflits personnels, cela nous compliquera la vie. Quelqu'un cherche à couler ton entreprise, je te le rappelle. Nous devons rester solidaires pour être efficaces.

Tout en exposant ces beaux arguments, elle songea que c'était déjà trop tard pour résister. Il était là, en face d'elle, incroyablement beau et séduisant, avec ce charme à réveiller la sensualité de n'importe quelle femme.

La veille, quand Gloria lui avait expliqué qu'elle ne souffrait pas de sa liaison cachée avec Eric, l'idée l'avait effleurée de fréquenter Jace en secret, en dehors des heures de bureau.

Il était plus courageux qu'elle : il osait dire tout haut ce qu'elle pensait tout bas.

Elle avait le cœur qui battait la chamade, les seins durs et gonflés. Il baissa les yeux vers son T-shirt et elle sut qu'il l'avait remarqué. Il ne pouvait pas ne pas l'avoir vu.

— Donne-moi une semaine, murmura-t-elle d'un ton de vaincue. Je te dirai dans une semaine ce que j'ai décidé.

Tout en parlant, elle l'entraîna vers la porte d'entrée. Il fallait qu'il parte. Il y avait entre eux une bombe à retardement, prête à exploser à tout instant. Il devait partir immédiatement.

Jace ne comprenait pas pourquoi Shana réclamait encore une semaine pour se décider. Lui, il n'en pouvait plus et la perspective de passer une semaine sans dormir, ou presque, ne le réjouissait pas.

Il lui prit la main. Elle ne le repoussa pas et chercha son regard.

— Pourquoi tu me fais ça ? demanda-t-elle d'une voix angoissée.

— Pourquoi, toi, tu me fais ça ? rétorqua-t-il. Tu crois que j'avais besoin de ça en ce moment ?

— Il serait vraiment préférable de mettre fin à notre collaboration, murmura-t-elle.

— Non, ce ne serait pas préférable, parce que si tu disparaissais maintenant ce serait encore pire. Je continuerais à sentir ton parfum et à avoir dans la tête des images que je préfère ne pas te décrire. C'est la première fois que je suis incapable de résister à une femme, Shana. Mais c'est comme ça, je suis bien obligé de l'admettre, la tentation est trop forte. Jamais je n'ai désiré une femme autant que je te désire.

Seigneur, mais pourquoi lui disait-il des choses pareilles ? Et pourquoi éprouvait-elle autant de plaisir à les entendre ? Pourquoi était-elle assaillie de sensations depuis que cette main tenait la sienne ? Pourquoi avait-elle l'impression que la chose s'aggravait chaque fois qu'elle croisait son regard brûlant qui semblait la dévorer ?

Puis doucement, il se mit à lui caresser le bras, de haut en bas. Elle était secouée de frissons qui la traversaient comme des décharges électriques. Elle n'en pouvait plus de lutter. Après tout… Pourquoi pas ?

Elle n'avait jamais hésité à réclamer ce qu'elle voulait, pourquoi hésitait-elle aujourd'hui ? Jace lui avait dit clairement qu'il avait envie d'elle. Elle avait envie de lui. Ils parleraient plus tard de la manière de gérer cette attirance hors du commun qui les poussait l'un vers l'autre.

— Très bien, dit-elle en s'approchant de lui. J'ai pris ma décision.

— Tu as pris ta décision ? s'enquit-il d'une voix altérée. Je t'écoute.

— Tu n'as pas une petite idée ? répondit-elle.

Elle leva la main qui tenait la sienne, posa ses lèvres sur sa paume, puis remonta le long de son bras qu'elle couvrit de petits baisers. Il poussa un soupir quand, arrivée à l'épaule, elle se mit à le caresser du bout de la langue.

— Shana ?

Il avait du mal à parler.

Elle inclina la tête pour le regarder, tout en continuant à lui caresser le bras.

— Oui ?

— J'ai besoin d'entendre ta réponse.

Elle ne put s'empêcher de sourire. Puis elle se pencha et l'embrassa sur la joue.

— Ma réponse, c'est qu'on fera comme tu voudras. Aujourd'hui, je me sens prête à tout. Et toi ?

Il sourit, lui aussi se sentait prêt à tout. Ce brusque revirement l'enchantait.

— Je me sens d'humeur à te caresser partout, à t'embrasser, à te cajoler, à goûter chaque centimètre de ta peau, dit-il d'une voix rauque.

Elle eut de nouveau un sourire énigmatique et se tourna vers l'escalier. En atteignant la première marche, elle s'arrêta.

— J'ai vu ce dont tu étais capable sur un bureau, lança-t-elle négligemment par-dessus son épaule. Voyons ce que tu vaux dans un lit.

Puis elle se mit à grimper les marches, en prenant son temps, et en se déhanchant à chaque pas.

20

Jace s'arrêta sur le seuil de la chambre de Shana. S'il avait encore eu des doutes à propos de ses goûts, cette chambre les aurait levés. Les murs étaient d'un jaune vif, des rideaux vert vif décoraient les fenêtres. Son lit était recouvert d'un assortiment de coussins rouges, verts, bleus et orange. Elle ne lésinait pas sur la couleur !

Elle avait déjà enlevé son chemisier et en était au soutien-gorge.

— Je peux participer à la fête ? demanda-t-il en avançant vers elle.

Elle lui adressa un sourire aguicheur.

— Mais oui, bien sûr, tu es l'invité d'honneur, répondit-elle.

Puis elle lui lança son petit soutien-gorge noir en dentelle qu'il attrapa en riant. Il découvrait en ce moment une nouvelle facette de Shana, qui lui plaisait énormément. A présent qu'elle avait pris sa décision, elle montrait un enthousiasme certain. Elle aurait peut-être des regrets demain, mais aujourd'hui elle jouait le jeu à fond. En sonnant à sa porte, il s'était demandé si elle le laisserait entrer. Jamais il n'aurait imaginé qu'il se retrouverait en moins de une heure dans sa chambre, en train de la regarder se déshabiller.

— Je te trouve un peu lent, déclara-t-elle. Tu hésites ?

Elle était en train d'enlever son short, et il entreprit lui aussi de se débarrasser de ses vêtements.

— J'ai gagné ! dit-elle.

Elle était nue devant lui. Il n'avait pas encore ôté son pantalon, mais il s'arrêta pour poser ses mains sur ses deux seins ronds qu'il pressa doucement, appréciant au passage la sensation qu'ils laissaient dans sa paume. Elle avait des seins magnifiques et terriblement tentants.

Il sentit qu'elle retenait sa respiration quand il commença à caresser du pouce le bout de ses mamelons. Mais quand elle s'appuya des deux mains à son torse, comme si elle était sur le point de défaillir, il dut cesser pour la soutenir.

— Allons dans ce lit, dit-il. Sinon je vais te prendre, là, debout, en plein milieu de la chambre.

Comme elle levait des sourcils interrogateurs, il sourit.

— Mais si, c'est possible, je t'assure.

Et il la souleva pour franchir avec elle la courte distance qui les séparait du lit.

Il l'y déposa, puis recula d'un pas pour détacher son téléphone portable accroché à sa ceinture et le poser sur la table de nuit. Il défit alors sa ceinture qu'il lança sur un fauteuil vide et ôta posément son pantalon et son slip, sans cesser de la regarder. Elle suivit l'opération avec un intérêt non dissimulé.

— Je n'ai pas eu le temps de me rincer l'œil la dernière fois, expliqua-t-elle. J'étais trop occupée à me déshabiller.

Il s'installa sur le bord du lit pour enlever ses chaussettes et elle en profita pour caresser son dos bombé, du bout des doigts, de haut en bas, comme si elle testait la sensation que lui procurait le contact de sa peau. Il ferma les yeux quand elle se mit à genoux pour lui masser les épaules. Ses mains, au lieu de le détendre, faisaient tressaillir ses muscles, excitant son désir. Et quand elle se pressa contre son dos en écrasant ses seins contre lui il laissa échapper un gémissement rauque.

Elle le rendait fou. Il se demanda où tout ça les mènerait.

Comme si elle avait deviné ses pensées, elle passa ses bras autour de son cou et murmura à son oreille.

— Notre relation ne durera pas toujours, mais je tiens à en profiter au maximum.

Puis elle entreprit de lui lécher le contour de l'oreille, y laissant une traînée humide.

Il fut soudain saisi du désir violent de la pénétrer.

Il l'attrapa et la souleva pour l'installer sur ses genoux, face à lui. Ses jambes galbées s'agrippèrent à sa taille, elle plaqua ses mollets contre son dos. Alors, il la souleva légèrement, pointa son pénis durci droit sur elle et s'enfonça en elle en gémissant, aussi profondément qu'il le pouvait. Elle aussi gémissait et l'expression de son visage en ce moment ne laissait aucun doute sur le plaisir qu'il lui procurait.

Il aurait pu aller jusqu'au bout tout de suite, mais elle méritait cette fois un traitement plus délicat. Aussi, il voulut se retirer, mais elle l'en empêcha.

— D'accord, murmura-t-il. Voilà comment nous allons procéder.

Il se leva, avec elle toujours agrippée à sa taille.

— Je vais nous allonger sur le lit, d'accord ?

Elle ne répondit pas, mais hocha la tête. Il se tourna et, tout en prenant soin de rester en elle, il se pencha sur le lit. Quand elle fut allongée, il songea soudain qu'il avait une fois de plus négligé de mettre un préservatif.

— Tu prends toujours la pilule, n'est-ce pas ? demanda-t-il en haletant.

Il ne maîtrisait plus sa respiration et ses poumons chassaient l'air en brèves et rapides expirations.

— Je la prends régulièrement, dit-elle en le regardant dans les yeux, tandis qu'il se plaçait au-dessus d'elle. Je ne l'oublie jamais.

Tant mieux, parce que c'était délicieux de se passer de la barrière de latex. Il se mit à remuer, tout en baissant les yeux vers ses seins. En voyant ses globes tendus qui pointaient vers lui, il se pencha, comme attiré par un aimant, et les prit dans sa bouche.

Shana poussa un soupir tremblant quand le bout de la langue de Jace caressa son sein, en traçant des cercles autour du mamelon. Et, quand il l'aspira pour le sucer, une coulée de plaisir se déversa en elle. Elle avait la tête qui tournait, elle lui appartenait. Corps et âme. Il y avait entre eux quelque chose de plus qu'une communion sensuelle, mais elle n'aurait pas su dire quoi.

Elle s'entendit gémir, tandis qu'il continuait ses subtiles caresses. Elle pressa son visage contre son sein, éperdue. Il la dévorait littéralement, c'était insoutenable, et elle ne pouvait plus rester là, immobile, passive. Elle se mit à remuer. Et lui aussi.

Et soudain une passion incontrôlable les submergea. A chaque poussée, il allait plus avant, plus fort. Quand il délaissa son sein pour prendre sa bouche, elle gémit de nouveau. Elle n'avait jamais rien ressenti de pareil. Soudain, elle ne regrettait plus de s'être lancée dans cette liaison, même si elle ne devait mener nulle part.

Il l'embrassait avec avidité, tout en allant et venant en elle. Chaque fois qu'il entrait en elle, elle croyait qu'elle allait jouir, puis il reculait, et revenait. De plus en plus vite. De plus en plus loin.

— Jace !

Quand il cessa de l'embrasser pour la contempler, son regard exprimait un désir et un plaisir extrêmes. Puis il eut un sursaut et se retira d'elle, pour revenir violemment. Ce fut à cet instant que quelque chose céda en elle. Elle explosa. Sa tête se vida. Ses muscles intimes se crispèrent sur le sexe dur et gonflé et tout son être fut emporté par un orgasme d'une extraordinaire puissance.

Il accéléra le rythme, et elle leva ses hanches vers lui. Quand elle cria son nom, tout son corps tressaillit en réponse. Elle serra les jambes autour de sa taille.

— Shana !

Il avait crié, lui aussi. Elle sentit ses muscles se contracter une dernière fois autour de lui, comme si elle voulait le garder, le retenir. Il se laissa retomber sur elle, mais ses muscles internes continuaient à pulser en elle. Elle n'aurait pas su dire combien de temps ils demeurèrent ainsi, haletants, à tenter de reprendre leur souffle. Puis il remua et la serra contre lui.

Elle rassembla ses forces pour tourner la tête vers lui et le regarder. Son visage était tout près du sien. Elle lui sourit.

— Pourquoi ce sourire ? demanda-t-il d'une voix rauque, en la pressant fort contre lui.

— Pour te remercier de m'avoir donné ce dont j'avais besoin, murmura-t-elle.

— Mais je t'en prie… Je te le donnerai aussi souvent que tu voudras, répondit-il en écartant tendrement quelques mèches qui lui retombaient sur le visage.

Elle sentit son cœur se serrer et chassa de son esprit l'idée saugrenue qu'il y avait entre eux autre chose que du sexe. Parce que c'était faux. Il s'agissait bien de sexe, et de rien d'autre, mais elle avait cru entendre, même si c'était fou, qu'il était prêt à s'engager pour toujours.

— Je m'en souviendrai, dit-elle.

Elle avait sommeil, l'heure du dîner était passée. Avant que Jace ne sonne à sa porte, elle avait eu l'intention de se rendre au centre commercial situé à quelques kilomètres de chez elle pour s'acheter un plat à emporter. Mais à présent elle voulait juste dormir.

Comme s'il l'avait senti, il lui cala le menton contre son épaule et la serra un peu plus contre lui.

— Dors, murmura-t-il.

Elle soupira. Elle se sentait heureuse, comblée, repue. Elle inspira profondément son odeur de mâle et ferma les yeux.

Jace contempla la femme qui dormait dans ses bras. Il avait cessé de se poser des questions au sujet de l'étrange phénomène qui les poussait irrésistiblement l'un vers l'autre. Il acceptait. Voilà tout. Il ne comprenait pas ce qui lui arrivait, mais il lui arrivait quelque chose, ça oui, il en était certain. Sinon, il ne se serait pas trouvé là, dans le lit de Shana, un dimanche soir, quand une mallette pleine de dossiers l'attendait chez lui. Mais, à cet instant, les dossiers étaient le cadet de ses soucis. Il ne voulait penser qu'à Shana et au plaisir qu'il avait pris à lui faire l'amour.

Son ex-femme lui aurait probablement fait la leçon en lui reprochant de se laisser berner par un joli visage et un corps sexy. Pourquoi pensait-il à cette sotte ? Shana était différente, elle n'était pas comme Eve. Il en était certain, et pourtant, en y réfléchissant, il ne savait rien d'elle, ou si peu. Mais ça n'avait aucune importance, n'est-ce pas, puisque leur relation n'était pas destinée à durer ? Pourtant, il aurait bien voulu la connaître un peu mieux, se sentir proche d'elle. Bref, elle était en train de lui tourner la tête, il devait le reconnaître, même si ça le dérangeait.

Il jeta un coup d'œil du côté du réveil posé sur la table de nuit. Il commençait à se faire tard et ils n'avaient pas dîné, ni l'un ni l'autre. Ils devaient manger, et aussi parler, se mettre d'accord sur une stratégie. Au sujet de leur relation. Durant les heures de travail, au bureau, ils ne seraient que des collaborateurs. En dehors, ils redeviendraient amants.

Elle remua dans ses bras et ne tarda pas à ouvrir les yeux. Elle parut d'abord surprise de le voir, puis elle dut se souvenir, car elle lui adressa une moue coquine.

— Salut, murmura-t-elle.

— Salut. Tu es belle, quand tu dors.

Il avait pris beaucoup de plaisir à la regarder dormir en écoutant son souffle calme et régulier. L'air autour d'eux était chargé de son parfum et de l'odeur de son sexe. Ça aussi, c'était bon.

— Si tu le dis, répondit-elle en souriant. Ma sœur assure que je fais des bruits bizarres quand je dors. C'est vrai ?

— Je n'ai rien entendu. Elle te fait marcher, sans doute.

— Ça ne m'étonnerait pas d'elle. Jules est un drôle de numéro.

Il haussa un sourcil.

— Jules ?

— C'est le diminutif de Juliet. Elle en avait marre des jeux de mots à propos de Romeo et Juliet. Au lycée, elle a décidé qu'elle s'appellerait Jules.

Elle se redressa pour regarder le réveil.

— Il est déjà presque 20 heures ! s'exclama-t-elle. Je n'arrive pas à croire que j'ai dormi aussi longtemps.

Il referma ses bras sur elle.

— Tu as faim ? On pourrait se faire livrer à manger.

Elle lui jeta un regard surpris.

— Tu as l'intention de rester ?

Il se demanda si elle était en train de lui demander de partir.

— Je ne sais pas. Il faut au moins qu'on parle, avant que je parte, répondit-il avec prudence.

Elle eut un froncement de sourcils interrogateur.

— Qu'on parle de quoi ?

— De la manière dont nous allons gérer notre relation.

Elle pinça les lèvres et le regarda droit dans les yeux.

— Pas besoin de parler de quoi que ce soit. Ce n'est pas sérieux à ce point.

— Pour moi, ça l'est.

En la voyant tressaillir, il comprit qu'il venait de commettre une erreur.

— Ecoute, Jace. J'édicte mes propres règles et je peux aussi décider de les transgresser si je veux, ce qui est le cas en ce moment. Si tu as peur que je te coince dans un coin dans les locaux de Granger pour t'arracher ta chemise, je te rassure tout de suite : tu n'as rien à craindre, je saurai me comporter en professionnelle. Je sais me tenir quand il le faut, crois-moi.

Il ne put s'empêcher de sourire. Elle n'avait rien compris. C'était plutôt de lui qu'il doutait.

— Et si c'est moi qui te coince dans un coin pour t'arracher ton chemisier ? dit-il.

— Tu ne ferais pas une chose pareille.

— A ta place, je n'en serais pas si sûre.

Elle le dévisagea avec attention et son air coquin l'inquiéta. Peut-être valait-il mieux qu'ils parlent, après tout.

— Je croyais que nous étions tous deux capables de nous comporter d'une manière irréprochable et qui ne prêterait pas à confusion, soupira-t-elle.

— Comme vendredi soir, tu veux dire ?

Il marquait un point.

— Très bien, puisque tu veux parler, parlons. Durant les heures de bureau, nous serons de sages collaborateurs uniquement concentrés sur leur travail. Personne ne devra se douter de ce qu'il y a entre nous.

— Pendant combien de temps devrons-nous jouer cette comédie ?

Elle haussa les sourcils.

— Comment ça, pendant combien de temps ? Le temps que nous passerons dans les locaux de Granger Aeronautics, ça me semble évident, non ? Je ne comprends pas bien le sens de ta question.

— Ma question concernait le temps que durerait notre liaison.

Elle en resta bouche bée. Elle n'en était pas à ce genre de considérations.

— Le temps que ce truc dingue entre nous se calme, dit-elle posément.

— Et s'il ne se calme pas ?

L'idée l'effleura qu'il cherchait à la provoquer, mais son air sérieux la fit changer d'avis.

— Ça finira par se calmer, assura-t-elle.

Elle paraissait si sûre de son fait qu'il décida de ne pas insister. Ils avaient conclu un accord. Aucun contact dans les locaux de l'entreprise. Mais, après les heures de bureau, pas de tabous.

— Très bien, dit-il. Je crois qu'on est d'accord. Je connais mes limites, je serai prudent.

— Moi aussi, répondit-elle en souriant. Serrons-nous la main, pour sceller notre accord.

Elle lui tendit la main et il la contempla quelques secondes, interdit, avant de l'accepter — mais pour l'attirer à lui, la prendre dans ses bras, poser ses lèvres sur les siennes, sentir le courant chaud qui le traversait, la serrer plus fort, l'embrasser plus fort encore. Elle gémit en réponse. Il avait de nouveau envie d'elle.

Il ne savait pas combien de temps durerait leur liaison, mais il entendait en profiter au maximum, comme elle le disait si bien.

21

— Bonjour, monsieur Granger.

Dalton rendit son sourire à la jeune femme qui entrait dans son bureau, les bras chargés d'une pile de dossiers. Il se souvenait très bien d'elle. C'était Brandy, la réceptionniste, celle qui lui avait tapé dans l'œil le jour de son arrivée dans les locaux de Granger, celle qu'il aurait voulu comme secrétaire, celle que Jace, ce rabat-joie, lui avait interdit d'approcher.

— Bonjour, répondit-il. Vous êtes Brandy, c'est ça ?

Elle portait une robe très courte qui laissait voir des jambes magnifiquement galbées et des fesses bien moulées.

— Oui. Je suis Brandy. Melissa avait besoin d'aide aujourd'hui, alors je suis montée en renfort, ajouta-t-elle, tandis que son sourire s'élargissait encore.

— Vous êtes montée en renfort, répéta-t-il d'un air songeur, tout en la couvant d'un regard appréciateur.

Elle vint vers lui pour poser la pile de dossiers sur son bureau et il profita de ce qu'elle se penchait en avant pour reluquer son décolleté.

Il adorait les femmes nanties d'une poitrine ronde et ferme et, de ce côté-là, Brandy avait été gâtée par la nature. Il en avait des sueurs froides.

— Auriez-vous besoin d'autre chose, monsieur Granger ?

Il ne put s'empêcher de s'humecter les lèvres, tout en continuant à fixer les seins de la jeune femme. Elle était décidément hypersexy, mais Jace n'hésiterait pas à lui botter les fesses s'il avait une liaison avec elle. O.K. Mais ça ne l'empêchait pas de tâter le terrain pour voir jusqu'où elle serait disposée à aller avec lui. Au cas où il déciderait d'oublier Jace et de céder à la tentation…

— Non, rien pour le moment, dit-il. Mais peut-être plus tard, ajouta-t-il en la regardant droit dans les yeux.

— N'hésitez pas à faire appel à moi, je serais ravie de vous satisfaire, répondit-elle en renversant la tête en arrière, ce qui eut pour effet de faire danser ses boucles châtaines.

Parfait. Elle était d'accord.

— Ravi de l'entendre, fit-il. Depuis combien de temps travaillez-vous chez Granger ?

— Depuis trois ans. J'ai été embauchée en sortant de l'université.

Il haussa un sourcil. Elle possédait un diplôme universitaire et elle se contentait depuis trois ans d'un poste de réceptionniste ?

— Quels sont vos diplômes ? demanda-t-il.

— Je n'en ai pas, répondit-elle avec un petit sourire contrit. J'ai abandonné avant la fin de ma deuxième année. Je m'ennuyais trop. Vraiment.

Lui aussi s'était ennuyé à l'université, mais il avait tenu bon… pour continuer à jouer dans l'équipe de foot.

— Nous sommes très liés à l'entreprise Granger, dans ma famille, poursuivit-elle, interrompant ses pensées. Mes parents travaillaient déjà pour vous.

— Vraiment ?

— Oui. Maman a repris des études pour passer un diplôme d'infirmière puéricultrice. Elle est maintenant employée à l'hôpital. Papa a demandé le divorce il y a huit ans, puis il a démissionné de son poste à Granger et il est parti s'installer au Texas.

Il s'apprêtait à lui poser une question déplacée, à savoir si elle avait des projets pour ce soir, quand on frappa à la porte de son bureau.

— Entrez.

Pas de chance, c'était Jace. Et quand il aperçut Brandy,

laquelle s'était sentie assez à l'aise pour percher son joli derrière sur le bureau, il se renfrogna.

— Je crois que Melissa vous cherche, mademoiselle Booker. Elle a du travail pour vous.

Elle se laissa glisser du bureau en ondulant, sous l'œil ravi de Dalton.

— Oui, monsieur, dit-elle à Jace.

Puis elle se tourna vers Dalton.

— Puis-je faire autre chose pour vous, monsieur Granger ? demanda-t-elle.

Dalton sourit. Il aurait bien voulu lui réciter la liste de tout ce qu'elle aurait pu faire pour lui mais, hélas, la présence de son collet monté de frangin l'en empêchait.

— Non, ce sera tout, dit-il dans un soupir.

Puis il la suivit des yeux, tandis qu'elle passait devant Jace pour quitter le bureau, en faisant tressauter son joli derrière. Il attendit qu'elle ait refermé la porte pour se tourner vers Jace.

— Dois-je te rappeler que je suis majeur et vacciné, et que je n'ai pas besoin que tu me serves de chaperon ?

Jace avança au milieu de la pièce, où il se planta, jambes écartées, bras croisés sur la poitrine.

— Oui, vas-y, explique-moi ça, j'ai besoin que tu me le rappelles, justement.

Dalton ne put s'empêcher de sourire.

— Tu sais que tu es complètement barjot ?

— Il me semble au contraire être tout à fait sain d'esprit. Je sais que tu n'as pas besoin de chaperon, Dalton, mais nous sommes les dirigeants de Granger et nous devons montrer le bon exemple.

— C'est toi qui dis ça ? ricana Dalton en prenant un stylo qu'il se mit à faire tourner entre ses doigts, tout en dévisageant son frère avec un regard rusé. Ça s'applique aussi à toi ou pas ? Je ne sais pas si Hannah te l'a dit, mais je suis passé à la maison, hier soir.

Jace alla s'installer dans le fauteuil en face du bureau de Dalton.

— Et ?

— Et tu n'étais pas là.

Jace haussa les épaules.

— J'étais sorti, ça n'est pas un crime, que je sache.

— Non, certes pas, ironisa Dalton. Mais tu n'es pas rentré. Du moins, tu n'étais pas encore rentré quand je suis parti ce matin.

Jace ne put cacher son étonnement.

— Tu as dormi là-bas ?

— Eh bien oui, j'ai dormi là-bas. Je suis arrivé hier en fin d'après-midi et je suis resté pour la nuit.

Il ne jugea pas utile de préciser qu'il était venu parce qu'il savait pouvoir compter sur les reliefs du festin que Hannah préparait tous les dimanches. Il n'avait pas été déçu, mais il avait dîné seul, car Jace n'était pas là. Il l'avait attendu, persuadé qu'il rentrerait à une heure décente, puis il avait trouvé un match à regarder à la télé et s'était même assoupi. Quand il s'était réveillé, il était plus de minuit et il avait décidé de dormir sur place. Quand il s'était levé ce matin, vers 6 heures, pour avoir le temps de repasser chez lui se changer, il avait constaté avec surprise que Jace avait tout simplement découché.

— Tu n'es pas en train de m'interroger à propos de mes sorties, Dalton, je suppose, dit Jace d'un ton pincé.

— Bien sûr que non, pas plus que tu ne m'interroges à propos des miennes. Je suis curieux de savoir où tu as passé tout ce temps. Les coups d'un soir, c'est ma spécialité, pas la tienne.

Jace soutint le regard scrutateur de son frère.

— Tu en es certain ?

— J'ai découvert qu'il n'y avait rien de certain dans cette vie. Tu veux savoir ce que je crois ?

— Pas vraiment, non.

— Je vais te le dire quand même. Et, comme tu n'aimes pas plus que moi raconter ta vie, je ne te demande pas de confirmer. Je crois que tu étais avec ton idole.

Jace fronça les sourcils.

— Tu te trompes.

Dalton ne le crut pas une seconde. Seigneur, ce que Jace mentait mal ! La vérité était inscrite sur son visage. Mais il décida de ne pas insister.

— Très bien, concéda-t-il. Je me suis trompé, toutes mes excuses. En tout cas, j'espère que la fille valait le coup, parce que tu as raté un fabuleux dîner. Hannah n'était pas contente que tu lui aies fait faux bond. Heureusement que je t'ai remplacé à l'improviste, ça l'a consolée. J'ai même emporté des restes pour mon déjeuner d'aujourd'hui.

Jace acquiesça.

— Tu es venu tôt au bureau aujourd'hui, pourquoi ?

Dalton pouffa.

— Rien à voir avec la raison qui t'a mise en retard. Et, à propos de retard, ton idole est arrivée elle aussi plus tard que de coutume.

— Vraiment ?

— Oui, vraiment. C'est à se demander…

Jace se leva.

— Arrête de me chercher, Dalton.

— Très bien. Dans ce cas, concluons un marché. Tu ne mets pas ton nez dans mes affaires, et moi je ne mets pas mon nez dans les tiennes !

Dalton se leva et lui tendit la main.

— Ça marche ?

Jace accepta de lui serrer la main, tout en le fusillant du regard.

— Ça marche, répondit-il.

Il le dévisagea sans un mot quelques secondes, puis se détourna et sortit.

Dalton ne put s'empêcher de sourire. Encore récemment, il s'était demandé si l'ex de Jace comptait toujours pour lui. Aujourd'hui, il avait la nette impression que son grand frère était libéré du joug de la diabolique Eve et il s'en réjouissait.

Même si la femme qui occupait Jace en ce moment n'était pas la belle Shana, ce n'était pas grave. L'important, c'était qu'il passe enfin à autre chose.

*
* *

Quelques instants plus tard, Jace se tenait devant la grande fenêtre de son bureau, les mains dans les poches, le regard perdu au loin. Dalton était trop malin. Il avait déjà tout deviné, en à peine vingt-quatre heures. Bien sûr, il avait nié, mais Dalton n'avait pas été dupe. Il allait la boucler et garder ses soupçons pour lui mais, tout de même, il aurait préféré qu'il ne soit pas au courant.

Il avait eu tort de dormir chez Shana, mais ils avaient d'abord fait l'amour plusieurs fois et ça les avait menés jusqu'à minuit. Quand ils avaient enfin quitté le lit, ils mouraient de faim et il l'avait emmenée dans un fast-food où ils avaient commandé, sans même sortir de voiture, des hamburgers, des frites, des milk-shakes. Ensuite ils étaient rentrés pour manger chez elle. Et, quand il s'était enfin décidé à rentrer, elle l'avait raccompagné à la porte. Et là ils s'étaient embrassés. Et…

Ensuite, évidemment, ils s'étaient endormis dans les bras l'un de l'autre. Il s'était levé ce matin à 7 heures passées pour se rendre à Sutton Hills, où Hannah l'avait accueilli froidement. Il s'était excusé d'un ton penaud et avait filé sous la douche. Il s'était préparé à la hâte. Il aurait presque pu arriver à l'heure si Caden ne lui avait pas fait perdre vingt minutes de son précieux temps avec un coup de fil intempestif. Et pas de chance, pour une fois que Dalton était à l'heure, il avait remarqué son retard.

L'Interphone de son bureau grésilla. Il alla répondre.

— Oui, Melissa ?

— C'est Brandy. Melissa avait un rendez-vous chez le dentiste.

Il leva les yeux au ciel.

— D'accord. Que voulez-vous ?

— Votre femme sur la ligne deux, monsieur.

La mâchoire de Jace tressaillit.

— Je n'ai pas de femme, Brandy.

— C'est aussi ce qui me semblait, mais cette dame a insisté.

Jace s'installa dans son fauteuil.

— Très bien, soupira-t-il.

Il se demanda ce que cette tête de linotte d'Eve pouvait bien lui vouloir.

— Jace ?

— Qu'est-ce que tu veux, Eve ?

— J'ai besoin d'argent.

Il s'adossa à son fauteuil. Elle ne manquait pas d'air.

— Et pourquoi t'adresses-tu à moi ?

— Je voudrais t'emprunter de l'argent. Je te rembourserai, c'est promis.

Il ne put s'empêcher de rire. Il savait très bien que s'il lui prêtait de l'argent elle ne le lui rendrait jamais.

— Et, si je te refuse ce prêt, que se passe-t-il ? Tu devras te mettre à travailler ?

— Tu ne voudrais tout de même pas que je me mette à travailler ? Je suis une Granger.

— Tu n'es pas une Granger, tu portes le nom des Granger, c'est différent. Et j'aurais préféré que tu en changes. Nous avons divorcé depuis trois ans. Tu es libre de te remarier.

— Je ne me remarierai pas. Tu peux en être certain.

— Peu importe.

Il avait passé une nuit merveilleuse et il était dans de bonnes dispositions, il se montra donc magnanime.

— Il te faudrait combien ?

Il y eut un temps de silence.

— Tu acceptes ? demanda-t-elle enfin d'un ton incrédule.

— Combien, Eve ?

Il imaginait les dollars qui défilaient dans son crâne, comme sur les rouleaux d'une machine à sous.

— Dix mille.

Elle exagérait tout de même un peu, là. Elle abusait de sa bonté.

— Je te donnerai cinq mille.

— Donner ? Tu veux dire que je n'aurai pas à les rembourser ?

Il leva les yeux au ciel.

— Tu penses avoir un jour les moyens de me les rembourser ?

— Non.

— Dans ce cas, pourquoi m'avoir promis de le faire ?

Elle ne répondit pas, et au fond c'était préférable.

— Tu auras cet argent sur ton compte dans quarante-huit heures. Le nom de ta banque ?

Il nota les coordonnées bancaires qu'elle lui dicta par ailleurs avec empressement.

— Pourquoi ? demanda-t-elle.

Il haussa un sourcil.

— Pourquoi quoi ?

— Pourquoi es-tu si gentil ?

Il trouva la question mal formulée. Il n'était pas gentil. Juste tolérant.

— Parce que je suis d'excellente humeur, c'est tout. Ne va pas chercher plus loin.

— Et pourquoi es-tu d'excellente humeur ?

Il se tourna vers la porte qui le séparait de Shana.

— J'ai mes raisons.

— Je te remercie, en tout cas. Je te revaudrai ça.

— Pas la peine. Mais ne me rappelle plus, parce que tu n'obtiendras pas un sou de plus. Même si je suis d'excellente humeur. Au revoir, Eve.

Puis il raccrocha.

Bruce Townsend referma son porte-documents et leva les yeux vers Shana.

— Tu as bien fait de m'appeler. Tu avais raison. Quelqu'un a essayé d'accéder aux données de cet ordinateur.

Shana fronça les sourcils.

— Essayé, ou réussi ?

Un sourire cynique étira les lèvres de Bruce.

— Personne ne pirate mes ordinateurs. J'ai configuré celui-ci pour qu'il résiste à tout. Tes petits secrets sont bien protégés.

— Tu peux savoir d'où ça vient ?

— Je peux déjà te dire que ça venait de l'intérieur de ce bâtiment.

Elle acquiesça. Elle s'en était doutée.

— Celui ou ceux qui ont fait ça doivent fulminer de ne pas avoir réussi. Ils savent maintenant que tu utilises un serveur externe et ils doivent être plus déterminés que jamais à découvrir ce que tu caches avec tant de précautions.

Elle l'espéra, parce que ça pousserait le ou les coupables à commettre une erreur et à se mettre à découvert. Elle devait appeler Kent d'urgence. Il était en train de se renseigner sur les employés de Granger et elle avait besoin de savoir où il en était.

— Tu as fait ce qu'il fallait pour tout sécuriser ? demanda-t-elle à Bruce.

Elle posait la question pour la forme. Bruce se déplaçait toujours avec une mallette bourrée de logiciels conçus pour lutter contre le piratage informatique.

— J'ai installé un dispositif supplémentaire pour détecter les intrus. Et, à part ça, je viens de repérer une caméra dans ce bureau.

Shana se pencha en avant. On l'espionnait… Est-ce que cette caméra était déjà en place vendredi, au moment de sa réunion avec Jace et Dalton ? Puis, soudain, elle songea à ce qui s'était passé après la réunion et elle en eut le vertige. Elle avait fait l'amour avec Jace dans ce bureau, vendredi…

— J'ai besoin de savoir quand, exactement quand, ce dispositif a été activé, Bruce, dit-elle d'un ton angoissé.

Il leva vers elle un regard surpris. Sa panique ne lui avait pas échappé.

— On verra ça plus tard, pour l'instant je…

— Non, tu dois me répondre tout de suite. C'est important.

Il la fixa avec attention, un peu trop longuement à son goût, avant d'acquiescer.

— Très bien. Je m'en occupe tout de suite. Ce ne sera pas long, je pense.

Il rouvrit sa mallette et en sortit un petit appareil qui ressemblait à une radio miniature.

Elle se mit à faire rentrer et sortir nerveusement la mine de son stylo et ne s'en serait même pas rendu compte si Bruce ne l'avait pas arrêtée d'un regard, agacé sans doute par le bruit du déclic.

— Qu'est-ce qu'il y a ? demanda-t-elle.

Il sourit.

— Tu ne veux pas aller faire un tour, prendre une pause ?

Elle soupira et reposa son stylo.

— Désolée, murmura-t-elle.

Elle se leva et marcha jusqu'à la fenêtre pour admirer la vue, histoire de rester en place et de ne pas faire les cent pas. Elle pria pour qu'on ne l'ait pas filmée en train de faire l'amour avec Jace dans ce bureau. Jamais elle ne s'était trouvée dans une situation aussi délicate. D'un autre côté, elle n'avait jamais non plus rencontré un homme comme Jace Granger…

Elle eut la chair de poule en songeant à leurs ébats passionnés de la nuit passée. A la manière dont il avait éveillé son désir avec ses baisers, et l'avait caressée. Elle avait l'impression d'avoir passé la nuit dans un flot continu de plaisir. Sentir en elle son sexe durci était la sensation la plus incroyable du monde, tout son corps s'ouvrait pour lui, elle avait l'impression d'être enfin une femme.

Ce matin, il l'avait réveillée avec la caresse la plus intime qui soit. Et, bien sûr, elle avait encore eu envie de lui et ils avaient fait de nouveau l'amour. Elle avait cru mourir de plaisir.

— Ça y est !

Elle se tourna vers Bruce.

— Oui ?

Il lui jeta un regard en biais et sourit.

— Oui quoi ?

Elle plissa les yeux.

— Ce n'est pas le moment de faire le malin.

— Je ne fais pas le malin, mais je ne peux pas m'empêcher de me demander pourquoi c'est si important pour toi de connaître l'instant exact où la caméra s'est déclenchée.

Bruce n'était pas seulement un employé. Il était aussi un ami proche. Et l'ami de Jules. Il se sentait donc autorisé à insister. Elle se sentit, pour les mêmes raisons, autorisée à ne pas répondre.

— Ça l'est, c'est tout. Dis-moi plutôt depuis quand ce truc tourne.

Il la dévisagea quelques secondes, puis prit sur son bureau le stylo qu'elle avait malmené tout à l'heure.

— Voici le coupable.

Elle contempla le stylo avec une expression incrédule.

— Tu plaisantes ? murmura-t-elle en s'approchant de lui.

— Je ne plaisante pas. Et c'est même un joujou plutôt sophistiqué, si tu veux mon avis. Tu vois cette partie, qui permet d'actionner l'éclairage du stylo ?

Elle se pencha pour mieux voir.

— Oui.

— C'est la cellule principale. Quand on l'active, il émet des ondes qui couvrent une zone d'environ trente mètres de diamètre. Ensuite, les ondes sont capturées pour être transportées et visionnées ailleurs. Il prend l'image et le son.

Un simple stylo capable d'enregistrer images et son, c'était surprenant. Shana avala sa salive et se mordilla la lèvre.

— Et quand a-t-il été activé ?

— Ce matin, à 8 heures précises.

— Pas avant ? demanda-t-elle.

Elle avait besoin d'en être certaine, besoin de l'entendre encore une fois.

— Non, pas avant, affirma Bruce.

— Tu en es sûr ?

Elle se souvenait très bien avoir eu ce stylo dès le premier jour, il faisait partie des fournitures qu'elle avait trouvées en s'installant dans le bureau. Elle l'avait remarqué parce qu'elle aimait sa couleur bronze et sa ligne épurée. Elle n'avait cessé de l'utiliser.

— Oui, je suis sûr, de la date et de l'heure, répondit Bruce en lui jetant de nouveau un drôle de regard.

Elle fut envahie d'un tel soulagement qu'elle ne put s'empêcher de soupirer.

— J'utilise ce stylo depuis mon arrivée dans cette entreprise. Pourquoi n'a-t-il été activé qu'aujourd'hui ?

Bruce haussa les épaules.

— Peut-être que la personne qui l'a placé ici avait la sensation que ce n'était pas utile de te surveiller avant ce matin. En tout cas, il n'est pas arrivé là par hasard, ce stylo. Qui s'est chargé de préparer ton bureau ?

Pas mal de gens étaient intervenus, mais c'était Melissa, la secrétaire de Jace, qui avait tout coordonné. Jace aussi avait mis la main à la pâte. Elle se tut quelques secondes.

— Dire que je n'ai cessé d'utiliser ce stylo sans me douter de rien ! soupira-t-elle.

— Le problème est réglé, tu n'as plus à t'en faire.

Elle prit le temps de réfléchir.

— Je ne comprends pas, dit-elle enfin. J'ai lu des rapports qui indiquent que Granger Aeronautics dispose d'un système de sécurité dernier cri capable de détecter tout matériel étranger qui entre dans ce bâtiment. Le matériel que tu as introduit, par exemple, a été détecté et signalé à Jace. Pourquoi ce stylo est-il passé au travers des mailles du filet ?

— Parce que, la cellule de ce petit bijou, c'est de la haute technologie, qui s'apparente à ce que les flics, le FBI et la CIA utilisent pour leurs enquêtes. Il s'agit d'une nouvelle génération d'écoutes, indétectables, qui fournit le son et l'image.

Il marqua un temps de pause, puis reprit.

— Je suis inquiet, Shana. Ce n'est pas donné à tout le monde de se payer un objet pareil. La personne qui a pris le risque de placer cet objet dans ton bureau a de l'argent et du pouvoir, et elle est déterminée à surveiller l'avancée de tes rapports. Elle dépense sans compter pour savoir où tu en es. Ça ne m'étonnerait pas que tu sois sur une affaire d'espionnage industriel.

Shana opina. Les conclusions de Bruce ne faisaient que confirmer ses doutes.

— Je vais prévenir Jace, dit-elle en prenant son téléphone. Il faut le mettre au courant de ce qui se passe.

22

Jace écoutait Bruce lui expliquer en détail le fonctionnement du stylo. Shana l'observait, tout en admirant son calme. Il devait être furieux, mais il savait se tenir. Il était décidément né pour diriger. Ses frères avaient raison. Il avait l'étoffe d'un chef, un vrai.

De temps en temps, il posait à Bruce une question d'une surprenante pertinence. Elle n'aurait pas dû être étonnée qu'il manifeste une connaissance approfondie des techniques d'espionnage : il avait assisté le Bureau d'enquêtes de Californie, le CBI, pour piéger un réseau de trafic humain utilisant en couverture une importante société — et l'enquête avait nécessité la mise en place d'un dispositif d'écoutes sophistiquées.

— Voilà, Jace, je vous ai tout dit, conclut Bruce. Vous avez d'autres questions ?

— Oui, répondit Jace en se levant et en marchant vers la fenêtre.

Il resta là un moment, puis se tourna vers eux.

— Il faudrait peut-être vérifier mon bureau et ceux de mes frères, non ? Après tout, on y a peut-être installé des dispositifs similaires.

— C'est possible. Je peux regarder avant de partir.

— Je voudrais bien, oui, merci.

Il revint vers le bureau de Shana et ramassa le stylo, qu'il examina avec attention.

— Apparemment, notre ennemi ne recule devant rien, déclara-t-il d'un air songeur. Nous pensions qu'il y avait un traître parmi nous. Nous savons maintenant jusqu'où il est capable d'aller.

Son regard se tourna vers Shana et devint soudain brûlant. Pendant qu'il écoutait Bruce, chaque fois qu'elle avait remué sur son siège, ses yeux s'étaient posés sur elle et elle s'était sentie parcourue d'un frisson, comme en ce moment. Elle eut du mal à ne pas perdre contenance. Oublier qu'ils étaient amants n'était pas si simple…

Bruce se racla la gorge et, quand ils tournèrent la tête vers lui, il leur adressa un sourire énigmatique.

— J'attends votre feu vert pour visiter votre bureau et ceux de vos frères, Jace, dit-il.

Jace acquiesça.

— C'est Martin Fillmore qui dirige l'équipe de sécurité et je veux qu'il soit au courant de ce qui se passe ici.

Il se tourna vers Shana, comme s'il avait deviné ses pensées :

— Je sais que tout le monde est suspect tant que nous n'avons pas démasqué le ou les coupables. Mais ne vous en faites pas, j'en tiendrai compte. Je vais demander à Dalton de superviser le service de la sécurité.

Shana approuva. Il tenait compte de ses conseils et elle en fut soulagée.

— Caden revient quand ? demanda-t-elle.

— Pas avant lundi prochain.

Il se tourna vers Bruce.

— Je voudrais aussi que vous vous occupiez de sécuriser mon ordinateur. En d'autres termes, je demande un chien de garde pour surveiller le chien de garde. Vous comprenez ?

— Parfaitement. J'espère que vous comprenez de votre côté que celui ou ceux qui sont derrière tout ça sauront qu'ils ont été découverts. Ça vient de l'intérieur… mais il y a sûrement des liens avec l'extérieur. Bref, ils vont tenter de couvrir leurs traces.

La mâchoire de Jace se crispa.

— Peut-être bien. Mais ça ne m'empêchera pas de les retrouver.

*
* *

— C'est un matériel digne de James Bond, lança Dalton en souriant, tout en se laissant tomber dans un fauteuil, face au bureau de Jace. Je suis presque déçu qu'on n'ait rien trouvé chez moi. C'est vexant. Ça veut dire qu'on pense que je compte pour du beurre, que je ne sais rien d'intéressant.

Jace se retint de sourire.

— En effet, tu ne sais pas grand-chose.

— Tu ne manques pas de culot, protesta Dalton en se redressant dans son fauteuil. J'ai planché autant que toi sur les dossiers de l'entreprise. Et j'ai du mérite, parce que je n'avais rien lu d'aussi ennuyeux depuis l'université. Ne fais pas le malin avec moi. Tu ne vas quand même pas me faire passer un examen ?

Jace ne put s'empêcher de rire, cette fois.

— Pas du tout. Je vais te confier la direction d'un service. Tu vas t'occuper de la sécurité.

Dalton eut l'air surpris, mais acquiesça en silence. Il était conscient qu'il s'agissait d'une énorme responsabilité.

— J'ai remarqué que Martin Fillmore était affreusement gêné, déclara Dalton après quelques minutes de silence. Cette caméra lui est passée sous le nez, c'est humiliant pour lui.

— Je veux que tu sois vigilant et que tu supervises tout, Dalton, dit Jace, en lançant son stylo sur son bureau.

Il avait une réunion avec les chefs de service et enrageait d'avance d'être obligé de leur sourire, tout en sachant qu'il y avait parmi eux un traître qui essayait de les couler.

— Tu es vraiment certain que ça venait de quelqu'un de chez nous ? s'enquit Dalton.

— On dirait bien, oui. Je ne vois pas qui d'autre aurait pu mettre ce stylo dans le bureau de Shana le jour de son arrivée.

Dalton opina du chef d'un air songeur.

— C'est Melissa qui s'est occupée de l'installation de son bureau, non ?

— Oui. Secondée par Brandy Booker.

Il vit Dalton tressaillir. Sans doute revoyait-il Brandy, dans sa jupe courte.

— Pour être honnête, elle n'a pas été la seule à l'aider, ajouta-t-il. Pas mal de gens sont entrés et sortis de ce bureau, notamment des techniciens en informatique, les types de la maintenance qui ont aidé à transporter les meubles, l'homme de ménage qui a nettoyé la moquette…

— Tout le monde est donc suspect, murmura Dalton d'un air songeur.

Jace sourit.

— Pas tout le monde. Toi, tu ne fais pas partie des suspects.

Il n'y avait pas de quoi rire, mais Dalton ne put s'en empêcher.

— J'apprécie ce vote de confiance.

— Et moi j'apprécie de vous avoir auprès de moi, toi et Caden.

Il y eut un silence ému, puis Dalton ajouta :

— Il revient quand, Caden ? Parce que ça me déplaît de l'avouer, mais il me manque. C'est drôle, nous nous sommes à peine vus pendant de longues années mais, à présent que nous sommes réunis, on dirait que c'est une évidence d'être ensemble.

Jace fut surpris par cette déclaration. Ce n'était pas le genre de Dalton de s'attendrir sur les liens familiaux.

— Dois-je en conclure que tes nombreuses maîtresses ne te manquent pas ?

— Je n'ai pas dit ça. Je dis simplement que je suis heureux de passer du temps avec vous. Ça changera peut-être la semaine prochaine, si vous m'enquiquinez trop.

Jace se leva et consulta sa montre. La réunion allait commencer. Il se tourna vers Dalton.

— Qu'est-ce que tu as prévu, ce soir ?

— Je vais au bar du coin, comme d'habitude. La nourriture y est excellente et les femmes, je ne t'en parle même pas. Tu devrais venir, je t'assure.

— Je viendrai peut-être.

Dalton haussa un sourcil, tout en se levant, lui aussi.

— Tu veux dire que tu ne prévois pas de découcher cette nuit ?

— Souviens-toi de notre marché, Dalton, répondit Jace d'un ton sévère : tu ne t'occupes pas de mes affaires, je ne m'occupe pas des tiennes.

— Mais oui, je n'ai pas oublié. Mais je ne peux pas m'empêcher de me faire du souci pour toi.

Jace enfila sa veste en riant.

— Toi, tu te fais du souci pour moi ? Et pourquoi donc, je te prie ?

— Tu es resté en dehors du coup un certain temps, et tu as peut-être oublié comment ça fonctionnait. Les choses ont changé depuis que tu as épousé Eve. Tu dois être un peu rouillé dans les relations avec les femmes. Pas vraiment dans ton élément.

Cette fois, Jace éclata carrément de rire. Son petit frère voulait lui donner des tuyaux pour draguer les femmes. C'était la meilleure !

— Je crois que je me débrouille plutôt bien, Dalton, je t'assure.

— Je l'espère. Je ne voudrais pas que tes faiblesses me portent préjudice. Nous portons le même nom, je te le rappelle. Je tiens à ma réputation.

Jace leva les yeux au ciel, tout en se dirigeant vers la porte.

— Je tâcherai de ne pas l'oublier.

Dalton le suivit.

— S'il te plaît, oui, ça serait bien.

Shana jeta un coup d'œil à son père assis en face d'elle, à la table de la cuisine. N'ayant eu aucun contact avec lui ce week-end, elle avait quitté les bureaux de Granger un peu plus tôt pour avoir le temps de passer le voir. Jules ne cessait de l'appeler pour lui réclamer un compte rendu du rendez-vous de samedi avec la belle Mona. Elle était donc venue chercher les renseignements réclamés, pour avoir la paix. Ensuite, elle rentrerait se coucher. Elle était épuisée et elle avait du sommeil à rattraper.

Elle n'espérait pas la visite de Jace, ce soir. Lui aussi devait avoir besoin d'une bonne nuit de sommeil.

— Qu'est-ce que tu veux savoir, Shana ?

La question de son père la tira de sa rêverie. Elle battit des paupières.

— Mais je ne t'ai rien demandé ! protesta-t-elle.

Il rit.

— Tu vas bientôt le faire. C'est pour ça que tu es venue, non ?

Elle se sentit un peu vexée.

— Je viens souvent te voir en semaine ! protesta-t-elle.

— Mais jamais le lundi.

Il marquait un point. Elle ne venait pas le lundi, parce qu'elle le voyait en général le week-end. Ce week-end, elle avait préféré le laisser en paix. De plus, elle-même avait eu d'autres chats à fouetter.

Elle avait envisagé de faire un saut chez lui dimanche, ou au moins de l'appeler, mais, ayant veillé avec Gloria, elle avait dormi tard, et ensuite Jace avait débarqué sans crier gare. Et, une fois qu'elle lui avait donné accès à sa chambre, elle avait oublié le monde entier pendant une bonne dizaine d'heures.

— Mona était déçue de ne pas te voir, dit-il.

Elle haussa un sourcil.

— Je n'avais pas été invitée.

Il rit doucement, de nouveau.

— Je sais.

Elle ne put s'empêcher de sourire.

— Tu voulais donc Mona pour toi tout seul. Vous avez passé une bonne soirée ?

— Je l'ai emmenée chez Kal's Pizza et nous avons passé une excellente soirée. J'ai beaucoup apprécié sa compagnie. Samedi, nous allons à la plage.

Shana but une gorgée de thé.

— Tu ne veux pas la laisser souffler, hein ?

— Exactement. Et tu vas pouvoir maintenant rapporter à ta sœur que je suis sorti entier de mon rendez-vous galant.

Elle reposa sa tasse.

— Tu peux tout de même comprendre que Jules et moi ayons besoin de temps pour nous habituer à l'idée que tu fréquentes une femme, papa. C'est la première fois.

— Ce n'est pas la première fois. J'ai eu plusieurs liaisons quand vous étiez adolescentes. Mais je n'ai jamais rencontré une femme qui me plaisait assez pour que je vous la présente. On fréquente certaines femmes pour se distraire… Et d'autres… on sait qu'on a envie que ça dure.

Pour se distraire… Pour coucher avec elles, en somme. A ces mots, elle ne put s'empêcher de penser à Jace. Etait-ce ce qu'il voyait en elle ? Une femme pour se distraire, pour coucher ?

— Et toi ? demanda brusquement son père. Qu'as-tu fait ce week-end ? Je m'attendais à ce que mon téléphone sonne dimanche matin à l'aube.

— J'ai fait la grasse matinée. Je suis allée au cinéma avec Gloria samedi soir et ensuite nous avons discuté jusqu'à 5 heures du matin. Elle est sur des vols internationaux, en ce moment, et je ne la vois pas aussi régulièrement qu'avant. On avait du temps à rattraper. On a papoté entre copines.

— Ça, c'était pour samedi. Mais dimanche il y avait une belle voiture blanche, une Lexus, garée devant ton appartement. Tu as eu de la compagnie aussi, on dirait.

Elle faillit s'étouffer avec son thé.

— Tu es passé chez moi hier ?

— Oui, mais comme j'ai vu que tu n'étais pas seule je n'ai pas osé m'arrêter.

— Quelle heure était-il ?

— Environ 18 heures.

Elle acquiesça. A 18 heures, elle était dans la chambre avec Jace…

— Tu aurais pu t'arrêter, ça ne m'aurait pas dérangée, prétendit-elle.

Heureusement qu'il n'avait pas osé, parce qu'elle se serait

sentie très gênée. Elle était adulte et son père ne prétendait pas avoir un droit de regard sur sa vie privée, mais enfin, il était son père, et elle n'avait pas envie qu'il la surprenne au lit avec un amant.

— J'étais inquiet parce que tu ne m'avais pas appelé, expliqua-t-il, comme pour s'excuser. Je m'attendais à ce que tu me harcèles de questions dès le matin et, comme je ne voyais rien venir, j'ai fini par m'inquiéter de ton silence.

— Je comprends, je comprends. Mais j'allais très bien.

Il n'avait pas idée à quel point… Jace avait éveillé son appétit sexuel avant de la combler au-delà de tout ce qu'elle aurait pu imaginer.

— Jules revient quand ? demanda son père.

— Tu l'as eue hier au téléphone, non ?

— Oui, mais pas longtemps. Elle a eu un double appel important et elle a raccroché. Tu sais comment elle est quand il s'agit de boulot. Vous travaillez trop toutes les deux, vous ne sortez pas assez. Ça me donne du souci.

Shana le voyait venir. Il allait de nouveau lui faire la leçon. C'était récurrent, elle y avait droit régulièrement. Il se plaignait de ne pas avoir de petits-enfants à faire sauter sur ses genoux et de gendre pour regarder les matchs avec lui.

— Je ne peux pas parler pour Jules, mais en ce qui me concerne je n'y peux rien, papa. Mon travail est très exigeant. Ma nouvelle mission me prend beaucoup plus de temps que je ne l'aurais cru. C'est une affaire compliquée. Aujourd'hui, on a trouvé une caméra dans mon bureau.

Il acquiesça.

— C'est une entreprise d'aéronautique, c'est ça ?

— Oui. Marcel travaille dessus avec moi. Quand je lui ai dit, pour la caméra, il n'a pas eu l'air surpris.

— Pourquoi aurait-il été surpris ? Ce n'est pas étonnant que Granger soit victime d'espionnage industriel. L'enjeu est de taille. Les contrats du gouvernement sont juteux. C'est une guerre sans merci pour les décrocher. Et certains sont prêts à employer tous les moyens.

Tous les moyens, y compris l'espionnage. Mais elle

n'avait pas envie de penser à ce que Bruce avait découvert, ni à ce que Marcel faisait des informations qu'elle lui avait transmises. Il ne l'avait pas rappelée, mais c'était normal. Les fédéraux avaient des méthodes de travail bien à eux. Il se manifesterait quand ce serait le moment.

Elle décida d'en revenir au sujet Ben et Mona.

— A quelle plage irez-vous ? demanda-t-elle.

Il haussa les épaules.

— Je ne sais pas encore. Je voudrais y passer la journée, en tout cas.

— Tu as conscience que tu vas la sortir de son périmètre de sécurité ?

— Parfaitement. Son périmètre de sécurité, ce sera moi. C'est même un peu le but.

Shana, qui était en train de porter sa tasse à ses lèvres, suspendit son geste. Son père venait de lui faire un aveu. Il devenait évident qu'il entendait s'investir dans sa relation avec Mona. Pour lui, c'était sérieux.

— Pourquoi tu ne voulais pas ? demanda-t-elle.

— Pourquoi je ne voulais pas quoi ?

— Nous présenter tes amies. Certaines ont dû compter pour toi, tout de même.

— Non, pas vraiment. Je t'ai dit, je les voyais comme des conquêtes, pour passer du bon temps. Je n'envisageais pas de remplacer ta mère… Aucune n'était à la hauteur.

— Et tu penses que Mona l'est ? demanda-t-elle doucement.

Il secoua la tête.

— Non. Parce que personne ne pourra jamais la remplacer. Il ne s'agit pas de la remplacer, Shana. Il s'agit de trouver une compagne, une autre, c'est très différent.

Plusieurs heures plus tard, une fois chez elle, Shana méditait encore sur ce que lui avait dit son père à propos des femmes. Elle n'avait pas envie de regarder la télévision, ni de lire, mais plutôt de dormir car elle en avait bien besoin.

Elle était descendue pour éteindre les lumières et enclencher l'alarme, quand on sonna à sa porte. Elle savait qu'il ne pouvait pas s'agir de Gloria, laquelle s'était envolée pour la Chine ce matin.

La lumière du porche était encore allumée. En avançant vers la porte, elle reconnut à travers la vitre la silhouette qui attendait de l'autre côté.

Jace.

23

Shana ouvrit avec un petit pincement au cœur. Ainsi, Jace venait ce soir prendre du bon temps avec elle. Et elle s'apprêtait à l'accueillir, résignée, sans rien demander de plus. Mais pourquoi cette idée la dérangeait-elle ? Après tout, elle aussi ne voulait que prendre du bon temps, elle ne recherchait pas plus que Jace le grand amour.

Elle recula d'un pas pour le laisser entrer et il referma la porte derrière lui. Elle allait dire quelque chose, mais il la prit de vitesse.

— Quand j'ai quitté la réunion, on m'a dit que tu étais déjà partie. Tu ne pars pas aussi tôt, d'habitude. Tu as eu un problème ?

Il tendit le bras et écarta délicatement une mèche de cheveux de son visage. Elle comprit qu'il la croyait souffrante, d'autant plus qu'elle était en pyjama.

— Non, aucun problème. Je vais bien. Je n'avais pas vu mon père de tout le week-end et j'ai pris le temps de passer chez lui, c'est tout.

— Je vois que tu t'apprêtais à aller te coucher. J'aurais dû appeler avant de venir. J'avais l'intention de rentrer chez moi, mais j'ai changé d'avis en cours de route. J'avais envie de te voir.

Il avait dîné avec Dalton, mais quand celui-ci avait invité deux femmes à prendre un verre il avait décidé de s'éclipser. Les femmes en question étaient pas mal, plutôt sympas, mais elles ne l'intéressaient pas. Elles n'éveillaient pas en lui le désir échevelé qu'il ressentait pour Shana. Il était sur le chemin de Sutton Hills quand il avait été pris d'un besoin de la voir si violent qu'il en avait eu mal au cœur. Alors il avait fait demi-tour.

Ils n'avaient pratiquement pas dormi la nuit dernière et Shana avait besoin de se reposer. Il voulait juste la tenir dans ses bras quelques instants.

— Tu étais sur le point de te coucher ? demanda-t-il.

— Oui.

— Parfait. Je vais te border et ensuite je partirai.

Elle remua les sourcils.

— Me border ?

— Oui. Et ensuite je promets de partir et de te laisser dormir.

Shana ne le crut qu'à moitié. Aucun homme ne l'avait jamais accompagnée jusqu'à sa chambre sans passer ensuite la nuit avec elle.

— D'accord…

Il lui prit la main et elle crut qu'il allait l'entraîner dans l'escalier, mais il la souleva pour la prendre dans ses bras. Elle poussa un petit cri de surprise.

— Je peux marcher, Jace, protesta-t-elle en levant les yeux vers lui.

Il monta l'escalier sans la moindre difficulté et elle s'abandonna à ses bras vigoureux. Elle se sentait bien. A l'abri. En sécurité. Quand ils atteignirent la chambre, il la déposa près du lit et ôta sa veste qu'il posa avec soin sur le fauteuil à large dossier de sa chambre. Puis il repoussa les couvertures et lui jeta un regard autoritaire.

— Allez, au lit !

Telle une enfant obéissante, elle se glissa entre les draps, tandis qu'il se débarrassait de ses chaussures pour la rejoindre.

— Je vais te bercer jusqu'à ce que tu t'endormes, annonça-t-il.

Elle acquiesça, submergée d'une émotion qu'elle tenta en vain de refouler, et se cala contre lui, la tête contre son torse, tandis qu'il refermait ses bras sur elle. Elle respirait son odeur de mâle. Le battement de son cœur la réconfortait. Elle avait l'impression qu'elle aurait pu rester là pour toujours.

Elle leva les yeux vers lui et ouvrit la bouche pour parler, pour dire qu'elle ne savait pas si… Mais ce ne fut pas ce qu'elle fit. Elle avança les lèvres pour quémander le baiser dont elle avait tant besoin. Il inclina la tête…

La caresse de sa langue était à la fois apaisante et passionnée, et leurs deux corps y réagirent aussitôt en s'ajustant l'un à l'autre. Leur baiser se faisait de plus en plus profond, insistant. Elle ne put s'empêcher de gémir.

Il s'écarta d'elle. Il haletait.

— Shana, ne me tente pas. Dors.

Elle poussa un soupir satisfait et se cala de nouveau dans ses bras, avec cette fois le goût de sa bouche dans la sienne. Puis elle ferma les yeux, tandis qu'il l'enfermait de nouveau dans une douce étreinte. Quelques minutes plus tard, il se mit à chantonner.

Elle s'endormit en souriant.

Jace baissa les yeux vers Shana. Elle dormait paisiblement. Il l'avait privée de sommeil la veille. Il réparait à présent sa faute.

Il s'écarta d'elle et sourit quand elle murmura son nom en dormant. Il ne put s'empêcher de se pencher sur elle pour déposer un baiser sur ses lèvres et la couvrir. Puis il remit ses chaussures et enfila sa veste. Avant de quitter la chambre et d'éteindre la lumière, il lui jeta un dernier regard attendri.

Il savait qu'il n'aurait pas dû venir ici ce soir, mais il ne regrettait rien, car il n'avait pas pu résister. Il avait Shana dans la peau, inutile de lutter. Ils s'étaient mis d'accord pour une liaison secrète qui suivrait son cours, et sans doute, un jour, le désir passionné qu'elle lui inspirait ne serait plus qu'un souvenir. A part le sexe, ils ne partageaient pas grand-chose. Ce genre de relations ne durait pas éternellement.

Oui mais, dans ce cas, pourquoi se sentait-il avec elle une âme de propriétaire, chose qui ne lui était pas arrivée depuis bien longtemps ? Avec Eve, il s'était montré possessif, mais avec raison, puisqu'elle était sa femme. Depuis, aucune autre femme n'avait éveillé en lui le besoin d'être le seul, l'unique.

C'était ridicule, mais il était jaloux de Bruce, le précieux collaborateur qui s'occupait de son matériel informatique. Bruce était son ami, ça se voyait au premier coup d'œil. Lui n'était pas l'ami de Shana... Il était son amant, rien de plus. N'était-ce pas ce qu'il avait voulu ? Pourquoi se montrer jaloux d'un ami ?

Il enclencha le système de sécurité et sortit. En se dirigeant vers sa voiture, il songea à quel point ç'avait été bon de la tenir contre lui tandis qu'elle s'endormait. Il avait ressenti une sorte de paix, une intimité calme et profonde avec elle.

Evidemment, ça n'avait rien de comparable avec le fait de la posséder, de la pénétrer. Ça, c'était inouï. Il découvrait avec elle qu'il y avait des degrés dans la passion : celle qui le poussait vers elle était folle et dévorante. Quand il allait et venait en elle, il était porté par un désir qui frisait la folie et prenait le dessus sur tout le reste.

Quelques instants plus tard, il roulait en direction de la maison familiale. Shana lui manquait déjà et il dut se faire violence pour ne pas repartir une fois de plus en sens inverse. Elle avait besoin de se reposer. Et lui aussi. De plus, s'il découchait deux nuits de suite, Hannah allait commencer à flairer quelque chose. Elle aurait sans doute été ravie, car elle rêvait secrètement de voir l'un d'eux s'installer à Sutton Hills et d'entendre dans la maison les bruyantes cavalcades de petits pieds joyeux.

Hannah n'avait jamais apprécié Eve, qu'elle jugeait snob, égocentrique, égoïste. Elle lui avait souvent laissé entendre qu'il méritait mieux. En effet, il méritait mieux.

Mais pour l'heure il ne cherchait pas une épouse et voulait vivre pleinement son aventure avec Shana.

Il regrettait un peu d'en savoir aussi peu sur elle. Elle était compétente dans son travail, exceptionnelle au lit. Elle avait un père, une sœur, elle s'entendait bien avec ses employés — il en avait rencontré quelques-uns. Il connaissait son adresse. Elle aimait les hamburgers et les milk-shakes à la fraise.

Mais il lui restait sûrement des tas de choses à découvrir à son sujet. Il soupira. Ça viendrait. Il suffisait d'être patient.

—

Dalton entra dans son appartement tout en défaisant sa cravate. Il avait passé une soirée amusante, avec une femme charmante. Elle avait été déçue qu'ils aillent chez elle, plutôt que chez lui. Mais sa déception n'avait pas duré longtemps. Elle lui avait proposé de rester dormir avec elle, mais il avait refusé. Une aventure d'un soir, c'était une aventure d'un soir, ça excluait le petit déjeuner. Il fallait savoir se tenir.

Il se dirigea vers sa chambre pour prendre une douche. Ensuite, il appellerait Victoria. Il ne lui avait parlé que deux fois depuis qu'il était arrivé ici. Elle était occupée avec le tournoi de Wimbledon et avait en ce moment un emploi du temps chaotique. Il l'avait vue plusieurs fois dans les journaux, photographiée lors d'événements mondains, en compagnie de sir Isaac Muldrow.

Dalton avait rencontré Muldrow et le trouvait plutôt sympathique. Un peu trop âgé au goût de Victoria, sans doute, mais, de son point de vue à lui, l'homme qu'il lui fallait. Il était aussi riche qu'elle et très respecté dans les cercles mondains européens.

Quelques instants plus tard, après avoir pris sa douche et enfilé un slip — il ne portait que ça pour dormir —, il s'allongea sur son lit, se cala contre les oreillers et composa le numéro de Victoria.

Tandis que ça sonnait à l'autre bout du fil, il jeta un regard circulaire autour de lui. Cet appartement lui plaisait. Il songea à Holly, la jeune femme qu'il avait engagée pour le décorer. Holly lui plaisait aussi, mais elle n'était pas facile à attraper. Bah, elle finirait bien par céder. Elle l'avait appelé ce soir, mais il n'avait pas pu décrocher. Il la rappellerait demain, sans faute.

— Allô ?

La voix de Victoria était claire, ce qui lui rappela qu'en Angleterre il faisait déjà jour et qu'on était jeudi.

— Je te manque ?

— Dalton ! Je suis contente d'entendre ta voix. Je commençais à me demander si tu ne m'avais pas oubliée.

— Je ne t'oublie pas. Comment ça va, pour toi ? J'ai vu que Wimbledon s'était déroulé sans problème.

— Oui. On ne s'est pas encore remis de tout le boulot que nous ont donné les Jeux olympiques de l'an dernier. Alors dis-moi, comment ça se passe, monsieur le directeur ? Tu t'ennuies à mourir, je suppose, pauvre chéri ?

Il dut admettre que se lever tous les jours pour aller au bureau n'était pas aussi affreux qu'il l'avait craint, mais il préférait tout de même gagner de l'argent sans rien faire.

— Ce n'est pas si terrible que ça, soupira-t-il. J'apprends des tas de choses. Je n'ai pas une minute à moi.

— Je suis sûre que tu trouves tout de même quelques minutes pour courtiser les jolies femmes, ironisa-t-elle.

— Pour les femmes, fais-moi confiance, je trouve toujours du temps.

C'était ça qui était agréable, avec Victoria. Ils étaient amis et amants. Entre eux, il n'y avait ni jalousie ni surveillance. Ils pouvaient tout se dire.

Ils parlèrent encore un moment. Il évita avec soin d'évoquer son ex-mari et elle n'engagea pas non plus la conversation sur ce terrain douloureux. Sans doute commençait-elle à se détacher de ce salaud. Il l'espérait pour elle.

— J'ai pensé à venir faire un tour aux Etats-Unis pour te voir, dit-elle. Ça fait longtemps que je n'ai pas vu l'Amérique.

Il sourit.

— Viens. Je t'attends. Ce serait chouette.

Elle ne put s'empêcher de rire.

— Tes frères ne seront peut-être pas ravis. Je crois qu'ils pensent que j'ai une mauvaise influence sur toi.

— On s'en fiche de ce qu'ils pensent. Tu es mon amie. Et tu occupes une place particulière dans mon cœur, tout comme moi dans le tien. Ça ne regarde personne.

— Il serait peut-être temps que tu songes à te trouver une compagne, Dalton.

Elle marqua un temps de pause, puis ajouta :

— Je vois beaucoup sir Isaac, en ce moment.

— Je sais.

— Tu sais ?

Elle paraissait sincèrement surprise.

— Et comment le sais-tu ?

— On lit les journaux ici aussi, ma chère. Et je m'intéresse à ce qui se passe chez toi. Dois-je en conclure que tu te plais en sa compagnie ? Ou qu'il te plaît ?

— Il me plaît. Il te ressemble. En plus vieux.

Il sourit.

— Ma foi. Moi en plus vieux, ce n'est pas si mal, non ?

— Ce n'est pas mal du tout, en effet.

— S'il est intelligent, tu lui plairas aussi.

Il y eut un temps de silence. Il devina que le compliment la faisait sourire.

— C'est aussi ce que m'a dit mon père, avoua-t-elle.

Il sentit qu'elle hésitait à poursuivre. Puis elle se décida.

— Je dois faire des choix, Dalton. Si j'épouse Muldrow, ce sera fini entre nous. Muldrow ne sera pas d'accord pour que nous poursuivions cette amitié si… intime.

Autrement dit, Muldrow ne serait pas d'accord pour qu'il couche avec sa femme…

— Je comprends, on ne peut pas lui en vouloir. Mais nous serons toujours amis, tu le sais. Tu ne seras plus ma maîtresse, mais tu resteras mon amie. Je m'y ferai. Et toi ?

— Je ne sais pas encore, Dalton. Mais tu es plus qu'un amant-ami pour moi. Tu es aussi ma bouffée d'oxygène. Avec toi, j'ai confiance en moi.

Elle avait la voix brisée et paraissait émue. La main de Dalton se crispa sur le téléphone.

— Je serai toujours là pour toi, Victoria. Comme tu seras là pour moi. Je le sais. Tu es une femme magnifique et tu mérites un homme comme Muldrow. Il te rendra heureuse.

— Oui, je le pense aussi. Mais je dois encore réfléchir. Quand j'aurai pris ma décision, je te le dirai.

— D'accord.

— Bon, je dois y aller. Bonne nuit, Dalton.

Il sourit.

— Et bonne journée à toi, ma belle lady.

En raccrochant, il eut la sensation qu'elle ne serait bientôt plus sa belle lady et il en fut vaguement attristé.

24

— Mmmh, apprécia Jace en se pourléchant. Ce sandwich est délicieux. Je ne savais même pas qu'il y avait dans la rue un endroit où l'on pouvait en acheter.

Il était entré dans le bureau de Dalton à l'heure du déjeuner et l'avait trouvé installé devant un plateau. Dalton l'avait généreusement invité à prendre un siège et à partager avec lui son repas.

— On ne peut pas acheter des sandwichs dans le coin, répondit Dalton en s'essuyant la bouche, tout en prenant un paquet de chips.

Jace haussa un sourcil.

— Dans ce cas, d'où vient celui-ci ?

— C'est Hannah qui l'a préparé.

Jace le dévisagea d'un air incrédule.

— Tu as demandé à Hannah de te préparer des sandwichs pour le déjeuner ?

— C'est elle qui l'a proposé !

— C'est ça ! ricana Jace en levant les yeux au ciel.

— Mais oui, je te jure que c'est vrai. Je l'ai appelée pour la remercier pour les restes d'hier et elle a proposé de me préparer des sandwichs. Je n'ai pas osé refuser, pour ne pas la vexer.

— Bien sûr, je comprends. Refuser t'aurait tué.

Dalton lui adressa son plus beau sourire.

— Tu es jaloux. Reconnais-le, tu es jaloux.

Jace fronça les sourcils.

— Je ne suis pas jaloux.

— Si, tu es jaloux. Tu es l'aîné et tu as toujours été gâté par Hannah. Tu étais son préféré. Là, tu es obligé de la partager et tu ne le supportes pas.

— C'est faux ! Tu racontes n'importe quoi !

— C'est vrai.

— Hé, les gars ! Il faut que je vous passe la camisole ou quoi ? Je vous laisse seuls une semaine et vous recommencez à vous comporter comme des sauvages !

Dalton et Jace tournèrent ensemble la tête vers la porte pour découvrir Caden sur le seuil, accoudé au chambranle. Jace se leva d'un bond, aussitôt imité par Dalton.

— Mais qu'est-ce que tu fais là ? On ne t'attendait pas avant la semaine prochaine.

— Je sais, répondit Caden. Mais j'avais quelques jours de relâche et j'en avais marre de vivre dans une chambre d'hôtel.

— Tu en avais marre ? s'étonna Dalton. Brusquement ? Ça fait pourtant des années que tu vis à l'hôtel.

Caden ne prit pas la peine de lui répondre et se tourna vers Jace.

— Retiens-moi, sinon je vais lui mettre mon poing sur la gueule, dit-il.

— Quand ce sera ton tour, j'étais là avant toi, répondit Jace en retenant un sourire. Sauf que moi je pense plutôt à lui botter les fesses.

— Dois-je vous rappeler que je suis plus jeune que vous, et donc en meilleure forme ? ricana Dalton. Si vous osez vous en prendre à moi, vous allez le regretter.

— Bon, je choisis de remettre ça à plus tard, concéda Caden. Je vous propose une trêve. Allons boire un coup au café du coin. Vous en profiterez pour me mettre au courant des dernières nouvelles.

— Ça me paraît une bonne idée, dit Dalton en attrapant sa veste. Je suis partant.

— Je suis partant aussi, renchérit Jace.

Il s'apprêtait à sortir pour aller chercher sa veste dans son bureau, mais Caden l'arrêta d'un geste.

— J'ai oublié de corriger un détail, dit-il.
— Lequel ? demanda Dalton en resserrant sa cravate.
— Aucun de vous n'est le chouchou de Hannah. Parce que le chouchou, c'est moi, depuis toujours.

— Tu travailles tard, ce soir…
Le cœur de Shana fit un bond. Elle avait reconnu cette voix profonde et rauque. Elle jeta un coup d'œil de côté. Jace s'encadrait sur le seuil de la porte de communication de leurs bureaux. Elle avait souvent rêvassé en regardant le battant, en se demandant ce qu'il faisait de l'autre côté. Mais jusque-là elle n'avait jamais osé l'ouvrir, et lui non plus.
Ils s'étaient vus aujourd'hui, à l'occasion d'une réunion. Elle était restée stoïque en s'efforçant d'oublier qu'il l'avait endormie la veille en la berçant. De temps en temps, il posait sur elle un regard brûlant. Lui aussi avait du mal à jouer le jeu de l'indifférence.
— Je n'en ai plus pour très longtemps, dit-elle. Je pensais que tu étais déjà parti.
— Caden est revenu pour quelques jours et nous avons mangé tous les trois chez McQueen's. Ensuite Dalton et lui ont décidé de s'affronter au tennis. Ils font ce qu'ils peuvent pour régler leurs vieilles rivalités.
Elle s'adossa à son fauteuil.
— Et toi tu as décidé de revenir au bureau ?
— Oui. J'ai dit que je les rejoindrais plus tard.
Il entra et referma la porte de communication des deux bureaux.
— Qu'est-ce que tu lis ? demanda-t-il.
— Mon dernier rapport. Marcel vient de m'appeler. Il ne m'a pas donné de détails, mais il voudrait une réunion lundi, vers 11 heures, ce qui signifie qu'il a du nouveau. Vous seriez disponibles, tes frères et toi ?
Elle percevait l'odeur de son eau de toilette et cela la troublait énormément.
Il acquiesça.

— Caden s'en va après demain, mais il sera de retour dimanche soir. Pour Dalton et moi, pas de problème.

Il s'arrêta près d'elle.

— J'espère que tu as bien dormi, la nuit dernière, dit-il d'une voix rauque.

Elle ne put s'empêcher de sourire.

— J'ai bien dormi. Et je tiens à te remercier de ta délicatesse.

Il chercha son regard.

— Si tu veux me remercier, accepte de partir avec moi en week-end, dit-il d'une voix rauque.

— En week-end ?

— Oui. Je connais un endroit à quelques heures d'ici et j'aimerais que tu m'accompagnes.

Elle se tut, puis demanda.

— Il ne s'agit pas d'une plage, au moins ?

— Non. C'est une cabane dans les montagnes, près de Shanandoah. Pourquoi ?

— Parce que mon père emmène une amie à la plage et que je ne voudrais pas tomber sur eux.

— Aucun risque, répondit-il en riant. On partira samedi matin et on sera de retour dimanche soir, tard. Tu acceptes ?

Il la couvait d'un regard où se mêlaient supplique et désir. Après tout, pourquoi refuser de passer un week-end avec lui ?

— J'accepte, murmura-t-elle. Avec joie.

Caden leva les yeux vers le ciel. La nuit était magnifique et il était heureux d'être revenu passer quelques jours à Sutton Hills. Il avait ressenti le besoin de s'isoler de son groupe. Rena avait eu une altercation avec l'une de ses fans et ça aurait pu mal tourner si Roscoe et lui ne s'étaient pas interposés. Il en avait assez de ses caprices. Il avait parlé à Grover, leur agent. Ils allaient chercher un autre guitariste.

— Je me demandais où tu étais passé, fit la voix de Jace.

— J'avais simplement envie de respirer l'air pur de notre belle Virginie, répondit-il.

Jace le rejoignit.

— C'est une magnifique nuit de juin, approuva-t-il.

— Oui, et elle me rappelle combien j'aime Sutton Hills, ses montagnes, ses lacs, ses rivières. Pour moi, c'est le plus bel endroit de la terre. Mais tout a changé après la mort de maman. Grand-père a fait ce qu'il a pu, mais il lui était impossible de remplacer notre père. Quelqu'un a bouleversé notre vie, Jace, et depuis quinze ans ce quelqu'un vit quelque part, en liberté, pendant que papa croupit en prison et paye pour un crime qu'il n'a pas commis. Je ne comprends pas pourquoi il n'exige pas que nous engagions un détective privé. Qui protège-t-il ?

Jace soupira. Ainsi, il n'était pas le seul à penser que leur père protégeait quelqu'un. Au cours de leur visite en prison, ils avaient évoqué avec Sheppard l'autre promesse faite à leur grand-père, celle de le faire sortir de là, mais celui-ci avait accueilli la proposition avec froideur. Il leur avait même interdit de se mêler de l'affaire.

Pourquoi ?

Caden détourna la tête d'un air gêné. Le sujet le perturbait.

— Comment ça se passe entre toi et ton idole ? demanda-t-il.

Jace lui jeta un regard surpris.

— Je te conseille de ne pas croire tout ce que Dalton raconte, dit-il posément.

Caden rit.

— Justement, il ne m'a rien raconté. Il est resté très discret sur le sujet, ce qui n'est pas normal chez lui et m'a mis la puce à l'oreille.

Dalton était donc devenu discret… Ce n'était pas trop tôt.

— S'il n'a rien dit sur le sujet, c'est peut-être qu'il n'y a rien à dire, tout simplement.

— Ne me prends pas pour un imbécile. Je n'ai pas oublié l'incident du distributeur, dans le couloir. Tu tapais sur cette machine pour évacuer ta frustration. Et je sais d'où venait cette frustration.

— Tu le sais ?

— Oui.

— Et si je te disais que tu te trompes ?

Caden eut un sourire indulgent.

— Tu as le droit de me dire ce que bon te semble, mon ami. Mais j'ai pour ma part le droit d'en penser ce que je veux.

— Dans ce cas, je plaide le cinquième amendement !

Caden renversa la tête en arrière et éclata de rire. C'était bon d'être de retour à la maison.

— Alors, comme ça, tu pars en week-end avec lui ?

Shana jeta un regard agacé du côté de Jules, qui était rentrée aujourd'hui. Elle avait été heureuse de la voir et, après l'avoir mise au courant de la tournure que prenaient les choses pour Mona et leur père, elle avait éprouvé le besoin, pour faire bonne mesure, de lui dire pour Jace et elle. Jules était curieuse de nature, ce qui, dans son métier, était une qualité. Elle possédait également la capacité de deviner les gens et savait quand quelqu'un mentait ou cherchait à éluder une question. Shana avait donc décidé de ne rien lui cacher.

— Oui.

Jules la dévisagea pendant quelques secondes, réaction qui agaça fortement Shana.

— Qu'est-ce que tu as à me regarder comme ça ?

— Je constate que tu baisses ta garde avec le beau directeur de Granger, répondit Jules avec un grand sourire. Ça me fait plaisir.

Shana fit mine de protester, mais Jules l'arrêta d'un geste de la main.

— Non, Shana. Ecoute ce que j'ai à te dire, avant de monter sur tes grands chevaux. C'est parfois bien, de lâcher prise, quand on a affaire à quelqu'un qui en vaut la peine. Apparemment, tu penses que c'est le cas pour Jace Granger. Tu as de la chance. J'aimerais bien rencontrer un homme qui en vaille la peine, moi aussi.

— Entre nous, c'est juste sexuel, Jules.

Jules ricana.

— Oui, ça j'ai bien compris ! Et quand je parle d'un homme qui vaut la peine je veux dire aussi au lit, évidemment.

Shana but une gorgée de thé, tout en réfléchissant à ce que sa sœur venait de dire. Est-ce que Jace en valait la peine ? Elle n'avait plus besoin de réfléchir à cette question dont elle connaissait depuis longtemps la réponse. Si elle avait eu le moindre doute, il s'était envolé le soir où il l'avait prise dans ses bras, juste pour la bercer et l'endormir. N'importe quel autre homme lui aurait bandé les yeux et l'aurait attachée au lit pour lui imposer une deuxième nuit de folie, sans tenir compte de sa fatigue.

— Tu sais que je suis déçue, quand même, murmura Jules.

— Déçue par quoi ?

— Je viens de rentrer et voilà que papa et toi vous m'abandonnez pour partir en week-end.

Shana lui jeta un regard apitoyé.

— Tu ne réussiras pas à me culpabiliser. Si tu étais à ma place…

— Je serais partie le cœur léger, la tête haute, sans un regard en arrière ! s'exclama Jules en riant.

— Exactement ! conclut Shana, en riant elle aussi.

Elle adorait sa sœur et elle savait que c'était réciproque. A la mort de leur mère, elles s'étaient appuyées l'une sur l'autre. Et aussi sur leur père. Il avait été leur roc, leur tour de contrôle. Leur héros.

— De toute façon, j'ai moi aussi des projets pour ce week-end. Tu ne devineras jamais…

— J'ai presque peur de demander.

Jules lui adressa ce sourire espiègle qui n'annonçait rien de bon.

— Je vais mettre mes talons aiguilles, ma robe la plus courte, et je vais partir en chasse, dans les bars.

— Tu cherches quelqu'un ?

— Oui. Je suis sur une nouvelle enquête. Je cherche un type qui filme ses partenaires à leur insu et diffuse ensuite leurs ébats sur le Net.

— Tu plaisantes ?

— Hélas, non. Il change d'hôtel et de pseudo chaque fois, donc il est très difficile à coincer. Les pauvres femmes ne découvrent le pot aux roses que lorsque le film est déjà en ligne, c'est-à-dire lorsqu'il est trop tard.

— Mais quel salaud !

— Oui, c'est aussi mon avis. Quatre femmes se sont associées pour m'engager. La police a baissé les bras et renonce à rechercher le type, par manque d'effectifs et de budget, leur a-t-on dit. Il change aussi de bar, pour trouver ses conquêtes. J'ai une description physique assez précise. Il est très beau mec. Il n'a pas de difficultés à trouver tous les week-ends de nouvelles victimes.

— J'espère que tu vas le coincer. Et sois prudente, je t'en prie.

Jules eut un sourire provocateur.

— Mais je suis toujours prudente, voyons.

25

— J'aimerais apprécier le paysage à travers vos yeux, Ben. Décrivez-moi ce que vous voyez.

Mona était assise près de Ben, sur la couverture qu'il avait étendue sur le sable. Ils étaient arrivés vers 10 heures, assez tôt pour choisir l'un des plus beaux coins de la plage, avant que la foule du déjeuner ne débarque en masse. L'endroit était vraiment parfait, à l'ombre des hôtels, des restaurants et des innombrables cafés qui bordaient l'océan.

Il tendit le bras pour prendre sa main dans la sienne.

— Volontiers, dit-il.

Il passa les dix minutes qui suivirent à lui décrire le paysage, pour qu'elle puisse s'en faire une idée. Il lui parla des adolescents qui jouaient au volley un peu plus loin, des jet-skis aux couleurs criardes, des gros nuages blancs qui filaient dans le ciel, au-dessus de la mer. Elle l'écouta en souriant.

— Et enfin, surtout, je vois une très belle femme vêtue d'une petite robe jaune qui lui va à merveille et dont la couleur fait ressortir celle de ses yeux, murmura-t-il en guise de conclusion. Et puis je regarde ses cheveux, qui encadrent un si joli visage. Un visage dont le sourire illumine ma vie. Je regarde ses lèvres, que j'ai envie d'embrasser depuis le premier jour.

— Ben…, soupira Mona en essuyant les larmes qui perlaient à ses yeux. Vous ne devriez pas dire des choses pareilles.

— J'ai raison de les dire et je les dirai encore, protesta-t-il.

Parce que j'ai l'intention de vous faire la cour, assidûment, comme un homme fait la cour à une femme qu'il veut dans sa vie.

Il était sûr de lui. Il la voulait dans sa vie.

— Mais vous ne me connaissez pas, ou si peu, protesta Mona. Vous êtes un homme merveilleux, Ben. Vous méritez une femme…

— Une femme comme vous, coupa-t-il. Comme vous, murmura-t-il de nouveau en se penchant pour embrasser ses lèvres qui tremblaient.

— Ben, je ne peux pas m'engager, tant que je ne sais pas si je vais rester aveugle. Je ne veux pas que vous soyez une image floue. Je veux pouvoir dévisager l'homme qui s'est attaché à moi et m'a acceptée telle que j'étais. Je veux pouvoir regarder celui qui m'a fait de nouveau me sentir une femme à part.

— Vous êtes une femme à part, soyez-en persuadée. Et vous ne resterez pas aveugle. Je le sais, je le sens. Votre médecin vous l'a confirmé cette semaine. Mais, si vous deviez rester ainsi, ça ne changerait rien, je serais tout de même là, à vos côtés. Toujours.

Les mots lui venaient du fond du cœur. Il était sûr de lui. Il s'était habitué à surveiller Mona quand elle marchait, à lui signaler les obstacles, à lui décrire ce qui les entourait. Pour lui, ce n'était pas un fardeau, mais un honneur, une joie, un privilège.

— Vous voulez marcher sur la plage ? proposa-t-il en chassant des mèches de cheveux que le vent avait poussées sur son visage.

— Oui.

Il se pencha pour défaire ses sandales. Quand il lui effleura les chevilles, elle laissa échapper un soupir tremblotant. Il sourit en constatant qu'elle était sensible à cette furtive caresse. La vue n'était pas nécessaire quand deux êtres se sentaient attirés l'un vers l'autre.

Il l'aida à se relever et ils avancèrent ensemble vers le rivage, main dans la main.

*
* *

— Fais le tour, fais comme chez toi.

Shana prit son sac de voyage qu'elle venait de déposer dans le vestibule et entra dans le salon. Ils avaient roulé plusieurs kilomètres sur la route qui traversait le parc national Shenandoah, et ensuite encore des kilomètres au milieu d'une nature grandiose, dans les montagnes Blue Ridge. Jace lui avait dit qu'il avait chargé quelqu'un de leur préparer la cabane, mais tout de même elle avait eu un peu peur de débarquer dans une vieille bicoque poussiéreuse.

Aussi était-elle agréablement surprise de ce qu'elle découvrait. Il ne s'agissait pas d'une cabane, mais d'un chalet niché entre la forêt et les montagnes, et qui comportait deux étages, avec une terrasse au premier. Les murs étaient de bois verni. Le rez-de-chaussée, très spacieux, était une immense pièce à vivre, avec de beaux volumes. La cuisine n'aurait pas déçu un cordon-bleu. Le coin salle à manger pouvait accueillir une grande famille. Le coin salon était spacieux, avec une immense cheminée et un écran de télévision géant sur l'un des murs. Les tapis savamment répartis sur le sol donnaient à l'endroit un aspect chaleureux. Des plantes artificielles, plus réelles que des vraies, répondaient à la verdure du dehors, que l'on apercevait à travers la baie vitrée occupant tout un mur et offrant une vue panoramique sur le lac Streater et sur une partie des montagnes Blue Ridge.

— Alors, qu'est-ce que tu en penses ? demanda Jace en refermant la porte avec son talon.

Il avait les bras chargés de provisions. Ils s'étaient arrêtés pour faire les courses dans un supermarché au pied des montagnes. Jace prétendait savoir cuisiner, elle avait hâte de savoir si c'était vrai. Quant à elle, elle avait avoué sans complexe en être incapable.

— C'est magnifique, dit-elle. Ça fait longtemps que tu as cette *cabane* ? demanda-t-elle en s'installant sur le canapé.

Elle essaya de ne pas trop remarquer à quel point il était sexy avec ce T-shirt, ce jean élimé et ces vieilles bottes. Il s'était présenté chez elle de bon matin, à 7 heures, en pleine forme, et elle avait senti son cœur bondir en lui ouvrant la porte. Il avait souri et, à peine entré, l'avait attirée dans ses bras pour lui donner un baiser qui avait achevé de la réveiller.

— Ça fait quelques années, maintenant. Ma famille en possédait une à quelques kilomètres, à l'est, dit-il en prenant la direction de la cuisine. Après la mort de maman et le procès de papa, nous n'y allions plus, et grand-père l'a vendue.

Il posa les sacs de provisions sur le comptoir.

— Papa nous emmenait souvent camper et j'ai toujours aimé le contact avec la nature. J'ai entendu par hasard parler de cette cabane à vendre et je l'ai achetée. C'est la troisième fois que je viens.

Elle le rejoignit dans la cuisine et l'aida à vider les sacs et à ranger les provisions. La cuisine était spacieuse, mais ils se frôlèrent à plusieurs reprises, ce qui l'excita délicieusement.

Ça lui avait fait un drôle d'effet de pousser un chariot de courses dans un magasin en compagnie de Jace qui se chargeait de le remplir. Elle avait eu l'impression de jouer au couple marié. Il s'était moqué d'elle parce qu'elle ne connaissait pas le nom des épices et il avait poussé les hauts cris quand elle lui avait avoué que, la seule fois où elle avait fait cuire des spaghettis, elle les avait mangés avec une sauce en boîte.

Une fois les courses rangées, il lui fit faire le tour de la maison. En visitant la chambre où ils passeraient la nuit, elle admira la vue sur le lac et les montagnes, encore plus spectaculaire qu'au rez-de-chaussée. Le lit était placé face à une grande baie vitrée. Ce devait être magique d'ouvrir les yeux le matin sur le soleil levant.

— Tu as envie de faire une petite balade ? demanda-t-il tandis qu'ils descendaient l'escalier pour retourner dans le salon. J'aimerais te montrer mon endroit favori.

— D'accord.

Il lui prit la main, la fit sortir par la porte de derrière et l'entraîna sur un chemin boisé.

— Tu vas voir ce qui m'a décidé à acheter cette maison, expliqua-t-il.

Il poussa une porte de fer et la guida à travers d'épais buissons feuillus. Au bout de quelques mètres, ils débouchèrent sur une clairière qui surplombait une prairie d'une beauté à couper le souffle. Elle était couverte de fleurs sauvages. Au centre, un geyser crachait son eau vers le ciel.

— Cette prairie ne fait pas partie de ma propriété mais, du moment que je peux l'admirer d'ici, j'ai un peu l'impression qu'elle m'appartient.

Il désigna un petit banc de bois.

— J'ai même construit ce banc, dit-il en s'asseyant.

Shana se demanda quels tourments l'avaient poussé à rechercher cet endroit isolé, fait pour se retrancher du monde. Puis elle songea au drame qui l'avait séparé de ses parents et son cœur se serra.

Elle le rejoignit sur le banc et ils contemplèrent tous deux en silence la prairie qui s'étendait à leurs pieds. Elle n'avait jamais été fanatique des grands espaces, mais elle dut reconnaître qu'elle était réellement séduite par ces pentes d'herbe verte et grasse, couvertes de fleurs multicolores. Comme elle avait de la chance de contempler tant de beauté alors que Mona, elle, en était privée…

— C'était quoi, ce gros soupir ? demanda Jace.

Elle jeta un regard en biais de son côté. Elle ne s'était pas aperçue qu'elle soupirait.

— Je pensais à Mona, la femme dont mon père est tombé amoureux.

Voilà. Elle l'avait dit. Et le dire, c'était commencer à l'accepter. Le visage de son père s'illuminait chaque fois qu'il prononçait le nom de Mona. Oui, il était amoureux.

— Et pourquoi pensais-tu à elle ?

— Elle est devenue aveugle à la suite d'un accident de voiture il y a plusieurs années. Les médecins pensent qu'elle recouvrera peut-être la vue, mais ils ne peuvent rien promettre. Mais pour mon père, ça ne fait aucune différence.

Il l'aime. Il la veut. Aveugle ou pas. C'est le grand amour, conclut-elle.

— Le grand amour, répéta-t-il d'un ton amusé. Tu y crois ?

Evidemment, lui n'y croyait pas, elle aurait dû s'en douter.

— Mon père y croit, lui. Il a été amoureux deux fois dans sa vie. De ma mère. Et de cette femme, Mona.

— Et toi ? Tu as déjà été amoureuse ?

La question la surprit, mais Jonathan lui vint aussitôt à l'esprit.

— J'ai cru l'être une fois, murmura-t-elle.

Il haussa un sourcil.

— Tu l'as *cru* ?

— Oui. Il m'avait totalement conquise, il me traitait comme une reine et j'ai cru être la femme de ses rêves.

Le ton était amer. Elle le regretta, mais elle n'y pouvait rien.

— Et ?

— Et en fait il me tendait un piège. Mais j'étais déjà trop engagée pour m'en rendre compte. Je n'ai rien vu venir.

Il ne dit rien, mais passa son bras autour de ses épaules et elle accepta de se laisser aller contre lui.

— Que s'est-il passé ? demanda-t-il doucement.

Elle était sur le point de lui répondre qu'elle n'avait pas envie d'en parler, qu'elle ne voulait pas qu'il sache à quel point elle avait été sotte, mais elle hésita. Il avait le don de la faire fondre, il était un amant parfait, il était l'homme le plus délicat qu'elle ait rencontré depuis longtemps. Il savait être à l'écoute des autres, avec une vraie générosité. Elle l'avait observé, avec ses frères et avec ses employés. Elle l'avait écouté parler avec amour de son grand-père et de la gouvernante qui s'était occupée d'eux depuis toujours. Mais, tout de même, son passé ne le regardait pas. D'un autre côté, si elle lui racontait ses déboires avec Jonathan, il comprendrait qu'elle ne se laisserait plus jamais abuser par un homme.

Elle se sentait sur le point de tomber amoureuse de lui. Mais, ça, elle n'allait pas le lui avouer.

— Jonathan et moi, nous nous sommes rencontrés par

hasard, dans une soirée. Entre nous, ça a été immédiat. A tous les niveaux. Il a engagé la conversation avec moi en me parlant d'Aristote, alors c'était pratiquement gagné d'avance...

Comme il lui jetait un regard interrogateur, elle crut bon de se justifier.

— Je suis passionnée par la Grèce antique et par la philosophie.

Elle soupira.

— Je te passe les détails, il vaut mieux que je résume. Nous sortions ensemble depuis neuf mois quand j'ai découvert la vérité. Notre rencontre n'était pas due au hasard, mais elle avait été bien orchestrée et elle faisait partie d'un plan diabolique. L'un de mes clients était un magnat du pétrole, sous contrat avec moi pour un an. Jonathan avait été engagé par l'un de ses concurrents pour voler des renseignements sur lui.

— Et comment t'en es-tu aperçue ?

— C'est Kent qui s'en est aperçu. Et Bruce est venu me trouver pour me mettre les preuves sous le nez.

— Bravo à Kent et à Bruce. Et qu'est devenu Jonathan ?

— Je l'ignore. Il a quitté Boston avant moi. Mais ma liaison avec lui m'a servi de leçon. J'ai appris à me méfier des beaux discours.

Elle se tut quelques minutes, puis décida que c'était son tour de poser des questions.

— Toi, tu as été marié. Donc je suppose que tu as été amoureux, toi aussi.

En effet, il avait été amoureux, mais il n'avait pas mis longtemps à se rendre compte que son mariage était une erreur. Pourtant, il avait essayé jusqu'au bout. Mais Eve l'avait trahi en avortant sans lui en parler. Et, ça, il n'avait pas pu le lui pardonner.

Il avait tout de même été amoureux d'elle. Aussi il ne chercha pas à nier.

— Oui, dit-il seulement.

— Et pourquoi ça n'a pas marché ?

Il s'était permis de la questionner sur son passé et sur

sa vie privée, aussi, elle avait le droit de l'interroger à son tour. De plus, il pouvait résumer ce qui s'était passé entre Eve et lui en une seule phrase.

— Je me suis aperçu qu'elle ne m'avait pas épousé par amour et je me suis juré de ne plus jamais me laisser manipuler.

Voilà qui était clair. Ils étaient tous les deux sur leurs gardes.

— On rentre ? demanda-t-il en la pressant contre lui.

Elle leva son visage vers lui.

— J'espère que tu ne vas pas me demander de te seconder dans la cuisine.

— C'est à ce point-là ?

Elle rit.

— Oui. Je ne cuisine que si j'y suis obligée. Jules adore cuisiner et je l'ai toujours laissée régner sur son royaume.

Il lui caressa les cheveux.

— Très bien, je ne te demanderai rien. Mais c'est uniquement parce que je tiens à ce que tu te reposes pour être en forme plus tard.

Elle comprit aussitôt à quoi il faisait allusion. Elle se suspendit à son cou et déposa sur ses lèvres un baiser sonore.

— Marché conclu, dit-elle.

— Le dîner était parfait, Jace, déclara plus tard Shana, tout en l'aidant à débarrasser.

Non seulement il avait préparé un dîner succulent, mais elle avait découvert un compagnon agréable, avec une conversation intéressante, charmante, parfois drôle. Et bien entendu elle l'avait trouvé irrésistible. Tentant comme le péché. Il n'était pas rasé de près, comme au bureau, et le style débraillé lui allait à merveille. Un peu trop bien, même. Ça le rendait encore plus sexy.

Quand elle voulut l'aider à débarrasser, il intervint pour l'en empêcher.

— Je m'en occupe. Tu devrais plutôt monter à l'étage faire couler notre bain.

— Notre bain ? répéta-t-elle en haussant un sourcil.

Il se pencha pour lui embrasser le bout du nez.

— Oui, notre bain. Je te rejoins dès que j'ai fini ici.

Elle plissa les yeux, tout en s'efforçant de retenir un sourire.

— Tu ne vas tout de même pas me rappeler ce stupide marché que nous avons conclu tout à l'heure.

Il rit.

— Mais si, je te le rappelle ! J'y ai pensé sans arrêt tout en faisant la cuisine, pendant que tu te prélassais sur le canapé du salon, en lisant un livre sur ton Ipad.

Elle n'avait rien à répondre à ça, aussi, elle se dirigea docilement vers l'escalier.

— Shana ?

Elle se retourna.

— Oui ?

— Je suis content que tu aies apprécié le dîner.

Elle soupira, puis commença à monter les marches.

Jace s'arrêta net sur le seuil de sa chambre en la trouvant plongée dans la pénombre. Shana s'était servie des lampes au kérosène qu'il gardait en cas de panne d'électricité pour poser çà et là des points de lumière. Elle avait réussi à créer un éclairage doux et tamisé. Et très évocateur…

— Ton bain t'attend, Jace.

Il battit des paupières. Shana venait de se matérialiser, sortie de nulle part, et elle était nue. Totalement nue. Elle avait un corps magnifique qu'il ne se gêna pas pour détailler du regard. Il y avait en elle tant de féminité qu'il en eut mal au ventre.

— Jace ?

Il déglutit avec peine.

— Oui ?

— Viens, insista-t-elle en le prenant par la main pour l'entraîner dans la salle de bains.

Il parvint à se ressaisir et la suivit, tout en passant en revue les possibilités infinies qu'offrait une femme nue l'entraînant dans un bain. Elle avait apparemment décidé de remplir sa part du marché. Il avait hâte de voir ce que ça allait donner.

Un bain mousseux les attendait et la pièce embaumait le jasmin.

— Il faut te déshabiller, à présent, murmura-t-elle à son oreille.

L'un de ses seins effleura son bras et il ne put retenir un gémissement.

Puis il demeura là, en souriant comme un idiot, tandis qu'elle lui ôtait délicatement ses vêtements. Il ne l'aida qu'une seule fois, quand elle eut du mal à défaire sa braguette à cause de son sexe en érection.

Il fut bientôt nu lui aussi. Aussi nu qu'elle. Quand il tendit le bras vers elle, elle fit un bond en arrière.

— Pas maintenant. Entre dans la baignoire.

Il rit et enjamba l'immense baignoire où il s'immergea totalement, appréciant au passage la température de l'eau, parfaite.

— Tu me rejoins ? demanda-t-il.

— On verra. Tu m'as offert un délicieux dîner. Je veux que tu profites de ce moment de détente.

Elle s'accroupit devant la baignoire.

— Je vais te donner un bain que tu n'es pas près d'oublier…

Elle prit un gant de toilette et le mouilla. Elle commença par son torse. Ça n'était pas désagréable, mais ça chatouillait un peu. Puis elle passa aux épaules et descendit lentement, en s'arrêtant au niveau du nombril, qu'elle caressa en dessinant des cercles. Elle glissa ensuite vers son sexe et, là, ses mains prirent la place du gant. Il n'était plus conscient à présent que du jeu de ses doigts autour de son sexe dressé…

Il soupira quand elle raffermit sa caresse et chercha son regard, brûlant de désir comme le sien, sans doute. Il dut se retenir pour ne pas gémir. Des coulées de plaisir inondaient son corps tout entier.

Tout en continuant à lui montrer de quoi elle était capable avec ses mains, elle se pencha sur lui. Il crut qu'elle allait juste l'effleurer d'un baiser, car elle était déjà très occupée, mais elle y alla franchement, le fouillant de sa langue, l'excitant un peu plus. Il lui répondit avec une fougue qui fit encore grimper sa fièvre, tandis que leurs langues continuaient leur duel.

Il n'y tenait plus, aussi, il la saisit et la fit passer par-dessus la baignoire, sans se préoccuper de l'eau qui giclait et débordait abondamment. Elle s'écarta pour le regarder d'un air incrédule. Il haussa une épaule et sourit quand elle capitula et se glissa entre ses cuisses.

— Je voulais te donner un bain, protesta-t-elle avec une moue contrariée.

Il se redressa pour embrasser cette bouche capricieuse, puis transforma ce baiser consolateur en une étreinte passionnée. Il adorait l'embrasser. Il aurait pu l'embrasser des journées entières et il aurait continué à l'embrasser si elle n'avait pas remué pour se lover contre son sexe en érection.

Aussitôt, il en oublia le baiser.

Son cerveau fondit, il la prit par les hanches et pénétra l'intimité de sa chair en feu. Elle gémit et renversa la tête en arrière quand il s'immisça en elle avant de l'embrasser tendrement dans le cou.

— Viens sur moi, chérie. Je veux que tu viennes sur moi.

Il allait devoir écoper la salle de bains tout à l'heure, mais peu lui importait. Il n'était plus conscient que de ces hanches qu'elle élevait lentement, se retirant presque, avant de retomber sur lui, comme il l'avait imaginé des centaines de fois.

— C'est ça, c'est ça, murmura-t-il d'une voix rauque. C'est tout à fait ça. Prends tout…

Elle n'avait pas besoin de ses encouragements. Elle prenait tout. Ses muscles intimes qui entouraient son sexe le mettaient en feu. Il l'encouragea d'abord en lui caressant les seins et le dos, puis avança la tête, pour prendre un sein dans sa bouche. Elle continuait à aller et venir, emportée par la passion.

Puis il la sentit, cette lente montée qui venait du ventre et s'amplifiait jusqu'à exploser, balayant tout sur son passage, le corps et l'esprit, avec une intensité à couper le souffle. Shana ne cessait d'accélérer. Il sentait tout son être répondre à son rythme et levait le bassin pour aller à sa rencontre.

— Shana !

Il avait besoin de sa bouche, aussi, il la prit, lui écrasant les lèvres, insinuant sa langue, fouillant, goûtant.

Et ensuite elle lâcha sa bouche pour crier son nom et la passion contenue dans ce cri acheva de l'emporter. Il la saisit par les cheveux, pour l'attirer à lui et reprendre possession de cette bouche, avec encore plus de férocité, tandis que l'orgasme le secouait des pieds à la tête.

Ils s'embrassèrent encore longtemps. Puis il l'aida à sortir de la baignoire et l'essuya. Quand il l'emporta dans ses bras, elle se pelotonna contre lui et lui mordilla l'épaule.

— Et si on terminait ça au lit ?

— Où tu veux…, gémit-elle.

26

Dalton passa en revue les femmes de la boîte de nuit. Ce soir, il y avait du choix et de la variété — détail important, car la diversité était pour lui le piment de la vie. Il avait déjà fait tellement de touches qu'il ne les comptait plus, mais il n'avait encore jeté son dévolu sur personne. Il n'était que 23 heures, il avait le temps.

Il ne put s'empêcher de rire intérieurement en remarquant les œillades langoureuses que lui lançaient quelques jeunes femmes, plutôt pas mal, mais pas assez convaincantes à son goût. La plupart des femmes l'avaient repéré dès qu'il avait franchi la porte. Certes, il s'était mis sur son trente et un — pantalon en lin, veste de marque, chaussures de luxe —, mais il était tout de même surpris de produire un tel effet. Il était toujours épaté de constater à quel point certaines femmes étaient prêtes à tout quand elles pensaient avoir repéré un type plein aux as. Le fait qu'elles en veuillent surtout à son argent ne le dérangeait pas. Il ne partageait celui-ci que si ça lui chantait, et comme ça lui chantait.

— Je vous sers un autre verre, monsieur Granger ?

Il leva les yeux au ciel.

— Arrête de me donner du « monsieur », Percy, répondit-il au serveur. Je m'appelle Dalton, tu ne t'en souviens pas ?

Percy eut un petit rire gêné.

— Je ne l'avais pas oublié. Mais ici, on s'adresse à un client en l'appelant monsieur. C'est la règle.

— Eh bien, ce soir, à cette table, je te demande d'oublier la règle.

Il n'avait jamais été vraiment ami avec Percy Johnson, mais ils avaient fréquenté le même lycée et joué dans la même équipe de football en primaire. Percy avait été un très bon quart arrière plus tard, dans l'équipe des séniors de son lycée, ce qui lui avait permis d'obtenir une bourse pour l'université de Caroline du Sud. Il avait surpris tout le monde en abandonnant tout quand sa petite amie s'était retrouvée enceinte : il avait fait ce qu'il fallait, il était rentré en Virginie pour l'épouser.

C'était la troisième fois que Dalton venait dans cette boîte et, chaque fois, il avait été servi par Percy. Il se demanda si celui-ci y travaillait à plein temps, ou s'il ne s'agissait que d'un travail d'appoint. Il avait envie de savoir. Il décida de le questionner — avec diplomatie.

— Tu as épousé Trina Morgan, c'est ça ? demanda-t-il, tout en connaissant déjà la réponse.

— Oui. Nous nous sommes mariés après le lycée. Ça fait dix ans, maintenant. Nous avons trois enfants.

Dalton acquiesça.

— Félicitations. Tous les couples ne tiennent pas le coup aussi longtemps.

Il s'adossa à son siège.

— Je suis rentré en ville il y a un mois.

— Je sais. J'ai lu ça dans le journal. Toutes mes condoléances pour ton grand-père.

— Merci. C'est ton job principal, ici ?

— Non. Je n'y suis qu'à temps partiel. Je bosse à plein temps à l'usine Cullum Meat, en tant qu'opérateur de chariots élévateurs, répondit Percy, tout en remplissant le verre de Dalton. Je n'ai pas bougé d'ici depuis mon mariage. J'ai obtenu l'année dernière un diplôme universitaire. Ça m'a pris du temps, mais j'y suis arrivé.

— Bravo, ça n'a pas dû être facile, avec une vie de famille. Je crois que je n'aurais pas pu en faire autant.

— En effet, ça n'a pas été facile. Je croyais obtenir avec ce diplôme une promotion à l'usine. J'espérais travailler dans les bureaux, mais malheureusement ça n'a pas été le cas. Je suis technicien en informatique et ils n'ont pas de poste pour moi. Je cherche un emploi mieux payé qui prendra en compte ma qualification. J'en ai assez de cumuler deux boulots. Mon fils joue dans une équipe de football et c'est dur de l'emmener à l'entraînement le matin quand j'ai travaillé toute la nuit.

Dalton acquiesça. Une idée venait de lui traverser l'esprit.

— Ça t'intéresserait de travailler chez Granger Aeronautics ?

Les yeux de Percy brillèrent.

— Tu parles ! J'ai postulé plusieurs fois, mais je n'ai jamais pu décrocher un entretien.

— Tu viens d'en décrocher un, répliqua Dalton en sortant une carte de visite de son portefeuille. Appelle les DRH et dis-leur que tu viens de ma part. C'est moi qui te recevrai.

Le visage de Percy se fendit d'un large sourire.

— Merci, Dalton. Je ne sais pas quoi dire.

— Ne me remercie pas. Je tiens à te remercier de ce que tu m'as dit il y a longtemps.

Percy fronça les sourcils, fouillant visiblement dans sa mémoire. Dalton décida de l'aider.

— C'était le jour où je suis revenu à l'école après le procès de mon père.

Percy battit des paupières.

— Ah, ça…

— Oui, ça. Tu ne connaissais pas mon père, mais tu t'es comporté comme si tu croyais en son innocence, alors que mes amis, eux, n'y croyaient pas.

Percy haussa les épaules.

— Je ne connaissais pas ton père personnellement, mais je l'avais vu une fois ou deux, quand il venait te chercher après les matchs. Il avait l'air supersympa et je n'arrivais pas à l'imaginer en train de faire ce dont on l'accusait.

Il baissa les yeux vers la carte de visite qu'il tenait à la main.

— Tu n'as pas idée de ce que ça représente pour moi, Dalton. Même si je commence tout en bas de l'échelle. Je suis sûr qu'un salaire de débutant chez Granger sera le double de ce que je gagne en cumulant mes deux emplois actuels. Je te remercie, vraiment. Et je travaillerai dur, je te le promets, je ferai du bon boulot.

— Je n'en doute pas.

Percy s'éloigna pour servir une autre table et Dalton le suivit des yeux, songeur. Ses frères et son grand-père avaient raison. Il avait tout eu sur un plateau et il n'avait jamais jusque-là pris conscience que certains devaient travailler dur pour avoir beaucoup moins.

Il avait été gâté et ça l'avait rendu égoïste. Le geste qu'il venait de faire pour Percy lui donnait l'impression de devenir meilleur.

Il soupira.

On ne changeait pas en une nuit, mais il ferait des efforts.

Il jeta de nouveau un regard autour de lui, à celles qui regardaient obstinément de son côté et qui devaient hésiter à faire le premier pas. Le temps passait. Il devait se décider, s'il ne voulait pas finir sa nuit seul.

Il portait son verre à ses lèvres quand son regard se tourna vers l'entrée. Waouh… ! Plus la peine de se résigner à un choix par défaut, celle qui venait d'entrer était parfaite. Elle portait des talons aiguilles. Elle avait des jambes superbes. Sa robe était beaucoup trop courte pour être décente.

Et tout ça lui plaisait beaucoup.

Ce qu'elle pouvait être sexy ! Elle avançait maintenant vers une table, en se déhanchant, d'une démarche de danseuse, perchée sur ces talons incroyables. Il la voulait.

Il lui adressa un sourire sans équivoque. Il avait trouvé sa proie. Cette femme finirait la nuit dans son lit.

Jules s'installa à une table. Elle était fatiguée et elle commençait à se décourager. Elle avait déjà fait deux bars et une boîte, mais elle n'avait toujours pas trouvé le salaud qu'elle cherchait. Elle en avait rencontré d'autres, notamment deux types qui l'avaient abordée dans le bar précédent et n'avaient plus voulu la lâcher. Elle avait dû employer avec eux les grands moyens — un coup de genou bien placé — pour qu'ils comprennent que c'était non. En plus elle avait mal aux pieds, à cause de ces fichus talons et…

Elle leva les yeux quand une main posa devant elle un verre de vin, tandis qu'un homme s'installait dans le fauteuil en face du sien. Elle battit des paupières.

— Qu'est-ce que c'est ? demanda-t-elle en fronçant les sourcils et en regardant son verre.

L'homme lui sourit et elle réprima un frisson. Il était carrément canon, celui-là.

— C'est votre verre. Je l'ai commandé pour vous. Je vous l'offre. Vous avez l'air d'avoir soif.

— J'ai l'air d'avoir soif ?

— Oui.

Il avait des yeux magnifiques, d'un brun clair, et son eau de toilette n'était pas désagréable — un bon point pour lui. Si elle n'avait pas eu un autre bar à visiter ce soir, elle aurait pu peut-être lui accorder la soirée. Mais elle était en mission. De plus, il était du genre sûr de lui et insistant, ça se voyait tout de suite, et, ça, elle n'appréciait pas vraiment.

— Merci pour le verre, mais je ne le boirai pas. Je préfère commander moi-même. Est-ce que j'ai l'air d'une idiote ?

La question parut le prendre au dépourvu, mais il se ressaisit et répondit posément.

— Pas du tout. Vous avez l'air d'avoir du plomb dans la cervelle, au contraire.

— Une femme qui a du plomb dans la cervelle n'accepte pas un verre d'un inconnu. Qui me dit que vous n'avez pas mis de l'ecstasy là-dedans ?

Il éclata de rire.

— Franchement, ce n'est pas mon style.

— Comment voulez-vous que je le sache ?

Dalton s'humecta les lèvres. Elle lui plaisait de plus en plus. Elle avait la langue bien pendue, mais il était certain de pouvoir trouver un autre usage à cette jolie langue.

— Très bien, soupira-t-il. Commandez votre verre, si vous y tenez.

— C'est ce que je vais faire, dit-elle en faisant signe à un serveur.

— Que puis-je pour vous ? demanda celui-ci.

Dalton ne lui laissa pas le temps d'en placer une.

— Cette dame ne veut pas de ce verre. Servez-lui un autre verre et mettez-le sur mon compte.

Elle ouvrit la bouche pour dire qu'elle payait elle-même ses consommations, puis elle changea d'avis. Après tout, elle pouvait bien accepter qu'il lui offre un verre. Elle discuterait un peu avec lui, puis elle changerait de bar. En espérant y trouver le salaud qui filmait ses partenaires à leur insu.

Elle passa donc sa commande, puis se tourna vers l'inconnu, lequel la dévisageait avec insistance.

— Puis-je savoir votre nom ? demanda-t-il.

Elle aurait préféré qu'il ait une voix moins sensuelle.

— Vous n'avez pas besoin de connaître mon nom, comme je n'ai pas besoin de connaître le vôtre.

— Et pourquoi cela ?

Le serveur revenait déjà avec son verre, elle en but une gorgée et soupira de plaisir.

— Je suis venue ici pour chercher un homme, annonça-t-elle.

Il eut un grand sourire.

— Il me semble que j'en suis un.

Elle leva les yeux au ciel.

— Je veux dire que je suis à la recherche de quelqu'un. Et ce n'est pas vous. Je vais donc passer un moment avec vous, puis partir.

— Si ce type vous a laissée tomber, vous…

— Vous n'y êtes pas du tout. Ecoutez, ne perdez pas votre temps avec moi, je ne suis pas intéressée.

— Ah bon ?

— Non.

Il sourit, de nouveau. Loin d'être vexé, il était amusé. Cette femme à la robe si courte qu'on n'était plus très sûr qu'il s'agisse d'une robe piquait singulièrement son intérêt et faisait naître dans son esprit des images affriolantes.

Il la voyait nue, par exemple, étendue sous lui. Ensuite, il renversait sur elle le contenu de son verre et la léchait avec application…

— Merci pour le verre, j'en avais bien besoin, déclara-t-elle en se levant.

Cette phrase eut le mérite de le tirer de sa rêverie érotique.

— Où allez-vous ? demanda-t-il.

Elle lui jeta un regard sévère.

— Ça ne vous regarde pas.

Puis elle s'éloigna, en direction de la porte.

— Attendez !

Elle se tourna vers lui.

— Oui ?

— Et si j'avais envie de vous revoir ?

Elle eut un sourire terriblement provocateur, aussi provocateur que sa tenue et que ses jambes.

— Il faudra vous débrouiller pour me retrouver.

Et, sur ce, elle reprit le chemin de la porte et cette fois sortit pour de bon.

Il resta assis sur son siège, comme hébété, puis renversa la tête en arrière et éclata de rire. La retrouver ? Pas question ! Dalton Granger ne courait après personne. Il n'avait jamais supplié une femme et il n'allait pas commencer maintenant. Pourtant, il se leva d'un bond et fila en direction de la sortie. Une voiture démarrait dans le parking.

— Merde !

Il n'avait même pas eu le temps de relever sa plaque d'immatriculation.

Il faudra vous débrouiller pour me retrouver.

Il s'adossa à un pilier et fronça les sourcils. Il n'était pas du genre à courir après une femme, mais il était du genre à relever un défi.

— Je vais me débrouiller pour te retrouver, ma belle, murmura-t-il.

Puis il rentra dans le bar.

27

— Je suppose que, si tu as réclamé cette réunion, c'est que tu as des révélations à nous faire, Marcel, dit Shana.

Elle avait accompagné son collaborateur dans le bureau de Jace. Dalton et Caden venaient d'arriver, avec un peu de retard. Ils pouvaient commencer.

Elle avait passé avec Jace un week-end enchanteur, mais il lui parut tout à coup bien loin. Il fallait maintenant revenir aux choses sérieuses.

Marcel avait la cinquantaine bien sonnée et travaillait pour le FBI depuis plus de quinze ans. Il avait été marié vingt ans et était le père de triplés qui entreraient à l'université à l'automne. Comme le père de Shana, Marcel avait été un flic intègre et dévoué. Dévoué, il l'était aussi en tant qu'agent fédéral. Ce n'était pas la première fois qu'elle l'aiguillait sur une affaire et cela lui arriverait encore — chaque fois qu'elle croiserait sur sa route des gens malhonnêtes.

Marcel s'adossa à son fauteuil.

— Vous avez dû remarquer que Mlle Swanson n'est pas là aujourd'hui ?

Jace haussa un sourcil.

— En effet, elle est absente, et d'après Mlle Booker elle n'a pas appelé pour prévenir de son absence.

— Elle n'appellera pas, répondit Marcel d'un ton détaché. A 6 heures ce matin, deux de vos employés, Melissa Swanson et Cal Arrington, ont été interpellés par des agents fédéraux. Des agents ont également frappé à la porte de Titus

Freeman, votre ancien directeur, mais il n'était pas là et nous le cherchons encore. Un mandat d'arrêt a été lancé contre lui.

— Seigneur ! s'exclama Dalton en secouant la tête. Je me doutais que Freeman n'était pas clair et je ne suis pas très surpris pour Arrington, mais pour Melissa… Elle était si gentille, si serviable… Elle s'inquiétait de savoir si j'avais déjeuné, elle…

— Elle était la maîtresse de Freeman, coupa Marcel. Depuis plus de un an. C'est d'ailleurs ce dernier qui avait convaincu votre grand-père de lui accorder une promotion en l'engageant comme assistante. Bien sûr, cette manœuvre n'était pas innocente. Melissa lui rapportait ainsi tout ce qu'il avait besoin de savoir.

— Elle l'a avoué ? demanda Jace d'une voix calme.

Comme Dalton, il avait apprécié Melissa, qui avait été une secrétaire efficace et attentionnée.

— Elle n'a pas tout avoué mais, grâce au travail de mon agent infiltré et aussi à Kent, l'employé de Shana, nous possédons des preuves qu'elle ne peut pas nier.

Il se tourna vers Shana et lui adressa un sourire.

— Le rapport de Kent était solide, bien étayé.

Elle lui sourit en retour.

— Comme toujours.

Elle jeta un coup d'œil du côté de Jace et constata qu'il avait l'air crispé. Etait-il mécontent qu'elle ne lui ait pas parlé de ses soupçons envers Melissa ? Comprendrait-il qu'elle n'avait rien dit parce qu'elle n'était sûre de rien ?

— Qu'a-t-elle avoué, exactement ? insista Jace.

— Qu'elle est bien la maîtresse de Freeman et que c'est grâce à lui qu'elle a obtenu un poste de secrétaire de direction. Mais elle jure qu'elle n'était pas au courant pour la caméra placée dans le bureau de Shana.

Il marqua un temps de pause, puis reprit.

— Arrington, lui, a tout nié en bloc. Il a appelé son avocat mais, comme nous avions un mandat de perquisition, nous avons eu le temps de fouiller son appartement et de récolter des preuves.

— Quel genre de preuves ? voulut savoir Caden.

— Des plans d'avions provenant de votre entreprise. Apparemment, il les vendait à Barnes Aerospace. Nous avons aussi un mandat pour perquisitionner Barnes Aerospace. La fouille a lieu en ce moment même.

— D'après vous, où est Freeman ? demanda Shana.

— Nous n'en savons rien. Mais sa photo est diffusée un peu partout, au cas où il tenterait de quitter la ville ou l'Etat.

Jace repoussa son fauteuil et se leva pour aller se planter devant la fenêtre. Il était furieux, et aussi blessé, probablement. Il y avait de quoi. Ceux que Marcel avait arrêtés avaient trahi la confiance de son grand-père.

Il se tourna vers le groupe et secoua la tête.

— Je ne comprends pas, dit-il. Freeman était un homme brillant et il s'était fixé pour but de faire prospérer notre entreprise. C'est l'une des raisons pour lesquelles mon grand-père lui avait confié le poste de vice-directeur. Si mes frères et moi n'étions pas revenus, il aurait pu tout diriger comme il l'entendait. Nous ne nous serions mêlés de rien.

— Justement, rétorqua Marcel d'un air sombre. Vous avez décidé de rester, ce qui l'a obligé à modifier ses plans.

— Quels plans ? demanda Caden.

— Barnes aurait proposé une fusion, qu'il aurait acceptée. D'après Melissa Swanson, ils avaient déjà conclu un accord en ce sens environ un mois avant la mort de votre grand-père. Il était censé convaincre celui-ci d'accepter.

Jace soupira. Richard n'aurait jamais accepté une fusion.

— Il entraînait donc délibérément l'entreprise Granger vers le bas, pour que votre grand-père n'ait plus le choix, ajouta Marcel. Avec l'aide d'Arrington.

Il s'arrêta et scruta le visage de Jace.

— Je sais que ce n'est pas une nouvelle agréable à entendre, surtout un lundi matin.

— En effet, ce n'est pas une bonne nouvelle, répondit Jace d'un ton morose.

— Je préfère vous prévenir que d'autres personnes sont peut-être impliquées. Nous continuons à chercher. Melissa

Swanson essaye de se faire passer pour une pauvre femme manipulée, mais à mon avis elle en sait plus long qu'elle ne veut bien le dire. Nous pensons que Freeman était le cerveau de l'opération, mais nous n'avons peut-être pas identifié tous ses complices.

— En d'autres termes, tant que l'affaire n'est pas entièrement résolue, nous ne pouvons faire confiance à personne, renchérit Shana.

Dalton se leva.

— J'ai besoin d'un verre ! Tous ces coups de poignard dans le dos, c'est trop pour moi.

Il se dirigea vers la porte.

— Il est un peu tôt pour picoler, mais je vais faire une exception et boire un verre avec lui, annonça Caden en lui emboîtant le pas.

Ils sortirent tous les deux, en refermant la porte derrière eux.

Marcel se leva et se passa la main sur le visage. Il paraissait las.

— Je crois que l'idée de vos frères n'est pas si mauvaise, déclara-t-il. Mais pour nous il y a encore du pain sur la planche. L'affaire est loin d'être résolue.

A son tour, il se dirigea vers la porte. Avant de l'ouvrir, il se retourna une dernière fois.

— Je vous tiendrai au courant à chaque étape, promit-il.

Puis il sortit.

Jace chercha le regard de Shana.

— Je vais convoquer les chefs de service pour une réunion extraordinaire. Je préfère leur annoncer moi-même ce qui se passe, avant qu'ils ne l'apprennent par les médias.

Elle approuva de la tête.

— Tu dois aussi te préparer à autre chose, dit-elle.

Il haussa un sourcil interrogateur.

— Il faut que tu donnes une conférence de presse.

Quelques heures plus tard, Jace était seul dans son bureau, la tête renversée sur le dossier de son fauteuil. Il avait passé une sale journée. C'était incroyable, tout ce qui pouvait changer en quelques heures. Il s'était réveillé ce matin, après un week-end idyllique, avec la sensation d'être le roi du monde. Jamais une journée n'avait si bien commencé pour se terminer aussi mal.

Il se sentait épuisé, vidé. Il était à son poste depuis moins de un mois, et déjà il devait subir l'épreuve du feu. Heureusement, la réunion avec les chefs de service et la conférence de presse s'étaient bien passées.

— Grand-père, j'espère que tu savais ce que tu faisais en exigeant cette promesse de tes petits-fils, murmura-t-il pour lui-même.

Dalton et Caden avaient eu la bonne idée de revenir de chez McQueen's à temps pour assister à la réunion et à la conférence de presse. Ça l'avait aidé de les sentir à ses côtés.

Shana, elle, n'était pas intervenue — un service de relations publiques était payé pour ça —, mais elle était restée là, un peu à l'écart, de manière qu'il puisse la voir et sentir qu'elle le soutenait.

Il prit le temps de fermer les yeux, pour remonter le temps, revenir à ce week-end dans la montagne avec Shana. Il commença par se remémorer le bain qu'ils avaient pris ensemble — même s'ils n'avaient pas pris un bain, à proprement parler.

Quand ils étaient sortis de la baignoire, il l'avait séchée, puis portée jusqu'au lit. Là, ils avaient fait l'amour de nouveau, à plusieurs reprises, jusqu'à s'endormir, épuisés et comblés, dans les bras l'un de l'autre. Dans la nuit, chaque fois qu'elle avait bougé, il s'était réveillé et l'avait serrée dans ses bras.

Le dimanche matin, quand il avait ouvert les yeux, elle ne dormait pas et le regardait, penchée sur lui.

Il avait allongé le bras pour lui caresser les cheveux, puis il l'avait de nouveau embrassée, glissant sa langue entre ses lèvres entrouvertes.

Et bien entendu il ne s'était pas arrêté là.

Il l'avait embrassée dans le cou, il avait pris ses seins et sucé ses mamelons. Comme elle se mettait à gémir, il était passé à la suite : doucement, il avait écarté ses jambes, soulevé ses hanches, et posé sa bouche sur son sexe…

Sa saveur en était aussi délicieuse que celle de sa bouche, aussi l'avait-il caressé de la langue, tant et tant qu'il en avait encore aujourd'hui le goût. Il lui avait donné un orgasme, puis un deuxième. Et ensuite, au moment où elle allait jouir une troisième fois et le suppliait de la pénétrer, il avait obéi.

Elle aimait faire l'amour, et cela lui plaisait.

Ensuite ils s'étaient rendormis et réveillés vers midi.

Ils avaient eu l'intention de rentrer en ville vers 18 heures, mais ils n'étaient finalement rentrés qu'à minuit — retardés par une dernière étreinte. Il avait été tenté de passer la nuit chez elle, mais elle avait besoin d'un peu de repos, tout de même, car elle se levait le lendemain à 6 heures. En arrivant à Sutton Hills, il avait prié pour ne croiser personne, car il avait l'impression que son emploi du temps du week-end était inscrit sur son visage.

Il ouvrit les yeux en soupirant. Repenser au week-end torride qu'il venait de passer lui avait de nouveau donné envie de Shana. Mais, bon, ce n'était pas le moment. Il avait déjà craqué une fois au bureau, un certain vendredi soir, il n'était pas question de réitérer l'exploit.

Mais c'était dur de se maîtriser, en sachant qu'elle était là, si proche, juste de l'autre côté de la porte de communication. Dalton et Caden étaient partis depuis longtemps. Brandy Booker aussi. Brandy avait paru abasourdie, et blessée, par la trahison de Melissa. Elle n'était pas la seule.

Il se leva et s'étira, puis il tenta de se rasseoir, mais il était incapable de tenir en place. Son regard se posa de nouveau sur la porte de communication, qu'il contempla longuement.

L'instant d'après, sans savoir comment, il se retrouva en train de pousser le battant.

En levant les yeux, Shana vit Jace à la porte de son bureau. Il la fixait en silence, les yeux brûlants de désir. Elle se demanda depuis combien de temps il était là.

— Tu travailles tard, de nouveau, dit-il d'une voix rauque et profonde qui résonna étrangement dans le silence.

Il entra dans la pièce et vint se placer devant elle.

Elle le balaya du regard et, une fois de plus, elle ne put s'empêcher d'admirer son allure et sa prestance. Tout lui allait bien. Aujourd'hui, elle le trouvait beau avec ce pantalon et cette chemise. Mais, nu, il était aussi très séduisant. Quand il était nu, elle adorait se caler contre lui et appuyer sa tête contre son torse pour écouter battre son cœur.

— Oui, répondit-elle. J'essayais d'avancer dans la reconstitution du puzzle, mais il manque encore beaucoup de pièces.

Elle lui sourit.

— Vidal est passé me voir. Il m'a remonté le moral. D'après lui, ce n'est qu'une question de temps, mais je vais trouver les coupables.

— Bien sûr que tu vas les trouver.

Elle ne partageait pas cet optimisme. Marcel l'avait appelée un peu plus tôt pour la prévenir que Melissa avait engagé un avocat, lequel lui avait conseillé de négocier un arrangement. Cal Arrington ne parlait toujours pas. Quant à Freeman, il demeurait introuvable.

— Tu t'en es très bien sorti, avec les journalistes, pendant la conférence de presse, déclara-t-elle, tout en se demandant quand il se déciderait à la prendre dans ses bras.

Car il en avait l'intention, elle n'en doutait pas. L'alchimie sensuelle qui flottait entre eux était là, plus puissante que jamais, saturant l'air d'une tension palpable. L'idée qu'ils risquaient de se laisser emporter ne l'inquiéta pas. Sans doute en avait-elle assez de se mentir à elle-même. Une relation sans avenir n'était peut-être pas ce dont elle aurait eu besoin en ce moment, mais avec Jace elle était preneuse.

Elle était preneuse de tout ce qu'il avait à lui offrir.

Il ne croyait pas en l'amour, mais elle était tombée amoureuse de lui.

Ce qu'ils avaient partagé ce week-end allait au-delà du sexe. Elle s'était sentie proche de lui, ils avaient échangé des confidences. Elle lui avait parlé de la mort de sa mère et du vide que sa disparition avait laissé dans sa vie. Lui aussi s'était livré. Il lui avait confié le drame de son adolescence. La mort de sa mère, le procès de son père, ses amis qui l'avaient rejeté. Il avait parlé de sa famille. Des conflits permanents entre Dalton et son grand-père — deux têtes brûlées.

— Merci. J'ai en effet trouvé que je m'en sortais pas mal, avoua-t-il.

Il lui adressa un sourire las qui la fit frissonner.

— Tout à l'heure, dans mon bureau, avant d'entrer, je pensais à notre week-end, lâcha-t-il.

— A notre week-end en général, ou à certains moments de notre week-end ?

Le désir commençait à monter entre ses jambes. Elle serra les cuisses.

— A notre week-end en général, dit-il.

Un sourire effleura ses lèvres.

— Il n'y a pas des instants qui t'ont marqué plus que d'autres ? insista-t-elle.

Elle vit briller une lueur passionnée dans son regard.

— Maintenant que tu me le dis, peut-être bien que oui, répondit-il lentement.

— Alors ?

— Tous les moments où nous avons fait l'amour.

Ça n'était pas assez précis pour elle.

— Et pourquoi ?

— C'était vraiment bien. Très au-dessus de la moyenne. Je dirais même, exceptionnel. Et…

Elle soutint son regard et haussa un sourcil.

— Et quoi ?

— Et j'en veux encore. Tout de suite. Je te veux, toi…

Jace se rendit compte qu'il prenait des risques. Shana avait déjà renié ses principes en acceptant une liaison cachée — qui durait maintenant depuis trois semaines — et il osait se présenter dans son bureau pour lui dire qu'il la désirait. Il espéra qu'elle comprendrait que ce n'était pas un caprice. Il avait envie d'elle à en devenir fou. Son sexe qui pulsait dans son pantalon en était la preuve. Peut-être l'avait-elle remarqué…

Comme elle se taisait, il crut qu'elle était furieuse, et ouvrit la bouche pour lui demander d'oublier cette stupide requête, mais elle le prit de vitesse.

— Moi aussi j'ai envie de toi, dit-elle. Mais, cette fois, pas sur mon bureau. Bruce a vérifié aujourd'hui que le bureau de ton père n'était pas piégé. J'ai remarqué qu'il y avait un canapé très confortable. J'aimerais l'essayer.

Il se demanda pourquoi elle se montrait si accommodante, mais décida de saisir sa chance sans poser de questions.

— Viens, murmura-t-il d'une voix rauque.

Elle prit sa main et il l'entraîna vers la porte qui donnait dans le bureau de son père. Ils entrèrent, et il referma doucement derrière eux.

28

— Pitié ! murmura Jace d'un ton las en posant la main sur ses yeux.

Il avait la sensation qu'il ne pourrait plus jamais bouger. Son sang pulsait dans ses veines comme s'il était sur le point de rendre son dernier souffle. Son sexe était si dur qu'il en devenait douloureux. Il aurait dû y avoir une loi pour protéger les hommes de l'envoûtement de ce genre de femmes. Ou bien c'était à lui qu'il fallait s'en prendre. Qu'on le menotte. Qu'on lui mette les fers aux pieds. Qu'on le jette derrière les barreaux et qu'on perde la clé !

Il était le plus coupable des deux.

Il laissa retomber sa main et ouvrit les yeux. Shana était étendue sous lui, ses membres mêlés aux siens, dans une drôle de position — l'un de ses seins s'écrasait contre sa joue. On aurait dit qu'elle avait perdu connaissance. Tenté, il tourna lentement la tête, ouvrit la bouche et happa un téton, tandis qu'il glissait une main vers son ventre.

Quelques secondes plus tard, elle se mit à gémir, puis elle se cambra afin qu'il puisse se glisser en elle, ce qu'il fit, tout en se traitant intérieurement d'obsédé sexuel. Ensuite, il resta là, immobile, pour mieux savourer l'instant.

Mais elle n'entendait pas s'arrêter en si bon chemin et ouvrit des yeux surpris, tout en lui saisissant le visage pour l'approcher du sien et réclamer sa bouche, l'obligeant du même coup à abandonner son sein. Glissant une langue humide entre ses lèvres entrouvertes, elle se mit à l'embrasser avec passion tandis qu'il commençait à aller et venir en elle.

Pour l'encourager, elle enroula ses jambes autour de sa taille et lui imposa son rythme. Il s'exécuta. La pièce résonnait de leurs bruits — les gémissements de Shana, leurs peaux qui claquaient l'une contre l'autre, le grincement du canapé auquel ils infligeaient un sévère traitement.

Soudain, un orgasme puissant le secoua, au point qu'il crut qu'il allait perdre connaissance. Il sentit son sperme jaillir tout au fond d'elle et eut tout à coup la vision d'un spermatozoïde brisant la barrière d'un ovule — vision qu'il s'empressa de repousser. Dans une liaison comme la leur, on ne faisait pas l'amour pour avoir un bébé, mais pour le plaisir. Et, du plaisir, ils en prenaient. Quand elle cria son nom et que son corps fut secoué de spasmes, il sut qu'elle aussi avait eu ce qu'elle voulait.

— Je ne retrouve pas ma culotte, murmura Shana.

Elle se mit à chercher fébrilement autour du canapé, entre les coussins, près de la table basse.

Ne trouvant toujours rien, elle jeta un regard accusateur du côté de Jace qui enfilait son pantalon.

— Tu es sûr de ne pas l'avoir prise ?

Il ne put s'empêcher de sourire, tout en attrapant sa chemise.

— Et pourquoi aurais-je subtilisé ta culotte ?

Elle haussa les épaules.

— Je n'en sais rien. Certains hommes s'amusent à ce genre de trucs. Ils voient ça comme des trophées, des preuves de leurs conquêtes.

Il rit. Il imaginait aisément Dalton en train de faire « ce genre de trucs », comme elle disait.

— Je n'ai pas ta culotte, je t'assure.

Toujours nue, elle se mit à quatre pattes devant le canapé et passa la main dessous, à tâtons. Puis elle leva vers Jace un regard intrigué.

— Il y a un truc bizarre, là-dessous.

Il boutonna sa chemise.

— Qu'est-ce qui est bizarre ?

— Je viens de trouver une sorte de compartiment secret.

Il fronça les sourcils.

— Un compartiment secret ?

— Oui.

— Tu en es certaine ?

— Viens voir…

Elle se redressa et il s'approcha pour renverser le canapé. En effet, le fond s'était ouvert…

— J'ai déclenché l'ouverture en passant la main pour chercher ma culotte, expliqua-t-elle.

Il acquiesça et lui tendit la culotte.

— Tiens, la voilà, dit-il.

— Tu vois, c'était bien toi qui l'avais prise ! s'exclama-t-elle.

— Non. Elle était coincée dans ma manche de chemise. Je m'en suis aperçu en l'enfilant.

— Et pourquoi n'as-tu rien dit ?

Il eut un petit sourire.

— Ça me plaisait de te voir nue à quatre pattes. Ça me donnait des tas d'idées.

Elle leva les yeux au ciel, tout en mettant sa jupe. Puis elle jeta un regard intrigué du côté du canapé.

— D'après toi, à quoi pouvait bien servir cette cachette ? demanda-t-elle.

Il soupira.

— Je n'en sais rien, mais nous sommes dans le bureau de mon père, aussi, je compte m'intéresser à la question.

Il se pencha sur le compartiment et ouvrit un tiroir contenant un dossier. Il haussa un sourcil.

— Tiens, tiens…

Il prit le dossier, remit le canapé sur ses pieds et s'y installa. Shana, qui avait fini de s'habiller, vint prendre place près de lui.

— Qu'est-ce que c'est, Jace ?

— Un dossier qui appartenait à mon père, de toute évidence, dit-il en l'ouvrant.

Il lut attentivement le premier document. Shana le sentit se crisper.

— Qu'est-ce que c'est ? pressa-t-elle.

Il leva les yeux vers elle.

— C'est une lettre d'une certaine Yolanda Greene, qui remonte à seize ans. Elle écrivait à mon père pour le prévenir que ma mère avait une liaison avec son mari.

Jace ouvrit une enveloppe contenant des photos, quelques-unes tombèrent. C'était bien sa mère. Avec un homme. Dans des poses… intimes. Il les remit dans l'enveloppe sans un mot et la tendit à Shana.

Elle le fixa d'un air atterré. Un fils ne pouvait qu'être choqué devant des images pornographiques mettant sa mère en scène.

— Elle était très belle, ta mère, murmura-t-elle, ne sachant quoi dire.

Elle se rendit compte après coup que la remarque était déplacée, mais trop tard.

— Oui, je sais, répondit Jace. Jusqu'à aujourd'hui, je la trouvais très belle, moi aussi.

Il soupira.

Elle ne trouva rien à répondre et rangea les clichés dans le dossier.

— Tu les connais ? Les Greene ?

Il acquiesça.

— Oui. Je les connais. Michael Greene a travaillé chez Granger pendant des années. Puis mon père l'a licencié. Je n'ai jamais su pourquoi.

— Il l'a licencié ? Quand ?

— Deux mois avant la mort de ma mère.

— Est-ce que je peux lire cette lettre ? demanda-t-elle.

Il la lui tendit. Elle la lut en silence.

— Cette femme menace de tuer ta mère, il me semble. Est-ce que cet élément a été évoqué, lors du procès de ton père ?

Jace secoua la tête.

— Je ne pense pas. C'est la première fois que j'entends parler de cette liaison. Michael et Yolanda Greene n'ont pas assisté à l'enterrement de mon grand-père, mais il y avait Yvan.

Shana haussa un sourcil.

— Yvan Greene ? Le type qui se présente aux élections municipales ?

— Oui. Yvan est leur fils aîné. Il a dix ans de plus que moi. Ils ont aussi deux filles, qui ont à peu près mon âge.

Shana lui rendit la lettre.

— Dire que le procureur a bâti sa plaidoirie sur le fait que mon père avait une liaison et qu'il aurait tué ma mère au cours d'une dispute parce qu'elle lui refusait le divorce, murmura-t-il.

Il jura tout bas.

— Evidemment, ils n'ont jamais pu retrouver sa mystérieuse maîtresse. Tout ce qu'ils avaient, c'étaient des factures d'hôtels signées S. Granger. C'est tout de même incroyable que personne n'ait pensé que le *S* pouvait être pour « Sylvia », plutôt que pour « Sheppard ».

— Mais pourquoi ton père n'a-t-il rien dit ? Il aurait au moins fait douter les jurés.

Jace se leva, en prenant le dossier sous son bras.

— Aucune idée, mais je vais m'empresser de chercher, tu peux me croire. La seule personne capable de répondre à cette question, c'est mon père. Il est trop tard pour l'appeler ce soir, mais je le ferai dès demain matin, à la première heure.

Dalton repoussa les draps et sortit du lit. Qu'est-ce qui n'allait pas chez lui ? Il aurait dû avoir l'esprit occupé par les péripéties de la journée, mais il n'arrêtait pas de penser à la mystérieuse femme qui lui avait gâché sa soirée de samedi.

Quand elle l'avait quitté, ou plutôt planté là, il s'était d'abord juré de relever le défi. Mais ensuite, en se réveillant le dimanche matin, il avait décidé de l'oublier. Qu'elle aille au diable !

Sauf que depuis il était tourmenté par la vision de sa silhouette en petite robe et talons hauts. Et ça ne s'arrêtait pas là. Il rêvait aussi de lui faire l'amour, avec une telle intensité que ça paraissait presque réel.

Il aurait eu besoin de s'éloigner quelque temps, mais Jace n'aurait pas apprécié. Et Caden non plus. Ce n'était pas le moment de les abandonner avec tous les trucs fous qui leur tombaient dessus. De plus, Jace lui avait demandé de superviser le service de la sécurité. La responsabilité était de taille et il entendait l'assumer pleinement.

Il ouvrit le réfrigérateur, prit une bouteille de bière et la décapsula. Il avait intérêt à se concentrer sur Granger et à oublier la femme de samedi. Il prit une longue rasade de bière et apprécia le liquide frais qui coulait dans sa gorge. Si seulement ça avait pu le rafraîchir ailleurs. Bref…

Il termina sa bière et se recoucha, en espérant qu'il parviendrait à dormir, au moins quelques heures.

— Caden, il y a quelqu'un pour toi.

Caden jeta un coup d'œil à sa montre et se tourna vers Hannah.

— Il est plus de 22 heures, fit-il remarquer. Qui est-ce ?

— Shiloh Timmons.

— Fais-la entrer, Hannah, parvint-il à murmurer, malgré le choc.

Il se détourna pour contempler les étoiles. Il était venu ici pour profiter d'un moment de paix et de sérénité — moment dont il avait bien besoin après tout ce qui s'était passé à Granger aujourd'hui. L'arrivée de Shiloh gâchait tout.

Il reconnut son parfum avant même qu'elle ne parle.

— Bonjour, Caden.

Il se tourna vers la voix, tout en laissant échapper un discret soupir. A la lueur de la lune et des lumières du porche, elle était encore plus belle que dans son souvenir. Il tenta aussitôt de fermer son cœur à l'image délicieuse qui se tenait devant lui.

— Qu'est-ce que tu viens faire ici, Shiloh ?

— Il faut que nous parlions, Caden.

Il secoua la tête.

— Je ne veux rien entendre de ce que tu as à me dire.

— Mais il faut pourtant que je t'explique pourquoi je…

Il leva les mains pour l'arrêter.

— Non. Je ne veux rien savoir. Ça fait des années. A présent, ça n'a plus aucune importance.

— Non, Caden. Je ne peux pas te laisser me haïr plus longtemps.

Il eut un rire amer.

— Tu n'as pas le choix.

Il marqua un temps de pause, puis ajouta :

— Je croyais en toi. Je te faisais confiance. Et je t'aimais, Shiloh, je t'aimais et je t'ai attendue. J'ai attendu des jours et des jours dans ce fichu hôtel de Las Vegas. Mais tu n'es jamais venue. Ensuite j'ai vu les photos et j'ai compris pourquoi. Tu ne peux pas savoir l'effet que ça m'a fait de te découvrir à moitié nue, en train de te prélasser sur une plage privée avec l'un de ces riches hommes d'affaires que ton père voulait te voir épouser.

— Non, ce n'est pas ce que…

— Peu importe ce que c'était, coupa-t-il sèchement. Je ne veux pas le savoir. Tu ne représentes plus rien pour moi, maintenant. C'est même pire que ça : ta vue m'insupporte.

Il vit les larmes qui perlaient dans ses yeux, mais refusa de se laisser attendrir. Il voulait la faire souffrir autant qu'elle l'avait fait souffrir. Elle lui avait déchiré le cœur. Elle l'avait broyé.

Il resta là, froid et raide comme la justice, à la regarder fixement pour qu'elle comprenne qu'elle n'avait aucune chance. Au bout de quelques minutes, elle se détourna et quitta le porche.

Il leva de nouveau les yeux vers le ciel et les étoiles. Mais la sensation de paix s'était envolée. Il resta seul avec sa douleur.

***

Jace appela la prison le lendemain matin, à la première heure, avant de partir au bureau. Le directeur promit d'autoriser son père à le rappeler dans la matinée. Son portable sonna vingt minutes plus tard.

— Allô ?

— Jace ? Que se passe-t-il ? Smallwood, le directeur, m'a demandé de te joindre. Il a dit que c'était très important.

Il avait eu son père la veille au bout du fil, pour le mettre au courant de la trahison de Freeman et de ceux qu'il avait entraînés avec lui dans l'espionnage industriel dont Granger Aeronautics était victime. Ce matin, aux infos, l'événement faisait la une, bien évidemment, avec des photos de Swanson, d'Arrington et de Freeman. La télévision diffusait aussi, au cas où les braves gens de Charlottesville auraient oublié, une photographie de son père — prise quinze ans plus tôt, quand il était encore à la tête de l'entreprise — accompagnée d'un commentaire rappelant qu'il purgeait une peine de prison pour le meurtre de sa femme.

Jace soupira.

— Papa, je suis allé hier dans ton bureau et j'ai trouvé le compartiment sous le canapé, celui dans lequel tu avais caché un dossier.

Il marqua un temps de pause, mais comme son père ne réagissait pas il enchaîna.

— Pourquoi ne pas avoir dit aux autorités que c'était maman qui avait une liaison, et pas toi ?

La main de Sheppard se crispa sur le téléphone. Il avait cherché à protéger ses fils. Ils adoraient leur mère et…

— Papa, j'ai besoin de savoir pourquoi. Cet élément aurait pu te disculper.

— Ou bien conforter le procureur dans l'idée que j'avais un mobile pour la tuer. Tout le monde aurait accepté la thèse du mari jaloux qui tue sa femme dans un accès de colère. Je n'ai pas voulu courir le risque. Elle était la mère de mes enfants et je ne voulais pas la traîner dans la boue pour tenter de m'innocenter — surtout que je n'étais pas sûr que ça marche.

— Mais, dans sa lettre, Yolanda Greene menaçait de s'en prendre à maman !

— Oui, je sais. Yolanda est venue me trouver quand j'étais encore en liberté conditionnelle. Elle avait peur que je ne montre cette lettre aux autorités, elle craignait d'être inquiétée. Mais elle avait par ailleurs un alibi en béton. Et son mari aussi. La semaine où ta mère a été assassinée, ils étaient tous les deux en croisière, en train d'essayer de sauver leur mariage, à des milliers de kilomètres de Charlottesville. Ils étaient tous les deux hors du coup.

Jace serra les dents.

— Tu en es sûr ? Et si elle t'avait menti ?

— Oui, j'en suis sûr. Tu penses bien que je ne me suis pas contenté de la croire sur parole. Papa a vérifié. Ils avaient décidé de repartir de zéro dans leur couple et j'ai jugé inutile de divulguer la liaison de ta mère avec Michael.

Jace jura intérieurement. Son père se préoccupait un peu trop des autres alors que personne ne s'était ému de son sort. Il était en train de payer pour quelqu'un d'autre ! Il tenta de le raisonner.

— Ce n'était peut-être pas l'un des Greene, mais quelqu'un a tué maman et ce quelqu'un court toujours. As-tu pensé que Mme Greene avait pu engager un tueur et…

— Tu regardes trop *Enquêtes spéciales.*

Jace fronça les sourcils.

— Papa, je suis sérieux.

— Moi aussi. Tu ne crois pas que j'ai pesé le pour et le contre ? J'ai pris ma décision il y a quinze ans et, crois-moi, elle était mûrement réfléchie. Le jury m'a déclaré coupable. Il n'y a rien à faire. Laisse tomber.

Ce fut au tour de Jace de crisper sa main sur le téléphone.

— Je ne peux pas laisser tomber comme ça, papa. Tu croupis en prison, pendant que l'assassin de maman est en liberté. Ça fait quinze ans que ça dure. Ça suffit. Que tu le veuilles ou non, tes fils prouveront ton innocence.

— Non. Vous devez vous concentrer sur Granger Aeronautics.

Jace perdit patience.

— Tu passes avant l'entreprise, papa.

La voix de Jace trahissait son angoisse et Sheppard sentit qu'il devait agir pour empêcher ses fils de remuer le passé.

Il prit une profonde inspiration.

— Tu laisserais tomber si je t'avouais que j'ai tué votre mère ?

Jace tressaillit.

— Non ! Parce que je ne te croirais pas. Si tu faisais une chose pareille, ça ne ferait que renforcer ma détermination à chercher pourquoi tu fais ça et qui tu protèges.

— Mais enfin, Jace ! C'est vous trois que je cherche à protéger. Ta mère avait une liaison, mais elle était aussi impliquée dans autre chose. Je ne sais pas de quoi il s'agissait exactement, mais c'était en tout cas assez sérieux pour qu'on la tue.

Jace se figea. Puis il se ressaisit.

— Impliquée dans quoi ?

— Je n'en sais rien.

Jace eut la sensation que son père avait quand même une petite idée, mais qu'il préférait la garder pour lui.

— Très bien, dit-il. Je dois y aller, papa, il faut que je te laisse. Je te tiendrai au courant. A bientôt.

— Attends ! Jace, promets-moi d'être raisonnable. Oublie ce que tu as découvert et n'en parle surtout pas à tes frères.

Jace se passa la main sur le visage. Il songea à Dalton, et au choc que ça lui ferait d'apprendre la liaison de leur mère. Il l'avait toujours vénérée et la considérait comme une sainte.

— Je ne peux pas te promettre ça, papa. Tout ce que je peux te dire, c'est que je ne vais pas leur en parler tout de suite. Je veux d'abord essayer de me faire une idée plus claire des choses. Ensuite, il faudra bien les mettre au courant. Et, si tu ne le fais pas, je m'en chargerai.

— Jace, écoute-moi…

— Non, papa. C'est toi qui vas m'écouter. Personne n'est parfait et je n'ai jamais pensé que maman l'était. Mais je ne peux pas laisser mon père croupir en prison pour un crime qu'il n'a pas commis. Je refuse que tu te sacrifies pour un assassin. Je te tiendrai au courant. A plus tard, papa.

Shep jura en entendant la tonalité. Jace avait raccroché. Dieu seul savait ce qu'il allait faire de cette information. Il était temps d'agir. En prison ou pas, il avait bien l'intention de protéger ses fils.

29

Occupée à étudier un dossier, Shana leva la tête en soupirant. Pourquoi se sentait-elle si nauséeuse ? Pourvu qu'elle ne couve pas quelque chose ! Elle venait de terminer le traitement antibiotique que son médecin lui avait prescrit pour son mal de gorge et elle aurait dû être guérie. Pourtant, elle avait des nausées depuis ce matin.

Ce n'était pas le moment de flancher. Elle avait beaucoup de travail aujourd'hui et elle avait promis à Jules de déjeuner avec elle. Elle se leva, avec l'intention d'aller chercher des biscuits salés au distributeur. Elle n'avait pas encore vu Jace. Il avait probablement appelé son père ce matin et elle avait hâte de savoir ce qu'ils s'étaient dit.

Elle était sortie de son bureau et avançait dans le couloir en direction de la salle de repos quand elle s'arrêta net. Devant le bureau de Brandy se tenait une femme, superbe, grande, avec une magnifique crinière noire qui lui retombait sur les épaules. Elle avait une allure de mannequin, elle portait une robe haute couture qui lui allait à la perfection et des chaussures assorties. Elle était belle, elle avait de la classe. Elle était sûrement riche.

Que faisait donc cette superbe créature devant le bureau de Jace ? Shana ne put s'empêcher de s'approcher, ce qui parut soulager la réceptionniste.

— Comme je viens de vous l'expliquer, aucun des frères Granger n'est encore arrivé aujourd'hui, dit-elle à la visiteuse. Mais voici Mlle Bradford, qui collabore actuellement avec Jace Granger. Elle pourra peut-être vous renseigner…

La femme se tourna vers Shana et la toisa d'un regard hautain et vaguement contrarié.

— Vous êtes ? lui demanda-t-elle d'un ton froid.

Shana la dévisagea. Cette femme était vraiment très belle, mais elle lui parut antipathique. Elle savait reconnaître une pimbêche quand elle en voyait une.

— Je suis Shana Bradford, dit-elle. Et vous ?

La femme la balaya de nouveau d'un regard plein de mépris, accompagné cette fois d'un rictus.

— Je suis Eve Granger. La femme de Jace.

Shana eut soudain le vertige, au point qu'elle craignit de tomber raide, là, sur-le-champ.

— Ex-femme, corrigea une voix d'homme derrière elle.

Jace ! Shana fit l'effort de se ressaisir et se retourna.

Les trois frères Granger étaient là, superbes, plantés tous les trois côte à côte, les jambes légèrement écartées, une expression intense sur le visage, comme s'ils faisaient front contre l'intruse.

— Jace ! s'exclama la femme. Il fallait que je vienne !

Elle courut vers Jace et se jeta à son cou d'une manière théâtrale et totalement ridicule.

Jace se raidit et garda les bras le long du corps, refusant de répondre à son étreinte. Dalton leva les yeux au ciel, tandis que Caden conservait une expression indéchiffrable.

Jace dénoua les bras de la femme pendue à son cou et recula d'un pas.

— Qu'es-tu venue faire ici, Eve ?

Le ton disait clairement qu'il n'était pas ravi de la voir.

— J'ai senti qu'il fallait que je vienne. Je ne pouvais pas te laisser affronter ça tout seul.

— Tout seul ? s'exclama Dalton. Et nous ? Il n'est pas seul.

Eve ignora cette intervention et inclina la tête de côté, tout en dévisageant Jace.

— Les médias ne parlent que de la trahison de tes employés.

— Tu en connais un rayon, sur la trahison, il me semble, rétorqua sèchement Jace.

— Oh ! Jace…, murmura la femme avec des larmes dans les yeux. Tu ne pourras donc jamais me pardonner ?

Dalton ricana et applaudit des deux mains.

— Quelqu'un pourrait-il donner un oscar à cette femme ? ironisa-t-il.

Les larmes séchèrent aussi vite qu'elles étaient venues et Eve dévisagea Dalton d'un air ulcéré. Jace adressa à son frère un regard d'avertissement, histoire de lui signifier qu'il n'avait pas à se mêler de ça.

— Allons dans mon bureau, ça vaudra mieux, dit-il à Eve.

Il la prit par le bras et l'entraîna dans son bureau, dont il claqua la porte.

— La diabolique Eve a encore frappé, lâcha Dalton en secouant la tête.

Puis il éclata de rire et fila dans son bureau.

Caden se dirigea vers Shana.

— Mon ex-belle-sœur est une sacrée comédienne, vous savez.

— Apparemment, murmura-t-elle en réponse.

— Je ne m'inquiéterais pas de sa présence, à votre place, insista-t-il.

Elle haussa un sourcil.

— Et pourquoi m'en serais-je inquiétée ?

Caden haussa les épaules.

— Pour rien, pour rien.

Puis il s'éloigna.

Shana jeta un coup d'œil du côté de Brandy, laquelle baissa le nez sur son bureau en faisant mine d'être occupée.

Elle aurait bien voulu être une petite souris pour se glisser dans le bureau de Jace et voir ce qui s'y passait en ce moment.

Elle soupira et se dirigea vers les distributeurs, pour aller chercher un paquet de biscuits.

— Je t'en prie, Jace, sois raisonnable, supplia Eve.

Jace la toisa depuis son fauteuil de président-directeur général.

— Le fait que je t'accorde quelques minutes prouve que je suis extrêmement raisonnable, rétorqua-t-il en haussant un sourcil. Mais il n'est pas question que tu t'installes une semaine à Sutton Hills.

— Mais il faut bien que je dorme quelque part. Je t'ai dit que je devais quitter Los Angeles pour un temps. Je n'ai pas le choix.

— Je n'y suis pour rien si une femme qui te soupçonne d'être la maîtresse de son mari a engagé des hommes de main pour te donner une leçon.

— Jace, c'est sérieux. Une voiture a essayé de me faire quitter la route il y a quelques jours. On a crevé mes pneus et lancé des œufs contre ma porte d'entrée.

Jace n'avait jamais rien entendu d'aussi grotesque. C'était même trop grotesque pour qu'elle ait pu l'inventer.

— Pourquoi n'as-tu pas porté plainte ? demanda-t-il.

— Je l'ai fait. Mais ils n'avaient pas suffisamment de preuves pour remonter jusqu'à cette salope aigrie.

— Et qu'est-ce que ça changera à son aigreur, le fait que tu passes une semaine à Sutton Hills ?

Elle se frotta nerveusement les mains.

— Ça donnera le temps à Maurice de convaincre sa femme que nous sommes associés dans des investissements, qu'il n'y a rien d'autre entre nous.

— Et pourquoi tu ne vas pas plutôt te réfugier chez tes parents ?

— Je ne peux pas. Je ne suis pas en bons termes avec eux.

Il se demanda quelle pouvait être la raison de leur différend, cette fois.

— Très bien, tu vas rester une semaine ici, mais pas à Sutton Hills.

Il imaginait déjà la réaction de Hannah s'il lui avait annoncé qu'Eve venait s'installer sur son territoire. Hannah ne considérait plus Eve comme la bienvenue depuis le jour où celle-ci avait fait remarquer qu'ils avaient tort de la traiter comme une personne de la famille, plutôt que comme l'employée de maison qu'elle était.

— Je vais te réserver une chambre d'hôtel, poursuivit-il. Au Long Meadows. Pour une semaine, pas plus.

Il se leva et enfila sa veste. Le Long Meadows était un cinq étoiles, Eve en serait sûrement satisfaite, elle lui ficherait la paix.

— Je demanderai au gérant de l'hôtel de te mettre dehors à coups de pied aux fesses si tu n'es pas partie mardi prochain. Et, soyons clairs, je ne te paye que la chambre. Le reste est à ta charge.

Elle aurait été capable de se faire livrer un bracelet de diamants provenant de la joaillerie de l'hôtel et de le mettre sur sa note !

— Je n'arrive pas à croire que tu me traites comme ça, gémit-elle.

— Il faudra pourtant t'y faire. Je vais appeler le Long Meadows pour réserver ta chambre.

Il fourra ses mains dans ses poches. Il espéra qu'il ne commettait pas une erreur en cédant à ce caprice. Il avait la sensation qu'elle était là pour d'autres raisons que celles qu'elle venait de lui exposer, mais en ce moment il avait des problèmes plus importants à gérer. Freeman, par exemple, qui n'avait pas encore refait surface, du moins à sa connaissance. En tout cas, Eve était prévenue. Il la mettrait lui-même dans un avion pour la Californie dans une semaine, s'il le fallait.

— Merci, Jace, murmura-t-elle d'un ton piteux. Si je peux un jour te rendre un service…

— Ce jour-là n'arrivera jamais et tu le sais, coupa-t-il. A part ça, je te demanderai de cesser de te présenter comme ma femme, car tu n'es plus ma femme.

Elle fronça les sourcils.

— Tu es déjà en train de me remplacer ? J'ai remarqué la manière dont te regardait cette Mlle Bradford.

Jace leva les yeux au ciel. Elle n'avait rien remarqué du tout. Elle prêchait le faux pour savoir le vrai.

— Pour commencer, tu n'as plus de place dans ma vie, donc on ne peut pas parler de te remplacer, rétorqua-t-il sèchement. De plus, la vie de Mlle Bradford ne te concerne en rien. Pas plus que la mienne. Pas plus que ce qui se passe en ce moment dans cette entreprise.

Il consulta sa montre.

— J'ai une réunion et je ne t'invite pas à rester dans mon bureau. Je vais appeler une voiture qui te conduira à ton hôtel. Je te suggère d'aller l'attendre dans le hall d'entrée.

Il rajusta son nœud de cravate.

— Suis-moi, je vais t'accompagner.

Et, une fois au rez-de-chaussée, il donnerait aux hommes de la sécurité des consignes pour qu'Eve n'entre plus jamais dans les locaux de Granger Aeronautics.

Il ne voulait plus la voir.

— Elle me plaît.

Shana leva les yeux de sa tartine et dévisagea sa sœur.

— Qui ça ? demanda-t-elle.

Elles déjeunaient au restaurant de l'hôtel Long Meadows, où le menu avait la réputation d'être succulent.

— La Mona de papa. Je l'ai rencontrée dimanche matin. Ils avaient passé le samedi à la plage et il l'a invitée dimanche matin à prendre le petit déjeuner avec nous au Pancake House. Il est passé la chercher et je les ai rejoints là-bas. Je te jure que, si je n'avais pas su qu'elle était aveugle, j'aurais pu ne pas m'en apercevoir. Elle est très autonome. Papa lui a indiqué l'emplacement de tout ce qui se trouvait sur la table.

Jules prit une gorgée de son thé glacé, puis poursuivit.

— Au début, j'étais nerveuse. J'étais sûre qu'elle renverserait quelque chose. Mais elle s'est très bien débrouillée. Ensuite nous avons parlé politique. Figure-toi que nous avons les mêmes opinions sur pas mal de choses.

— C'est inquiétant.

— Oh ! ça va ! protesta Jules en riant. Comment ça se fait que tu te contentes d'un verre d'eau et d'un bout de pain pour le déjeuner ?

Elle sourit.

— Si tu es à sec, je peux te prêter un peu d'argent.

Shana leva les yeux au ciel.

— Je ne me sens pas très bien. J'ai l'estomac barbouillé et je n'ai rien pu avaler ce matin. J'ai mangé quelques biscuits salés dans la matinée et ça va mieux, mais je ne veux pas prendre le risque d'avoir encore des nausées. Parlons un peu de toi. Ton type, le week-end dernier, tu l'as trouvé ?

Jules sourit.

— Oui ! Tu aurais dû voir sa tête quand je l'ai menotté au lit. Il a d'abord cru que c'était un petit jeu sensuel. Tu aurais vu sa tête quand la police est entrée ! Il était nu comme un ver. Ils l'ont embarqué comme ça, sous une couverture.

— S'il emmenait toujours les femmes à l'hôtel, comment faisait-il pour organiser son petit scénario ?

— Il réservait la chambre à l'avance, il installait tranquillement ses caméras et, quand il arrivait à l'hôtel, il faisait semblant de s'enregistrer à la réception. La police a trouvé toutes les pièces à conviction, y compris des enregistrements qu'il n'avait pas encore eu le temps de mettre sur internet.

— Eh bien, je vois que tu as eu un week-end intéressant.

— Absolument, répondit Jules avec un petit sourire. Très intéressant, même. J'ai rencontré un super beau mec dans un bar, mais comme j'étais en train de bosser je n'ai même pas pu lui donner l'heure.

Elle lui raconta en détail sa brève entrevue avec le bel inconnu.

— Il est donc censé te chercher et te retrouver ? demanda Shana.

— C'est ça, répondit Jules avec un grand sourire. A condition qu'il en ait réellement envie. S'il me retrouve, c'est qu'il était intéressé. Sinon, c'était qu'il cherchait juste un coup d'un soir. Mais j'espère le revoir parce qu'il est vraiment canon. Il a des yeux…

Elle ne termina pas sa phrase et but une gorgée de son thé glacé.

— Et toi, comment s'est passé ton week-end avec Jace Granger ?

Shana soupira, submergée par les souvenirs.

— Absolument merveilleux.

Elle marqua un temps de pause.

— Je crois que je suis tombée amoureuse de lui, Jules, ajouta-t-elle d'un ton sérieux. Ou plutôt j'en suis sûre.

Jules la dévisagea.

— Bon sang ! Eh bien... J'espère qu'il mérite ton amour, Shana.

Shana revit la scène de ce matin, avec l'ex-femme de Jace. Jace n'avait pas eu l'air ravi de la voir, et ses frères non plus. Pourtant... Eve Granger était une très belle femme. Trop belle. On n'abandonnait pas aisément une femme comme elle.

— Je l'espère aussi...

Avant de quitter le bureau, elle avait prévenu Brandy qu'elle déjeunait à l'extérieur. Celle-ci lui avait appris que Jace était en réunion avec ses frères et qu'il avait raccompagné son ex-femme en bas, laquelle était partie. Elle n'avait donc pas encore pu interroger Jace à propos de son père. L'avait-il appelé ?

Elle fronça les sourcils en se souvenant qu'elle avait de nouveau surpris Shelton Fields en conciliabule avec Brandy, ce matin. Qu'est-ce qu'ils pouvaient bien mijoter tous les deux ? Elle se promit de relire le rapport de Kent sur Fields.

Jules regardait Shana qui grignotait un morceau de pain. Sa sœur disait souffrir de nausées. Cela lui rappelait une amie qui...

— Tu sais ce que ça peut signifier, des nausées le matin ? demanda-t-elle brusquement.

Shana lui jeta un regard interrogateur, tout en buvant un peu d'eau.

— Non. Quoi ?

— Tu es peut-être enceinte.

Shana faillit s'étrangler. Plusieurs têtes se tournèrent vers leur table.

— Ne dis pas ça, protesta-t-elle d'un ton mécontent,

quand elle eut fini de tousser. Je prends la pilule, je ne risque pas d'être enceinte.

— Oui, mais tu étais sous antibiotiques récemment, non ? Vous avez pris des précautions supplémentaires ? Parce que les antibiotiques peuvent diminuer l'efficacité de la pilule.

L'expression atterrée de Shana était une réponse suffisamment éloquente.

Jules haussa un sourcil.

— C'est papa qui va être content. Il est tombé amoureux et il va enfin avoir un petit-fils ou une petite-fille à pouponner.

— Tais-toi ! Tu dis n'importe quoi !

— Tu crois ça ? Il y a un moyen d'être rapidement fixée, tu sais. Ils doivent vendre des tests de grossesse à la boutique de l'hôtel. A ta place, j'en achèterais un. Comme ça, on saura.

— *On* ?

— Oui, répondit Jules en riant. Si je dois être tata, je veux le savoir. J'ai hâte de voir la tête de papa quand on lui annoncera la nouvelle.

Shana leva les yeux au ciel.

— Je suis sûre qu'il aimerait d'abord entendre parler de mariage, Jules.

Jules continuait à sourire.

— Ça, c'est pas mon problème. C'est le tien et celui de Jace Granger. Dépêche-toi de finir, on a un test de grossesse à acheter !

30

Jace appuya sur le bouton de l'Interphone.

— Oui, monsieur Granger ?

— Mademoiselle Booker, je viens d'appeler le bureau de Mlle Bradford et elle ne répond pas. Sauriez-vous où elle se trouve ?

— Elle est sortie déjeuner, monsieur.

— Déjeuner ?

Jace fronça les sourcils. Shana ne quittait jamais le bureau à l'heure du déjeuner.

— Très bien, soupira-t-il.

Il était un peu déçu car il aurait voulu lui parler, notamment de sa conversation avec son père. Il aurait aussi voulu l'embrasser, la prendre dans ses bras, convenir avec elle d'un rendez-vous ce soir. Il ne pouvait s'empêcher de sourire chaque fois qu'il pensait à ce qu'ils avaient fait sur le canapé du bureau de Sheppard.

Shana était décidément une femme surprenante.

Il admirait tant de choses en elle.

Sa compétence, bien entendu, qu'elle avait déjà démontrée. Depuis qu'il suivait ses conseils, il avait constaté des améliorations dans plusieurs services. Elle avait démasqué trois traîtres parmi ses employés. Et s'il y en avait d'autres, elle les démasquerait aussi.

Mais elle était capable de beaucoup d'autres choses. Par exemple de transformer la chambre d'un homme en palais des délices.

Il avait la sensation d'avoir trouvé une perle rare.

Ce matin, il l'avait à peine croisée, à cause d'Eve, qui l'avait accaparé dès son arrivée. Heureusement, il s'était débarrassé de son ex-femme, mais il avait enchaîné sur deux réunions. Il avait donc été privé de Shana et il mourait d'envie de la voir.

On frappa à sa porte et il sursauta. C'était peut-être Shana. Enfin.

— Entrez, dit-il.

Il fut déçu de voir apparaître Caden sur le seuil et ne put le cacher.

— Oh ! c'est toi, lâcha-t-il d'un ton morne.

Caden rit.

— Oui, ce n'est que moi. Tu n'attendais tout de même pas Eve ?

Jace fronça les sourcils.

— Très drôle, vraiment. Elle va passer une semaine en ville et j'espère que je ne l'aurai pas sur le dos.

— Une semaine ?

— Oui.

Il rapporta à Caden l'histoire rocambolesque que lui avait racontée Eve.

— Au moins, on ne sera pas obligés de la supporter à Sutton Hills, soupira Caden. Elle aurait encore agressé Hannah et cette fois je l'aurais fichue à la porte

— Possible, oui.

— Mais assez parlé d'Eve. Je suis venu pour me plaindre au grand patron de Granger Aeronautics. Pourquoi as-tu confié à Dalton le service de la sécurité ? Il se prend pour James Bond, à présent. Il paraît qu'il a installé un traceur dans ton téléphone. Il abuse.

Jace ne put s'empêcher de rire.

— Oui, mais ce truc ne fonctionne que si je l'active. Et je ne le fais que dans la journée, quand je suis au bureau, pour lui faire plaisir, au cas où il demanderait à la sécurité de vérifier qu'il fonctionne. Dès que je sors d'ici, je le désactive.

Il s'adossa à son fauteuil.

— Si je lui ai confié le service de la sécurité, c'était pour l'occuper, pour qu'il ait l'impression de relever un défi, pour qu'il se sente utile. De plus, j'avais besoin d'oreilles et d'yeux fiables, si tu vois ce que je veux dire.

— Je comprends, répondit Caden d'un ton conciliant.

Jace le dévisagea.

— Comment ça va, pour toi, depuis que tu es rentré ? demanda-t-il.

— Je fais aller. Je n'arrête pas de ruminer ce que nous a appris l'agent du FBI. Tu as du nouveau, de ce côté ?

— Je l'ai eu hier au téléphone en fin de journée. Melissa va demander un arrangement, Arrington reste muet comme une carpe. Freeman est toujours dans la nature.

Jace se tut. Caden paraissait perdu dans ses pensées. Il ne disait plus rien et contemplait le sol.

— Il paraît que tu as eu une visite l'autre soir, Caden.

Caden leva la tête et chercha le regard de Jace. Hannah avait dû lui parler. Hannah avait toujours eu un faible pour Shiloh.

— Oui. Shiloh. Elle est passée en vitesse.

Jace acquiesça.

— Il se passe quelque chose entre vous, ou quoi ? Si tu juges que ça ne me regarde pas, tu n'es pas obligé de me répondre.

— C'est un peu comme ce qui se passe entre Shana et toi, riposta Caden.

Il rit, puis reprit.

— Ne te fâche pas, Jace. Ça ne me pose aucun problème de répondre à ta question. Il n'y a rien entre Shiloh et moi. Ou plutôt il n'y a plus rien.

— Mais il y a eu quelque chose ? demanda Jace.

— Oui. Nous nous sommes revus il y a quelques années. Quatre ans, pour être précis. Elle a assisté à l'un de mes concerts et elle est venue me saluer dans ma loge. Nous avons passé la soirée ensemble et c'était comme si on ne s'était jamais quittés. Notre complicité était toujours là, intacte. Ensuite, elle est venue à d'autres concerts et j'ai compris à quel point je l'aimais. Elle a prétendu m'aimer aussi, et vouloir vivre avec moi.

Il marqua un temps de pause avant de poursuivre.

— Nous avons fait des projets. Elle avait terminé ses études et elle n'était plus sous la coupe de son père, du moins c'était ce qu'elle prétendait. Nous avons donc fixé une date pour nous marier à Las Vegas. Nous ne voulions en parler à personne avant que ça ne soit fait.

Caden soupira. Il semblait ému.

— Et que s'est-il passé ?

— Elle n'est pas venue à Las Vegas, tout simplement. Je l'ai attendue trois jours dans une chambre d'hôtel et elle n'est pas venue. J'ai voulu l'appeler sur son portable, mais elle avait changé de numéro. J'ai appelé chez elle, c'est son père qui m'a répondu, en hurlant qu'il ne voulait pas entendre parler de moi et qu'elle n'était pas là, de toute façon. Je ne l'ai pas cru, mais il m'a fait parvenir le lendemain, par courrier spécial, un article de journal où on la voyait photographiée sur une plage, avec un homme. D'après l'article, le type était un gros client de son père. Ensuite, je n'ai plus entendu parler d'elle et ne l'ai plus revue jusqu'à l'enterrement de grand-père.

Jace poussa un soupir.

— Je suis désolé, dit-il.

— Pas moi. J'ai découvert qui elle était vraiment et ça vaut mieux pour moi. Hier, elle voulait s'excuser et s'expliquer, mais j'ai refusé de l'écouter. Elle aurait dû s'excuser il y a quatre ans.

Jace s'adossa à son fauteuil. La confidence de Caden éclairait pas mal de choses. Il consulta sa montre. Il n'avait pas encore déjeuné, parce qu'il était resté au bureau en espérant croiser Shana.

— Tu as mangé ? demanda-t-il.

— Non. Dalton et moi, on avait l'intention d'aller grignoter un truc chez McQueen's. Nous trouvons que ça bouge un peu trop ces temps-ci, autour de nous. Hier, il y avait le

FBI. Aujourd'hui, c'est Eve qui débarque. Je voudrais bien déjeuner en paix.

Jace se leva et attrapa sa veste.

— Moi aussi, figure-toi. Je vais venir avec vous.

Eve descendait l'escalier roulant de son hôtel, le sourire aux lèvres. Sachant qu'elle était une personne de goût, Jace lui avait choisi un très bon établissement. Sa suite était superbe. Il avait dû payer cher, ce qui signifiait qu'il n'était pas aussi indifférent à son sort qu'il voulait le lui faire croire. Il n'avait pas eu l'air ravi de la voir ce matin, mais peut-être en avait-il un peu rajouté. Il ne lui avait pas pardonné l'avortement et il avait son amour-propre, sans doute.

De toute façon, elle était sûre d'avoir gain de cause avec lui.

Il allait sûrement résister un peu au début, mais une fois qu'elle l'aurait entraîné dans un lit, histoire de lui rappeler de quoi il se privait, il lui mangerait dans la main. Et si c'était un bébé qu'il voulait, eh bien, elle lui en ferait un ! L'idée de prendre quelques kilos ne la dérangeait pas autant qu'autrefois. Il aurait l'enfant qu'il désirait tant, et elle pourrait se pavaner à Sutton Hills. Elle commencerait par virer cette prétentieuse de Hannah de la maison. Jamais elle ne confierait son bébé à cette vieille peau !

Jace avait de la classe, il était né pour commander, elle l'avait toujours su. Elle lui avait trouvé de la prestance, ce matin, derrière ce bureau, là où elle avait toujours rêvé de le voir. Bien sûr, il serait furieux quand il apprendrait dans une semaine qu'elle prolongeait son séjour, mais en vrai gentleman il lui paierait l'hôtel. De plus, il était célibataire depuis maintenant près de trois ans. S'il avait voulu la remplacer, il l'aurait déjà fait. Il l'aimait encore, elle en était certaine. Il finirait bien par lui pardonner cet avortement, elle n'en doutait pas.

Elle remarqua soudain deux femmes qui se dirigeaient vers la boutique de l'hôtel. L'une des deux était Shana Bradford, elle la reconnut aussitôt. Cette Shana voulait lui piquer Jace et lui, cet imbécile, il se laissait faire. Il était peut-être temps qu'elle ait une petite conversation avec cette arriviste, au cas où celle-ci caresserait le fol espoir d'épouser un jour *son* Jace.

Elle traversa le hall de l'hôtel et entra elle aussi dans la boutique.

— Nous y sommes, dit Jules en souriant. Choisis…

Shana étudia les emballages. Il y avait tant de marques différentes. Au début, quand Jules avait associé ses nausées à une éventuelle grossesse, elle avait eu envie de rire. Puis elle s'était souvenue qu'en effet elle avait une semaine de retard. Absorbée par son travail, elle y avait à peine prêté attention. Mais Jules avait raison : une semaine de retard plus des nausées, il y avait de quoi se poser des questions…

— N'importe lequel me va, je n'ai pas de préférence, répondit-elle en prenant un test au hasard.

— Tu penses le faire quand ? demanda Jules, d'un ton surexcité.

Shana fronça les sourcils. Elle aurait bien voulu que Jules se montre un peu moins enthousiaste.

— Je n'en sais rien. Dans la journée.

— Préviens-moi quand tu auras le résultat. Si tu es enceinte, tu as l'intention de le dire à Jace ?

Shana avala sa salive. Elle ne voulait pas se projeter aussi loin pour le moment.

— J'y réfléchirai quand j'aurai le résultat, Jules. Mais je pense que j'ai tout simplement un début de grippe ou quelque chose comme ça.

— Tu as raison, on verra bien, approuva Jules en consultant sa montre. Viens. Je vais te déposer chez Granger. J'ai un rendez-vous à 14 heures, je ne veux pas être en retard.

Jules attrapa le bras de Shana et l'entraîna vers la caisse, où elle paya son test. Puis elles sortirent de la boutique. Aucune des deux ne remarqua la femme qui les épiait depuis une allée transversale.

*
* *

Eve resta plantée dans l'allée, abasourdie, sous le choc. Shana attendait peut-être un enfant de Jace ! Ainsi, elle ne s'était pas trompée : cette femme essayait de lui mettre le grappin dessus et elle était prête à aller très loin pour parvenir à ses fins. Mais ça ne se passerait pas comme ça…

Sentant la migraine venir, elle posa une main sur son front. Elle devait rester calme. Réfléchir posément à la situation.

— Je peux vous aider, mademoiselle ?

Elle leva les yeux vers l'employée, une vieille femme qui la scrutait d'un air méfiant, comme si elle la prenait pour une voleuse.

— Non, vous ne pouvez pas m'aider. Laissez-moi tranquille !

Furieuse, elle quitta la boutique et se dirigea vers les ascenseurs. Il ne lui restait plus qu'à se réfugier dans sa chambre pour réfléchir à un plan d'action.

— Est-ce que Jace est sorti de sa réunion ? demanda Shana à Brandy en arrivant dans le couloir du dernier étage.

— Oui, mais il est parti déjeuner avec son frère, il y a environ une demi-heure. Il m'a dit qu'il reviendrait dans une heure, il a une autre réunion à 15 heures.

Shana vérifia l'heure à sa montre.

— Très bien, merci.

Elle prit la direction de son bureau puis, une fois à l'intérieur, elle sortit de son sac le petit sachet en papier contenant le test de grossesse. Elle s'installa sur son fauteuil, en passant rêveusement la main sur son ventre. Et si Jules avait raison ? Si elle était vraiment enceinte ?

En parlerait-elle à Jace ?

Bien sûr que tu lui en parleras, il a le droit de savoir.

Elle ne voulait pas que Jace se sente contraint de l'aider et elle avait les moyens d'élever un enfant sans dépendre d'un homme, mais ce n'était pas une raison pour le priver du plaisir d'être père.

Il n'a pas demandé à avoir un enfant avec toi et tu ne sais même pas s'il a envie de fonder une famille. Il t'a demandé si tu utilisais un moyen de contraception et tu as répondu que tu prenais la pilule. Il va croire que tu lui as tendu un piège.

Cette idée lui glaça le sang. Elle espéra qu'elle parviendrait à le convaincre de sa bonne foi.

Elle se leva d'un bond et se mit à arpenter la pièce. Mais qu'est-ce qui lui prenait de délirer comme ça ? Elle se faisait du souci pour rien. Elle n'était pas enceinte. Ses nausées et son retard de règles avaient sûrement une autre origine. Mais elle ferait tout de même ce test en rentrant chez elle, pour sa tranquillité d'esprit. Et, quand elle constaterait qu'elle s'était torturée pour rien, elle fêterait ça avec un bon verre de vin !

Elle sursauta quand on frappa un coup sec à sa porte. Elle n'eut pas le temps de répondre, Jace poussait déjà le battant et entrait. Puis il referma la porte et s'y adossa, tout en la dévisageant.

— J'aurais voulu te parler plus tôt, mais j'avais une réunion, dit-il.

— Je sais, répondit-elle, tout en songeant qu'elle était décidément très amoureuse de lui. Tu peux me parler, maintenant. Je suis là.

Il sourit.

— En effet. Tu es là.

Il traversa la pièce pour la prendre dans ses bras et écraser sa bouche sur la sienne. Une fois de plus, elle eut les genoux en coton. Mais c'était la faute de cette langue qui s'accordait trop bien avec la sienne, trop longuement, trop avidement.

Elle laissa son corps se caler contre le sien et il la serra plus fort en l'embrassant avec plus de fougue encore. La chaleur qui émanait de lui enflammait ses sens, l'empêchant de réfléchir.

Aussi cessa-t-elle de réfléchir.

Elle ne voulait plus penser qu'à ce baiser, aux sensations

qu'il lui procurait, à la manière dont son corps y répondait. Elle l'aimait. Seigneur, comme elle l'aimait ! Et qu'il l'aime ou non en retour importait peu. Elle ne voulait pas le perdre. Elle voulait qu'il continue à la désirer.

Quelques instants plus tard, il s'écarta d'elle.

— J'avais besoin de ça, murmura-t-il contre ses lèvres.

Il ne la lâcha pas.

Elle lui sourit.

— Moi aussi. Et ton père ? Tu as réussi à lui parler ?

Il acquiesça.

— Oui.

Il lui rapporta leur conversation.

— Tu penses qu'il faisait allusion à quoi, en disant que ta mère était impliquée dans quelque chose ?

— Je l'ignore, ma chérie, mais j'ai bien l'intention de le découvrir.

Il l'avait appelée « ma chérie »... Elle se demanda s'il s'était rendu compte de ce qu'il disait.

Il consulta sa montre.

— J'ai une réunion à 15 heures, je dois y aller. Qu'est-ce que tu fais ce soir, vers 19 heures ?

L'image du test de grossesse lui vint aussitôt à l'esprit et elle s'efforça de la repousser.

— Rien de spécial.

— Je peux passer chez toi ?

— Oui.

Il sourit et lui effleura les lèvres d'un baiser.

— Très bien. On se voit tout à l'heure, alors.

Il n'avait rien dit de son ex-femme, mais elle avait besoin de savoir.

— Et Eve ?

Il se détourna avant d'atteindre la porte et glissa ses mains dans ses poches.

— Elle s'est fourrée dans une situation compliquée. Elle avait besoin d'un endroit pour se réfugier pendant une semaine. J'ai accepté de l'aider.

Shana lutta contre l'inquiétude qui lui broyait le cœur.

— Une semaine ?

— Oui. Je lui ai réservé un hôtel.

Il avait envoyé son ex-femme à l'hôtel ?

— C'est très généreux de ta part.

— Oui, en effet.

Il revint vers elle et la prit dans ses bras.

— Je suis avec toi, pas avec elle. Tu n'as pas à t'inquiéter de sa présence.

— Très bien, murmura-t-elle.

Cette fois, il quitta son bureau. Il lui avait demandé de ne pas s'inquiéter de la présence d'Eve. Elle commençait à être rassurée. Apparemment, son ex-femme ne représentait plus rien pour lui.

Elle retourna s'asseoir derrière son bureau en comptant les heures qui la séparaient de leur soirée.

Eve jeta un coup d'œil à sa montre. En appelant maintenant, elle avait une chance d'avoir Jace avant qu'il ne quitte son bureau. Elle ignorait s'il avait des plans pour la soirée mais, s'il en avait, elle espérait le convaincre d'en changer.

Elle prit son téléphone portable et composa son numéro.

— Qu'est-ce que tu veux, Eve ? fit la voix de Jace.

Ce n'était pas l'accueil qu'elle avait espéré, mais elle pouvait s'en accommoder pour le moment.

— Je me sens seule, Jace. Il n'y a rien d'intéressant à faire dans cet hôtel.

— Et pourquoi je devrais me sentir concerné ?

Elle leva les yeux au ciel. Mais elle n'allait pas se laisser abattre aussi aisément.

— Parce que, autrefois, nous tenions l'un à l'autre et…

— Le mot-clé de ta phrase, c'est *autrefois*, Eve. Je ne comprends pas pourquoi tu t'adresses à moi. Si tu te sens seule, sors, hèle un taxi et trouve quelque chose à faire. Tu pourrais aller au cinéma. Il y en a un tout près. Même pas la peine de prendre un taxi.

— Tu veux que j'aille au cinéma à pied ?

— Je veux que tu reprennes l'avion pour la Californie au plus vite.

Elle se laissa retomber sur le lit, désarçonnée par cette réponse hostile. Il lui en voulait encore à ce point à cause d'un avortement ? Heureusement, il ne savait pas tout à ce sujet…

— Tu me hais donc à ce point, Jace ? demanda-t-elle.

Elle sentit le doute s'emparer d'elle. Ce ne serait peut-être pas si facile que ça de le reconquérir, après tout.

Jace se massa la nuque. Seigneur ! Il n'avait pas besoin de ça. Depuis qu'il connaissait Eve, elle ne lui avait fait que du mal. Pourquoi perdait-il un temps précieux à parlementer avec elle ?

— Ecoute, Eve, je ne te hais pas. Mais tu n'es plus rien pour moi. J'ai beaucoup souffert à cause de toi. Ce que tu m'as fait a tué quelque chose en moi. Tu as détruit un être qui était un peu de moi.

— Mais enfin, Jace, il s'agissait de mon corps !

— Et il s'agissait de *mon* enfant !

Il soupira.

— Ecoute, je dois y aller. Salut.

— Attends ! Quand pourrais-je te voir ?

Il secoua la tête. Elle ne comprenait décidément pas.

— Nous n'avons aucune raison de nous voir, Eve. Tu avais besoin d'un refuge, je m'en suis occupé. Mais n'espère pas profiter plus que ça de ma gentillesse. Bye !

Et sur ce il raccrocha.

Eve était furieuse. Si furieuse qu'elle faillit lancer son téléphone contre le mur de sa chambre. Mais elle se calma et composa un autre numéro.

Elle attendit impatiemment qu'on décroche à l'autre bout, puis elle explosa.

— Tu m'as demandé de venir ici, je suis venue. Mais ton plan ne marche pas. Jace est odieux avec moi. En plus, je viens d'apprendre un truc dingue : Shana Bradford est peut-être enceinte de lui !

31

Shana contemplait le bâtonnet qui affichait le résultat de son test de grossesse : positif. Elle n'arrivait pas à y croire. Sa vie venait de basculer. D'instinct, elle posa une main sur son ventre et prit une profonde inspiration. Elle se sentait déstabilisée, propulsée dans l'inconnu, mais elle était certaine d'une chose : elle voulait cet enfant. Elle ne s'était pas préparée à l'idée, elle n'avait pas envisagé d'être mère si rapidement, mais le destin en avait décidé autrement et elle était prête à s'engager sur le chemin de la maternité.

Quelques minutes plus tard, elle était installée sur son balcon et buvait un verre d'eau minérale, au lieu d'un verre de vin. Elle vérifia l'heure. Jace serait bientôt là et elle avait une décision importante à prendre.

Lui parlerait-elle ce soir ?

Elle secoua la tête. Non. Pas ce soir. Elle avait besoin de digérer l'information. De plus, elle préférait tâter le terrain, se faire une idée de la manière dont il allait le prendre. Elle ne savait même pas s'il aimait les enfants. Mais elle était déterminée. Elle ne voulait pas envisager un avortement. Elle garderait l'enfant de Jace.

Elle allait monter prendre sa douche à l'étage quand son téléphone sonna. C'était Jules, elle n'en fut pas surprise.

— Oui, Jules ? Que veux-tu ?

— Ne te moque pas de moi. Je veux savoir. C'est négatif ou positif ?

Shana fronça les sourcils. Elle se demanda si Jules aurait

manifesté autant d'enthousiasme si elle s'était retrouvée à sa place.

— Je ne suis pas certaine de vouloir en parler.

— Shana ! Ne fais pas l'idiote ! Crache le morceau !

Shana but lentement une longue gorgée d'eau, histoire de laisser Jules mijoter encore un peu. Puis elle se décida.

— Il est positif, déclara-t-elle.

Il y eut un blanc.

— Positif ? répéta enfin Jules.

— Oui.

Shana éloigna le téléphone de son oreille quand Jules poussa un hurlement de joie. Elle ne put s'empêcher de sourire. A présent qu'elle s'était confiée à sa sœur, l'idée qu'elle allait être mère commençait à se concrétiser.

— Calme-toi un peu, Jules, protesta-t-elle.

— Je ne peux pas me calmer. Je vais être tata, tu te rends compte ? J'ai envie de le crier au monde entier.

Shana fronça les sourcils. Il était temps de modérer le légitime enthousiasme de la future tante.

— Tu ne le crieras à personne. Pas encore. Promets-moi que tu resteras bouche cousue jusqu'à ce que je t'autorise à en parler.

— Bien sûr, bien sûr. C'est normal. Si c'est ce que tu veux.

— Oui, c'est ce que je veux. C'est tout récent et j'ai besoin de réfléchir. Et aussi de décider du moment le plus opportun pour l'annoncer à Jace.

— Tu vas le lui dire ?

— Evidemment. Il a le droit de savoir. Peu importe ce qu'il décidera, il a de toute façon le droit de savoir. Ensuite, ce qu'il en fera, ça le regarde.

— J'aime bien ta façon de penser. Je suis fière de toi, grande sœur. Maman aurait été fière de toi, elle aussi.

Shana sourit. Oui, sa mère aurait été fière d'elle.

— Merci.

— Tu vas le lui dire quand ? insista Jules.

Shana se mordilla pensivement la lèvre.

— Il sera chez moi dans une heure, mais je n'ai pas

l'intention d'aborder le sujet ce soir. Dans la semaine, je pense. Mais je ne sais pas encore quand.

Quelques instants plus tard, elle avait pris sa douche et enfilait une robe d'été. Elle redescendait quand la sonnette de l'entrée résonna. C'était Jace. Elle alla ouvrir. Il avait les bras chargés de sacs.

— Tu as apporté de quoi dîner, dit-elle en souriant et en le guidant vers la cuisine.

— Oui. Je n'avais pas mangé et j'ai pensé que toi non plus.

Il déposa les sacs sur le comptoir.

— J'espère que tu as envie de manger chinois.

— Pas de problème. Merci.

Elle n'avait plus de nausées ce soir et elle aurait mangé n'importe quoi.

— Mais de rien…

Il la prit dans ses bras et se jeta sur sa bouche, puis il s'écarta d'elle à regret, en la fixant d'un drôle d'air.

Elle inclina la tête de côté.

— Pourquoi tu me regardes comme ça ?

Il prit ses deux mains dans les siennes.

— Je viens de comprendre quelque chose.

Elle haussa un sourcil.

— Quoi donc ?

Il sourit.

— Je te le dirai plus tard.

Il était près de minuit quand Jace quitta le lit où Shana dormait déjà profondément. Ils avaient mangé, puis fait l'amour. Il pouvait se tromper, mais il avait cru sentir quelque chose de différent dans leurs étreintes. Ç'avait été tout aussi passionnel, enflammé, mais plus tendre, comme si leur relation avait pris un tournant.

En tout cas, pour lui, elle en avait pris un.

Elle n'avait pas insisté pour savoir pourquoi il l'avait fixée avec tant d'intensité, tout à l'heure, dans la cuisine, et c'était tant mieux. Parce qu'il ne se sentait pas prêt à lui avouer qu'il était tombé amoureux d'elle.

Il secoua la tête, tout en enfilant son pantalon. Pas plus tard que ce week-end, il lui avait assuré qu'il ne croyait pas en l'amour. Il était par ailleurs sincère et l'arrivée d'Eve ce matin l'avait conforté dans cette position. L'amertume et le ressentiment qu'elle lui inspirait lui avaient rappelé à quel point elle l'avait fait souffrir. Chaque fois qu'il avait un contact avec elle, il songeait qu'il n'avait plus envie de faire confiance à une femme. Mais ce soir, en arrivant chez Shana, il avait soudain pris conscience qu'elle était tout l'opposé de son poison d'ex-femme. Avec elle, il se sentait détendu. Shana était une femme en qui on pouvait avoir confiance.

Et il l'aimait.

— Tu t'en vas ?

Il se tourna vers elle, tout en continuant à boutonner sa chemise.

— Oui. Si je reste, nous allons encore manquer de sommeil.

Elle sourit.

— Ça ne me dérange pas de manquer de sommeil.

Il avait déjà remarqué qu'elle adorait faire l'amour. Rien à voir avec Eve, pour qui le sexe n'avait jamais été qu'un moyen d'obtenir ce qu'elle voulait.

Il revint vers le lit et se pencha pour déposer un baiser sur le front de la femme qu'il aimait.

— Tu veux que je te chante une berceuse pour t'endormir ?

Les yeux de Shana brillèrent.

— Tu ferais ça ?

Il rit.

— Avec grand plaisir.

Il s'allongea près d'elle et la prit dans ses bras.

— Tu vas froisser tes vêtements, protesta-t-elle.

Il se souleva légèrement sur un coude pour la contempler avec un petit sourire, puis se releva et commença à défaire ses vêtements. Ils savaient tous les deux où ça les mènerait. Quand il souleva les draps et se glissa près de son corps doux et tiède, il prit sauvagement sa bouche et elle ne protesta pas.

— Je te veux, murmura-t-il contre ses lèvres.

Il se retint de lui dire qu'il l'aimait. Ce serait pour une autre fois, quand elle serait prête à l'entendre.

Le lendemain, peu après son arrivée au bureau, Shana reçut un coup de fil de Marcel. Melissa avait obtenu son arrangement, Arrington avait été libéré sous caution et Freeman courait toujours. On aurait dit qu'il s'était évaporé de la surface de la terre.

Jules l'avait appelée, pour lui annoncer qu'elle prenait l'avion pour Seattle. Elle était sur la piste d'une personne disparue.

Shana avait pris ensuite le temps d'appeler son père, lequel était en train de préparer à dîner car il avait invité Mona chez lui. Ils avaient parlé un moment.

A présent, elle étudiait un rapport que Kent lui avait transmis, mais elle avait du mal à se concentrer. Elle pensait à Jace.

Il était parti ce matin un peu avant l'aube et elle en avait été soulagée car elle avait encore eu des nausées. Heureusement, il n'était plus là quand elle avait vomi. Elle soupira, tout en grignotant un biscuit salé. Ces nausées, ce n'était pas drôle. Elle consulta sa montre. Il était presque midi.

Elle n'avait pas croisé Jace de la matinée. Il devait être occupé. Il lui avait annoncé la veille qu'il menait des entretiens d'embauche pour remplacer Arrington. Comme elle avait encore envie de biscuits salés, elle se leva pour aller en chercher au distributeur. En passant dans le couloir, elle aperçut Shelton Fields qui parlait avec Brandy. Encore… Quand elle s'approcha d'eux, il la salua d'un air sombre et s'éloigna.

Brandy évita son regard et prit un dossier.

— Tout va bien ?

— Oui, tout va bien, répondit la réceptionniste sans lever le nez.

Shana la dévisagea en silence. Brandy et Fields cachaient quelque chose et elle se promit de découvrir quoi.

— Tu as l'air d'excellente humeur, lança Dalton en quittant la salle de réunion avec Jace.

Caden était resté à l'intérieur. Il avait un coup de fil important à donner à son agent.

Jace lui sourit.

— En effet, je suis d'excellente humeur.

L'ascenseur s'ouvrit, Jace entra, Dalton le suivit.

— Aurais-tu oublié notre marché ? demanda Jace.

Dalton sourit.

— Ah oui, c'est vrai. J'avoue que j'avais oublié.

Ils restèrent silencieux quelques minutes, puis Dalton revint à la charge.

— J'ai une question à te poser. J'ai un ami qui a un problème et j'ai besoin d'un conseil.

— Quel genre de problème ?

— Il a rencontré une femme et il ne sait rien d'elle, pas même son nom, mais il veut à tout prix la revoir. Qu'est-ce qu'il pourrait faire, d'après toi, pour la retrouver ?

Jace rit.

— Eh bien, si j'étais à sa place, j'engagerais un détective privé.

Les portes de l'ascenseur s'ouvrirent. Jace sortit, Dalton sur les talons.

— Un détective privé ?

— Oui. C'est leur boulot de retrouver les gens, non ?

Dalton sourit. Pourquoi n'y avait-il pas pensé plus tôt.

— Tu vas transmettre ce conseil à ton *ami* ?

Dalton haussa les épaules. Jace le regardait d'un air amusé.

— Il ne sait pas encore s'il est prêt à aller aussi loin. Il va réfléchir encore un peu.

— C'est ça. Qu'il réfléchisse.

Eve prit son téléphone portable qui sonnait.

— Oui ?

— Tout est arrangé.

Elle haussa un sourcil.

— Tu as trouvé une solution ?

— Oui. Tes services ne sont plus requis. Tu peux rentrer en Californie.

Elle fronça les sourcils. S'il espérait se débarrasser d'elle comme ça, il se trompait.

— Pas question. Je vais rester encore un peu. L'hôtel est très bien et la chambre est payée pour une semaine. Je n'en bouge pas.

— Comme tu voudras.

Elle raccrocha, tout en songeant qu'en effet elle ferait comme elle voudrait. Ce crétin ne prétendait quand même pas lui dicter sa conduite ? Il la prenait de haut, mais il allait déchanter. Avant de quitter la ville, elle lui ferait cracher son fric — suffisamment pour être à l'abri du besoin pendant un bon moment. Elle savait des choses qu'il n'avait pas envie d'ébruiter et elle entendait bien en profiter.

Kent passait en revue la liste sur laquelle il travaillait maintenant depuis plus de un mois. Il avait souligné trois noms. Melissa Swanson, Cal Arrington et Titus Freeman, les trois acteurs de l'espionnage industriel dont Granger Aeronautics avait été victime. Il avait d'autres suspects, mais il avait la sensation d'avoir laissé passer quelque chose d'important. Il soupira et appela Shana.

— Allô ?

— C'est Kent. Je voudrais revoir ma liste avec toi et pointer ceux qui ont participé à l'installation de ton bureau.

— Très bien, je t'envoie une liste. Mais dis-toi qu'elle ne recoupera pas forcément la tienne. Beaucoup de gens sont entrés dans ce bureau, pour diverses raisons.

— Très bien. Je te tiens au courant, en tout cas.

32

Shana savait depuis deux jours qu'elle attendait un bébé de Jace, mais elle n'avait pas encore osé lui en parler. Elle décida qu'elle ne pouvait plus attendre. De toute façon, elle ne pourrait plus le lui cacher longtemps. Ce matin, il était parti de chez elle juste avant qu'elle n'ait ses nausées — lesquelles s'étaient aggravées. Elle avait eu de la chance jusque-là, mais ça ne durerait pas. Elle préférait lui annoncer la nouvelle tranquillement, plutôt que de lui laisser deviner la vérité — et le pousser à croire qu'elle cherchait à la lui cacher.

Elle soupira et frappa à la porte de communication de leurs bureaux. Il ouvrit en souriant.

— Salut, beauté. Bienvenue.

Elle lui rendit son sourire.

— Je dois te parler.

— Je t'écoute.

Elle secoua la tête.

— C'est privé. Je préfère te parler chez moi. Je voulais m'assurer que tu viendrais ce soir.

Il s'accouda au chambranle.

— Oui. Si tu as un petit tapis accueillant, je viendrai très volontiers.

Elle chercha son regard.

— J'ai un petit tapis.

Il lui caressa la joue. Il avait des yeux inquiets.

— Ça va ?

Elle acquiesça.

— Oui, mais ça ira mieux quand nous aurons parlé.

Lui aussi avait besoin de lui parler. Ça tombait bien. Il avait décidé de lui avouer ses sentiments. Il ne savait pas comment elle réagirait.

— Je serai là à l'heure habituelle et j'apporterai le dîner, dit-il.

— Non. Cette fois, c'est moi qui t'invite.

Il haussa un sourcil.

— Tu as l'intention de cuisiner ?

Elle rit.

— Non, pas vraiment. Je m'arrêterai en rentrant pour acheter quelque chose.

— Ça ne te dérange pas ?

— Pas plus que toi quand tu le fais.

Il avait apporté le dîner trois fois de suite, elle estimait qu'il était temps qu'elle prenne le relais.

— Très bien, si tu es certaine que ça ne te dérange pas.

— Mais non, Jace, je t'assure. De plus, je voudrais que cette soirée soit inoubliable et je préfère me charger des détails.

Jace sourit. Le programme lui convenait. Il se pencha pour déposer un baiser sur ses lèvres.

— J'ai hâte d'y être, murmura-t-il.

Jace consulta sa montre. Il était plus de 18 heures et il avait assez travaillé pour aujourd'hui. Il était pressé de partir pour aller retrouver Shana. Il allait enfiler sa veste, quand il entendit du bruit dans le couloir. Bizarre… En principe, tout le monde était parti, à cette heure-ci.

Il alla ouvrir la porte et jeta un coup d'œil à l'extérieur. Shelton Fields était là, devant le bureau de Brandy.

— Shelton, vous cherchez quelque chose ?

Shelton sursauta et fit volte-face. Apparemment, il était étonné de voir Jace. Sans doute s'était-il cru seul.

— Non, j'allais partir. Je suis venu déposer un document pour Brandy.

Jace sortit dans le couloir et referma la porte de son bureau.

— J'allais moi aussi partir. Nous pouvons descendre ensemble.

— D'accord.

Jace se promit de relire demain le rapport de Shana sur Shelton Fields. Il l'avait déjà consulté et rien de spécial n'avait attiré son attention mais, maintenant qu'il y repensait, Fields se comportait bizarrement, ces derniers temps. D'un autre côté, il n'était pas le seul. Depuis que tout le monde était au courant pour Melissa, Arrington et Freeman, de nombreux employés avaient une attitude bizarre, celle des gens qui se sentent épiés et soupçonnés.

— Il a fait beau, aujourd'hui, déclara Jace quand ils entrèrent dans l'ascenseur.

— Oui, il a fait beau.

Ils ne trouvèrent rien d'autre à dire. Jace tâcha de se souvenir de ce qu'il savait de Fields. Il avait été embauché sept ans plus tôt par son grand-père — il avait alors un peu plus de la quarantaine. Il était divorcé et son ex-femme vivait dans l'Oregon. Après son divorce, il s'était mis à draguer au bureau et Richard avait dû lui demander de cesser.

Ils quittèrent ensemble le bâtiment et traversèrent le parking sans échanger un mot.

— Passez une bonne soirée, Jace, dit Fields en se séparant de lui pour rejoindre l'allée où était garée sa voiture.

— Bonne soirée à vous aussi, Shelton.

Jace le quitta en songeant à Shana qui l'attendait. Ravi, il sortit ses clés de sa poche et s'installa derrière le volant.

Il eut à peine le temps de sentir l'aiguille qui s'enfonçait dans son cou.

Shana souriait en contemplant la table qu'elle avait préparée. Elle allait annoncer à Jace qu'il serait bientôt père, elle avait tenu à faire les choses bien.

Elle allait sortir sur sa terrasse pour se détendre, quand son téléphone sonna. C'était Kent.

— Oui, Kent ?

— Va devant ton ordinateur. Je suis sur le point de t'envoyer un rapport que tu dois lire de toute urgence.

Elle consulta sa montre. Il était 19 h 40. Jace arrivait en général à 19 heures. Il était en retard.

— Ça ne peut pas attendre ?

— Non, ça ne peut pas attendre, insista Kent.

Elle soupira… Elle travaillait avec lui depuis assez longtemps pour savoir qu'il ne l'aurait pas dérangée pour rien.

— Très bien. Donne-moi une seconde. Le temps d'allumer l'ordinateur.

— Entendu. Je reste au téléphone.

Elle se rendit dans la chambre d'amis, qu'elle avait transformée en bureau, et s'installa devant son ordinateur.

— Tu es toujours là, Kent ? demanda-t-elle en enclenchant le haut-parleur du téléphone.

— Oui, je suis là.

Une fois l'ordinateur allumé, elle ouvrit sa messagerie, puis le dossier envoyé par Kent, qu'elle se mit à lire.

— Seigneur, murmura-t-elle au bout de quelques secondes. Comment tu as fait pour déterrer ça ?

— Peu importe. Il faut en informer Jace Granger.

Shana acquiesça. Jace n'était pas encore là. Ce n'était pourtant pas son genre d'arriver en retard.

— Ne quitte pas, je te mets en attente et j'essaye de l'appeler.

Elle essaya de le joindre sur son portable, mais il ne répondait pas. Pensant qu'il avait été retenu au bureau, elle l'appela chez Granger, mais pas de réponse non plus. Elle reprit donc Kent. Il se passait quelque chose d'anormal, elle le sentait.

— Je n'arrive pas à le joindre, dit-elle. Ni sur son portable ni au bureau. Ce n'est vraiment pas dans ses habitudes, il s'arrange toujours pour être joignable.

— Essaye d'appeler ses frères. Il traîne peut-être quelque part avec eux.

Ou avec son ex-femme… Shana s'efforça de repousser

cette pensée. Jace lui avait dit tout à l'heure qu'il avait hâte de venir, il n'était tout de même pas passé voir Eve.

— D'accord, j'ai leur numéro, je les appelle.

Jace ouvrit lentement les yeux. Il avait la tête qui tournait. Au bout de quelques minutes, il parvint à ajuster sa vision. En face de lui, attaché sur une chaise, les mains liées derrière le dos, tout comme lui, se trouvait Titus Freeman. La seule différence entre eux, c'était que Freeman était bâillonné et lui non.

— Bienvenue dans mon refuge secret, Jace.

Jace tourna la tête — Dieu, que c'était douloureux — du côté de la voix. Il crut d'abord qu'il avait des hallucinations et battit des paupières, mais il dut se rendre à l'évidence. L'homme qui se tenait sur le seuil de la porte et le visait de son arme n'était autre que Vidal Duncan.

Il avait la langue pâteuse et la bouche sèche, mais il fit l'effort de parler.

— Que signifie tout ce cirque ?

Vidal eut un rire grinçant qui lui écorcha les oreilles. Puis il entra dans la pièce, déposa son arme sur la table et s'installa dans le fauteuil libre.

— Ça signifie que j'ai dû passer au plan B, Jace. Parce que tu as foutu le A en l'air.

Jace fronça les sourcils. Il ne comprenait rien. Devant son air incrédule, Vidal éclata de rire.

— Tu es vraiment trop naïf et confiant. C'est pitoyable. Tu ignores tant de choses. Laisse-moi te mettre au courant…

Jace tira sur ses liens. Mais de quoi parlait-il ? Qu'est-ce que tout ça voulait dire ?

— Pas la peine de t'agiter, tu vas mourir, c'est inévitable. Je vais maquiller tout ça, faire en sorte qu'on pense que Freeman t'a tiré dessus avant de retourner son arme contre lui. Jolie fin pour vous deux, non, vous ne trouvez pas ?

Jace jeta un regard en coin du côté de Freeman, lequel roulait des yeux paniqués. Il songea aussitôt à Shana, qui l'attendait. En ne le voyant pas arriver, elle se douterait qu'il se passait quelque chose d'anormal. Le traceur de son téléphone était toujours actif. On allait venir à son secours. Il fallait gagner du temps. Faire parler Vidal.

— Pourquoi, Vidal ? demanda-t-il d'une voix rauque.

Vidal se servit un verre de vin et allongea ses jambes devant lui.

— Je peux prendre le temps de tout te raconter par le menu, histoire que tu ne meures pas idiot. Et, comme ça, tu pourras me dire ce que tu penses de mon plan. Il devrait te plaire.

Dalton et Caden sortirent de l'ascenseur. Dalton fit la moue.

— Je n'arrive pas à croire que tu es revenu ici juste pour prendre des papiers que tu tiens absolument à lire ce soir.

Caden leva les yeux au ciel, tout en prenant la direction de son bureau.

— Cesse de geindre. Tu n'avais qu'à m'attendre au McQueen's.

— Je n'avais pas envie.

Il n'avoua pas à Caden qu'il n'arrivait plus à s'intéresser aux femmes depuis l'inconnue qui l'avait planté dans ce bar après avoir bu un verre avec lui. Elle obsédait ses pensées. Ça l'agaçait, mais il n'y pouvait rien. Jace lui avait suggéré d'engager un détective privé pour la retrouver, démarche qu'il commençait à envisager sérieusement. C'était une idée folle, quand on y réfléchissait, mais quelque chose en cette femme l'attirait et il sentait qu'il n'aurait pas de paix tant qu'il ne saurait pas quoi.

— J'ai remarqué que la voiture de Jace était toujours dans le parking, dit Caden tout en jetant un regard intrigué du côté de la porte du bureau de Jace. Il m'avait pourtant dit qu'il avait un rendez-vous à 19 heures. Je me demande ce qui a bien pu le retenir ici.

Il était entré dans son propre bureau et alla fouiller un tiroir, tandis que Dalton se laissait tomber dans un fauteuil.

Le téléphone de Caden sonna. Il haussa un sourcil en consultant l'écran.

— C'est Shana Bradford, indiqua-t-il en appuyant sur un bouton pour prendre l'appel. Shana ?

— Je cherche Jace. J'ai du nouveau et je dois lui en parler tout de suite.

Caden s'assit sur un coin de son bureau.

— Sa voiture est toujours dans le parking, je suppose qu'il est dans son bureau. Attendez, je vais vérifier.

Il coupa le micro du téléphone.

— Dalton, je crois que Jace n'est pas allé à son rendez-vous de 19 heures.

Il n'était pas idiot, il avait compris depuis le début que son frère allait rejoindre Shana.

Ils allèrent ensemble frapper à la porte de Jace, mais on ne leur répondit pas.

— Il n'est pas là, dit Caden.

Dalton fit la moue.

— Il n'a pas pu aller bien loin, sans voiture.

Caden remit le micro du téléphone, et aussi le haut-parleur, pour que Dalton suive la conversation.

— Shana, il n'est pas là.

Il l'entendit soupirer.

— Vous croyez qu'il a pu rejoindre Eve à son hôtel ? demanda-t-elle.

Caden ricana.

— Franchement, ça m'étonnerait.

— Vous pouvez vérifier ? S'il n'est pas avec elle, il faudra commencer à s'inquiéter.

— Pourquoi ?

— Parce que Kent vient de m'envoyer un rapport au sujet de l'un de vos employés et… Ce que nous avons découvert est si grave que j'ai la sensation que cet homme serait prêt à tout s'il se sentait sur le point d'être découvert.

— Pas de cachotteries avec nous, Shana. De qui s'agit-il ?

Shana marqua un temps de pause, puis elle soupira de nouveau.

— De Vidal Duncan.

— Tout a commencé il y a quatre ans…

Vidal était toujours assis, et sirotait tranquillement son verre de vin, comme s'il avait tout son temps.

— Avec ta femme, figure-toi. L'année où vous êtes venus pour Thanksgiving. Elle m'a demandé d'essayer de te convaincre de revenir ici travailler avec ton grand-père. J'ai fait comme si je trouvais que c'était une bonne idée et je lui ai promis de l'aider.

Il ricana.

— Ensuite je lui ai demandé jusqu'où elle était prête à aller pour s'assurer mon concours, et elle m'a répondu qu'elle était prête à tout. J'ai exigé des preuves, tu penses bien. Nous sommes donc devenus amants ce soir-là, et ensuite nous nous sommes revus, en Californie. Tu avais épousé un sacré numéro ! Au lit, c'est quelque chose. Elle se déchaîne. Et au fait, pour information, le bébé dont elle a avorté n'était pas de toi, mais de moi. Et c'est avec ma bénédiction qu'elle s'en est débarrassée. Tu imagines, si elle avait mis au monde un bébé qui me ressemblait ? Il n'en était pas question.

Jace eut l'impression d'avoir reçu un coup de poing dans le ventre. Il poussa un cri étouffé. C'était trop douloureux.

— Non ! cria-t-il.

Vidal ricana de nouveau.

— Tu as du mal à le croire ? Je comprends ça. Mais c'est pourtant la stricte vérité.

33

Shana sortit en courant de l'ascenseur de Granger Aeronautics. Marcel la suivait de près : elle l'avait appelé en renfort dès que Caden lui avait confirmé que Jace n'était pas avec Eve.

Elle avait peur.

Ils allèrent droit au bureau de Caden.

— Du nouveau ? demanda-t-elle en entrant.

— Non, répondit Caden

Il soupira.

— Qu'est-ce qu'on peut faire ? demanda-t-il en s'adressant à Marcel.

Il n'arrivait pas à croire que Vidal, ce vieil ami de la famille, un homme qu'ils considéraient tous les trois comme leur parrain, les avait bernés pendant tant d'années. Mais Shana leur avait transmis le rapport de Kent et il n'y avait pas de doute possible.

— Deux de mes agents sont en train de passer au peigne fin le parking et la voiture de Jace, répondit Marcel. J'espère qu'ils trouveront quelque chose. Nous avons quelqu'un qui surveille la maison de Duncan, mais pour l'instant nous n'intervenons pas. Nous ne voulons pas qu'il se doute qu'il est démasqué. Il n'a peut-être rien à voir avec la disparition de votre frère.

Shana secoua la tête.

— Je n'arrive pas à croire qu'il soit mêlé à ça. Je soupçonnais plutôt Shelton Fields. Il se comporte bizarrement ces derniers temps et je l'ai souvent vu en train de rôder autour du bureau de Brandy.

— Ils sont amants, intervint Dalton.

Toutes les têtes se tournèrent vers lui.

— Comment le sais-tu ? demanda Caden.

— Elle me l'a dit. C'est pour ça qu'elle a refusé de sortir avec moi, ajouta-t-il d'un ton dégagé. Elle est sa maîtresse.

— Il est divorcé et célibataire, pourquoi se cachent-ils ? s'étonna Shana.

Puis elle se mordit la langue. Elle et Jace se cachaient. Et pourtant ils étaient tous les deux célibataires.

— Ils ont peur que Jace ne désapprouve ce genre de liens entre les employés et ils préfèrent se montrer discrets, expliqua Dalton.

L'un des agents chargés de fouiller le parking se présenta sur le seuil.

— Oui, Greg ? dit Marcel.

— Nous avons trouvé ça dans le parking, tout près de l'endroit où est garée la voiture de M. Granger, annonça Greg.

Il montra un sac transparent contenant une seringue.

— Porte ça tout de suite au labo, Greg. Mon instinct me dit que cette seringue a été utilisée contre M. Granger.

Eve faisait les cent pas dans sa chambre. Jace avait disparu ? Mais qu'est-ce que trafiquait Vidal ? Etait-il sûr qu'on ne le soupçonnerait pas ?

Caden avait appelé pour demander si elle savait où se trouvait Jace et elle avait répondu que non, qu'elle n'avait pas eu de contacts avec lui depuis son arrivée. Elle ne voulait être mêlée à rien.

Elle avait tenté de joindre Vidal, mais il ne répondait pas. Il ne lui restait plus qu'à attendre, en espérant que ce crétin n'était pas en train de faire une sottise.

— Ton ex-femme ne cesse de m'appeler, grommela Vidal en posant son téléphone sur la table, près du revolver. Je suppose qu'on te cherche et qu'elle le sait parce que tes frères ont dû vérifier que tu n'étais pas avec elle. C'est comique.

Il but une gorgée de son vin.

— Bien, je continue mon histoire. Tu n'as pas voulu prendre un poste au sein de *Granger* et tu n'es pas resté en Virginie, comme l'aurait voulu Eve. Ensuite, tu as su, pour l'avortement, et tu as mis cette pauvre Eve à la rue. Dans le même temps, ton grand-père a commencé à se douter qu'il y avait dans son entreprise un traître qui vendait des secrets industriels à des concurrents. Il avait prévu d'engager Mlle Bradford, mais il n'en a pas eu le temps, il est mort avant.

— Pourquoi m'avoir encouragé à engager Shana, dans ce cas ? demanda Jace. Tu n'avais pas peur qu'elle découvre tout ?

Vidal rit.

— Pas du tout. J'avais bien effacé mes traces. De plus, je n'avais rien à voir avec l'espionnage industriel. Moi, je faisais travailler de l'argent.

— Tu détournais des fonds, murmura Jace avec dégoût.

— Exactement, répondit Vidal avec un grand sourire. J'ai donc décidé de te jeter un os. Comme ça, Shana te mettait sur la piste de Freeman et personne ne s'occupait du reste. Il n'y avait aucune chance pour que vous découvriez ce qui se préparait. Je suis l'avocat de votre entreprise, ne l'oublie pas. Vous avez confiance en moi. Je fais pratiquement partie de la famille.

Jace ne répondit rien, car Vidal avait raison, hélas. Il travaillait pour les Granger depuis des années. Il était considéré comme l'un des leurs. Ils ne l'auraient jamais soupçonné de les tromper.

Le labo confirma que la seringue avait servi récemment pour injecter un produit soporifique. Marcel transmettait l'information au groupe réuni dans le bureau de Caden, quand Dalton s'exclama soudain :

— Merde ! J'avais complètement oublié !

Tout le monde se tourna vers lui.

— Tu avais oublié quoi ? demanda Caden.

— Le traceur. J'ai demandé à la sécurité d'installer un logiciel dans le téléphone de Jace pour pouvoir le tracer.

— Il m'a dit qu'il le désactivait après les heures de bureau, soupira Caden en se massant la nuque. C'est foutu.

— Mais il a pu oublier, on ne sait jamais, insista Dalton. Les gars de la sécurité sont encore là. Je vais voir si on peut le localiser. Ça vaut le coup d'essayer.

— Quand j'ai appris que le FBI centrait son enquête sur Freeman et son groupe, j'ai exulté, comme tu l'imagines aisément. Tout se passait comme je l'avais prévu, c'était parfait. Jusqu'à ce que tu commences à fricoter avec Mlle Bradford. Je vous ai surpris un soir, en train de quitter ensemble les locaux. Je me suis méfié et je vous ai surveillés. Le lendemain, j'ai vu ta voiture garée devant chez elle.

Il s'interrompit pour boire une gorgée de vin et reprit.

— Pour moi, elle devait partir une fois Freeman démasqué. Une liaison avec toi n'entrait pas dans mes plans. Si elle traînait dans les parages, elle risquait de découvrir un jour le pot aux roses. C'est à ce moment-là que j'ai appelé Eve. Je lui ai donné un gros paquet de fric pour venir ici et se jeter à ton cou. Elle était sûre de te faire oublier cette Mlle Bradford. Mais tu n'as pas mordu à l'hameçon. Et ensuite il y a eu le bouquet : cette conversation qu'elle a surprise à l'hôtel Meadows, entre Bradford et sa sœur. Bradford lui annonçait qu'elle pensait être enceinte de toi. Pour moi, c'était une catastrophe.

Jace eut l'impression d'avoir reçu un coup au plexus.

Shana pensait être enceinte de lui ? Etait-ce de cela qu'elle avait eu l'intention de lui parler ce soir ?

L'idée qu'elle portait son enfant le fit frissonner de joie, même s'il était peut-être en train de vivre ses derniers instants.

— C'est à ce moment-là que j'ai décidé de passer au plan B, poursuivit Vidal. Quand on te trouvera avec une balle dans le ventre — balle tirée par le revolver que Freeman aura utilisé pour se suicider parce qu'il est coincé, traqué comme un animal — tout le monde croira qu'il t'a tué. Caden et Dalton auront le cœur brisé. Un père en prison plus un frère assassiné, ça fait beaucoup. En tant qu'ami de la famille, je leur conseillerai de s'éloigner de tout ça, de retourner à leur vie d'avant. Je pousserai Dalton à repartir en Europe et Caden à se consacrer à sa musique. Je leur dirai qu'il vaut mieux accepter la fusion avec Barnes Aerospace et ils accepteront, parce qu'ils seront effondrés et n'auront qu'une envie : se débarrasser de Granger Aeronautics.

Jace n'en croyait pas ses oreilles.

— Tu crois avoir pensé à tout, n'est-ce pas ?

— Absolument, répondit Vidal en se levant. J'ai pensé à tout. Je vais m'occuper de toi et de Freeman. Ensuite je passerai voir Eve. Elle en sait trop. Elle devient gênante.

— Tu ne t'en tireras pas comme ça.

— Tu peux croire ce que tu veux. Tu peux crever avec cette idée en tête, si ça te console.

Vidal tendit le bras vers son revolver…

Mais à l'instant où il allait tirer il y eut une déflagration, et il lâcha son arme, tandis qu'une tache de sang s'élargissait sur sa manche de chemise. Des agents fédéraux firent irruption dans la pièce. En quelques secondes, il fut maîtrisé et emmené.

Pendant ce temps, d'autres agents avaient détaché Jace et Freeman. Freeman fut menotté et emmené lui aussi. Jace sourit en reconnaissant Marcel.

— Je suis content de vous voir, vous n'avez pas idée !

Marcel rit.

— Oh ! si ! L'un de mes tireurs d'élite avait Vidal en joue depuis déjà un moment. On attendait qu'il bouge. Vous pouvez remercier votre frère d'avoir placé un traceur dans votre téléphone. Et un bon. Qui a permis de vous localiser précisément. Ça nous a aidés à vous retrouver.

— Je n'oublierai pas de le remercier. C'est un sacré emmerdeur quand il s'y met, mais je crois que je vais quand même le garder à la sécurité.

— Tant mieux, intervint Dalton, qui entrait avec Caden. Parce que ça commence à me plaire de jouer les espions.

— Jace !

Shana courut se jeter dans les bras de Jace. Un flot de chaleur et d'amour l'emporta quand il se pencha vers elle pour l'embrasser. Elle se pendit à son cou et se serra contre lui.

Puis Jace prit conscience que des yeux indiscrets assistaient à leurs retrouvailles.

Il s'écarta de Shana et la fit reculer dans un coin de la pièce.

— N'allez trop loin, Jace, dit Marcel. Nous avons besoin de votre déposition.

Jace acquiesça, avant de se pencher vers Shana.

— Je suis si heureux de te voir, murmura-t-il.

— Moi aussi je suis heureuse de te voir. J'ai eu la peur de ma vie. Jamais je n'aurais cru Vidal capable d'aller aussi loin et d'être aussi…

— Diabolique, conclut-il à sa place. Moi non plus.

Il secoua tristement la tête.

— Dire que je le croyais digne de confiance ! Il travaillait pour grand-père depuis des années. Il était là pour nous quand mon père est parti en prison, et récemment, quand grand-père est mort. Du moins, nous le pensions… Il m'a avoué tout à l'heure qu'il détournait de l'argent depuis des années. Il nous volait.

Il se tut, puis posa une main sur le ventre de Shana.

— C'est vrai que tu es enceinte ?

Elle en resta bouche bée.

— Mais qu'est-ce qui a pu te…

— Eve.

Elle parut encore plus abasourdie.

— Eve ?

— Oui. Elle t'a vue avec ta sœur à Long Meadows et elle a espionné votre conversation.

Shana en eut presque le vertige.

— Tu plaisantes ? Espionné ? Je ne comprends pas.

— Je t'expliquerai plus tard le rôle d'Eve dans cette

histoire. La seule chose qui m'intéresse pour le moment, c'est de savoir si tu es sûre d'être enceinte.

Shana soupira. Elle n'avait pas rêvé de lui annoncer la nouvelle dans de pareilles circonstances, mais puisqu'il lui posait la question elle n'avait plus le choix.

— Oui. Je le sais depuis mardi. J'ai fait un test. C'est de ça que je voulais te parler ce soir. Et je prenais la pilule, comme je te l'avais dit. Mais j'ai dû suivre un traitement antibiotique qui a diminué son efficacité. Je suis désolée.

Jace la serra dans ses bras.

— Ne t'excuse pas, ma chérie. J'adore les enfants. J'en ai toujours voulu. J'ai divorcé d'Eve parce que j'ai découvert, en rentrant d'un voyage d'affaires, qu'elle avait avorté sans me demander mon avis. J'en ai eu le cœur brisé.

Il marqua un temps de pause, puis ajouta :

— Et aujourd'hui Vidal m'a appris qu'elle était à l'époque enceinte de son enfant. Tu te rends compte ? Elle avait une liaison avec *lui* !

Shana ne trouva rien à dire et les larmes lui vinrent aux yeux. Comment cette femme avait-elle pu nuire à ce point à un homme comme Jace, si droit et si bon ?

— Ne pleure pas, murmura-t-il en essuyant tendrement ses larmes. Eve ne me fera plus jamais souffrir. Parce que c'est toi que j'aime.

Elle en fut si émue qu'elle chancela. Il dut la soutenir.

— Je t'aime, insista-t-il, au cas où elle n'aurait pas bien compris. Je te veux. Je veux cet enfant.

— Moi aussi je t'aime, Jace.

Il l'embrassa de nouveau. Shana était la femme de sa vie et elle portait son enfant. Il se sentait comblé.

Il lui prit la main et sourit.

— Viens. Il faut que je fasse cette déposition. Ensuite, nous parlerons.

*
* *

Jace avait fait sa déposition au poste et il avait raccompagné Shana. Ils avaient fait l'amour. A présent, ils étaient allongés dans les bras l'un de l'autre et parlaient de l'avenir.

— Quand comptes-tu me présenter ton père et ta sœur ? demanda-t-il en souriant.

— Tu verras papa ce week-end, mais pour Jules il faudra attendre un peu. Elle est partie pour Seattle ce matin et elle ne sait pas elle-même quand elle rentrera. Elle travaille sur une nouvelle enquête.

Il haussa un sourcil.

— Une nouvelle enquête ?

— Oui. Elle est détective privé. Elle a son propre cabinet.

— Elle est efficace ?

— Plutôt, oui. Et je ne dis pas ça parce que c'est ma sœur.

Jace se tut quelques minutes.

— Je veux t'épouser, Shana. Et pas seulement à cause de l'enfant. Je t'aime. Je veux que tu portes mon nom.

Une joie immense gonfla le cœur de Shana.

— Tu en es sûr ?

— Je n'ai jamais été aussi sûr de moi, assura-t-il. Shana Bradford, veux-tu m'épouser ?

Elle plongea ses yeux dans les siens. Son regard était plein d'amour, il n'y avait pas à s'y tromper.

Jace songea qu'il avait beaucoup de chance. Son retour en Virginie avait bouleversé sa vie. Il avait hérité d'une entreprise qu'il était fier et heureux de diriger, il s'était rapproché de ses frères, il avait trouvé une femme merveilleuse et cette femme portait son enfant.

Il avait hâte d'annoncer la nouvelle à son père et se jura que son enfant ne le verrait pas en prison. Avec l'aide de Caden et de Dalton, il allait remuer ciel et terre pour prouver que Sheppard Granger était innocent.

Il se pencha vers Shana et prit sa bouche.

Et ce n'était qu'un début…

A paraître le 1er juillet

Best-Sellers n°609 • suspense

Le secret du tombeau - Amanda Stevens

Lorsque le cadavre d'une jeune femme est découvert dans le vieux cimetière de Charleston dont on lui a confié la restauration, Amelia Gray comprend que sa vie solitaire et tranquille est en train de voler en éclats. Car le meurtrier, comme s'il prenait un plaisir sadique à la provoquer, a dissimulé des indices pouvant mener jusqu'à lui au milieu des pierres tombales. Des indices qu'elle est la seule à pouvoir déchiffrer…

Aussi, quand l'inspecteur John Devlin lui demande son aide pour résoudre cette affaire, Amelia pressent qu'elle n'a pas le choix : elle va devoir mener l'enquête avec lui. Pourtant, elle qui cache depuis l'enfance un don terrible et étrange sait aussi qu'il lui faudrait à tout prix garder ses distances avec cet homme sombre et ténébreux, hanté par des ombres du passé. Sauf que l'attirance qu'elle ressent pour Devlin ne fait que s'intensifier à mesure que les indices la rapprochent du tueur… mais aussi du voile ténu qui sépare les vivants du monde des morts.

Best-Sellers n°610 • thriller

Capturée - Elizabeth Heiter

Appelée en renfort sur une scène de crime dans le bois de Bakersville, Evelyn Baine, profileuse au FBI, ne s'attendait pas à découvrir une mise en scène aussi macabre : les cadavres de deux jeunes femmes ont été enterrés à la verticale, les têtes émergeant du sol et exposées comme des trophées… Bouleversée, Evelyn pressent aussitôt qu'un tueur en série rôde dans la nature. Pourquoi a-t-il choisi ces femmes ? Et que signifie le cercle scarifié sur leur poitrine ?

Autant de questions qui l'amènent peu à peu à dessiner les contours d'un meurtrier à la personnalité violente et sadique. Un meurtrier qui, elle le devine, est proche, tout proche… et prêt à tuer de nouveau. Résolue à tout mettre en œuvre pour le faire arrêter, Evelyn prend alors une terrible décision : elle servira d'appât pour le forcer à se dévoiler…

Best-Sellers n°611 • roman

Là où la vie nous emporte - Susan Wiggs

Depuis des années, Daisy Bellamy est déchirée entre deux hommes – Logan, très séduisant mais tourmenté par une histoire familiale complexe, et Julian, dont le charme éclatant dissimule une profonde révolte intérieure. Même si, à l'âge de dix-neuf ans, un choix s'est imposé à elle et a conduit Julian à disparaître peu à peu de sa vie.

Quatre ans plus tard, accaparée par une carrière de photographe en plein essor dans la ville d'Avalon, Daisy mène une vie très agréable avec Charlie, son petit garçon adoré qu'elle a eu avec Logan, un père aimant et attentif. Pourtant, au plus profond d'elle-même, elle sent parfois que quelque chose manque à son bonheur.

C'est alors que Julian revient et, avec lui, la mémoire de l'été merveilleux de leur rencontre au bord du lac des Saules. Bouleversée, Daisy se retrouve confrontée au choix qu'elle croyait avoir laissé à tout jamais derrière elle…

Best-Sellers n°612 • roman
Le parfum de l'automne - Brenda Novak

Alors qu'elle vient d'envoyer promener Simon O'Neal, l'acteur le plus viril et le plus sexy d'Hollywood, parce qu'elle ne supportait plus ses frasques, Gail DeMarco se demande si elle n'a pas commis une erreur. Une erreur ? Il s'agit en fait d'une vraie catastrophe, oui ! Du jour au lendemain, tous ses clients quittent son agence pour se tourner vers la nouvelle attachée de presse engagée par Simon. Désespérée, et se sentant responsable de l'avenir de ses employés, Gail n'a pas le choix : il lui faut présenter des excuses à Simon. Sauf que celui-ci, qui cherche à redorer son image pour obtenir la garde de son fils de cinq ans, lui propose alors un marché : l'épouser pour qu'on le croie rentré dans le rang. Forcée d'accepter cet arrangement insensé, Gail se demande comment elle va bien pouvoir vivre avec cet homme chez qui elle déteste tout, absolument tout. Ou presque...

Best-Sellers n°613 • suspense
Le frisson de la peur - Lori Foster

Quand Arizona Storm se présente chez lui pour lui demander son aide, Spencer ne pense pas une seconde à refuser : comment le pourrait-il, alors que la jeune femme éveille en lui, depuis qu'il la connaît, un puissant sentiment protecteur ? Cependant, même s'il est persuadé de pouvoir l'aider dans l'enquête qu'elle mène sur un réseau de proxénétisme, Spencer sait aussi qu'Arizona s'attaque à de dangereux criminels, prêts à tout pour parvenir à leurs fins, et qu'elle n'hésitera pas une seule seconde à se mettre en danger pour les arrêter. Dès lors, il devra tout faire pour la protéger. Mais il sait aussi qu'en travaillant avec elle, il va devoir faire face aux réactions et aux sentiments étrangement intenses, brûlants, que fait naître en lui Arizona, dont l'émotion à fleur de peau, la fragilité et la féminité incandescente le touchent profondément...

Best-Sellers n°614 • historique
Fiançailles à Brentmore Hall - Diane Gaston

Angleterre, 1816

Anna ne sait si elle doit être heureuse ou terrifiée à l'idée d'avoir trouvé une place de gouvernante dans la somptueuse demeure de Brentmore Hall. Car si ses élèves Cal et Dory semblent adorables, leur père, Lord Brentmore, fait quant à lui l'objet d'étranges rumeurs. Ne dit-on pas qu'il a un passé plus que douteux ? Mais dès qu'elle rencontre le mystérieux marquis, un trouble profond l'envahit face à cet homme si séduisant et si sombre à la fois, visiblement marqué par la mort de sa femme. Mais ce drame peut-il expliquer qu'il se montre aussi distant avec ses propres enfants ? Puisqu'elle est désormais la gouvernante de ces derniers, Anna se doit de lui rappeler son rôle de père. Tout en se demandant si c'est uniquement par devoir qu'elle agit ainsi... D'où lui vient en effet cette curiosité brûlante qui la pousse à percer les secrets du marquis, alors même qu'il s'apprête à annoncer ses fiançailles avec celle qui est destinée à devenir une nouvelle mère pour les enfants ?

Composé et édité par les

éditions HARLEQUIN

Achevé d'imprimer en avril 2014

BRODARD & TAUPIN

La Flèche

Dépôt légal : mai 2014

Imprimé en France